JUDE DEVERAUX

# Liebe ist stärker als Haß

Aus dem Amerikanischen von
Ekkehart Reinke



BASTEI
LÜBBE

Bastei-Lübbe-Taschenbuch
Band 11762

Deutsche Erstveröffentlichung
Titel der Originalausgabe: The Conquest

Printed in Great Britain November 1991
Einbandgestaltung: Adolf Bachmann
Titelillustration: Oliviero Berni/Agentur Schlück
Satz: Kremerdruck GmbH, Lindlar
Druck und Bindung: Cox & Wyman Ltd.
ISBN 3-404-11762-X

# 1

*England 1447*

Schon von weitem sah die alte Burg heruntergekommen und reparaturbedürftig aus. Nur der Wassergraben war gut instandgehalten. Vor ihren Mauern übten sich gerade zahlreiche Männer mit Schwertern und Lanzen im Waffenhandwerk. Manche kämpften zu Fuß, andere zu Pferde.

Zwei Männer beaufsichtigten mit konzentrierter Aufmerksamkeit die Übungswettkämpfe. Beide waren groß, muskelstark und gutaussehend. Es waren die letzten beiden Überlebenden der Brüder Peregrine. Alle anderen waren schon längst in der seit drei Generationen andauernden Fehde mit den Howards gefallen.

»Wo ist Zared?« rief der ältere Bruder Rogan. Die Sonne glänzte auf seinem dunkelroten Haar, das er vom Vater geerbt hatte.

»Drinnen«, rief der jüngere Bruder Severn zurück. Ihre Blicke trafen sich. »Ich habe Zared hineingehen sehen«, fuhr er fort. Absichtlich vermied er das weibliche Fürwort »sie«, denn keiner der übrigen Männer sollte erfahren, daß Zared weiblichen Geschlechts war.

Rogan nickte und beobachtete dann wieder die in seiner Nähe kämpfenden Männer. Bereits vier Brüder hatte er durch die heimtückische Hinterlist der Howards verloren und vor zwei Jahren beinahe auch seine Ehefrau. Er wollte verhindern, daß auch seine kleine Schwester den schleichenden Ratten zum Opfer fiel. Daher vergewisserte er sich häufig ihres gegenwärtigen Aufenthaltsorts.

Zornig fuhr er die Männer in seiner Nähe an: »Nennt ihr das kämpfen? Seid ihr Weiber? Was für Schwächlinge ihr seid! Hier, ich will es euch zeigen.« Er entriß einem Ritter die Lanze und warf sich ins Getümmel. In wenigen Minuten hatte er den Ritter, der den Kampf mit ihm aufgenommen hatte, in die Knie gezwungen. Verächtlich starrte Rogan ihn funkelnden Auges an und hob die Lanze wie zum Stoß. Doch dann warf er die Waffe zu Boden und schritt davon.

Wie sollte er seine Familie schützen, wie das wenige Land, das den Peregrines verblieben war, wenn die Männer, die für ihn kämpften, solche Schwächlinge waren?

Er bestieg sein Roß und wollte zum Schloß hinüberreiten. Doch Severn hielt ihn an. Nun waren sie allein.

»Willst du zu ihr?« fragte Severn kampflustig. Zorn regte sich in ihm, weil sein Bruder sich nicht auf sein Wort verlassen wollte, daß ihre junge Schwester in Sicherheit sei.

»Sie ist ungehorsam«, versetzte Rogan mit finsterem Blick. Vor drei Wochen hatte Zared eines Tages beschlossen, schwimmen zu gehen, und war allein, ohne Begleitschutz, ausgeritten. Mit siebzehn Jahren hatte sie den Glauben der Jugend, ihr könne nichts geschehen.

»Ich werde nach ihr sehen«, sagte Severn, in der Absicht, dem älteren Bruder wenigstens diese Verantwortung abzunehmen.

Rogan nickte, und Severn gab seinem Pferd die Zügel. Er kannte nur zu gut die Empfindungen seiner Schwester. Auch er fühlte die Last des Familienhasses gegen die Howards auf seinen Schultern. Seit Jahren hatte er mitansehen müssen, wie die Howards einen Angehörigen nach dem anderen getötet hatten. Er hatte erlebt, wie seine Brüder fielen, wie Vater und Stiefmutter von den Howards ausgehungert worden waren. Er war Zeuge von Rogans Todesangst gewesen, als die Howards seine erste Frau und später auch seine geliebte zweite Frau gefangennahmen.

Seit Zared, seine Schwester und einzige Tochter seines Vaters, auf der Welt war, hatte sich die Familie zu ihrem Schutz verbündet. Als erste Maßnahme hatten sie geheimgehalten, daß den Peregrines ein zartes und verletzliches weibliches Wesen geboren worden war. Dafür sprengten sie die Nachricht aus, ein weiterer Sohn, der siebte, hätte das Licht der Welt erblickt.

Nach dem Hinscheiden von Zareds Mutter, die während einer Belagerung der Burg durch die Howards den Hungertod erlitten hatte, war Zared von ihren sechs älteren Brüdern großgezogen worden. So war sie aufgewachsen, als wäre sie wirklich ein weiterer Bruder. Wie ein Knabe gekleidet, erhielt sie mit vier Jahren den ersten Schwertunterricht, und wenn sie vom Pferd fiel, dann lachten sie alle. Niemals war es Zared gestattet worden, sich als zarte, schwache Frau zu fühlen.

Aber nun schien es, als sollte sich ihre Erziehung wie ein männlicher Sprößling an den Brüdern rächen. Zared fühlte sich so unabhängig wie irgendein Jüngling von siebzehn Jahren. Sie nahm sich das Recht, das Burggelände zu verlassen, wann immer sie wollte. Dann schnallte sie das Schwert an den Gürtel, verbarg einen Dolch im Stiefel und glaubte, einem Heer von Howards gewachsen zu sein.

Severn und Rogan hatten versucht, sie zur Vernunft zu bringen. Für so stark und geschickt im Waffengebrauch sie sich auch hielt, in Wirklichkeit war sie doch nur ein schwaches Mädchen. Rogans Frau Liana hatte, wenn es um Zared ging, ebenfalls ein Wort mitzureden. Aber Severn meinte, daß Liana sich ohnehin in alles einmischte.

»Wie konntet ihr sie mit dem Schwert in der Hand aufziehen«, hatte Liana gefragt, »und ihr dann eines Tages sagen, sie solle sich mit dem Nähzeug ans Fenster des Frauengemachs setzen? Wie konntet ihr annehmen, daß sie sich damit zufrieden gäbe? Ihr habt sie zu einem halsstarrigen Wesen erzogen, das glaubt, alles besser zu wissen.«

Severn verzog das Gesicht, als er sich daran erinnerte. Zum tausendstenmal dachte er, Rogan müßte seine Frau endlich die Männerhand zu spüren geben. Sie hatte eine viel zu scharfe Zunge.

Als hätten er und sein Bruder noch nicht genügend Sorgen, mußten sie sich jetzt auch noch ständig um Zared kümmern und dafür sorgen, daß sie es sich nicht wieder einmal in den Kopf setzte, allein durch die Gegend zu streifen.

Doch als sein Pferd klappernd über die Zugbrücke sprengte, lächelte Severn wieder. Vor zwei Tagen war ihm eine Idee gekommen, wie er Zared allen Gefahren durch die ständig auf der Lauer liegenden feindlichen Howards entziehen und zu gleicher Zeit eine reiche Frau für sich gewinnen könne. Er hatte Rogan bereits von seinem Plan erzählt. Nun blieb ihm noch, es Zared mitzuteilen. Er stellte sich vor, wie Zared reagieren würde, und sein Lächeln vertiefte sich. Sie kleidete sich zwar wie ein Jüngling und stolzierte herum wie ein Jüngling, konnte sich aber wie ein Mädchen über die kleinsten Dinge freuen. Und Severns Plan würde Zareds Herz bestimmt erfreuen, das wußte er.

Natürlich mußte er vorher Liana von seinem Vorhaben in Kenntnis setzen. Sie würde zweifellos Schwierigkeiten machen, doch er wußte, daß er mit ihr fertigwerden würde. »Viel besser als Rogan«, murmelte er vor sich hin. Er meinte ja, daß sein Bruder viel zu weich mit seiner Frau umging. Als Severn ihm von seinen Plänen mit Zared erzählt hatte, war Rogans Antwort gewesen: »Da mußt du Liana fragen.« Er sollte eine Frau *fragen*? »*Sagen* werde ich es ihr!« nahm er sich vor. Er stieg vom Pferd und begab sich hinauf in Lianas Gemach.

Zared stand in der Tür, lehnte die Wange an den rauhen Steinrahmen und sah schweigend Lianas Frauen zu. Sie lachten, kicherten und flüsterten untereinander während sie Kleider aus prächtiger Seide und Samt über die Köpfe hielten. Ab und zu schnappte Zared ein Flüsterwort auf. Sie sprachen über die Männer in der Burg. Als Ralphs Name fiel, richtete Zared sich auf. Ralph war ein junger Ritter, den Rogan vor kurzem in Dienst genommen hatte, und noch kein Mann hatte einen solchen Eindruck auf sie gemacht wie er. Wenn sie ihm nur begegnete, schlug ihr das Herz schneller, und das Blut stieg ihr zu Kopf.

»Möchtest du dieses Gewand anprobieren?«

Es dauerte eine Weile, bis Zared begriff, daß die Frau sie angesprochen hatte. Sie war eine der hübschesten von Lianas Frauen, trug das Haar in einem Goldnetz und den geschnürten Leib in Samt. Jetzt hielt sie Zared ein smaragdgrünes Satinkleid hin. Vor den Männern ihrer Brüder wurde Zareds Geschlecht geheimgehalten, doch Lianas Frauen wußten, daß Zared ein Mädchen war.

Schon wollte Zared nach dem Gewand greifen, doch dann zog sie energisch die Hand zurück. »Nein«, sagte sie und legte so viel Verachtung in ihre

Stimme, wie sie nur aufbrachte. »Ich habe keinen Sinn für solche Kinkerlitzchen.«

Die Frau fühlte sich keineswegs zurückgestoßen. Vielmehr hatte sie für Zared nur einen mitleidigen Blick übrig.

Zared aber gab sich nach besten Kräften hochmütig und wandte sich ab. Was scherten sie Frauenkleider? Was der schnellzüngige Frauenklatsch?

Sie rannte die steile Steintreppe hinunter. Auf dem Absatz im ersten Obergeschoß vernahm sie Lianas Stimme, trat rasch in einen Alkoven und hielt den Atem an, bis Liana vorbei war.

In den beiden Jahren, seit ihr älterer Bruder Liana zur Frau genommen hatte, waren im Haushalt der Peregrines viele Veränderungen eingetreten: das Essen wurde besser, die Betten sauberer, und überall schwirrten Frauen herum. Doch hatte Liana es nicht vermocht, Zared zu ändern. Und sie konnte noch so viel mit Zareds Brüdern streiten, die Männer ließen nicht zu, daß sich in Zareds Erziehung etwas änderte. Zu ihrem eigenen Schutz mußte Zared weiterhin als jüngster Sohn der Peregrines gelten.

Selbstverständlich wollte Zared auch gar nicht das beschränkte Leben einer Frau führen. Sie wollte nicht wie Liana werden, die immer in der Burg eingeschlossen war und nie frei herumreiten, nie über ein offenes Feld galoppieren durfte. Frauen wie Liana und ihre Damen durften nur herumsitzen und warten. Warten, daß sich ihnen ein Mann näherte. Zared gedachte, auf nichts und niemanden zu warten. Wenn sie Lust hatte zu reiten, dann tat sie es. Sie brauchte nicht einmal darauf zu warten, daß ihr ein Mann auf den Pferderücken half und sie dann begleitete.

Aber manchmal, nur manchmal wünschte sie, sie verstände sich auf Frauenlisten. Einmal hatte sie

Schwertkampf mit Ralph geübt, als eine von Lianas Damen vorbeikam. Ralph hatte sich nach der Frau umgedreht. Darüber wurde Zared so ärgerlich, daß sie ihm die flache Seite des Schwerts an den Kopf schlug. Er fiel zu Boden, und die umstehenden Männer lachten. Danach wollte Ralph nie mehr mit ihr üben. Er wollte nicht einmal mehr neben ihr sitzen, ja, wenn es irgendwie zu vermeiden war, in einem Raum mit ihr sein. Severn sagte, daß Ralph sie für einen Jüngling hielt. Dennoch kreisten ihre Gedanke um ihn.

Eine Woche lang hatte sich Ralph feindselig gegen sie verhalten, da überlegte Zared, ob sie Liana um ein Frauengewand bitten sollte, brachte die Frage aber nicht über die Lippen. Wenn sie ein Kleid trüge, würde Ralph wohl aufmerksam werden. Doch es würde das äußerste Mißfallen ihrer Brüder erregen. Sie wußte, wenn sie ein Kleid anzöge, würden ihr die Brüder nie mehr gestatten, sich außerhalb der Burgmauern aufzuhalten. War Ralphs Gunst den Verlust ihrer Freiheit wert?

Sie überlegte so angestrengt, daß sie zuerst nicht merkte, wie die Stimmen im Nebengemach immer lauter wurden.

In einem Ton äußerster Empörung sagte Liana: »Daran darfst du überhaupt nicht denken!«

Zared ahnte, daß ihre Schwägerin mit Severn sprach, denn die beiden hatten immer Streit miteinander. Liana verstand es, alles, was sie wollte, bei Rogan durchzusetzen. Dies war eins der Dinge, die Severn an ihr ärgerten. Sobald Severn mit Liana sprach, war stets ein feindlicher Unterton spürbar.

»Sie ist meine Schwester«, sagte Severn zornig, »und ich nehme sie mit. Dazu brauche ich deine Erlaubnis nicht.«

Zared spitzte die Ohren.

Liana sprach so ruhig, als wollte sie einem Dorfidioten Vernunft beibringen. »Ihr seid doch schon hier kaum in der Lage, für ihre Sicherheit zu sorgen. Und da willst du sie der ganzen Welt vorführen?«

»Sie wird mein Knappe sein. *Ich* werde sie schützen.«

»Und zu gleicher Zeit um Lady Anne werben? Soll Zared bei den anderen Knappen schlafen? Oder in deinem Zelt, wenn du dir deine Huren ins Bett holst? Zared ist keine Iolanthe, die dabeisitzt und zusieht, wie du mit anderen Weibern ins Bett steigst.«

Zared hielt die Luft an. Liana war zu weit gegangen. Iolanthe – das war die schöne Frau, welche die Gemächer über der Küche bewohnt hatte. Sie war verheiratet gewesen. Doch ihr seniler alter Mann hatte zugelassen, daß sie mit Severn zusammenlebte – oder vielleicht hatte er es auch nicht gewußt. Nach dem Tod des Alten hatte Severn Iolanthe gebeten, seine Frau zu werden, aber sie hatte ihn abgewiesen. Sie sagte, sie liebe Severn und werde ihn immer lieben, aber für eine Heirat sei er zu arm. Sie war in das Haus ihres toten Ehemanns zurückgekehrt, und ein Jahr später war sie mit einem fetten, dummen, aber sehr reichen Mann verheiratet. Denoch wollte sie sich weiterhin mit Severn treffen, aber jetzt lehnte er ab. Und seitdem wurde Iolanthes Name nicht mehr ausgesprochen.

Zared konnte Severn nicht sehen, aber sie wußte, daß er vor Wut bebte.

»Severn«, flüsterte Liana flehend. »Bitte, hör auf mich!«

»Nein, ich werde nicht auf dich hören. Ich muß in die Welt hinaus und eine Gattin erobern. Eigentlich brauche ich gar keine, denn ich habe gesehen, wie eine Ehefrau ihren Mann verändern kann. Aber die Schatztruhen müssen wohlgefüllt sein, wenn wir den Krieg gegen die Howards gewinnen wollen, wenn wir ...«

»Hör auf!« schrie Liana. »Ich kann das nicht mehr hören. Immer geht es um die Howards. Seit ich in diese Familie eingeheiratet habe, habe ich kaum etwas anderes zu hören bekommen. Ich sitze mit den Howards zu Tisch, ich gehe mit den Howards schlafen. Nie werde ich sie los. Wie kannst du nur um deines Hasses willen das Leben deiner Schwester aufs Spiel setzen?«

Wieder hielt Zared den Atem an. Würde Severn jetzt etwa die Hand gegen die Frau seines Bruders erheben? Wenn er sie schlug, würde Rogan ihn töten.

Doch wie konnte Liana auch so lässig von ihren Feinden reden? Wie konnte sie vergessen, was die Howards ihnen drei Generationen hindurch angetan hatten?

Dann ergriff Severn von neuem das Wort, und Zared atmete wieder. Jedenfalls hatte er sich so weit in der Gewalt, daß er Liana nicht schlug. Zared wußte, wovon ihr Bruder sprach. Vor einem Monat war ein Herold gekommen und hatte die Einladung zu einem großen Turnier aus Anlaß der Hochzeit von Lady Catherine Marshall überbracht. Es gab wertvolle Preise zu gewinnen, darunter einen großen Smaragd. Doch der Herold hatte durchblicken lassen, daß der Hauptpreis die jüngere Tochter Lady Anne sein werde. Sie war achtzehn und gerade vom französischen Hof zurückgekehrt, wo sie einige Jahre verbracht hatte. Ihr Vater suchte für sie einen guten englischen Ehemann.

Als der Herold fort war, hatte Severn beim Nachtmahl verkündet, daß er zu dem Turnier reiten und mit der reichen Lady Anne als Gattin wiederkommen wolle. Das führte zu einem lautstarken Disput zwischen Liana und Severn. Liana sagte, er überschätze sich, wenn er meine, eine Dame von vornehmer Erziehung und Bildung dadurch erringen zu können, daß er ein paar narbige Muskelmänner aus dem Sattel höbe. Severn sagte, Rogan habe sich eine reiche Frau erwählt und er habe das gleiche vor. Liana wies ihn darauf hin, daß *sie* Rogan erwählt hatte und nicht andersrum, und sie bezweifelte stark, daß Anne einen unrasierten, schmutzigen, überheblichen Ritter wie Severn erwählen würde, der außerdem noch eine andere Frau liebte. Severn kroch unter dem Tisch durch und ging auf Liana los. Rogan mußte sich auf seinen Bruder werfen, sonst hätte er Liana tätlich angegriffen.

Danach hatte es viel Unfrieden im Haushalt der Peregrines gegeben. Zared gab Liana die Schuld an dem fortdauernden Zwist. Gewohnt, immer alles in die Hand zu nehmen, betrieb sie jetzt auch für Severn die Vorbereitungen auf das Turnier. Sie ließ ihm neue Kleider und bestickte Umhänge für die Pferde anfertigen. Sie entwarf Severns Zelt und sogar seinen Helmschmuck. Aber je mehr Liana plante, um so mehr stellte sich Severn auf die Hinterbeine. Er lehnte es ab, ihren Wünschen nachzukommen. Nach drei Wochen Streitereien sagte er ihr, er werde, wenn es nicht anders ginge, Lady Anne einfach auf sein Pferd heben und sie zwingen, seine Frau zu werden.

»Anders schaffst du es auch nicht«, sagte Liana. »Nur mit Gewalt kannst du sie dazu bringen, deine Frau zu werden, wenn sie einmal deinen Gestank eingeatmet hat.«

Severn beabsichtigte, sich in zwei Tagen auf den Weg zum Turnier zu machen. Er wollte aber keines der feinen Gewänder mitnehmen, die Liana für ihn hatte machen lassen. »Sie wird mich so nehmen, wie ich bin.«

»Sie wird dich überhaupt nicht haben wollen«, hatte ihm Liana grob geantwortet.

Und jetzt sagte er Liana, daß er Zared als seinen Schildknappen mitnehmen wolle. Mit lächelnder Vorfreude hörte es Zared. Sie würde die weite Welt sehen, Musik hören, fremdartige Speisen kosten und ...

»Sie kann nicht mit dir gehen«, sagte Liana. »Hast du vergessen, daß sie trotz ihrer Verkleidung ein Mädchen ist? Was geschieht, wenn man ihr wahres Geschlecht entdeckt? Wer soll einen Trunkenbold daran hindern, sich an ihrem Körper zu vergreifen? Ohne ihre Jungfräulichkeit wird sie zu einer schlechten Partie, wenn es ums Heiraten geht.«

Heiraten? dachte Zared. Noch nie hatte jemand zu ihr von Heiraten gesprochen.

Liana senkte die Stimme. »Und denk an die Howards! Sie erfahren bestimmt, daß zwei Peregrines am Turnier teilnehmen. Werden sie nicht versuchen, einen von euch in ihre Gewalt zu bekommen? Und wird es nicht der Jüngere und Kleinere sein?«

»Selbst die Howards werden es nicht wagen, den König zu provozieren, denn er wird ebenfalls anwesend sein.«

»Dann eben auf der Hin- oder Rückreise«, sagte Liana ärgerlich. »Bitte, Severn, hör auf mich! Du darfst das Leben des Kindes nicht in Gefahr bringen. Laß es nicht zu, daß deine Wut über Iolanthe zur Ursache für den Tod deiner Schwester wird!«

Plötzlich merkte Zared, daß sie unwillkürlich die Fäuste geballt hatte. Die kurzgeschnittenen Fingernägel gruben sich in ihre Handflächen. Am liebsten wollte sie vor Liana hintreten und ihr ins Gesicht schreien, daß sie selber auf sich aufpassen konnte, daß jeder Mann, der ihr zu nahe träte, ihr Messer zu spüren bekäme. Wie konnte Liana auf die Idee kommen, daß sie schwach wäre und wie ein wehrloses Weib beschützt werden müßte? Sie war keine Frau, sie war ein Mann!

»Das heißt ...«, flüsterte Zared. Mit einem jähen Schrecken spürte sie, daß ihr Tränen in die Augen stiegen. Ja, sie *war* ein Mädchen, aber sie konnte sich ihrer Haut wehren.

»Sie wird mit mir kommen«, erklärte Severn in einem Ton, der Zared verriet, daß damit für ihn das Thema beendet war.

Um nicht von ihm gesehen zu werden, löste sich Zared von der Wand und rannte die Treppe hinunter. Sie sollen alle verdammt sein, dachte sie. Eben hatte sie noch auf dem Übungsplatz gefochten; Rogan hatte sie angeschrien, das Schwert höher zu heben – und im nächsten Augenblick mußte sie mitanhören, wie Liana sagte, sie wäre zu schwach, um die Annäherungsversuche eines Trunkenbolds abzuwehren. War sie ein Ritter oder ein schwaches Weib? War sie ein Mann oder eine Frau?

Weiter eilte sie die Treppe hinab, bis sie unten den Burghof erreichte. Dort stand Severns Hengst gesattelt und wartete auf ihn. Mit einem Fluch auf ihre ganze Familie, die solche Verwirrung über sie brachte, sprang sie auf das Pferd und donnerte über die Zugbrücke, ohne auf das Geschrei hinter ihr zu achten.

Sie ritt, so scharf und schnell sie konnte. Es war ihr egal, wohin es ging. Die Burg und die Ländereien der Peregrines blieben hinter ihr zurück. Doch sie spornte das Pferd zu noch schärferem und schnellerem Tempo an. Sie war schon mehrere Meilen von ihrem Zuhause entfernt, als drei Reiter ihre Verfolgung aufnahmen.

Ein schneller Blick zurück zeigte ihr, daß sie Wappen und Farben der Howards trugen.

Das Herz schlug ihr bis in die Kehle. Rogan hatte sie gewarnt, daß die Howards sie ständig belauerten und im Hinterhalt lägen, um sich auf jeden Peregrine zu stürzen, der sich ohne Begleitschutz hinauswagte.

Ihr ganzes Leben lang hatte man sie vor den Howards gewarnt. Ihr schien, als hätte man ihr von Geburt an eingetrichtert, was für Verräter die Howards waren. Vor einigen Generationen hatte ein Herzog Peregrine, der bejahrt und halb senil war, in zweiter Ehe ein junges, hübsches Weib der Howard-Familie geheiratet. Diese Frau war voller Ehrgeiz, und sie hatte ihren alten Ehemann überredet, sein Testament zu ändern und alles – das Geld, den Titel, die Ländereien – ihrem Schwächling von Sohn zu vererben, von dem hinter vorgehaltener Hand geflüstert wurde, daß er nicht vom Herzog stamme.

Nur auf eine einzige Art konnte die Howard-Frau den Mann dazu überreden, seine erwachsenen Söhne zu enterben. Sie mußte ihm vorgaukeln, daß er mit seiner ersten Frau in Wirklichkeit gar nicht verheiratet gewesen wäre. Der Alte, dessen Geist heute klar und morgen umnebelt war, forderte die Kirchenregister mit dem Nachweis dieser Ehe an und ließ auch die Trauzeugen kommen. Aber die Register waren nicht mehr auffindbar, und alle Zeugen waren umgekommen – einige vor verdächtig kurzer Zeit.

Auf dem Totenbett, von starken Schmerzen gequält, erklärte der Greis die Söhne aus seiner ersten Ehe zu Bastarden und hinterließ alles der habgierigen Familie seiner Frau.

Seit dieser Zeit befanden sich die reichen Ländereien in der Hand der Howards, doch ständig zwischen ihnen und den Peregrines umkämpft. Im Laufe der Jahre erlitten beide Seiten schwere Verluste, und der Haß saß sehr tief.

Zared blickte zu ihren Verfolgern zurück. Dann ritt sie, den Kopf tief auf den Hals des Pferdes geduckt, dessen Mähne ihr in die Augen wehte, schärfer als je zuvor im Leben. Auf dem harten, von Fahrspuren durchschnittenen Boden dröhnten die Pferdehufe, und sie preschte an Menschen, Karren und Tieren vorbei. Aber es dauerte nicht lange, und sie merkte, daß ihr Pferd an Boden verlor und Howards Männer aufholten.

»Vorwärts, mein Junge!« trieb sie ihr Pferd an. »Nur noch bis zum Wald des Königs. Dort können wir uns verstecken.«

Und wieder gab sie dem müden Pferd die Sporen, und ihr Herz schlug mit dem des Tieres um die Wette.

Sie hatten es fast geschafft. Aber kurz vor dem Erreichen des Waldes, als Zared schon die dichten Bäume vor sich sah, die ihnen Unterschlupf verhießen, trat das Pferd in ein Erdloch und stürzte. Zared fiel zu Boden und rollte kopfüber die staubige Straße entlang. Dann blieb sie liegen und sah hoch. Drei Männer standen über ihr, die Schwertspitzen auf ihre Kehle gerichtet.

»Es ist der jüngste Peregrine«, sagte einer, und es klang, als könne er sein Glück gar nicht fassen. »Dafür wird man uns reichlich belohnen.«

»Hör auf, jetzt schon dein Geld zu zählen, und feßle ihn lieber! Ich will nicht, daß er uns wieder entkommt, ehe wir ihn wegbringen können.«

Einer packte sie am Arm und zog sie hoch. »Nicht viel dran an ihm«, sagte er und befühlte die dünnen Arme.

Mit einem Ruck machte Zared sich frei.

»Faß mich nicht an, Knabe, oder du bekommst mein Messer zu schmecken! Howard wird es wenig kümmern, ob man ihm einen Peregrine lebend oder tot bringt.«

»Ruhe!« befahl der erste. »Setz den Jüngling auf dein Pferd! Wir wollen verschwinden, bevor seine Brüder kommen.«

Der Gedanke an die älteren Peregrines wirkte ernüchternd auf die Männer. Einer hob Zared unsanft in den Sattel und stieg dann selbst auf.

Zared hatte nur den einen Gedanken, daß nun die Fehde wieder aufleben würde. Bis sie ihr Ende fand, würde sie auch ihre letzten Brüder verloren haben. Sie schloß die Augen, um ihre Reuetränen zu verbergen. So lange wie möglich mußte sie sie in dem Glauben lassen, daß sie einen jungen Mann aufgelesen hatten. Nur ungern dachte sie daran, was geschehen würde, wenn Männer dieses Schlages entdeckten, daß sie ein Mädchen war.

Tearle Howard streckte seine langen, muskulösen Beine aus, gähnte ausgiebig und legte sich wieder in das duftende Gras am Bachufer. Die Sonne wärmte seinen Körper. Träge summten Fliegen umher. Links von sich hörte er die drei Männer seines Bruders tuscheln.

Eigentlich hatte Tearle vor, etwas zu schlafen. Er wollte den Tag gemütlich in der Sonne verdösen. Aber die Männerstimmen hielten ihn vom Schlafen ab, weil sie ihn an die Besessenheit seines Bruders gemahnten.

Bis vor zwei Monaten hatte Tearle Howard in Frankreich gelebt und einige Zeit am Hofe Philipps des Guten verbracht. Unter Anleitung seiner Mutter hatte Tearle eine gute Erziehung genossen. Er hatte die Geheimnisse der Musik, des Tanzes und der bildenden Künste kennengelernt. Er hatte ein Leben des Behagens und des Wohlstandes geführt, in einer Welt, in der man die Kunst des Gesprächs hochhielt.

Aber vor sechs Monaten war seine Mutter gestorben, und damit war der Hauptgrund für einen Aufenthalt in Frankreich entfallen. Im Alter von sechsundzwanzig Jahren war die Neugier auf seine Familie erwacht, die er nie richtig gekannt und selten gesehen hatte. Als daher Oliver den jüngeren Bruder zur Heimkehr aufforderte, war Tearle dem Verlangen bereitwillig und interessiert gefolgt. Tearle machte die Reise nach England in Gesellschaft von Freunden und begrüßte voller Herzlichkeit Bruder und Schwägerin.

Das gute Einvernehmen war jedoch schnell abgekühlt, als Tearle dahinterkam, daß Oliver ihn nur bei sich haben wollte, um mit seiner Hilfe einen Krieg gegen eine Familie namens Peregrine zu führen. Oliver war entsetzt, daß man Tearle nicht von früher Jugend an gelehrt hatte, die Peregrines zu hassen. Wenn man Oliver Glauben schenkte, so waren die Peregrines Teufel auf Erden und mußten, koste was es wolle, ausgerottet werden. Umgekehrt war Tearle entsetzt, als er erfuhr, daß die älteren Brüder Howard dieser langanhaltenden Fehde bereits zum Opfer gefallen waren.

»Ist es nicht an der Zeit, damit Schluß zu machen?« hatte Tearle Oliver gefragt. »Die Fehde hat doch ihre Ursache darin, daß die Peregrines glauben, unsere Ländereien gehörten von Rechts wegen ihnen? Doch da wir in ihrem Besitz sind, und nicht sie, wäre es da nicht logischer, wenn die Peregrines uns angriffen, und nicht wir sie?«

Tearles Worte hatte Oliver dermaßen in Wut versetzt, daß seine Augen glasig wurden und ihm Schaum vor den Mund trat. Genau in diesem Augenblick begann Tearle zu zweifeln, daß sein Bruder noch bei Verstand war. Er bekam zwar nie eine befriedigende Auskunft über die wahre Ursache von Olivers Haß auf die Peregrines. Aber aus Bruchstücken des Burgklatsches entnahm Tearle, daß Olivers Haß irgend etwas mit seiner stets müde wirkenden Frau Jeanne zu tun haben mußte.

Doch wie dem auch sein mochte, der Haß hatte sich bei Oliver so eingefressen, daß Tearle kein Mittel dagegen wußte. Daher gestaltete sich das Leben mit Oliver höchst unerfreulich, und Tearle ging dem Bruder möglichst aus dem Weg. Soweit er es übersah, verschwendete Oliver all seine Energien, um diesen Haß auf die Peregrines zu nähren, so daß er keinen Sinn mehr hatte für die schöneren Dinge des Lebens wie Musik und angenehme Gesellschaft.

Nun war er also hier und vertrödelte den Tag mit einem sinnlosen Auftrag seines besessenen Bruders.

»Du mußt sie überwachen«, hatte ihm Oliver gesagt, in einem Ton, als würde Tearle, wenn er der Peregrines ansichtig würde, keine Menschen, sondern Teufel mit roten Schuppen statt Haut erblicken. »Geh mit meinen Männern auf Spähtrupp!«

»Du stellst Wachtposten rund um die Burg Peregrine auf?« fragte Tearle. »Du läßt sie Tag für Tag beobachten? Du zählst die Kohlköpfe, die sie kaufen?«

Olivers Augen verengten sich. »Spotte nicht über Dinge, die du nicht verstehst! Vor zwei Jahren begab sich der Älteste allein mit seiner Frau ins Dorf. Wäre es mir gemeldet worden, hätte ich ihn gefangennehmen können. Ich habe zwar seine Frau geschnappt, aber sie …« Er brach ab und drehte sich um.

»Sie … was?« fragte Tearle mit plötzlich erwachendem Interesse.

»Erinnere mich nicht an diesen Tag! Geh und sieh dir an, gegen wen ich kämpfe! Wenn du sie zu Gesicht bekommst, wirst du es verstehen.«

So wurde Tearle allmählich neugierig auf die Peregrines und schloß sich einer der vier Gruppen an, die Oliver rund um die Burg Wache halten ließ.

Der Anblick der baufälligen alten Burg hatte Tearle wenig beeindruckt. Es war zwar zu erkennen, daß man sich bemüht hatte, die schlimmsten Schäden auszubessern. Aber ebenso fiel die Ärmlichkeit des Rittersitzes ins Auge. Tearle setzte sich in einiger Entfernung auf einen Hügel und beobachtete durch ein Fernrohr, wie die drei überlebenden Peregrines täglich mit ihren Männern übten. Der Jüngste war noch ein Knabe.

Drei Tage lang saß Tearle dort und beobachtete die Waffenübungen der Peregrines. Gegen Ende des dritten Tages hatte er das Gefühl, nun alle zu kennen. Außer den beiden Männern und dem Knaben gab es noch zwei uneheliche Brüder, die so ungeschickt mit ihren Waffen umgingen, als sei ihnen das alles noch neu.

»Die Bastarde ihres Vaters«, hatte Oliver sie verächtlich genannt. »Wenn ich gewußt hätte …«

»Dann hättest du sie getötet«, sagte Tearle müde.

»Sieh dich vor, daß du meine Geduld nicht auf eine zu harte Probe stellst!« warnte ihn Oliver.

Trotz ihrer Armut hatten die Peregrines noch ihre unehelichen Brüder bei sich aufgenommen. Dagegen drohte Oliver inmitten seiner Reichtümer dauernd, er werde Tearle hinauswerfen. Klugerweise behielt letzterer die Beobachtung für sich.

Am fünften Tag hatte Tearle keine Lust mehr, die Peregrines zu beobachten. Es kribbelte in ihm, sich Bewegung zu verschaffen. Er wünschte, er könnte an den Waffenübungen teilnehmen. Er sah gerade, wie Severn wieder einen Mann zu Boden zwang. »Ich könnte es mit dem Blonden aufnehmen«, sagte er sich. Dann gab er das Fernrohr einem der Männer und stahl sich von dannen. Er wollte überlegen, wie er diesen Wachdienst loswerden konnte.

Am Ende mußte er eingeschlummert sein. Donnernder Hufschlag weckte ihn. Olivers Männer waren fort. Sofort war Tearle auf den Beinen. Er hob das Fernrohr vom Boden auf, wo man es hingeworfen hatte, und sah hindurch. Die Männer von Peregrine waren in großer Aufregung. Rogan, der ältere, schrie etwas und bestieg sein Pferd. Der etwas jüngere Bruder war schon in vollem Galopp unterwegs. Aber keiner schien so recht zu wissen, welchen Weg sie einschlagen sollten. So trennten sie sich und ritten in alle Himmelsrichtungen davon.

»Der Jüngling«, sagte Tearle. Er hatte ihn schon einmal aus dem Schutzbereich seiner Brüder wegreiten sehen, aber Olivers Männern nichts davon gesagt. Soll der Jüngling doch seine Süße im Dorf besuchen, dachte er. Und danach hatte er die Aufmerksamkeit der Männer geschickt abgelenkt, bis der Jüngling sicher zurückgekehrt war.

Tearle rannte zu seinem Pferd und ritt Olivers Männern nach. Offenbar hatten sie beobachtet, in welche Richtung der Jüngling geritten war. Tearle brauchte einige Zeit, bis er die Männer gefunden hatte, und zuerst glaubte er, zu spät gekommen zu sein. Sie führten einen Hengst, von dem er wußte, daß er Severn gehörte, mit sich und waren bereits auf dem Weg zu den Ländereien der Howards.

Tearle sank das Herz. Die Gefangennahme des Jünglings würde offenen Krieg bedeuten – und die Schuld lag dann bei den Howards. Der verdammte Oliver und seine Besessenheit, dachte er.

Als die Männer Tearle erblickten, hielten sie widerstrebend an. Ihre häßlichen Gesichter glänzten triumphierend, weil sie einen dünnen, schmächtigen Jüngling gefangen hatten. In Erwartung hohen Lobs schauten sie Tearle entgegen.

Vor einem von ihnen saß in steifer Haltung der Junge im Sattel. Tearle konnte es kaum mit ansehen.

Als er schließlich doch dem Blick des Jungen begegnete, blieb ihm vor Schreck der Mund offenstehen. Denn er sah nicht die stolze Miene eines Jünglings vor sich, sondern in die wütenden Augen eines Mädchens.

Überrascht wandte er sich wieder den Männern zu.

»Wir haben ihn gefangen, Mylord«, sagte einer. »Sollen wir den Knaben zu Eurem Bruder bringen oder ihn gleich hier töten?«

Tearle starrte den Mann sprachlos an. Sahen sie denn nicht, daß sie ein Mädchen festhielten? Kannten sie denn nicht den Unterschied zwischen Mann und Frau?

»Mylord?« sagte einer in ängstlich fragendem Tonfall. »Die Peregrines werden bald hier sein.«

Tearle hatte sich wieder gefaßt. Diese Brüder Peregrine würden sich gewiß nicht erst mit großen Reden aufhalten, wenn sie ihre kleine Schwester als Gefangene sahen.

»Ich werde das … Kind meinem Bruder bringen«, sagte Tearle. Und das Mädchen zunächst erst mal aus den Händen dieser Kerle befreien, dachte er.

Die Männer zögerten.

Stirnrunzelnd warf ihnen Tearle einen Beutel mit Münzen zu. »Hier, nehmt das! Diesen Peregrine übernehme ich selbst.«

Da trat helle Freude in die Augen der Männer. Sie hatten bekommen, was sie wollten. Es war ihnen völlig gleichgültig, was Tearle mit dem Jungen anstellen oder was aus Tearle selber werden würde.

Einer der Männer ritt an Tearles Seite. Halb schob, halb warf er ihm Zared auf den Sattel.

Tearle zuckte zusammen, als er sah, wie fest sie dem Mädchen die Hände zusammengebunden hatten. »Nun fort!« befahl er den Männern. »Bevor sie euch finden.«

Sie zögerten keine Sekunde länger, sondern gaben den Pferden die Sporen und schlugen den Weg zu den Ländereien der Howards ein. Tearle legte den Arm um die schlanke Taille des Mädchens, zog seinen Körper eng an sich und ritt in scharfem Galopp auf den Wald des Königs zu.

## 2

Sobald Tearle den Wald erreicht hatte, verließ er die jahrhundertealten Fußwege der Dorfbewohner und ritt mitten in die dunklen Tiefen unter den riesigen Eichen hinein. Das Mädchen hielt er fest vor sich. Er spürte ihren schmalen Rücken an seiner Brust, ihre langen, kräftigen Beine an seinen. Einmal streckte er die Hand aus, um sie vor einem vorstehenden Ast zu schützen, der ihm dann schmerzhaft in den Handrükken schnitt. Bei einer weiteren ähnlichen Gelegenheit beugte er sich weit vor und legte den Kopf in die Wölbung ihres Nackens, so daß sein Kopf auf ihren Haaren zu liegen kam.

Da glaubte nun Oliver, er wüßte alles, was es über die Peregrines zu wissen gab, und doch war er nie auf die Idee gekommen, daß deren jüngster Sohn in Wirklichkeit ein Mädchen war! Bei diesem Gedanken mußte Tearle unwillkürlich lächeln. Die Peregrines hatten ja recht, ihr Geschlecht zu verheimlichen, denn

Oliver schien von den Frauen der Peregrines förmlich fasziniert zu sein.

Als er an eine einsame Lichtung gelangte, brachte er das Pferd mit scharfem Zügelruck zum Halten. Dann stieg er ab und hob seine Gefangene herunter. Ihre Hände waren noch auf dem Rücken gefesselt, und sie war nun ganz allein mit dem Feind. Doch ihre Augen verrieten keine Furcht.

Er legte ihr die Hände auf die Schultern und sah auf sie herab. Ihr Waffenrock war abgetragen und schmutzig und reichte bis zur Mitte der Oberschenkel. Die Beine steckten in engen Strickhosen. An den Füßen trug sie bis zu den Knien reichende Stiefel. Das dunkle Haar, das sogar im Schatten des Waldes einen rötlichen Schimmer hatte, war schulterlang. Als Kopfbedeckung trug sie eine kecke kleine Mütze mit Feder.

Zum erstenmal seit seiner Abreise aus Frankreich war wieder Lebenslust in ihm erwacht. Was für eine anziehende Frau sie ist, dachte er, und ihm fiel ein, wie er sie beim Waffenspiel mit ihren Brüdern beobachtet hatte. Plötzlich spürte er den unüberwindlichen Drang, wieder das Pferd zu besteigen und sie mit sich auf die Burg seines Bruders zu nehmen. Der Rittersitz war so weitläufig, daß er sie dort leicht verstecken konnte.

Zared musterte den Mann, der sie an den Schultern hielt. Ein großer Mann mit dunklem Haar und dunklen Augen – unverkennbar ein Howard. Die Männer, die sie vorhin gefangengenommen hatten, hatten ihn Lord genannt. Also mußte er der lange Zeit verschollene jüngste Howard-Bruder sein.

Sie hatte einige Geschichten über diesen Mann gehört. Er sollte schon als Knabe so verderbt gewesen sein, daß sie ihn mit seiner Teufelin von Mutter nach Frankreich abgeschoben hatten. Sein Anblick ließ sie diese Geschichten glaubhaft erscheinen. Beim Ritt in den Wald hatte er ihren Körper abgetastet, als wollte er fühlen, ob es sich lohnte, sie zu braten. Und seine kleinen schwarzen Knopfaugen funkelten, als freue er sich schon darauf, sie in einen Festschmaus zu verwandeln.

Er ist wahnsinnig, dachte sie. Wären ihre Hände nicht immer noch gefesselt gewesen, hätte sie sich zur Abwehr des leibhaftigen Bösen bekreuzigt.

Während er sie ansah wie ein Hungriger seine Jagdbeute, schmiedete sie bereits einen Fluchtplan. Den drei Howard-Männern hätte sie nicht entwischen können. Aber bei diesem einen, selbst wenn er wahnsinnig war, schien es nicht unmöglich. Wenn sie ihn dazu brachte, daß er ihre Fesseln löste, konnte sie vielleicht an das im Stiefel versteckte Messer kommen und sich seiner mit der Waffe erwehren. Er erschien ihr zwar groß und stark, aber vielleicht hatte er auch die Trägheit seines Bruders, und an seinem massigen Körper befand sich vielleicht mehr Fett als Muskeln.

»Wie heißt du?« fragte er.

Sie zischte ihn an: »Peregrine!« Wenn er sie nicht losband, bedeutete das, daß er sie umbringen wollte. Doch sie wollte nicht als Feigling sterben und so Schande über ihre Familie bringen.

»Dein Vorname«, flüsterte er, und seine Augen blickten freundlich.

Ist das ein Trick? dachte sie. Wollte er ihr vorgaukeln, daß er doch nicht durch und durch böse war? »Meine Brüder werden dich töten«, sagte sie. »Sie werden dich in Stücke reißen.«

»Ja«, sagte er mit leisem Lächeln, »das kann ich mir gut vorstellen.« Dann zog er einen juwelenbesetzten Dolch aus dem Gürtel. Unwillkürlich trat Zared einen Schritt zurück.

»Ich will dir doch nicht weh tun«, sagte er, und er sprach wie zu einem verängstigten wilden Tier.

Wenn er glaubt, daß ich je den Worten eines Howards traue, dachte sie, dann ist er nicht nur wahnsinnig, sondern auch dumm.

Er nahm sie wieder an den Schultern und drehte sie herum. Dann benutzte er den Dolch zum Zerschneiden der Handfesseln. Als er sie wieder zu sich umdrehte, nutzte sie die Gelegenheit. Mit einer einzigen fließenden, oft geübten Bewegung täuschte sie ein Stolpern vor, bei dem sie auf ein Knie niederging, zog das Messer aus dem Stiefel und ließ es in den Ärmel gleiten.

Tearle half ihr auf die Beine und fragte: »Bist du verletzt? Ich fürchte, die Männer meines Bruders haben dich allzu grob behandelt.«

Wieder legte er ihr die Hände auf die Schultern. Dann schien er die Beherrschung über sich zu verlieren. Denn er zog sie an sich und küßte sie zärtlich auf den Mund.

Zared war empört! Noch nie hatte ein Mann sie geküßt, und jetzt wagte es ausgerechnet dieser böse, gehaßte Feind. Das war mehr, als sie ertragen konnte. Sie ließ das Messer aus dem Ärmel in die Hand gleiten und stieß es ihm in die Rippen.

Er wich zurück, sah das Blut unter dem engen samtenen Waffenrock hervorquellen und schaute sie dann voller Erstaunen an.

»Tod allen Howards!« Sie spie die Worte förmlich aus und lief dann zu dem Pferd.

»Du bist doch frei«, sagte er flüsternd. »Ich habe dich nie gefangenhalten wollen.«

Sie bestieg das Pferd und warf ihm einen kurzen Blick zu. Der Mann war blaß geworden, und das Blut floß stärker. Sie stieß dem Pferd die Hacken in die Weichen, ritt von der Lichtung, beugte den Oberkörper vor und galoppierte durch den Wald davon.

Jetzt mußte sie ihre Brüder suchen, damit sie erfuhren, daß sie in Sicherheit war. Sie durften keinen Angriff auf die Howards unternehmen. Unter allen Umständen mußte sie einen offenen Krieg verhindern.

Erst als sie den Waldrand erreichte, wurde ihr klar, daß es doch einen Krieg zwischen den Howards und den Peregrines geben würde, sollte sie soeben den jüngsten Howard getötet haben.

Langsam ritt sie weiter. Nein, er war bestimmt nicht tot. Sie hatte ihn nur verwundet, nicht lebensgefährlich verletzt. Oder doch? Vor ihr stieg wieder das Bild seines bleichen Gesichts auf. Wenn er nun dort lag und verblutete? Dann würden Oliver Howards Männer sofort wissen, daß wieder einmal ein Peregrine einen Howard überfallen hatte. Die Howards würden angreifen, und Zared wäre schuld, wenn ihre Brüder dabei den Tod fanden. Vielleicht würde es Oliver Howard diesmal sogar gelingen, die Peregrines völlig auszurotten.

Zared hielt an. Sie mußte zurückreiten. Sie mußte verhindern, daß dieser Mann starb. Aber was war, wenn er inzwischen wieder genügend Kräfte gesammelt hatte, um sie zu überwältigen und als Gefangene zu seinem Bruder zu bringen.

Zared umklammerte den Kopf mit den Händen, wie um solche Gedanken zu bannen. Ihr ganzes Leben lang hatten ihr die Brüder alle Entscheidungen abgenommen. Sowohl Rogan wie Severn würde über die Entführung ihrer Schwester durch einen Howard so wütend sein, daß sie ohne Bedenken den jüngsten Howard töten würden. Sollte sie zu ihren Brüdern reiten und ihnen sagen, was wirklich vorgefallen war? Sollte sie Öl ins Feuer ihres Hasses gießen? Den alten Groll, die alten Wunden wieder aufreißen?

Doch sie war ja selbst an ihrer Entführung schuld. Severn und Rogan hatten sie wieder und wieder vor den Howards gewarnt, die vor ihrem Besitz auf der Lauer lagen.

Nein, sie mußte zu dem Mann zurückreiten. Er durfte nicht verbluten, sonst würde es Krieg geben. Sie würde ihm das Schwert abnehmen und ihm, wenn nötig, Hände und Füße fesseln, ehe er sie überwältigen konnte. Sie mußte alles tun, um einen Krieg zu verhindern.

Voller Bedauern sah Tearle das Mädchen wegreiten. Jetzt würde er sie nie wiedersehen. Ein Lächeln huschte über seine Züge: Die Peregrines und die Howards pflegten nun mal keinen gesellschaftlichen Verkehr.

Er sah an sich herab, auf das dahinsickernde Blut. Dann zog er den Waffenrock hoch, um die Wunde zu untersuchen. Die Klinge war an den Rippen abgeglitten. Er konnte froh sein, daß sie noch keine Erfahrung im Messerstechen hatte, sonst hätte sie ihn ernsthaft verletzt.

Sein Blick schweifte über die Lichtung. Sie war mit seinem Pferd davongeritten. Sollte er zu Fuß bis zur Burg seines Bruders gehen? Er überlegte, wie lange es dauern würde, bis die drei Männer bei Oliver einträfen. Wie lange Oliver dann brauchen würde, um einen Reitertrupp auf die Suche nach Tearle und seiner gefangenen Peregrine auszuschicken.

Vier Stunden, dachte Tearle. In vier Stunden würde sein Bruder hier sein. Bis dahin konnte er sich ausruhen und hoffen, daß die Blutung aufhörte. Er streckte sich unter einem Baum aus und schlief bald ein.

Zared stieg ein kleines Stück vor der Lichtung ab und ließ das Pferd dort zurück. Dann schlich sie mit dem Messer in der Hand zu der Stelle, wo sie den Mann zurückgelassen hatte.

Sie sah ihn ausgestreckt auf dem Boden liegen und dachte: Er ist tot! Schon tot, nicht mehr zu retten! Ich bin zu spät gekommen!

Tearle hatte sie schon seit geraumer Zeit kommen hören. An ihrem leichten Schritt hatte er sie erkannt. Er unterdrückte ein Lächeln. Da hatte sein Bruder immer behauptet, es wären grausame, unmenschliche Ungeheuer! Diese Peregrine zumindest hatte auch eine weiche Charakterseite. Er durfte sie nicht erschrecken, nicht wieder in die Flucht jagen. Er beschloß, sich hilflos zu stellen und sie so lange wie möglich bei sich zu halten.

Er bewegte sich nur ganz wenig und ließ ein schmerzliches Stöhnen hören.

Zared fuhr bei dem Geräusch in die Höhe. Doch dann seufzte sie erleichtert auf. Er war noch am Leben! Vorsichtig bewegte sie sich weiter und schlich dicht an ihn heran. Das Messer stoßbereit in der Hand, berührte sie ihn mit dem Fuß. Wieder stöhnte er leise.

»Ein Priester«, ächzte er. »Hol mir einen Priester!«

Daraufhin ließ Zared alle Vorsicht außer acht. Sie mußte ihn retten. Sie kniete neben ihm nieder, schlitzte ihm den Waffenrock auf und untersuchte die Wunde. Sie hatte die Rippen getroffen, konnte aber nicht feststellen, wie tief die Wunde ging. Er hatte wenig Fleisch auf den Rippen, nur Haut und Muskeln, schien aber viel Blut verloren zu haben.

Dann betrachtete sie sein Gesicht. Er hatte die Augen geschlossen und sah aus, als hätte er Schmerzen. Waren die Howards so schwach, daß sie an so leichten Wunden starben? Sie hatte erlebt, wie ihre Brüder mit ähnlichen Wunden noch einen ganzen Tag lang weiterkämpften, bevor sie sich verbinden ließen. Doch dieser Mann verlangte schon bei einer einfachen Stichwunde nach einem Priester.

Sie schnitt ein Stück von seinem Waffenrock und einen langen Streifen von seinem Leinenhemd ab. Ein anderes Stück des Hemds preßte sie auf die Wunde und versuchte dann, den Leinenstreifen um seinen Körper zu wickeln.

Aber er war so schwer, daß sie ihn nicht anheben konnte. Ebensogut hätte sie ein totes Pferd anheben können. Sie beugte sich über ihn und zog. Sie versuchte es, indem sie ihm die Arme um den Hals legte. Sie half mit der Schulter nach. Doch er lag unbeweglich da und hatte sie noch nicht einmal bemerkt.

»Aufwachen!« rief sie laut.

Er bewegte sich, doch seine Augen blieben geschlossen.

Zared versetzte ihm einige Backenstreiche, und schließlich öffnete er die Augen. »Ich will dir diese Binde umlegen. Du mußt den Oberkörper anheben.«

»Hilf mir!« sagte Tearle mit schwacher Stimme.

Sie sah ihn voller Abscheu an. Dann beugte sie sich über ihn und half ihm, sich aufzurichten. Er schien sehr schwach zu sein. Es endete damit, daß er sich an sie klammerte und den Oberkörper schwer gegen den ihren fallen ließ. Zared hatte Schwierigkeiten, ihm den Verband um den Brustkorb zu wickeln, und vom Heben tat ihr der Rücken weh. Aber sie schaffte es. Die Wunde war verbunden.

»Leg dich jetzt wieder hin!« sagte sie. Der Mann schien wirklich strohdumm zu sein. Sie mußte ihm die einfachsten Dinge sagen. Sie half ihm, sich wieder zurücksinken zu lassen. Er tat nichts ohne ihre Hilfe. Und als er schließlich wieder lag, mußte sie seine

Arme, die er um ihren Körper geschlungen hatte, mit Gewalt lösen.

»Jetzt ist es in Ordnung«, sagte sie. »Es ist keine sehr tiefe Wunde. Bleib hier und ruh dich aus! Bald wird dein Bruder hier sein. Er ist immer in der Nähe der Peregrine-Besitzungen.« Als sie aufstehen wollte, erfaßte er ihre Hand.

»Du willst mich verlassen und mich hier allein sterben lassen?«

»Du stirbst nicht«, sagte sie angeekelt. Vielleicht hatte man diesen Howard als Kind gar nicht weggeschickt, weil er so verderbt, sondern weil er ein solcher Schwächling gewesen war, daß seine Familie sich seiner schämte.

»Wein«, flüsterte er. »An meinem Pferd ist eine Flasche Wein befestigt.«

Zared knirschte mit den Zähnen. Bestimmt suchten ihre Brüder jetzt fieberhaft nach ihr, und sie mußte für einen plärrenden Howard Kindermädchen spielen. Widerwillig ging sie zu dem Pferd, schnallte die harte Lederflasche ab und reichte sie ihm. Aber er war zu schwach, um sich ohne Zareds Hilfe aufzurichten. Ja, er konnte nicht einmal allein die Flasche an die Lippen setzen.

Das soll der Feind sein? dachte Zared. Vor diesem feigen, schwachen, zitternden erwachsenen Kind soll man sich fürchten?

Sie nahm ihm die Weinflasche vom Mund. »Ich muß jetzt gehen«, sagte sie. »Ich lasse die Flasche hier und ...

»Bleib noch!« sagte er und umklammerte ihre Hand. »Bitte, bleib bei mir! Ich habe Angst.«

Zared verdrehte die Augen zum Himmel. Sie setzte sich auf die Erde, und er lehnte sich an sie, als könnte er allein nicht aufrecht sitzen.

»Wenn du nicht hierbleibst, muß ich sterben.«

»Du wirst nicht sterben«, erwiderte sie grob. »Faß doch endlich Mut! Die Blutung hat aufgehört, und außerdem muß ich jetzt gehen. Meine Brüder suchen nach mir, und es ist besser, wenn sie … mich hier nicht finden.«

»Ach so, du meinst, mit einem Howard. Weißt du, daß ich ein Howard bin?«

»Wir wissen eine ganze Menge von den Howards. Du bist unser Feind.«

Er seufzte und lehnte sich schlaff gegen sie. »*Ich* bin bestimmt nicht dein Feind.«

»Wenn du ein Howard bist, dann bist du der Feind aller Peregrines.«

»Aber du bist doch zu mir zurückgekommen.«

»Ich kam nur zurück, um einen Krieg zu verhindern. Wenn du gestorben wärst, hätte dein Bruder meine Brüder angegriffen.«

Sie versuchte sich ihm zu entziehen, aber er hielt sie durch sein Gewicht fest.

»Du bist nur deiner Brüder wegen zurückgekommen?«

»Warum denn sonst?« fragte sie ehrlich erstaunt.

Er führte ihre Hand an seine Lippen. »Vielleicht weißt du wirklich alles über uns, aber es sieht so aus, als wüßten wir nicht alles über die Peregrines. Wir haben nicht gewußt, daß der jüngste eine Tochter und zudem eine schöne Frau ist.« Er küßte erst eine Fingerspitze, dann die nächste.

»Bist du nicht auch deshalb zurückgekommen, weil wir uns geküßt haben?«

Es dauerte eine Weile, bis Zared den Sinn der Worte erfaßt hatte. Aber dann mußte sie lachen. Immer noch lachend, machte sie sich von ihm frei, erhob sich und sah auf ihn hinunter.

»Meinst du, mich verlangte nach einem Kuß? Glaubst du, daß ich für einen Kuß vergesse, wie deine Familie vier meiner Brüder getötet hat? Hältst du mich für so ehrlos, daß ich meine Familie verrate, weil ein Howard mir etwas geschenkt hat? Ich könnte dir jetzt die Kehle durchschneiden. Aber dein Tod würden den offenen Krieg bedeuten, und das will ich nicht.«

Ihr Lachen verwandelte sich in Zorn. »Ihr Howards bedeutet mir weniger als nichts. Habe ich dir nicht gezeigt, was ich von deinem Kuß halte?« Mit dem Kopf deutete sie auf den blutigen Verband um seinen Oberkörper.

Dann trat sie von ihm zurück und warf ihm einen verächtlichen Blick zu. »Der Kuß eines *Mannes* würde mich freuen, aber nicht der eines Schwächlings ohne Rückgrat, wie du einer bist. Oliver Howard schämt sich bestimmt seines jüngsten Bruders – und das sollte er auch.«

Sie ging zu dem Pferd und saß auf. »Am Waldrand werde ich dein Pferd laufenlassen, denn ich will nicht, daß meine Brüder mich auf einem Pferd der Howards sehen. Ich werde ihnen auch nicht sagen, daß eure Männer mich heimtückisch überfallen haben und du mir einen Kuß geraubt hast. Meine Brüder haben Männer schon wegen geringerer Ursachen getötet.«

Und mit einem letzten Blick auf ihn: » Selbst die Howards verdienen es nicht, einen Bruder zu haben, der kein richtiger Mann ist.«

Als sie das Pferd wendete, war Tearle schon auf den Beinen. Doch bevor er ihr in die Zügel fallen konnte, war sie auf und davon.

Zornesröte stieg ihm in das blasse Gesicht. Kein richtiger Mann?! Sein Bruder sollte sich seinetwegen schämen? Ein Schwächling ohne Rückgrat?

Er? Er, Tearle Howard, ein Schwächling? In Frankreich hatte er schon als Jüngling Turniersiege erfochten. Er hatte alle besiegt, die gegen ihn antraten. Die Frauen hatten sich ihm an den Hals geworfen. Die Frauen hatten ihn angebettelt, daß er sie küssen möge. Und doch ... dieses knabenhafte Mädchen hatte gesagt, sein Kuß wäre nicht der eines *Mannes!*

Als ob sie einen Kuß vom anderen unterscheiden könnte! Als ob sie eine Frau wäre, die etwas vom Küssen verstand – oder überhaupt von etwas. Sie kannte doch nichts außer Schwertern, Kriegen ... und Pferden. Sie müßte erst eine richtige *Frau* werden, um beurteilen zu können, was der Kuß eines Mannes war. Sie müßte erst ...

Abrupt unterbrach er seine schweigenden Vorwürfe und fing an, leise zu lachen. Vielleicht hatte er sich ein wenig zu hilflos gestellt. Aber es war nett gewesen, wie sie sich über ihn gebeugt hatte, um ihn aufzurichten. Als sie Brust an Brust gelehnt hatten, hatte er eine harte Binde an ihrem Körper gespürt. Wahrscheinlich mußte sie ihre Brüste einschnüren, um nicht zu verraten, daß sie kein Jüngling war.

Was für ein vergebliches Bemühen, dachte er, wo doch jede ihrer Bewegungen deutlich ihr weibliches Wesen verriet! Wie sie jemand für einen Jüngling halten konnte, war ihm unbegreiflich.

Ein Jüngling wäre nie zurückgekommen, um sich zu vergewissern, daß sein Feind wohlauf sei. Andererseits hätte Tearle auch nie einen Jüngling geküßt und so erst die Veranlassung zu dem Messerstich gegeben. Wie dem auch sei – ein Jüngling wäre nie zurückgekommen.

An einen Baum gelehnt, schloß er für einen Weile die Augen. Sie war doch ein anziehendes Mädchen, voller Leidenschaft und Zorn, aber mit einem weichen Kern. Sie war sich gar nicht bewußt, welche Wirkung sie auf einen Mann ausüben konnte. Sie war ganz anders als andere Frauen, die sich spröde stellten, mit einem flirteten und lockten. Sie würde immer das sagen, was sie meinte.

Er stieß sich von dem Baum ab und dachte: Wahrscheinlich werde ich sie nie wiedersehen.

Dann machte er sich zu Fuß auf den Weg. Vielleicht, dachte er, treffe ich bald auf die Männer meines Bruders. Wenn jemand wissen konnte, was die Peregrine-Familie vorhatte, so war es sein Bruder. Oliver wäre zweifellos glücklich, wenn er erführe, daß sein jüngerer Bruder anfing, sich für die Familie des Feindes zu interessieren.

Zared schaute aus dem kleinen, steingerahmten Fenster auf die Leute auf dem Übungsgelände tief unter ihr herab. Zwei Tage Einschluß im Turmzimmer bei Wasser und Brot waren die Strafe dafür, daß sie ihre Brüder zu Tode erschreckt hatte. Als sie nach Hause gehumpelt kam, hatte Severn sie eine volle Stunde lauthals beschimpft. Rogans Zorn war noch größer gewesen, denn er hatte sie in einer Weise angeschaut, daß sie sich so klein wie ein Wurm vorgekommen war.

Wenigstens waren durch Severns Gebrüll längere Entschuldigungsreden überflüssig geworden. Zared hatte gerade noch murmeln können, sie habe Lust auf einen Ausritt bekommen, aber Severns Hengst hätte sie unterwegs abgeworfen, und so hätte sie den Rückweg zu Fuß machen müssen. Sie bedauerte zutiefst den Verlust von Severns Pferd, aber sie allein wußte ja auch, daß es viel schlimmer hätte ausgehen können. Alles in allem waren zwei Tage Einschluß eine milde Strafe. Bei weitem schlimmer war es, daß ihr die Brüder nun nicht mehr die Reise zum Turnier gestatten wollten.

»Wenn mich die Howards um diese Freude prellen sollten«, flüsterte sie vor sich hin, »dann bringe ich diesen feigen Jammerlappen und Tunichtgut mit bloßen Händen um.«

Da hörte sie hinter sich die Tür aufgehen. Sie fuhr hoch, drehte sich um und sah Liana mit einem Korb hereinkommen, der von einem Tuch bedeckt war. Zared unterdrückte ein Lächeln, denn sie wußte, daß Liana unter der rauhen Schale ihres Charakters so weichherzig war, wie ein Mensch nur sein konnte. Zweifellos befürchtete sie, daß Zared in den zwei Tagen ohne Fleisch und Wein verhungern würde.

»Ich habe dir etwas zu essen gebracht«, sagte Liana. »Verdient hast du es allerdings nicht, denn du hast uns alle in große Gefahr gebracht.«

Das tut mir auch sehr leid«, sagte Zared und griff nach dem Korb. »Es ist sehr freundlich von dir, daß du mir etwas zu essen bringst, obwohl ich es nicht verdiene.« Sie setzte sich an den Rand der schmutzigen Bettstatt.

»Ich konnte dich doch nicht verhungern lassen«, sagte Liana. Sie nahm auf dem einzigen Stuhl Platz und sah sich in dem Gemach um. »Das ist hier wirklich nicht menschenwürdig.«

Zared hielt das Zimmer gar nicht für so schlimm – es gab ab und zu einen Floh und ein paar Ratten, aber es ließ sich darin leben. Nachdenklich schaute sie Liana an. Sie wußte, daß Liana den Ausschlag bei der Frage geben konnte, ob sie zum Turnier reiten dürfe oder nicht, denn Rogan hörte auf seine Frau. Wenn Liana sagte, Zared dürfe nicht, dann würde Rogan es ihr prompt verbieten.

Zared biß in ein Stück Schweinebraten. »Meinst du nicht, es sei an der Zeit, daß ich mich nach einem Ehemann umschaue?« fragte sie.

Liana schien verblüfft. »Ich habe auch schon daran gedacht. Doch war ich der Ansicht, du und deine Brüder hätten sich noch nie damit befaßt.«

»Ich habe in letzter Zeit öfter darüber nachgedacht«, sagte Zared. »Vielleicht sollte ich ein eigenes Heim und Kinder haben. Vielleicht sollte ich dem hier den Rücken kehren.« Sie machte eine Handbewegung. »Und den Howards.«

»Oh, Zared, ich bin ganz deiner Meinung. Wenn du eine eigene Familie hättest, würde sich dein Leben von Grund auf ändern. Vielleicht würde es auch dazu beitragen, daß deine Brüder den Haß auf die Howards überwinden, wenn sie mit einer anderen Familie verbündet wären.«

»Ach«, sagte Zared. »Dann hast du wohl schon jemand im Sinn, den ich heiraten könnte?«

»Nein«, antwortete Liana bedächtig. »Wir leben ja hier so vereinsamt, daß wir überhaupt niemand anders zu Gesicht bekommen. Aber vielleicht kennt meine Stiefmutter jemand.« Sie schwieg einen Augenblick.

Als mäße sie der Sache keinen großen Wert bei, sagte Zared: »Nun, vielleicht lernt Severn bei dem Turnier jemand kennen. Oder ich könnte mir dort mal die Männer ansehen.«

Keine Antwort. Als Zared zu ihr hinüberblickte, sah sie, daß Liana lächelte. »Ich verstehe. Du meinst, wenn du als Severns Knappe das Turnier besuchtest, könntest du selber einen Gatten finden?«

Ein weiches Herz hat sie, dachte Zared, aber sie ist auch schrecklich gewitzt. »Bitte, Liana. Bitte, gestatte mir mitzureiten! Ich bin in meinem ganzen Leben immer nur hier gewesen. Ich würde gern einmal Menschen kennenlernen, die nicht mit mir verwandt sind oder im Dienst meiner Familie stehen.«

In Lianas Miene spiegelte sich ihr innerer Kampf wider. »Es wäre zu gefährlich für dich. Die Howards …

Zared stand auf. »Bah! Die Howards! Diese Feiglinge ohne Rückgrat! Sie sind es nicht wert, daß man sie in Betracht zieht.«

»Was weißt du denn von den Howards, daß du sie Feiglinge nennen darfst? Und was ist eigentlich bei deinem Ausritt mit Severns Pferd vorgefallen? Du hattest Blut an der Hose, doch dein Bein war unversehrt.«

Rasch erwiderte Zared: »Das Pferd muß nach dem Sturz geblutet haben.«

»Ich glaube nicht, daß ich schon die ganze Wahrheit gehört habe.«

Was hätte denn sonst noch vorgefallen sein können? Meinst du, ich hätte mich von den Howards gefangennehmen lassen?« Zared lachte kurz auf. »Sie nahmen mich gefangen, aber in ihrer Herzensgüte ließen sie mich wieder frei. Eine sehr komische Idee.«

»Ich weiß, daß du gut mit dem Messer umgehen kannst«, sagte Liana leise. »Du könntest dich selbst wieder aus der Gefangenschaft befreit haben.«

Zared ging durchs Gemach, nahm einen Brotkanten zur Hand und biß ein Stück ab. »Das Brot schmeckt köstlich. Hoffentlich werde ich nach der Heirat nur eine halb so gute Hausfrau wie du. Das heißt, wenn ich einen Mann finde, oder besser gesagt, wenn Severn einen für mich findet. Ich bin sicher, er wird mir einen guten Gatten auswählen.«

»Nun gut, dann bewahre nur deine Geheimnisse!« sagte Liana. Sie hatte lange genug mit den Peregrines zusammengelebt, um zu wissen, daß sie ihr Inneres nur preisgaben, wenn es unbedingt nötig war. Mit einem Seufzer der Resignation fuhr sie fort: »Severn wird bestimmt den Mann für dich wählen, der euch am besten im Kampf gegen die Howards helfen kann. Einen Mann mit jahrelanger Kriegserfahrung.« Sie sah Zared an. »Was du brauchst, ist mehr Liebe und weniger Krieg.«

»Liebe?« sagte Zared verächtlich. »Ich habe meine Brüder, ich habe Gott. Mehr Liebe brauche ich nicht.«

Liana betrachtete ihre hübsche Schwägerin. Sie war sicher, daß auch Zared sich eines Tages verlieben würde. Wenn sie auch sonst nichts über die Peregrines wußte, so wußte sie doch, daß es Menschen voller Leidenschaft waren. Sie haßten leidenschaftlich, sie kämpften leidenschaftlich, und sie liebten leidenschaftlich. Zared schien der Meinung zu sein, es käme nicht darauf an, wen sie heiraten würde. Aber wäre sie an einen Mann gebunden, dem sie keine Verehrung entgegenbrachte, oder noch schlimmer: einen, den sie verachtete, dann würde sie ihn so hassen, daß der Mann, wenn er nur einigermaßen Verstand besaß, um sein Leben fürchten mußte.

Liana brauchte nur zu Rogan zu gehen und ihm sagen, daß Zared nicht zum Turnier mitreiten dürfe, und Rogan würde es ihr verbieten. Aber irgend etwas hielt Liana davon ab. Zwar würde Zared zu Hause sicherer sein, aber was wäre, wenn Zareds Leidenschaft gänzlich in Haß umschlüge: noch glühenderen Haß auf die Howards, die sie daran hinderten, ihr Heim zu verlassen, das ihr zum Gefängnis geworden war? Und schließlich würde sich ihr Haß auch gegen Liana wenden.

Leise fragte sie: »Du würdest dich immer bei Severn aufhalten?« Und dachte: Werde ich Zared je wiedersehen?

»Ja, o ja«, versprach Zared, und ihre Miene war freudig erregt.

»Wie sehr ich wünschte, euch begleiten zu können! Ich würde für dich Gewänder in Grün und Blau in Auftrag geben. Du könntest recht hübsch aussehen, wenn deine Haare nicht immer so zerzaust wären. O Zared, ein Turnier ist herrlich. Du schenkst einem Mann deine Gunst, und er ...«

»Ich würde lieber mitkämpfen«, sagte Zared. »Ich würde lieber ein Pferd besteigen, die Lanze führen und einen Mann aus dem Sattel stoßen. Nur dazusitzen und zuzuschauen würde mir kein Vergnügen bereiten.«

»Nein, wahrscheinlich nicht.« Liana legte die Hände auf ihren geschwollenen Unterleib. Sie erwartete demnächst ihr zweites Kind. Deshalb konnte sie nicht mitreiten. Vielleicht war es auch besser, wenn sie nicht mit ansehen mußte, wie die Schwester ihres Gatten den Schildknappen spielte, Ställe ausmistete, Pferde striegelte und zwischen den Kämpfenden umherlief, um frische Lanzen zu bringen.

Sie stand auf. »Ich halte es nicht für sehr gut, aber vielleicht ist für deine Sicherheit nichts zu fürchten. Vielleicht hat Severn recht, und Oliver Howard wird es nicht wagen, euch in Anwesenheit des Königs zu überfallen. Ich werde Severn sagen, daß er nicht länger nach einem Knappen zu suchen braucht.« Damit ging sie zur Tür.

»Liana«, sagte Zared, » du kennst doch Oliver Howard. Wie war er? Ist er ein großer Kämpfer?«

Liana lächelte. »Ganz und gar nicht. Er ist viel älter als deine Brüder, und er ist fett geworden. Aber er braucht ja auch nicht zu kämpfen, denn er ist sehr reich und kann so viele Männer in Dienst stellen, wie er braucht.«

»Und sein Bruder?«

»Bruder? Ich habe nie etwas von einem Bruder gehört. Allerdings kenne ich die Howards nicht so gut, wie deine Familie sie kennt. Zared, was weißt du von einem Bruder?«

»Nichts. Gar nichts. Es ist nur so, daß ...« Sie blickte Liana an. »Ich habe noch nicht viel von der Welt gesehen. Eigentlich kenne ich nur meine Brüder. Sie sind so stattliche Männer.« Sie lächelte voller Stolz. »Sie sind stark, und sie sehen gut aus. Niemand könnte sie auf dem Schlachtfeld bezwingen. Sind solche Männer wie sie ungewöhnlich? Oder gibt es viele Männer wie sie?«

Liana ließ sich Zeit für ihre Antwort. «Ich glaube nicht, daß es irgendwo Männer wie deine Brüder gibt, Zared. Aber zu einem Mann gehört mehr als ein starker rechter Arm. Den Ehemann wählt man nicht allein nach körperlicher Stärke aus. Es gibt noch andere Eigenschaften wie zum Beispiel Güte und Selbstlosigkeit. Und es kommt darauf an, ob er dich und deine Kinder lieben wird.«

»Und ob er seine Familie vor Feinden schützt.«

»Ja, auch das ist wichtig. Jedoch ...« Sie wußte nicht, wie sie diesem Mädchen erklären sollte, daß es auch noch andere Lebensweisen gab als die, die sie kannte. Ihr ganzes Leben lang hatte Zared nur den Privatkrieg mit einer anderen Familie kennengelernt. Zu ihrem eigenen Schutz war sie als Knabe aufgezogen worden. Sie wußte nicht, wie es war, im Sonnenschein neben einem gutaussehenden jungen Mann zu sitzen, der die Laute schlug und ihr ein Ständchen brachte. Nie hatte ein Mann ihr die Hand geküßt und ihr gesagt, wie schön die Sonnenstrahlen in ihren Haaren spielten. Nie hatte Zared mit den Mädchen gekichert oder mit einem Jüngling geflirtet oder andere Dinge erlebt, mit denen sich Mädchen befassen.

Zared kannte nichts als das Schwert und die Pferde und konnte mit den Männern vulgäre Lieder grölen. Doch sie konnte weder Satin von Brokat noch Hermelin von Zobel unterscheiden. Am schlimmsten aber war, daß sie außer ihren Brüdern keine anderen Männer kannte.

»Du wirst keinen Ehemann finden, der so wie deine Brüder ist«, sagte Liana leise.

»Dann werde ich niemals heiraten«, erwiderte sie mit der Unbedingtheit der Jugend. »Dann werde ich bis zum Tod Jungfrau bleiben.«

Das brachte Liana zum Lachen. Sie fühlte, wie ihr Kind sich im Mutterleib bewegte. Eine Peregrine, die Jungfrau blieb? Das war ein Witz. Sie wußte besser als die Brüder, daß Zared, wenn sie einmal ihre sexuellen Gefühle entdeckt hatte, unmöglich zurückzuhalten wäre. Wenn Severn beim Turnier nicht gut auf sie achtgab und sie einen prachtvollen Mann kennenlernte, der ihre Liebe gewann ...

An die möglichen Folgen wollte Liana lieber nicht denken, denn Zareds Brüder würden jeden Mann umbringen, der ihre kleine Schwester anrührte. »Ich glaube, ich mache einen Fehler, wenn ich dich mitreiten lasse.«

»Ich werde mich gut betragen«, versprach Zared. »Ich werde Severn gehorsam sein und stets in seiner Nähe bleiben. Mit mir wird es keinen Ärger geben. Das schwöre ich dir, Liana. Ich gebe dir mein Wort als eine Peregrine.«

Liana seufzte lächelnd. »Die Peregrines sind geborene Unruhestifter. Du und dein Bruder, ihr werdet euch in schreckliche Situationen bringen. Du mußt mir schwören, nicht zuzulassen, daß Severn einen Mann erschlägt, und nicht mit einem Kind im Leib heimzukommen.«

Zared blieb der Mund offenstehen. »Mit einem Kind?«

»Das mußt du mir schwören. Sonst kannst du nicht mit.«

Zared zog ein Gesicht. Ihre Schwägerin verstand nichts. Severn wollte eine Frau erobern und keinen Mann erschlagen. Und sie wollte alle Sehenswürdigkeiten bestaunen. Außerdem hielten die anderen Leute sie für einen Jüngling. Daher würde kein Mann versuchen, sie zu schwängern. Plötzlich fiel ihr ein, daß der jüngste Howard sie geküßt hatte. Er hatte also gewußt, daß sie eine Frau war. Aber das lag wahrscheinlich daran, daß er selber eine halbe Frau war. Schon bei einer kleinen Stichwunde in Ohnmacht zu fallen!

»Ich schwöre es«, sagte Zared.

»Nun, damit soll es genug sein. Jetzt sieh zu, daß du heute nacht gut schläfst, denn morgen wirst du mit deinem Bruder losreiten.«

Zared grinste breit. »Ja, das ist schön. Ich danke dir, Liana, ich danke dir. Ich werde dem Namen Peregrine Ehre machen.«

»Sag so etwas nicht! Sonst muß ich annehmen, daß du mit einem Dutzend Köpfen auf den Speeren zurückkommen willst. Gute Nacht, Zared. Ich werde jeden Tag für dich beten.« Liana ging hinaus und schloß die Tür hinter sich.

Zared blieb einen Augenblick unbeweglich stehen. Dann aber machte sie einen Luftsprung, so hoch, daß sie mit den Händen an die rissige Gipsdecke stieß. Ihr war, als begänne mit dem morgigen Tag ihr Leben erst richtig.

# 3

Zwei Tage lang ließ Tearle Olivers Schimpftiraden gegen die Peregrines über sich ergehen. Das meiste, was er zu hören bekam, half ihm nicht weiter. Doch geduldig hörte er ihm zu – und erfuhr schließlich, daß das Mädchen den Namen »Zared« trug. Oliver vertrat die Ansicht, daß dieser »Jüngling« seinen Brüdern nie gleichkommen würde.

Am zweiten Nachmittag erhielt Oliver die Nachricht, daß Severn Peregrine am Marshall-Turnier teilnehmen wolle. Gerüchteweise verlautete dazu, er werde bei dieser Gelegenheit versuchen, Lady Annes Hand für eine Ehe zu gewinnen.

Oliver war über diese Idee sehr erfreut. »Ich werde ihn dort gefangennehmen lassen.«

Gähnend fragte ihn Tearle: »Unter den Augen des Königs? Ich kann mir nicht vorstellen, daß Annes Vater es gern sähe, daß du diese Fehde in sein Land hineinträgst.«

Oliver spitzte die Ohren wie ein Jagdhund. «Anne heißt sie, ja? Kennst du die Frau?«

»Nur vom Sehen. Sie hat eine Zeitlang in Frankreich gelebt.«

»Dann wirst du auch hinreiten.«

»Zum Turnier? Als Spitzel gegen den Mann auf Freiersfüßen?«

Olivers Augen glänzten wie im Fieber. »Ja. Du beobachtest ihr Treiben und berichtest mir über ...«

Tearle setzte sich auf. »Ihr Treiben? Wer nimmt denn außer dem zweiten Bruder noch daran teil?«

Oliver schnaufte. »Der Jüngling geht als sein Knappe mit. Da er sich keinen richtigen Schildknappen erlauben kann, muß er seinen Bruder nehmen. Er wird sich lächerlich machen, denn sie sind eine schmutzige, rohe Bande, während die Marshalls Menschen von erlesener Bildung sind. Wie gern würde ich selber diese Demütigung der Peregrines miterleben!«

»Gut, ich reite hin«, sagte Tearle.

Oliver grinste. »Du wirst gegen ihn kämpfen. Und ich *muß* dabeisein. Ich muß das sehen, wie ein Howard auf dem Turnierplatz einen Peregrine aus dem Sattel holt. Der König ... die ganze Welt ... soll erleben, wie ein Howard ...«

»Ich kämpfe nicht gegen ihn«, versetzte Tearle. Wenn er sich öffentlich als Howard zu erkennen gab, würde er nie Gelegenheit haben, sich der jüngsten Peregrine zu nähern. »Ich gehe in Verkleidung.« Bevor Oliver widersprechen konnte, fuhr Tearle fort: »Und ich werde sie bespitzeln.« So nährte er Olivers Besessenheit. »In England weiß noch kein Mensch, daß ich zurückgekehrt bin. Ich werde zum Turnier reiten ... unter dem Namen Smith. Ich beobachte sie und erfahre dabei mehr über die Peregrines, als wenn ich mich als ihr Feind vorstelle.«

Oliver sah seinen Bruder an. Sein Blick hellte sich auf. »Ich glaubte schon, nicht recht gehört zu haben«, sagte er leise. »Aber ich hätte nicht daran zweifeln sollen, daß du von unserem Blute bist.«

Lächelnd erwiderte Tearle den Blick seines Bruder. Er empfand nicht die geringste Scham darüber, daß er ihn hintergehen wollte. Olivers Haß auf diese Familie verdiente seine Achtung nicht. Ich werde sie im Gegenteil beschützen, dachte er. Ich werde dafür sorgen, daß den Peregrines kein Leid zugefügt wird, keine verirrten Pfeile, keine Steine, die vom Dach fallen, keine durchgeschnittenen Sattelgurte. Diesmal sollen sie vom Haß der Howards nichts zu fürchten haben.

»Nein, du hättest wirklich nicht an mir zweifeln sollen«, sagte Tearle. »Ich bin, was ich immer war. Ich habe mich nie geändert.«

Oliver runzelte die Stirn. Doch gleich darauf lächelte er. »Ja, ich verstehe. Du bist stets ein Howard gewesen. Wann brichst du auf?«

»Jetzt«, sagte Tearle und erhob sich. Er hatte genug von Olivers giftigen Reden. Aber vor allem wollte er mit Anne Marshall sprechen. Er hatte seinem Bruder nicht die Wahrheit gesagt, als er vorgab, er kenne Anne nicht näher. Er hatte sie schon auf den Knien geschaukelt, als sie noch ein Kind war, hatte ihr die Tränen vom Gesicht geküßt, wenn sie hingefallen war, hatte ihr vor dem Schlafengehen Geistergeschichten erzählt und war von ihrer Mutter zurechtgewiesen worden, weil Anne deshalb nachts schreiend aufgewacht war. Später hatte Anne ihn beim Tod seiner Mutter getröstet. Aber da war sie schon erwachsen gewesen.

Denn eines stand fest: Wenn er bei dem Marshall-Turnier verkleidet erscheinen wollte, mußte er vorher Anne aufsuchen und sie von seinen Plänen unterrichten.

Tearle saß auf der Gartenmauer und sah zu, wie Anne mit ihren Ladys lustwandelte. Wie üblich las eine Lady laut aus einem Buch vor. Tearle hatte Anne oft wegen ihres Lerneifers geneckt. Sie war ständig in ein Buch versunken.

An den Ast eines alten Apfelbaumes gelehnt, genoß er lächelnd den Anblick. Die Frauen in ihren leuchtenden Gewändern, dem hübsch gearbeiteten, mit Juwelen und Gazeschleiern verzierten Kopfschmuck waren herrlich anzusehen. Aber Anne stach unter allen diesen Frauen hervor. Sie war die Schönste der Schönen. Klein und zierlich gewachsen, reichte sie einem Mann kaum bis an die Schulter, und aus Eitelkeit umgab sie sich immer mit großen Frauen. Sie wirkte wie ein kostbares Schmuckstück, und die hochgewachsenen Frauen bildeten den angemessenen Rahmen für dieses Schmuckstück.

Er bezweifelte keinen Augenblick, daß sie ihn beim Näherkommen erblicken würde. Die anderen Frauen würden wahrscheinlich kaum hochschauen, doch Anne entging nie etwas. So schön ihr Gesicht war, ihr Verstand war womöglich noch glänzender. Und ihre Zunge konnte scharf wie eine Messerklinge sein. Dessen erinnerte sich Tearle gut, und es gab ihm einen Stich im Herzen. Zu oft war er die Zielscheibe ihrer spitzen Bemerkungen gewesen. Und er wußte, wie sie weh tun konnten.

Als es soweit war und Anne ihn erblickte, zeigte sie sich nur kurz überrascht. Erschrocken war sie nicht, denn kein Mann konnte Anne Marshall das Fürchten lehren. Tearle lächelte sie an. Da schaute sie rasch weg.

In Windeseile hatte sie ihre Frauen mit irgendwelchen Aufträgen fortgeschickt, und dann stand sie vor Tearle und sah zu ihm hoch.

Leichtfüßig sprang er hinab, ergriff Annes kleine Hand und küßte sie. »Der Mond verblaßt vor deiner Schönheit. Die Blumen verbergen beschämt ihre Blüten, wenn du vorbeischreitest. Die Schmetterlinge legen die Flügel zusammen, kein Pfau wagt es, ein Rad zu schlagen, der Glanz von Juwelen wird matt, Gold …«

»Was willst du, Tearle?« fragte Anne und entzog ihm ihre Hand. »Was treibt dich dazu, in meines Vaters Garten herumzuschleichen? Bist du in eine meiner Zofen verliebt?«

»Du tust mir weh«, sagte er, legte die Hand auf sein Herz und tat strauchelnd, als hätte sie ihn mit einer

Klinge verwundet. »Ich bin nur gekommen, um dich zu sehen.« Er sah sie an und lächelte. »Doch ich würde dir keine Beschuldigungen verzeihen, wenn du auf meinen Knien Platz nehmen wolltest, wie du es früher getan hast.«

Annes schönes Gesicht verlor seine Strenge. Sie nahm neben ihm Platz und lächelte nun ebenfalls. »Ich habe deine Silberzunge sehr vermißt. Findest du nicht auch, daß diese Engländer ein nüchternes Volk sind?«

»*Höchst* nüchtern. Mein Bruder ist …« Er beendete den Satz nicht.

»Ich habe davon gehört. Meine Schwester lag mir unentwegt mit Klatschgeschichten in den Ohren. Deine Familie befindet sich mit einer anderen Familie im Krieg.«

»Ja, mit den Peregrines.«

»Ich habe viel über sie gehört«, sagte Anne. »Meine Schwester nahm an der Hochzeit des ältesten Sohns mit Lady Liana teil.« Ein leichter Schauer überlief sie.

»So schlecht sind sie gar nicht.« Er war drauf und dran, Anne von Zared zu erzählen, unterließ es jedoch. Er würde keinem offenbaren, daß sie eine Frau war. Wer es nicht erriet, wenn er sie erblickte, der verdiente nicht, es zu wissen. »Der zweite Sohn kommt zum Turnier und will deine Hand gewinnen.«

Anne wandte ihm ihr schönes Gesicht zu, in dem sich Verwunderung abzeichnete. »*Meine* Hand will er gewinnen? Ein Peregrine? Obwohl deine Familie mit ihnen in Fehde liegt, scheinst du nicht viel über sie zu wissen. Sie sind eine schmutzige, ungebildete Bande. Der älteste Bruder nahm nicht einmal an seinem eigenen Hochzeitsschmaus teil. Er war zu sehr damit beschäftigt, das Gold zu zählen, das ihm die Braut als Mitgift gebracht hatte. Darüber war Lady Lianas Stiefmutter verständlicherweise so zornig, daß sie drohte, die Heirat abzusagen. Und was tat er? Er schleppte seine jungfräuliche Braut nach oben und ... und ...« Sie hielt inne und wandte den Blick ab. »Er ist mehr Tier als Mensch.«

»Das ist alles nur Klatsch«, erwiderte Tearle herablassend. »Ich habe diese Männer im Kampf gesehen. Der Peregrine, der herkommt, wird sich im Turnier hervortun.«

»Er kann dich besiegen?«

Tearle lächelte. »Ich habe nicht die Absicht, das herauszufinden. Ich werde nicht an den Spielen teilnehmen. Vielmehr bin ich gekommen, um eine Gunst von dir zu erbitten.«

»Also bist du doch nicht allein deswegen hier, um zu sehen, wie die Blumen sich beschämt vor meiner Schönheit verneigen?«

»Selbstverständlich war das mein wichtigster Grund.« Er wollte ihre Hand nehmen, aber Anne entzog sie ihm.

»Ich würde deine Komplimente höher schätzen, wenn du mir nicht immer die gleichen gemacht hättest, seit ich acht Jahre alt war. Wirklich, Tearle, du gibst dir beim Liebeswerben zu wenig Mühe. Du brauchst eine Frau, die dir nicht so schnell nachgibt, wenn sie nur immer dieselben alten Schmeicheleien hört.«

»Eine Frau wie du? Ich wäre überglücklich, wenn du meine würdest.«

»Ha! Ich heirate nur einen Mann, der seinen Geist zu gebrauchen versteht statt der Muskeln. Ich brauche einen Gemahl, mit dem ich mich unterhalten kann. Wenn ich mit dir über etwas anderes reden wollte als über Rüstung und Lanzen, dann würde ich dich wohl bald schnarchen hören.«

Er lächelte sie liebenswürdig an. Wenn sie so etwas von ihm annahm, kannte sie ihn überhaupt nicht. »Ich schwöre dir: Wäre ich mit dir verheiratet, würde ich bestimmt nicht einschlafen. Und ich würde dir außer Gesprächen auch noch etwas anderes bieten.«

»Du prahlst vergeblich vor mir. Jetzt sag mir aber, welche Gunst du von mir erbitten möchtest!«

»Ich habe die Absicht, den Peregrines zu helfen. Deshalb sollen sie nicht erfahren, daß ich ein Howard bin. Ich werde als ein Mann namens Smith auftreten.«

Anne warf ihm einen kühlen Blick zu. Sie hatte dunkles Haar, das zum größten Teil unter dem Kopfschmuck verborgen war, dunkle Brauen und dunkle Augen, die einen Mann entflammen konnten, wenn sie es darauf anlegte. »Du bittest mich, einen Mann in Gefahr zu bringen, der als Gast in meines Vaters Haus kommt?« Sie stand auf und sah ihn böse an. »Ich hatte Besseres von dir erwartet.«

Nach kaum zwei Schritten hatte er sie eingeholt. »Ich sagte, daß ich ihnen helfen will, und das ist die Wahrheit.«

Mehr sagte er nicht, sondern schaute sie nur an und betete, daß sie ihm Glauben schenken möge.

»Warum?« fragte sie. »Warum willst du schmutzigen Bestien wie den Peregrines helfen? Stimmt es etwa nicht, daß sie alle eure Ländereien als ihren Besitz betrachten? Und da soll ich dir glauben, du wolltest Männern helfen, die dich zu einem armen Menschen machen würden?«

»Es ist schwer, das zu glauben. Trotzdem ist es die reine Wahrheit. Ich kenne diese Brüder nicht einmal. Nur aus der Ferne habe ich sie gesehen, doch ich hasse sie nicht, wie mein Bruder sie haßt. Ich wünsche mir nur …« Mehr konnte er ihr nicht sagen, und eine Ausrede, warum er ihnen helfen wollte, fiel ihm nicht ein. Sonst hätte er ihr von Zared erzählen müssen.

»Bestimmt steckt eine Frau dahinter«, sagte Anne.

Tearle schlug die Augen nieder. Du schlaues Weib, dachte er. »Eine Frau? Wie könnte eine Frau dahinterstecken? Zwei Brüder werden kommen – der ältere wird am Turnier teilnehmen, der jüngere dient ihm als Knappe. Darf ich denn nichts aus reiner Menschenliebe tun? Mein Bruder haßt diese Peregrines, aber mich macht das Gerede von seinem Haß krank. Kann es denn nicht sein, daß ich ein Ende dieses Hasses herbeiführen möchte? Vielleicht wünsche ich mir nichts anderes als Frieden zwischen unseren beiden Familien.«

»Wie lautet ihr Name?«

Aus schmalen Augen sah Tearle sie an. »Ich ziehe meinen Heiratsantrag zurück. Ich kenne dich seit deiner Geburt, und doch zweifelst du an meinen guten Absichten. Damit entehrst du mich und meine Familie.«

Anne lächelte ihn verstehend an. »Liebst du sie so, wie du die Frau dieses jungen Grafen geliebt hast?«

»Das war etwas ganz anderes. Sie war eine Frau, die mit einem Jüngling verheiratet war. Und ich habe dir versichert, daß dies nichts mit einer Frau zu tun hat.« Tearle nahm sich vor, so bald wie möglich zur Beichte zu gehen. »Es tut mir weh, daß du meinen Charakter so niedrig einschätzt.«

»Nun gut«, sagte Anne. »Du hast gewonnen. Ich werde dein Geheimnis bewahren. Aber ich schwöre dir, daß ich nicht dahinterkomme, warum du diesen armen dummen Peregrine hinters Licht führen willst.«

Tearle antwortete nicht, denn er wußte keine Antwort. Er konnte sich ja selber nicht erklären, warum er sich für ein Mädchen interessierte, das in Männerkleidung auftrat. Zudem ein Mädchen aus einem Haus, das seit Generationen mit seiner Familie im Krieg lag. Eigentlich hätte er das Mädchen hassen, hätte sich freuen müssen, als die Männer seines Bruder sie gefangengenommen hatten.

Doch er hatte sich nicht darüber gefreut. Und später, als sie sich bemühte, seine Wunde zu verbinden, hatte er den Wunsch gehabt, daß sie bei ihm bleiben möge.

Er warf einen Blick auf Anne und lächelte. Vielleicht war es nur der Reiz des Neuen an dem Peregrine-Mädchen. Er hatte viele Frauen besessen, die wunderschöne Kleider trugen. Vielleicht reizte es ihn, mit einem Mädchen ins Bett zu gehen, das am nächsten Morgen womöglich um seine Kleider mit ihm kämpfen würde.

»Es gibt nichts, hinter das du kommen könntest«, sagte er schließlich mit Unschuldsmiene. »Ich will diesen armen, unverstandenen Menschen wirklich nur helfen.«

Anne schnaubte, keineswegs ladylike. »Behalt deine Geheimnisse, aber halte mir auch diese Peregrines vom Leib! Ich will mich nicht zur Närrin machen lassen wie Lady Liana. Und nun mußt du gehen, bevor dich jemand sieht und es meinem Vater weitersagt.«

Tearle schaute sich beunruhigt nach Hugh Marshalls großem Haus um. »Ich danke dir«, sagte er, küßte ihr rasch die Hand und sprang über die Gartenmauer.

Als er nicht mehr zu sehen war, setzte sich Anne lächelnd auf die Bank. Es war schön, jemand zu treffen, der noch lachen konnte, der das Leben nicht so tierisch ernst nahm. Tearle erinnerte sie an die Menschen, die sie in Frankreich kennengelernt hatte.

Anne war erst fünf und ihre Schwester Catherine sechs Jahre alt gewesen, als ihre Mutter mit ihnen in ihr Heimatland zurückgegangen war. So waren die beiden Schwestern bei der Familie ihrer Mutter aufgewachsen. Ein Leben, angefüllt mit Lachen, Lernen und Schönem. Im Haushalt der mütterlichen Familie hatte es ihnen freigestanden, zu sagen, was sie wollten. Man hatte sie dazu ermuntert, Witz und Intelligenz zu gebrauchen. Man lobte sie wegen ihrer Schönheit, ihres Geschicks im Kartenspiel und im Reiten und pries ihre Vorlesekunst. Es schien fast, als könnten sie nie etwas falsch machen.

Im nachhinein bedauerte Anne, daß es ihr damals gar nicht so recht zu Bewußtsein gekommen war, wie wunderbar diese Jahre der Freiheit und des Glücks gewesen waren. Und jetzt schienen sie schon so lange zurückzuliegen, in weiter, unerreichbarer Ferne.

Als Catherine siebzehn und Anne sechzehn waren, verlangte Hugh Marshall, seine Frau solle mit den Töchtern nach England zurückkommen, da es an der Zeit sei, daß er für sie Ehemänner suche. Weder Anne noch ihre Schwester konnten sich an ihren Vater erinnern, und so hatten sie keine Furcht. Statt dessen freuten sie sich auf die Reise und führten aufgeregte Flüstergespräche über ihre zukünftigen Ehemänner.

Doch ihre Mutter traf Hugh Marshalls Forderung hart. Über Nacht verlor ihre Miene das Strahlen, ihr Haar den Glanz. Die Mädchen jedoch waren viel zu sehr von ihrer erregten Vorfreude in Anspruch genommen, als daß sie das leidvolle Antlitz ihrer Mutter bemerkt hätten. Erst als sie sich nach England einschifften, fiehl ihnen auf, daß ihre Mutter gespenstisch dünn geworden war und ihr Gesicht jegliche Farbe eingebüßt hatte.

Es genügten jedoch knappe zwei Wochen im väterlichen Haus, und sie kannten die Ursache des Leids ihrer Mutter. Hugh Marshall war ein humorloser, ungebildeter Tyrann, der seine reichen Länder durch Terror und brutale Gewalt regierte. Und genauso wollte er mit Frau und Töchtern umspringen.

Nach der Ankunft in England gab es für die Frauen nichts mehr zu lachen, und ein Lob bekamen sie schon gar nicht zu hören. Hugh Marshall machte kein Hehl aus seiner Enttäuschung über die Art, in der seine Frau ihre beiden Töchter erzogen hatte.

»Erst konntest du mir keinen Sohn schenken«, blaffte er seine Gattin an, die täglich mehr dahinzuschwinden schien, »und dann hast du ihnen die Köpfe mit Bücherkram vollgestopft.« Und brüllend fuhr er fort: »Sie wagen es sogar, mir Trotz zu bieten!«

Als Catherine ihm sagte, daß sie den Mann nicht schätze, den er ihr zur Heirat bestimmt habe, schlug er sie, und sie trug ein blaues Auge davon. Danach sperrte er sie zwei Wochen lang in ihr Zimmer ein. Unter Tränen willigte Catherine schließlich ein, den verhaßten alten Mann zu heiraten, den der Vater ihr zugedacht hatte. Trotz seines Reichtums wollte Marshall immer reicher werden. Aber noch mehr verlangte es ihn nach Macht. Er sah seine Enkel schon zur Rechten des Königs sitzen. Daher verheiratete er Catherine mit einem Earl, der mit dem König entfernt verwandt war und bisweilen bei Hofe verkehren durfte.

Sechs Monate nach der Ankunft in England starb ihre Mutter. Hugh Marshall zeigte kein Bedauern über den Verlust. Er erklärte, sie wäre ihm niemals eine echte Ehefrau gewesen und habe ihm nur wertlose Töchter geboren. Als er gehört habe, daß sie keine weiteren Kinder mehr zur Welt bringen könne, habe er sie nach Frankreich gehen lassen. Da sie ihm keine Söhne schenken konnte, habe sie als Gattin keinen

Wert für ihn gehabt. Nach ihrem Tod dachte er an eine zweite Heirat mit einer Frau, die ihm ein Dutzend oder mehr Söhne schenken würde.

Am Grab ihrer Mutter empfand Anne nichts als abgrundtiefen Haß auf den Vater. Er hatte ihre Mutter umgebracht, nicht anders, als hätte er ihr das Messer an die Kehle gesetzt.

Nach dem Begräbnis und der Verlobung der Schwester hatte Anne ihrem Vater den Krieg erklärt. Ihr eigenes Schicksal war ihr fast gleichgültig geworden. Deshalb wagte sie es auch, ihm in vielem zu widersprechen und eigene Ansprüche zu erheben.

Ihr war klar, daß der Vater sie in seinem Lebensspiel als Schachfigur einsetzen wollte, so wie er es mit Catherine getan hatte. Doch Anne hatte sich vorgenommen, es klüger anzufangen als ihre Schwester. Sie wandte all ihre Klugheit, all ihr Wissen daran, um Hugh Marshall zu überreden, daß er zu Catherines Vermählung ein Ritterturnier veranstaltete. Bei diesem Turnier wollte sich Anne selber einen Ehemann wählen und bei ihrem Vater alle ihre Überredungskünste aufbieten, damit er sie den heiraten ließe, den sie für den Richtigen hielt. Nie würde sie sich wie Catherine mit einem Mann verheiraten lassen, der ihrem Vater glich.

Jetzt schaute sie unter halb gesenkten Lidern zum Haus ihres Vaters hinüber. Von nun an würde ein Kampf zwischen seiner bulligen Kraft und ihrem Verstand entbrennen. Der Ausgang dieses Kampfes würde über ihr ganzes weiteres Leben entscheiden. Setzte ihr Vater seinen Willen durch und verheiratete sie mit einem Mann seines Schlages, wäre sie für den Rest ihrer Tage zu einer Hölle verdammt, die schlimmer war als alles, was ihr bisher in England widerfahren war.

Bei dem Turnier aber würde sie sehen, was England ihr an Männern zu bieten hatte. Dann mußte sie einen finden, der ihr gefiel – und gleichzeitig auch ihrem Vater.

Sie wandte sich ihren Ladys zu, die gerade zurückkamen. Dabei dachte sie an das Gespräch mit Tearle. Sie war froh, daß er nicht aktiv am Turnier teilnehmen wollte. Denn Tearle würde ihrem Vater ohne Zweifel gefallen. Er war der zweite Bruder eines Herzogs, und seine Familie war sehr, sehr reich.

Doch Anne wollte Tearle nicht heiraten. Zwar war er jung, gutaussehend, reich und eine passende Partie, aber er war ihr zu glatt, ein ewiger Taugenichts. Nach einem Jahr Ehe mit ihm würden sie sich wahrscheinlich gegenseitig an die Kehle gehen.

»Mylady, haben Sie eine schlechte Nachricht erhalten?«

Anne sah ihre Zofe an. »Nein, ich habe nichts gehört, was ich nicht schon wußte. Kommt, laßt uns spazierengehen! Oder besser noch, wir wollen ausreiten! Ich brauche Bewegung, um mir den Kopf auszulüften.«

Zared trat zur Seite und sah den Bemühungen der Männer zu, den schweren Wagen aus dem Schlamm zu ziehen. Sie waren seit gestern unterwegs und würden in wenigen Stunden den Schauplatz des Turniers erreichen. Vor Aufregung hatte Zared nachts nicht schlafen können und statt dessen Severn mit hundert Fragen gequält. Normalerweise hätte er ihr barsch befohlen, den Mund zu halten, aber auch er schien keinen Schlaf zu finden. Fast hätte Zared angenommen, er sei genauso aufgeregt wie sie. Doch das konnte ja nicht sein. Severn hatte schon viele Turniere bestritten – oder etwa nicht?

»Hast du die anderen Turniere alle gewonnen?« hatte sie ihn gefragt.

»Welche anderen?«

»Die anderen Turniere, an denen du teilgenommen hast. Hast du alle Preise bekommen?«

Im Mondschein betrachtete Severn das eifrige Gesicht der kleinen Schwester. Er hatte in seinem ganzen Leben noch an keinem Turnier teilgenommen. Seine Jugend hatte er damit verbracht, gegen die Howards zu kämpfen. »Natürlich nicht«, sagte er und sah, wie Zareds Gesicht lang wurde. »Rogan hat bei einigen gesiegt.«

Nun lachte Zared wieder. »Es muß wunderbar sein, mit all den Rittern in ihrer Rüstung. Sie müssen herrlich aussehen.«

»Hör jetzt auf damit!« befahl ihr Severn mit unterdrückter Stimme. »Wie soll ich dich beschützen, wie soll ich verhindern, daß jemand dein Geschlecht erkennt, wenn du mit Kalbsaugen hinter jedem vorbeistolzierenden Arsch herstierst, dessen Rüstung dir imponiert?«

»So dumm bin ich doch nicht«, zischte sie. »Ich würde nie ...«

»Und was ist mir Ralph?« fragte er neckend. »Der arme Junge machte sich schon Sorgen, weil er beim Anblick meines Bruders Gelüste verspürte.«

»Gelüste? Bist du sicher? Was hat er gesagt?« Wutentbrannt hielt sie inne, weil ihr Bruder in Gelächter ausgebrochen war. »Seine Gelüste interessieren mich nicht«, sagte sie dann von oben herab. »Er benimmt sich schlecht gegen mich.«

»Hmm, hmm«, machte Severn vergnügt. »Bei diesem Turnier mußt du dich anständig betragen. Du darfst dich nicht lächerlich und dem Namen der Peregrines keine Schande machen.«

»Mach du unserem Namen auf dem Turnierplatz Ehre, und ich werde meinen Teil schon dazu beitragen!« erwiderte sie, ein wenig ärgerlich darüber, daß er annahm, sie könnte dem Namen ihrer Familie Schande machen. »Erzähle mir, wie es bei Turnieren zugeht! Kommen da viele Leute hin? Liana hat gesagt, sie tragen alle schöne Gewänder, sogar die Pferde sind wunderbar geschmückt. Vielleicht hätten wir doch die Kleider mitnehmen sollen, die sie für uns hat anfertigen lassen.«

»Ha!« rief Severn. Liana hatte ihm ein besticktes Tuch vorgeführt, das sein Pferd tragen sollte, doch er hatte nur Hohn dafür übriggehabt. Kam es denn darauf an, wie ein Mann im Kampf gekleidet war? Entscheidend war allein, ob er seinen Gegner aus dem Sattel beförderte oder nicht. »Sie sollen mich sehen, und nicht mein Pferd«, hatte er zu Liana gesagt und sie stehenlassen. Er ließ sich doch von keinem Weib vorschreiben, wie er sich zu kleiden hatte. Ebensowenig würde er je zugeben, daß er überhaupt keine Ahnung hatte. Seine kleine Schwester durfte schon gar nicht erfahren, wie unwissend er war.

»Nur Männer, die nicht zu kämpfen verstehen, haben es nötig, ihre Pferde herauszuputzen«, sagte Severn mit Nachdruck. »Ich brauche kein golddurchwirktes Tuch überzuwerfen, um ein Mann zu sein. »Er holte tief Luft und spannte den Brustkorb. »Nach meiner Erfahrung verhält es sich so: Je besser ein Mann zu kämpfen weiß, um so weniger hat er es nötig, sich wie ein Pfau zu kleiden, um Eindruck zu machen.«

Zared überlegte eine Zeitlang. Bestimmt hatte ihr großer Bruder recht – Severn und Rogan hatten überhaupt meistens recht – doch sie hatte noch leichte Zweifel. »Wenn die Pferde der anderen Reiter herausgeputzt ankommen, werden dann die Pferde der Peregrines nicht häßlich dagegen wirken?«

Daran hatte auch Severn flüchtig gedacht, und auf der Reise hatte er schon zweimal bereut, daß er die hübschen Gewänder von Liana nicht angenommen hatte. Ein Helm mit Federbusch oder dieser schwarze Samtumhang hätten ihm vielleicht gut gestanden. Aber nein, dachte er, ich bin ein Kämpfer und kein Londoner Schauspieler.

»Die Peregrines werden herausragen wie eine Rinderkeule unter lauter faden Süßigkeiten!« Er lächelte vergnügt, der Vergleich schien ihm gelungen. »Du wirst es erleben, die Peregrines werden den Leuten unvergeßlich bleiben.«

Auch Zared lächelte in der Dunkelheit des Zeltes. »Wir brauchen nur auf Hugh Marshall Eindruck zu machen, damit er dir zum Lohn seine reiche Tochter schenkt. Glaubst du, daß deine Frau auch so sein wird wie Rogans Gattin?« Sie hätte gern eine Bestätigung gehört, weil sie Liana sehr mochte. Besonders hatte ihr gefallen, was sie in den letzten beiden Jahren in der schrecklich alten Burg Moray an Verbesserungen eingeführt hatte.

Doch bei diesen Worten zog Severn ein saures Gesicht. Er fand, daß Liana seinen älteren Bruder zu seinen Ungunsten verändert hatte. Er fand es scheußlich, was die Ehe aus Rogan gemacht hatte. Sie hatte ihn verweichlicht. Früher war Rogan ein feuriger Mann gewesen, stets zum Kampf aufgelegt. Aber jetzt predigte er dauernd Vorsicht. Statt zu kämpfen, saß er lieber bei seinem Weib und hörte dem Gesang der Ladys zu. Er fand mehr Gefallen daran, die ersten Gehversuche seines Sohnes zu beobachten als die Waffenübungen. Severn sah schon voraus, daß die Howards eines Tages angreifen und sie alle totschlagen würden, nur weil Rogan gerade damit beschäftigt war, seine Frau zu kitzeln.

»Meine Frau wird *nicht* so sein wie die von Rogan!« sagte er grob. »Jetzt hör aber mit deinen dummen Fragen auf und laß mich schlafen! Wie es bei einem Turnier zugeht, wirst du früh genug sehen, wenn wir erst da sind.«

Daraufhin stellte Zared ihm keine Fragen mehr. Aber es dauerte noch lange, bis sie einschlafen konnte.

Am nächsten Tag also stand sie am Wegrand und sah zu, wie die Männer sich bemühten, den Wagen aus dem Morast zu schieben. Sie hatten vier Ritter mitgenommen und dazu vier Knechte für die niedrigen Arbeiten, zwei große Wagen für Rüstungen, Waffen und zwei Zelte. Unter den Bäumen weideten Severns wertvolle Kampfrösser zusammen mit den Reitpferden und den Gäulen, die die Karren zogen.

Zared wurde allmählich ungeduldig, denn Severn und seine Männer mühten sich schon seit einer Stunde, die Wagen wieder flottzumachen. Sie waren bereits in der Nähe von Marhalls Gebiet, und Zared fieberte darauf, dort anzukommen und die Zelte aufzuschlagen. Während des dreitägigen Turniers würde Marshall für ihr leibliches Wohl sorgen. Morgen früh sollte die Prozession stattfinden. Dann würden sämtliche Ritter auf ihren herrlichen Rössern vor den Tribünen erscheinen und Hugh Marshall und seinen Töchtern ihren Gruß entbieten.

Immer wieder fragte sich Zared, wie Lady Anne wohl aussehen und wie sie sich mit Rogan und seiner Gattin vertragen würde. Nie kam es ihr in den Sinn, daß es Severn möglicherweise nicht gelingen könnte, Lady Annes Hand zu gewinnen. Sie glaubte fest daran, daß ihr Bruder alles bekommen würde, was er haben wollte.

Zared hörte als erste die sich nähernden Reiter. Sie wußte genau, was sie zu tun hatte. Sie stieß einen leisen, aber durchdringenden Pfiff aus, der Severn warnen sollte, rannte zum nächsten Baum, packte den untersten Ast und schwang sich hinauf.

Manchmal ärgerte es sie, daß sie sich auf Geheiß ihres Bruders beim geringsten Anzeichen einer Gefahr verstecken mußte. Aber nach ihrer nicht lange zurückliegenden Begegnung mit den Howards dachte sie nicht mehr an Ungehorsam.

Als der erste Reiter vorbeikam, befand sich Zared schon hoch über dem Erdboden. Mißgünstig sah sie, daß es eine dumme Lady war, die da heranpreschte. Sie hatte die Zügel verloren und klammerte sich verzweifelt an ihr Pferd. Zared wäre gern wieder heruntergeklettert, wagte es aber nicht, bevor ihr Severn das Entwarnungszeichen gab.

So spähte sie zwischen den Zweigen hindurch zu Severn und seinen Männern hinüber. Sie hatten die Schwerter gezogen und waren kampfbereit.

Severn war von Kopf bis Fuß mit Schlamm überzogen. Dennoch sah Zared, wie er die Reiterin mit seinen Blicken verschlang. Wenn ein Mann so idiotisch starrte, konnte es nur daran liegen, daß es sich um eine hübsche Frau handelte. Zared verdrehte die Augen. Jetzt mußte sie wahrscheinlich den ganzen Nachmittag im Baum hocken, nur weil Severn der Frau den Hof machen würde.

Severn rannte dem durchgegangenen Pferd geradewegs entgegen. Zared sah der Szene recht gleichgültig zu. Das Pferd stieg vorn hoch. Doch Severn duckte sich unter den Hufen, um die Zügel zu fassen.

»Er wird totgetrampelt werden!«

Der plötzliche Aufschrei unter ihr erschreckte Zared so, daß sie beinahe von ihrem luftigen Sitz im Baum gefallen wäre. Zu ihren Füßen hielten drei Ladys und zwei Männer zu Pferde, alle in Samt und Pelze gekleidet. Sie hatte nur auf Severn geachtet und sie deshalb nicht kommen sehen. Jetzt verwünschte sie ihre eigene Unachtsamkeit.

»Was macht das schon?« sagte einer der beiden Männer. »Es ist doch nur irgend so ein Bauer.«

Der andere drehte sich um. »Es ist schlimm genug ...«, er machte eine Kunstpause, »... wenn sein Blut Flecken auf dem Kleid von Mylady hinterläßt!«

Alle lachten.

Ohne zu überlegen, zog Zared das Messer aus dem Stiefel und machte sich zum Sprung fertig. Doch ein letzter Rest von gesundem Menschenverstand hielt sie davon ab. Wie versteinert saß sie da, starrte wild hinunter und versuchte sich die Gesichter einzuprägen.

»Oh, seht nur«, sagte eine der Frauen, »er hat die Zügel ergriffen! So einen mutigen Bauern habe ich noch nie gesehen. Glaubt ihr, daß Lady Anne ihn dafür belohnen wird?«

Zared versuchte, durch die Zweige spähend, das Gesicht der Lady zu erkennen, aber die wandte ihr gerade den Rücken zu. Severn machte ein noch blöderes Gesicht als zuvor. Daraus war zu schließen, daß Lady Anne höchst sehenswert sein mußte. Sie wünschte, ihr Bruder hätte nicht so viel Dreck im Gesicht. Lady Anne schien ihn nicht gerade anziehend zu finden, denn sie bog sich vor ihm zurück.

»Danke«, hörte Zared Lady Anne sagen.

»Es war mir ein Vergnügen, einen so hübschen Hals zu retten.«

»Hör mal, du frecher Hund!« sagte der Mann unten. »Dich werde ich lehren ...«

»Er sieht aber nicht so aus, als würde er sich ohne

weiteres auspeitschen lassen«, sagte der andere. »Und seht ihr nicht die vier Clowns, die hinter den Bäumen lauern?«

Clowns! Zared hoffte inbrünstig, daß der weichliche Kerl morgen gegen Severn auf dem Turnierplatz antreten müßte. Dann würden sie bald merken, daß er kein Bauer war!

»Komm morgen während des Turniers zu mir!« sagte Lady Anne. »Ich will dir eine Belohnung geben.«

»Ich werde da sein«, antwortete Severn blinzelnd, »und meine Belohnung entgegennehmen.«

Sie drehte ihr Pferd ab, und Severn kehrte zu seinen Männern zurück. Lady Anne ritt zu ihrem Gefolge unter den Bäumen.

»Ihr seid mir schöne Helfer!« sagte sie scharf. »Ihr laßt mich ganz allein mit diesem ... diesem ...«

»Er schien von Euch sehr eingenommen, Mylady.«

»Ich glaube, er hätte mich sogar angefaßt, wenn ich ihm nur ein wenig entgegengekommen wäre.« Sie schauderte. »Ich werde die Zügel abkochen lassen müssen, um seine Spuren loszuwerden.«

»Immerhin hat er Euch gerettet, Mylady«, sagte eine der Frauen.

»Das weiß ich selbst!« entgegnete Anne unwirsch. »Und jetzt muß ich ihn auch noch belohnen. Was soll ich ihm nur geben?«

»Ein Bad?« schlug einer der Männer lachend vor.

Doch Lady Anne lachte nicht. »Vielleicht sollte ich anordnen, daß *du* ihn badest, John. Vielleicht taugst du besser zu Frauenarbeit als für die Pflichten eines Mannes, wenn du noch nicht mal eine Lady davor bewahren kannst, zu Tode zu stürzen.« Sie stieß ihrem Pferd die Hacken in die Weichen.

Zared blieb noch lange Zeit im Baum und sah der

Gruppe nach. Das war also Lady Anne gewesen, die Frau, die ihre Schwägerin werden sollte. Es sah nicht so aus, als sei sie eine Frau, die den Peregrines das Leben erleichtern würde, wie Liana es getan hatte. Sie schien vielmehr ein zänkisches Weib zu sein, ein böses, übelgelauntes, widerspenstiges Weib.

»Kannst du mich nicht hören?«

Erschrocken schaute Zared nach unten. Ihr Bruder grinste zu ihr hinauf.

»Was sitzt du noch da oben? Ich habe dich doch gerufen.«

Er wandte sich ab und lehnte sich an einen Baum. Rasch kletterte Zared hinunter. »Hast du sie gesehen? Sie ist schön. Sie ist so schön wie eine Rose.«

Zared ließ sich zur Erde fallen. »Keine Rose ohne Dornen.«

»Was soll das heißen?«

»Das ist eine Tatsache. Du sagst: sie ist wie eine Rose – und ich sage: keine Rose ohne Dornen. Vielleicht ist Schönheit nicht das einzige, was eine Frau ausmacht.«

Er grinste spöttisch. »Und du kennst dich natürlich im Leben und mit Frauen gut aus, wie?«

»Mit Frauen jedenfalls besser als du.«

Zuerst sah es aus, als wollte er ärgerlich werden. Aber dann zauste er ihr das Haar und sagte grinsend: »Ich vergesse immer wieder, wie jung du bist. Komm, hilf uns! Wir wollen das Lager aufschlagen.«

»Das Lager? Hier? Ich denke, wir reiten noch bis zum Turnierplatz und nehmen morgen am großen Aufzug teil.«

»Beim Aufzug reiten wir mit, wie geplant. Aber Lady Anne soll mich nicht vorher zu sehen bekommen. Es soll eine große Überraschung für sie werden, wenn plötzlich ihr Retter auftaucht.«

»Hoffe nur, daß sie bis dahin die Zügel hat waschen lassen«, murmelte Zared. Laut sagte sie: »Bist du dessen sicher? Vielleicht wird sie darüber gar nicht begeistert sein. Wenigstens nicht so, wie du es dir vorstellst.«

Severn legte ihr die Hände auf die Schultern. Dann nahm er die Miene eines älteren, viel klügeren Mannes an, der zu einem wohlmeinenden, aber unerfahrenen Kinde spricht: »Du hast nicht gesehen, was in ihrem Gesicht vor sich ging. Wie sie mich angeschaut hat ...«

Er faßte sie unters Kinn. »Es gibt Dinge zwischen Mann und Frau – ein Blick, eine Geste –, von denen du noch keine Ahnung hast. Aber mir sagen sie viel, weil ich ein Mann von Erfahrung bin. Die Frau ...ah, wie soll ich sagen? Diese Frau begehrt mich.«

»Wieso denn? Weil du ihr Pferd gebändigt hast? Sieh dich nur mal an! Vor lauter Dreck konne sie gar nicht erkennen, wie du aussiehst. Wenn du dich gewaschen hast, wird sie dich beim Aufzug nicht wiedererkennen.«

Severn nahm die Hände von den Schultern, und seine freundliche Miene verschwand. »Rede nicht über Sachen, von denen du nichts verstehst! Ich habe die Frau durchschaut. Sie ist scharf auf mich. Und jetzt hilf im Lager, ich sag' es nicht noch einmal.«

Zared gehorchte. Vielleicht hatte ihr Bruder ja recht. Vielleicht hatte Lady Anne Severn mit unverhohlenem Gelüste angeschaut und nur zum Schein zu ihrem Gefolge gesagt, sie verabscheue einen Mann, der mit Dreck beschmiert sei. Achselzuckend gestand sich Zared ein, daß Severn viel mehr über Ladys, Turniere und Gelüste wußte als sie.

# 4

Kerzengerade saß Zared auf ihrem Pferd. Wenn sie den Rücken nicht ganz steif hielt, würde sie bestimmt in eine Tränenflut ausbrechen.

Vor ihr saß Severn in einer schweren Rüstung auf seinem Streitroß. Die Männer, die sie hierher begleitet hatten, hielten sich eng beieinander. Und rund um sie lachte und höhnte die Bauernmenge.

Heute morgen war Zared noch, stolz den zweieinhalb Meter langen Wimpel der Peregrines schwenkend, hinter ihrem Bruder einhergeritten. Doch als sie sich dem Landsitz der Marshalls und dem Turnierplatz näherten, mußten sie anhalten.

Vor ihnen zogen lange Reihen prächtig gewandeter Ritter dahin. Ihre Rüstungen, pelzverbrämt und halb unter reich bestickten Gewändern verborgen, waren mit schönen Wappen bemalt. Oder sie waren mit Silber überzogen und blitzten im Sonnenschein. Federbüsche oder Tier- oder Vogelembleme schmückten ihre Helme.

Verzückt betrachtete Zared diese Männer und ihre Knappen. Dann glitt ihr Blick über die Gruppe der Peregrines. Severns Rüstung war verbeult und verrostet, sein Pferd trug nur einen Sattel und keine funkelnden Gewänder. Die Rüstungen seiner Männer befanden sich in einem noch schlechteren Zustand, und ihr eigener Waffenrock war stellenweise verschlissen und fast vollständig verdreckt.

»So können wir an dem Aufzug nicht teilnehmen«, flüsterte sie Severn zu.

Er klappte das Visier hoch und sah sie wild an. »Schöne Kleider machen noch keinen guten Kämpfer. Du bist ein Peregrine – vergiß das nicht!« Dann klappte er das Visier heftig zu und wandte sich ab.

Ja, ich bin ein Peregrine, dachte sie und drückte das Kreuz durch. Im Kampf würde Severn alle besiegen. Was kam es da auf die Kleidung an?

Severn hob die Hand. Die Peregrine-Ritter ordneten sich hinter ihm. Dann ritten sie aufs Turnierfeld zu.

Bauern waren meilenweit hergewandert, um das Schauspiel zu erleben. Voll Ehrerbietung schauten sie auf die prachtvoll gekleideten Ritter. Doch wenn sie der Peregrine-Ritter ansichtig wurden, stießen sie sich an und lachten laut los. Zared wagte nicht, sie anzusehen. Sie schaute starr geradeaus. Was hatten diese Leute schon zu besagen? dachte sie. Das einzige, was zählte, waren die bevorstehenden Spiele.

Am Eingang zum Turnierplatz mußten sämtliche Teilnehmer anhalten. Dann rief ein Herold der Marshalls den Namen des ersten Herausforderers auf, der sich der Familie Marshall und dem König vorstellen durfte.

Zared hatte angenommen, es handle sich um einen einfachen Vorbeizug, eine Parade von berittenen Männern vor den Marshalls. Aber was sie nun zu sehen bekam, ließ ihr den Mund offenstehen. Sie war ebenso beeindruckt wie die Bauern.

Der erste Ritter, der einreiten durfte, hieß Grenville. Über der mit Goldfarbe bemalten Rüstung trug er ein Gewand aus schwarzem Samt, und ihn begleiteten ein halbes Dutzend jugendlicher Pagen, ebenfalls in Schwarz und Gold gekleidet. Vor ihm schritten vier Trompeter, um Grenvilles Ankunft zu verkünden. Hinter den Trompetern kamen fünfzehn hübsche junge Mädchen in safrangelben Kleidern. Sie trugen Körbe am Arm, aus denen sie Rosenblüten auf den Boden streuen, über den Grenvilles Roß seinen Herrn tragen würde.

»Die Pferde werden die Rosen zertrampeln«, spottete Severn, und Zared stimmte ihm zu. Sie wollte sich allen überlegen fühlen. Doch als sie sich umschaute und sah, daß selbst die Kaufleute besser gekleidet waren als die Peregrines, da wünschte sie, sie hätte an dem Aufzug nicht teilnehmen dürfen.

Im weiteren Verlauf des Aufzugs wurde Zared klar, daß Grenvilles Schaustellung noch eine der bescheidensten war. Manche Ritter ließen spielerische Darstellungen aufführen. Andere hatten ganze Orchester bei sich. Vor einem Ritter fuhr ein langer flacher Wagen, den sechs wunderschöne Rappen zogen. Auf dem Wagen stand ein Mann im Kostüm des heiligen Georg, der sich anschickte, einen fast sieben Meter langen zischenden Drachen zu erschlagen.

Bei jedem neuen Teilnehmer wurde Zared kleiner im Sattel. Vielleicht sollte sie die Augen schließen und sich wünschen, sie wäre wieder daheim, nur um der Demütigung zu entgehen, die unausweichlich ihrer harrte. Die Menschen auf den Tribünen beklatschten jeden Teilnehmer bei seinem Auftritt. Würden sie lachen, wenn die Peregrines kamen?

»Du da!«

Zared drehte sich um und sah einen Jungen etwa ihres Alters, der zu ihr aufblickte und ihr einen schönen Waffenrock aus rotem Samt hinhielt.

»Was soll das?« fragte sie ihn.

»Das ist von meinem Herrn«, sagte der Junge ärgerlich. »Ich soll dir das geben.«

Eine milde Gabe, dachte Zared, und ihr Rückgrat wurde wieder hart wie Eisen. »Sag deinem Herrn, ich nehme nichts von ihm an!«

»Wie du aussiehst, kannst du alles gebrauchen.«

Ohne zu bedenken, was sie tat, zog sie einen Fuß aus dem Steigbügel und stieß ihn dem Jungen vor die Brust, daß er rücklings umfiel.

»Benimm dich!« blaffte Severn sie an. Seinen ganzen Zorn über diesen Aufmarsch ließ er an Zared aus.

»Aber er hat mir einen ...« Sie stockte. Ein Mann hatte sich niedergebeugt und half dem Jungen auf. Er war das schönste menschliche Wesen, das sie je gesehen hatte: blondes Haar, weiße Haut, blaue Augen. Über einer Silberrüstung trug er ein weißes, mit silbernen Rosen besticktes Seidengewand.

Mit offenem Mund starrte Zared den Mann an.

»Vergebt meinem Knappen!« sagte der Mann, und seine Stimme war für Zared lieblich wie warmer Honig. »Den Rock habe ich Euch geschickt. Ich meinte, Ihr hättet vielleicht durch einen Unfall alle Eure Kleider eingebüßt. Ich habe es wirklich nur gut gemeint.«

»Ich ... wir ...« Zared konnte ihn nur staunend ansehen und brachte kein zusammenhängendes Wort heraus. Sie hätte nie geahnt, daß ein Mann so schön sein konnte.

»Wir brauchen keine milden Gaben!« schnauzte Severn den Fremden an. »Wir haben alles, was wir zum Kämpfen brauchen.« Und höhnisch fügte er hinzu: »Ich bin kein eitler Laffe, der blumiges Zeug tragen muß, weil er sonst nicht kämpfen könnte.«

Der Junge, den Zared in den Staub geschickt hatte, verwandelte sich in eine Wildkatze. »Ihr wißt nicht, mit wem Ihr sprecht!« schrie er. »Dies ist Colbrand. Er wird Euch aus dem Sattel heben, noch ehe Ihr in die Schranken tretet.«

»Jamie!« rief Colbrand scharf. »Verlaß uns!«

Jamie warf Zared noch einen herausfordernden Blick zu. Dann wandte er sich ab.

»Verzeiht ihm!« sagte Colbrandt zu Severn. »Er ist noch jung, und dies ist sein erstes Turnier.«

Severn schleuderte ihm einen wilden Blick zu, würdigte ihn aber keiner Antwort.

Colbrand schenkte Zared ein Lächeln. Es war wie der erste Sonnenstrahl an einem Regentag. Sie wäre beinahe aus dem Sattel gefallen. »Ich habe niemand beleidigen wollen. Viel Glück für euch alle!«

Das Kinn fast bis auf die Taille gesenkt, schaute sie ihn immer noch unverwandt an, als ihr Severn so hart auf die Schulter klopfte, daß sie fast aus dem Sattel gefallen wäre.

»Mach nicht so ein Gesicht!« sagte er finster.

Zared versuchte dem Befehl nachzukommen. Aber das war nicht leicht. Sie sah, wie Colbrand sich dem Aufzug anschloß. Vor ihm her gingen sechs Männer mit Harfen in den Händen. Dahinter kamen weitere sechs mit Trompeten. Danach kamen sechs Ritter auf Schimmeln, die Colbrands Waffen trugen. Dann folgte Colbrand. Sein Knappe und das Gefolge blieben hinter ihm.

Alle Männer Colbrands, von den Musikern bis zu den Rittern, waren in Weiß und Silber gekleidet. Für Zared übertraf seine Gruppe alle vorhergehenden an Pracht. Sie seufzte schwer. Nicht nur er war schön, sondern auch sein Roß, seine Kleidung und sein ...

»Wir reiten«, sagte Severn. Seine Stimme verriet ihr, daß er zornig war. Sie richtete sich auf. Am besten, wir bringen es schnell hinter uns, dachte sie.

Severn war in der Tat zornig. Ihr Name war der letzte, der aufgerufen worden war, und man konnte sehen, daß einige Tribünenbesucher schon im Aufbruch waren. Es war Zeit zum Abendessen, und sie hatten schon Ausschau gehalten, bemerkt, daß den Peregrines die üppige Aufmachung der anderen fehlte, und meinten, es lohne sich nicht, auf sie zu warten.

Wut flammte in ihm auf. Die Leute beurteilten Männer nach ihren glänzenden Kleidern statt nach ihrem

Geschick mit den Waffen. Seit wann lag der Wert eines Mannes in seiner Kleidung statt in seinen Taten?

Die milde Gabe dieses Mannes, dieses Colbrand, brachte seine Wut zum Kochen. Severn konne es gar nicht erwarten, bis er diesen Weichling in die Schranken fordern und zu Boden strecken konnte. Er stellte sich vor, wie er lachend über ihm stehen würde.

Er gab seinen Männern das Zeichen, ihm zu folgen, und wartete nur noch auf das Signal des Herolds, das die Peregrines endlich vor die Tribünen rufen würde. Dabei bemerkte er, daß der Herold den Blick auf die Zuschauer gerichtet hielt. Offenbar wollte er die Peregrines erst einreiten lassen,wenn die Familie Marshall schon gegangen war.

Als Severn sah, daß Lady Anne sich zum Gehen erhob, beschloß er, nicht länger zu warten. Wenn auch alle anderen ihn nicht sehen wollten, sie wollte ihn sehen, daß wußte er. Hatte sie ihm nicht eine Belohnung für seine Rettungstat versprochen?

Er warf den Helm auf die Erde und spornte sein Roß, ohne auf die Rufe des Herolds und das Gelächter der Menschen in seiner Nähe zu achten. Sein einziger Gedanke war, die schöne Lady Anne zu erobern.

Als die Hufe seines Kampfrosses über den Boden donnerten, blieben alle stehen und drehten sich um. Severn schien es, als halte sich ein Mann neben Lady Anne auf. Doch dem schenkte er keinen Blick. Severn beugte sich nach rechts, und während er das Pferd mit den Oberschenkeln lenkte, packte er mit dem gepanzerten rechten Arm Lady Anne um die Taille und zog sie an sich. Er wollte sie küssen, aber das gelang nicht ganz. Von dem stundenlangen Sitzen unter dem Helm in der prallen Sonne war er so verschwitzt, daß sein nasses Gesicht nur über ihre Züge hinwegglitt.

Am anderen Ende des Platzes zügelte er das Pferd

und setzte Lady Anne wieder ab. »Ich habe mir meine Belohnung abgeholt!« rief er laut den Leuten zu, die alles mit angesehen hatten.

Lady Annes Augen funkelten. Es sah aus, als wolle sie ihm etwas erwidern. Doch er gab ihr keine Gelegenheit dazu, sondern ritt sofort weiter. Später würde sie genügend Zeit haben, ihm Liebesworte zuzuflüstern. Er ritt davon, ohne sich zu überzeugen, welchen Eindruck er hinterlassen hatte.

Zared hatte mit angesehen, wie ihr Bruder wider allen Regeln eigenmächtig losgaloppiert war und Lady Anne von der Seite ihres Vaters weggerissen hatte. Am liebsten wäre sie auf der Stelle tot umgefallen.

Ihr Wunsch wurde nicht erfüllt.

Was hatte Severn vor? Sie wußte so gut wie nichts über die Turnierbräuche, aber ihr war klar, daß er etwas Schreckliches, etwas ganz Schreckliches getan hatte. Sie hätten still an den Tribünen vorbeiziehen sollen. Vielleicht hätte ihre abgetragene, beschmutzte Kleidung einige Bemerkungen hervorgerufen, aber so etwas ...

Sie sah Lady Anne, die Fäuste in die Hüften gestemmt, an der Stelle stehen, wo Severn sie abgesetzt hatte. In Wutanfällen kannte Zared sich aus. Sie wußte, daß Lady Annes Wut mörderisch war.

Ringsumher schwiegen die Menschen. Der Schreck hatte ihnen die Sprache verschlagen. Zu ihrer Linken lachte jemand laut und höhnisch. Zared drehte sich um. Es war der junge Jamie. Sauber und hübsch stand er in seinem weißen Waffenrock da, und nun packte Zared die Wut.

Sie lenkte ihr Pferd auf den Jüngling zu, senkte die Stange mit dem Wimpel der Peregrines wie eine Lanze und griff an. Mit schreckgeweiteten Augen wandte er sich zur Flucht.

Zared holte ihn nie ein. Denn der lange Wimpel, den sie über die Erde nachzog, wickelte sich um die Pferdebeine und ließ das Tier straucheln. Es blieb abrupt stehen, und Zared, die sich weit vorgebeugt hatte, flog in hohem Bogen über den Pferdekopf und landete flach auf dem Rücken. Eine Zeitlang konnte sie weder atmen noch denken. Sie lag nur da und starrte in den Himmel.

Das erste, was sie vernahm, war ein dröhnendes Gelächter.

Vor ihr stand, die Hände auf den Knien, Jamie, sah auf sie herab und lachte. Und rechts von ihr standen wohl hundert Menschen und lachten ebenfalls.

Sie war benommen und keiner Bewegung fähig. Sie konnte nur daliegen.

»Aufhören!« hörte sie jemand sagen. Sie blickte auf. Colbrand beugte sich über sie. In Weiß und Silber sah er wie ein Engel aus.

»Bist du verletzt, Knabe?«

Zared brachte es fertig, den Kopf zu schütteln. Und als er ihr die Hand reichte, um ihr aufzuhelfen, lächelte sie ihn an.

Colbrand erwiderte ihr Lächeln. »Gut«, sagte er. »Laß mich dich anschauen.«

Er legte ihr die Hände auf die Schultern. Danach drehte er sie herum und wischte ihr den Staub vom Rücken. Zared meinte, bei seiner Berührung vor Entzücken zu vergehen. Sie sah ihm ins Gesicht, in diese tiefblauen Augen, und merkte, wie ihr die Knie schwach wurden.

»Ich glaube doch, du bist verletzt«, sagte Colbrand, und zu Zareds ungläubiger Überraschung nahm er sie in die Arme.

Das war zuviel für Zared. Sie fiel in Ohnmacht.

Anne Marshall wusch sich das Gesicht in kaltem Wasser und blickte in den Metallspiegel an der Wand. Sie war noch ganz rot, so hatte sie sich abgerieben, um den Schweiß des Mannes von ihrer Haut zu entfernen. Die Rippen taten ihr von dem heftigen Schwung weh, mit dem er sie vom Boden hochgerisen hatte. Die Rüstung hatte ihr die Haut aufgeschürft.

In ihren Ohren klang noch das Gelächter der Menge nach, das aufgebrandet war, als sie dieser ...dieser ... Ihr fiel keine Bezeichnung für ihn ein. Er hatte sie erniedrigt, sie vor Hunderten zum Gespött gemacht. Auch der verhaßte Alte, mit dem Catherine an diesem Morgen vermählt worden war, hatte sie ausgelacht.

Sie blickte in den Spiegel und sah, wie ihre Wut sich in einer Tränenflut Bahn brach. Wäre sie doch nur mit ihrer Mutter in Frankreich geblieben ... Wäre sie doch nie in dieses barbarische Land gekommen, wo die Männer sich fast wie Tiere benahmen. Wäre sie nur ...

Jäh flog die Tür auf und unterbrach ihren Gedankengang. Ihr Vater kam herein. Nicht einmal angeklopft hatte er. Nie zeigte er die geringste Achtung vor seinen Töchtern.

»Unten sitzen sie beim Essen, und alle wollen meine unverheiratete Tochter sehen«, sagte er.

»Ich fühle mich nicht wohl«, erwiderte Anne wahrheitsgemäß. »Ich kann jetzt nichts essen.«

»Du wirst essen, und wenn ich dich dazu zwingen muß. Ich dulde nicht, daß meine Tochter sich schmollend zurückzieht, nur weil ein Mann sie angefaßt hat.«

Eben hatte Anne sich noch selbst bemitleidet. Jetzt sagte sie zornig: »Ein *Mann!* Das nennst du einen Mann? Ich hätte es erraten können. Es ist der Bruder jenes Kerls, der die arme Lady Liana geheiratet hat. Kein Wunder, daß ...«

»Sie ist zwei Jahre verheiratet, hat ihm einen Sohn geschenkt, und in wenigen Tagen wird der zweite erwartet. Und der Vater dieser Peregrines hat nur Söhne gezeugt.«

Anne spie die Antwort förmlich aus: »Es gibt Wichtigeres im Leben als Söhne!«

Hugh Marshall trat einen Schritt auf seine Tochter zu, aber Anne dachte nicht daran, zurückzuweichen. »Ich würde nicht zu verächtlich auf ihn herabsehen. Vielleicht wirst du bald wie Lady Liana den Peregrines Söhne schenken.«

»Nein«, sagte Anne mit unterdrückter Stimme. »Bitte …« fuhr sie fort, hielt aber gleich wieder inne. Nein, sie würde ihren Vater nicht um etwas bitten. Sie reckte die Schultern. Denk daran, sagte sie sich, dein Verstand gegen seine Macht! »Wenn du dir dumme Enkelsöhne wünschst, dann mußt du mich unbedingt mit diesem Mann vermählen. Zweifellos wünscht der König einen dieser Peregrines an seiner Tafel zu sehen. Nach dem, was ich heute erlebt habe, ist mir klar, daß ein Peregrine gut an den Hof paßt. Aber vielleicht bedeutet dir das nichts. Bestimmt möchtest du lieber hören, wie man deine Enkelsöhne verhöhnt, wenn sie sich dem König vorstellen. Vielleicht solltest du Seine Majestät schon mal fragen, ob er beabsichtigt, diesen Ritter Peregrine einzuladen und ihm an seiner Seite den Platz über dem Salzfaß anzuweisen.«

Mit finsterem Blick maß Hugh seine Tochter. Er haßte kluge Frauen. Er ertrug es nicht, wenn Frauen ihm eine Antwort gaben, die er nicht vorhergesehen hatte. Darin war sie genau wie ihre Mutter, deren Zunge doppelt so schnell gearbeitet hatte wie sein Verstand. Als sie ihn damals gebeten hatte, zu ihrer Familie nach Frankreich zurückzukehren, hatte er sie nur allzu gern ziehen lassen.

Aber auf keinen Fall würde er seiner klugen Tochter die Genugtuung verschaffen, ihn durch ihre Worte aus der Fassung gebracht zu haben.

»Wenn ich erleben muß, daß du diesem Mann dein Mißfallen zeigst, wirst du es noch bedauern«, sagte er. Dann ging er schnell aus dem Zimmer. Wenn ich nicht andere Rücksichten zu nehmen hätte, dachte er, würde ich sie mit dem gröbsten Kerl vermählen, den ich finden kann. Sie brauchte einen Mann, der ihre Zunge im Zaum halten konnte. Leider wußte sie, daß Hugh unbedingt Enkelsöhne brauchte. Da er es nicht fertiggebracht hatte, Söhne zu zeugen, mußte er dafür sorgen, daß seine schwächlichen Töchter ihm Enkelsöhne schenkten. Im übrigen hatte seine Tochter recht, so ungern er sich das auch eingestand. Er wollte keine Enkel haben, die bei einem Turnier ausgelacht wurden. Sogar der König hatte sich beim Anblick der schmutzigen Peregrines eines Lachens nicht erwehren können.

Hugh zog eine Grimasse. Verdammtes Mädchen! Wenn er etwas noch mehr haßte als eine kluge Frau, so war es eine Frau, die recht hatte. Im Sturmschritt ging er über den Flur zur Treppe. In den nächsten drei Tagen mußte er einen Gatten für das Mädchen finden, damit er sie los wurde. Er hatte keine Lust, es länger mit ihrer spitzen Zunge und ihrem Verstand aufzunehmen, der schärfer war als seiner. Sollte sich jemand anders damit abplagen!

Als ihr Vater weg war, stieß Anne einen Seufzer der Erleichterung aus. Sie war durchaus in der Lage, mit ihm fertigzuwerden – wenigstens im Augenblick. Eilig vollendete sie ihre Toilette. Nicht immer würde sie die richigen Worte finden, die ihn in die Schranken wiesen. Er war ebenso gemein wie dumm. Irgendwann würde er alle Vernunft außer acht lassen und sich nur von seinen Instinkten leiten lassen. Deshalb mußte sie selbst einen Gatten für sich wählen und ihren Vater dazu bringen, daß er ihre Wahl guthieß. Einen Mann, der diesen schmutzigen Peregrine aus den Plänen ihres Vaters verdrängte.

Sie setzte sich den fast einen Meter langen kegelförmigen Kopfschmuck auf, genau im richtigen Winkel, so daß die Spitze schräg nach oben zeige. Das schwere Stirnband, das ihn in dieser Stellung festhielt, schnitt ins Fleisch. Doch bald spürte sie den Schmerz nicht mehr. Über dem Kopfschmuck befestigte sie den durchsichtigen, weichen Schleier und besah sich ein letztes Mal im Spiegel. Sie wollte strahlend schön aussehen, denn sie ging auf die Jagd. Auf die Jagd nach einem Mann.

Als Zared erwachte, lag sie auf einem Feldbett im Zelt ihres Bruders. Durch die offene Klappe sah sie die Sonne schon tief am Himmel stehen. Sie fühlte sich so matt, daß sie gar nicht erst versuchte, sich aufzusetzen. Das letzte, woran sie sich erinnern konne, war der Augenblick, in dem Colbrand sie in die Arme genommen hatte.

Selig lächelte sie das Zeltdach an. Sie dachte daran, wie er aussah, wie er duftete, wie seine Stimme klang, wie …

»So, du bist also wach.«

Müde wandte sie den Kopf dem Manne zu, der am Bett stand. Aber da er das Licht hinter sich hatte, konnte sie ihn nicht gut sehen. »Ist etwas zu essen da?« fragte sie. »Ich habe Hunger.«

Der Mann lachte spöttisch. »Es muß doch sehr anstrengend sein, sich so lächerlich zu machen.«

»Ich habe mich lächerlich gemacht?« Verwirrt bewegte sie die Lider. Der Mann kam ihr irgendwie bekannt vor, aber sie wußte nicht, woher. Jetzt trat er aus dem hellen Licht und wandte ihr den Rücken zu. Geistesabwesend hörte sie Teller klappern. Dann wurde ein Krug gefüllt. Doch sie war noch ganz im Banne Colbrands. Vielleicht hatte sie ihn nur im Traum gesehen. Vielleicht gab es in Wirklichkeit keinen solchen Mann.

»Iß das!« sagte der Mann und stellte ihr einen Holzteller mit Fleisch und Brot hin.

Sie griff danach, stützte sich auf einen Ellbogen und begann zu essen. Der Mann setzte sich neben das Bett auf einen Schemel. Von draußen klang Waffengeklirr herein. »Es hat angefangen!« rief sie und setzte sich auf. »Die Kämpfe haben begonnen. Colbrand wird mich brauchen.« Sie wollte sich erheben, aber eine große Hand packte sie an der Brust dicht unter dem Hals und schob sie zurück.

»Was bildest du dir ...«, rief sie. Dann weiteten sich ihre Augen. Sie hatte den Mann erkannt. Es war der jüngste Howard! »Du!« sagte sie mit unterdrückter Stimme, und gleichzeitig fuhr ihre Hand nach dem im Stiefel verborgenen Messer.

»Es ist nicht mehr da«, sagte er ruhig. »Ich habe dir alle Waffen abgenommen, und ich muß sagen, es hat mir Spaß gemacht, danach zu suchen.«

Sie neigte den Kopf und rammte ihn gegen seine Brust. »Uff«, stöhnte er leise. Dann fing er sie in den Armen auf und hielt sie fest.

Sie schrie: »Severn!«

Er verschloß ihr mit der Hand den Mund. »Dein Bruder ist auf dem Turnierplatz.« Nach einer Pause setzte er hinzu: »Und Colbrand, der Schwächling, auch.«

Zared hörte auf, sich gegen ihn zu sträuben. »Colbrand ist kein Schwächling.«

»Du weißt eine Menge über ihn, wie? Hast ihn schon hundertmal kämpfen sehen, nicht wahr?«

»Laß mich los! Mein Bruder wird dich in Stücke reißen. Er wird ...«

»Ja, ja, das hast du mir schon einmal gesagt.«

Wieder wehrte sie sich gegen ihn, merkte aber, daß er gegen sie so leichtes Spiel hatte, als wäre sie ein kleines Kind. Seine Hände glitten über ihre Hüften und Oberschenkel. Mit einem Stoß befreite sie sich und fiel aufs Bett zurück. Sie schob das Kinn vor und sah ihn zornig an.

»Nimm mich doch gefangen! Aber schleich nicht um meinen Bruder herum! Wenn du meinen Bruder in Ruhe läßt, gehe ich als deine Gefangene mit dir. Ich ... tue, was du willst, aber hetz dein Heer nicht auf meine Brüder!«

Tearle betrachtete sie geraume Zeit. Er wußte, daß sie jedes Wort ernst meinte. Trotz ihres männlichen Haarschnitts und der Kleidung war sie eine echte Frau, die um der Liebe willen alles zu opfern bereit war.

»Ich bin nicht hergekommen, um jemanden ein Leid anzutun. Dein Bruder glaubt, ich hieße Smith und wäre ihm von Lady Liana nachgesandt worden.«

Zared starrte ihn an. Ihr Mund ging auf und zu wie bei einem Fisch. »Liana hat dich geschickt?« brachte sie hervor.

»Nein, natürlich nicht. Nun, iß schon weiter, und ich erzähl dir alles.«

»Ich esse nichts, was mir ein Howard gibt.«

»Das kannst du halten, wie du willst. Aber du wirst dabei sehr hungrig werden, da ich in den nächsten drei Tagen für dich und deinen Bruder sorgen soll.«

»Sorgen? Ein Howard soll für einen Peregrine sorgen? Du willst uns vergiften!« Sie wollte aufstehen, aber er stieß sie zurück, und diesmal wehrte sie sich nicht. »Wo ist Severn?« flüsterte sie. »Wenn du ihm etwas angetan hast, wird Rogan …«

»Du bist ein blutdürstiges kleines Biest. Ich habe keinem etwas getan. Dein Bruder ist auf dem Turnierplatz und wartet, bis er an der Reihe ist, irgendeinen Narren aus dem Sattel zu heben.«

»Das wird er mit dir auch tun«, sagte sie. Und in Anspielung auf die Stichwunde, die sie ihm zugefügt hate, drohte sie: »Du hast erfahren, was eine Klinge der Peregrines anrichten kann.«

»Ich habe immer noch Schmerzen. Dafür stehst du noch in meiner Schuld. Und auch dafür, daß ich den Namen deines Bruders vor Schande bewahrt habe.«

»Kein Peregrine schuldet einem Howard etwas«, sagte sie.

Draußen erhob sich Lärm, und als Tearle sich umdrehte, sprang Zared vom Bett und rannte zur Tür. Tearle stellte ihr ein Bein, fing sie aber auf, als sie hinzufallen drohte.

»Wo willst du hin?«

»Meinen Bruder holen. Dir entfliehen. Den König holen. Irgendwen!«

In gelangweiltem Ton erwiderte Tearle: »Wenn du deinen Bruder holst und er tötet mich, einen Waffenlosen, dann wird mein Bruder euren Steinhaufen stürmen und alle Peregrines umbringen. Geh, von mir aus ruf deinen Bruder! Soll er mich töten, aber bitte ihn, ein scharfes Schwert zu benutzen! Ich möchte nicht unbedingt langsam sterben.«

Zared wußte nicht weiter. Ihr war, als habe sie den Krieg schon vor der ersten Schlacht verloren. Alles, was er sagte, traf zu. Wenn Severn ihn erschlug, würde das den Tod aller Peregrines bedeuten.

Das Herz wurde ihr schwer, und sie setzte sich auf den Bettrand. »Was willst du?« flüsterte sie. »Warum bist du hergekommen?«

»Um euch zu helfen«, erwiderte er freundlich. »Nach allem, was ich von eurer Familie gehört habe, mußte ich annehmen, daß ihr in Lumpen ins Turnier ziehen würdet, was ja auch stimmt.«

»Wir tragen keine Lumpen«, erwiderte Zared unwirsch.

Er kräuselte die Lippen und besah sich ihren abgetragenen und verdreckten Waffenrock. »Lumpen!« wiederholte er. »Vor Tagen schickte ich einen meiner Männer zu meinem Bruder, um Kleidung zu holen. Leider kam er nicht rechtzeitig zurück, um die Katastrophe vorhin zu verhüten. Aber jetzt wenigstens trägt dein Bruder angemessene Kleidung.«

Allmählich erholte sich Zared von dem Schock, beim Aufwachen einen Howard an ihrem Bett zu finden. Sie ging zur Zeltklappe und schaute hinaus. Vor den Schranken des Turnierplatzes stand ihr Bruder. Über der Rüstung trug er einen schwarzen Waffenrock. Er schien mit Goldstickerei verziert, aber aus dieser Entfernung konnte sie es nicht genau feststellen.

»Mein Bruder«, sagte Zared langsam und gemessen. »Mein Bruder trägt Sachen, die ihm ein Howard geschenkt hat?«

»Ja, aber das weiß er ja nicht. Er glaubt, ich käme von seiner schönen Schwägerin.«

Zared setzte sich wieder. »Erzähl mir alles!« flüsterte sie.

»Nachdem du dich gestern zum Hohngelächter aller bis auf die Knochen blamiert hast wegen diesem farblosen, schwachen, einfältigen Colbrand, habe ich ...«

»Wenn ich die Meinung eines Howard hören will, sage ich es ihm. Erzähl mir lieber, welche hinterlistigen Ränke du gesponnen hast!«

»Hinterlistigen Ränke? Ich? Ich habe mich freundlich und großzügig verhalten, während dein Colbrand ... Gut, ich erzähle es dir. Als du ohnmächtig wurdest, kam ich dir zu Hilfe und entriß dich diesem Kerl ohne Rückgrat ...«

»Du hast mich angefaßt? Ein Howard hat mich angefaßt?«

»Seit ich dich kenne, habe ich dich dauernd angefaßt.«

»Ich muß baden!«

»Das wird allerdings Zeit.«

»Erzähl weiter!« zischte sie.

Lächelnd betrachtete er sie. Wie leicht es doch war, ihr leidenschaftliches Temperament zu reizen. »Da ich kein Peregrine-Zelt fand, trug ich dich in ein anderes.«

»In Colbrands?« fragte sie erregt.

»Nein, nicht zu ihm. Lieber hätte ich dich in eine Schlangengrube geworfen.«

»Mit einem Howard würde ich gern in eine Schlangengrube gehen.«

Tearle lachte. »Da ich viel zu tun hatte und du mir nur im Weg gewesen wärst, flößte ich dir einen Trank ein ...«

»Du hast mich vergiftet«, flüsterte sie. »Wie lange habe ich noch zu leben? Ich muß los und meinen Bruder warnen. Muß er auch sterben?«

Sie war schon fast draußen, ehe Tearle sie erwischte. Er packte sie an den Schultern und brachte seinen Kopf dicht an ihren. »Verstehst du mich denn nicht? Ich habe keinem von euch etwas getan. Dazu bin ich nicht hergekommen. Ich habe dir nur einen Schlaftrunk gegeben, damit du mich nicht bei meiner Arbeit stören kannst.«

»Ja, damit ich keinen warnen kann«, sagte sie und riß sich los.

Leiser sagte er: »Das auch. Komm, setz dich hin und iß!«

»Nie werde ich etwas essen, das ein Howard vorher berührt hat.«

Er nahm den Teller vom Bett, riß ein Stück Brot ab und aß es. Dann schnitt er ein Stück Fleisch ab. »Das Essen ist nicht vergiftet.«

Obwohl Zared großen Hunger hatte, schwankte sie immer noch voller Mißtrauen. »Warum bist du hier?« wollte sie wissen.

»Ich kam ...« Er hielt inne. Er wußte es ja selbst nicht. Zum Teil glaubte er, daß er es getan hatte, weil er dem Haß ein Ende setzten wollte. Aber er spürte auch, daß er sich einen Teufel darum scheren würde, was sich zwischen seinem Bruder und den Peregrines ereignete, wenn es diese zornige junge Frau nicht gäbe. Unklar war ihm, warum er sich so für sie interessierte. Es gab viele andere Frauen, die hübscher waren. Und viele reichere. Und fast alle waren von sanfterer Gemütsart als sie. Und doch war er hier, und sein Gefühl sagte ihm, daß er, auch wenn er es gewollt hätte, nicht mehr weggehen könnte.

»Ich bin gekommen, um die Fehde zu beenden«, sagte er schließlich.

Zared war so verblüfft, daß sie sich aufs Bett setzte. »Zu beenden ...«

»Sieh mal, mein Bruder ist von diesem Familienhaß besessen. Und deine ganze Familie beschäftigt sich kaum mit etwas anderem. Nein, streite es nicht ab! Es ist bei euch das einzige Tagesgespräch. Ich habe selbst gesehen, daß ihr wie Gefangene in eurer verfallenen Burg haust.«

Die Vorstellung, die Fehde könnte je beendet werden, erheiterte Zared. Sie wußte, daß er feige und schwach war. Aber war er auch dumm? »Was schlägst du denn vor? Wie soll der Kampf eingestellt werden? Will eure Familie uns das Land zurückgeben, daß ihr uns gestohlen habt? Werdet ihr meinem Bruder Rogan seinen rechtmäßigen Titel als Herzog überlassen?«

»Also nein«, sagte Tearle. Und im selben Augenblick kam ihm eine Idee. »Ich werde die Fehde beenden, indem ich eine Ehe zwischen den Peregrines und den Howards stifte. So werden unsere Familien eins.«

»Haltet ihr irgendwo eine Schwester verborgen, die sich mit Severn vermählen soll? Irgendeine sabbernde Schwachsinnige, die ihr meinem gutaussehenden Bruder andrehen wollt?«

Lächelnd antwortete er: »Vielleicht denke ich an eine Heirat mit dir.«

Zared brach in Gelächter aus, an dem sie fast zu ersticken drohte.

Tearle klopfte ihr auf den Rücken und reichte ihr einen Becher mit Wasser vermischten Weins. Sie stürzte ihn hinunter und rückte dann weiter von ihm ab.

»Mich?« sagte sie schließlich. »Mich heiraten? Ich soll mich einem Howard vermählen?«

Tearle wurde ernst. »Was könnte sich eine Peregrine denn Besseres erhoffen? Du hast keine Mitgift.« Er sah sie von oben nach unten an. »Du bist noch nicht mal eine richtige Frau.«

»Was?« gab sie zurück. »Keine richtige Frau? Du irrst. Ich schaue mich schon nach Männern um. Aber kannst du dir vorstellen, was meine Brüder sagen würden, wenn ich einen Howard zum Gatten nähme? Mein Bruder Rogan würde …«

»Eben hast du es noch für möglich gehalten, daß sich dein Bruder Severn mit einer Schwester von mir vermählt – wenn ich eine hätte, was aber nicht der Fall ist.« Die Idee mit der Heirat war ihm plötzlich herausgeplatzt. Aber nun mißfiel es ihm, daß sie sie lächerlich fand. Es war doch eine ausgezeichnete Idee. Und das beste daran war, daß ihm dann dieser schlanke kleine Körper gehören würde.

Nun wußte Zared genau, daß dieser Mann ein Dummkopf war. »Wenn mein Bruder eine Howard zur Frau nähme, würde sie zu uns kommen. Wenn ich dich heiratete, einen zweitgeborenen Sohn, würde ich unter dem Regiment deines Bruders leben müssen. Glaubst du etwa, Oliver Howard würde mich gut behandeln? Oder würde es ihm nicht vielmehr Vergnügen bereiten, eine Peregrine quälen zu können?«

Tearle sah sie unsicher an. Er konnte sich vorstellen, wie sein Bruder über die Aussicht, eine Peregrine unter seinem Dach zu haben, frohlocken würde. Ja, er würde mit Zared so umspringen, daß die Fehde nicht beendet, sondern nur noch vertieft würde.

Immer noch lachend sagte Zared: »Du bist also gekommen, um mich zu heiraten. Wie bist du denn an meinen Bruder herangetreten?«

»Ich sage dir doch, ich habe ihm Kleidung gebracht.«

Plötzlich fühlte sich Tearle unbehaglich. Er hatte noch nie um die Hand einer Frau angehalten und daher auch noch nie einen Korb bekommen. Was konnte eine Frau sich denn Besseres wünschen als ihn? Er war der Bruder eines Herzogs, er sah gut aus, er war …

»Du glaubst doch nicht im Ernst, ich wäre so dumm, dich zu heiraten«, wetterte sie. »Dann könnte ich mich euch ja gleich als Gefangene ausliefern. Ich will die Wahrheit wissen. Warum kamst du her?«

Tearle hatte Mühe, seine Selbstachtung zu bewahren. Er grinste gezwungen. »Du kannst mir keinen Vorwurf daraus machen, daß ich es versucht habe. Es ist die reine Wahrheit. Ich wollte die Fehde wirklich beenden. Ich bin des Hassens müde. Und so glaubte ich, ich könne mich vielleicht mit deinem Bruder anfreunden und so die Haßgefühle ersticken.«

»Anfreunden? Wie kann ein Howard je der Freund eines Peregrine werden?«

»Oh, ich habe bereits Fortschritte gemacht. Ich brachte die Kleider, und ich brachte deinem Bruder eine Rüstung mit Silberüberzug. Es ist meine eigene. Wir haben ungefähr die gleiche Größe.« Damit wollte er ihre Aufmerksamkeit auf seinen kräftigen, muskulösen Körper lenken und ihr zu verstehen geben, daß er nicht der Schwächling war, für den sie ihn offenbar hielt.

Sie stand auf und ging zur anderen Seite des großen Zeltes. »Du hast Kleider und eine Rüstung gebracht – Kleider und Rüstung der Howards –, und mein Bruder hat sie so ohne weiteres entgegengenommen?« Langsam kamen Zared Zweifel an ihrem Bruder. Severn hatte erzählt, er hätte schon an vielen Turnieren teilgenommen. Doch dann stellte sich heraus, daß er nicht einmal das Eröffnungszeremoniell kannte. Er hatte behauptet, er wisse alles über Frauen, und doch hatte er nicht vorhergesehen, daß sich Lady Anne höchst ungern vor allen Leuten auf sein Pferd reißen lassen würde.

»Das war leichter, als ich gedacht hatte. Dein Bruder schien zu erwarten, daß Lady Liana ihm Kleider schickt.«

»Erwartet hat er sie nicht. Aber Liana …« Schnell brach sie ab. Sie wollte diesem Mann, einem Feind, überhaupt nichts sagen. Es paßte gar nicht zu Severn, daß er einem Fremden Gehör schenkte. Doch vielleicht waren ihm die Ereignisse des Vortags nun selber peinlich gewesen.

Sie hob den Kopf. »Dann bist du jetzt also ein Diener meines Bruders? Willst du das damit sagen? Er soll dich Smith nennen, und du, ein reicher Mann – reich durch Betrug, denn euer Land gehört rechtmäßig meiner Familie, aber immerhin reich – du sollst uns das Essen zubereiten? Sollst die Nachttöpfe leeren?«

»Ich werde dafür sorgen, daß eure faulen Knechte ihren Dienst ordentlich versehen.«

Sie glaubte ihm nicht. Sie glaubte ihm kein Wort. »Nachdem die Howards jetzt wissen, daß ich eine Frau bin, planst du, mich zur Ehefrau zu nehmen?«

»Ich habe keinem Menschen erzählt, daß du eine Frau bist. Und ebensowenig habe ich jemandem erzählt, daß ich ein Howard bin.«

»Irgendwer wird dich schon erkennen. Er wird dich als Howard entlarven, und dann wird mein Bruder dich töten, und dein Bruder ...«

»Hör auf!« rief er. »Ich bin kein Ungeheuer, wie du mich darzustellen beliebst. Ich bin einfach ein Mensch, der sein Leben nicht mit einem unseligen Haß vergeuden will. Nun habe ich eine Möglichkeit gefunden, Freundschaft mit den Peregrines zu schließen, und habe die Gelegenheit beim Schopf ergriffen. Außerdem kennt mich hier niemand außer Anne. Und sie ...« Er hielt inne, denn er sah ein, daß er schon zuviel gesagt hatte.

»Anne? *Lady* Anne? Die Frau, die Severn heiraten wird?«

»Anne soll einen ungebildeten Lümmel wie deinen Bruder heiraten? Eher würde sie ...«

Zared schlug ihm ins Gesicht, und es war ein derber Schlag.

Er machte Miene, sich auf sie zu stürzen. »Du kleine …«

Vom Zelteingang her sagte Severn: »Bist du endlich aufgewacht?« Er mußte die Augen erst an das Dämmerlicht im Zelt gewöhnen. »Hast du Smith schon kennengelernt? Liana hat ihn geschickt.« Er ging zum Bett und nahm Zareds Teller. Doch bevor er den ersten Bissen zu sich nehmen konnte, hatte Zared ihm den Teller entrissen.

»Das ist meins!« sagte sie. »Ich meine, das Esen war für mich bestimmt.«

Severn stutzte. »Na schön. Smith, hol mir was zu essen!«

»Nein!« schrie Zared und ließ den Teller los. Das Essen fiel zu Boden. Sie stellte sich rasch zwischen Tearle und das übrige Esen, das noch auf einem niedrigen Tisch stand.

Severn runzelte die Stirn. »Was ist denn mit dir los?«

»Äh …, äh …« Ihr fiel nichts ein, was sie sagen konnte.

»Ich glaube, der Jüngling meint, es sei nicht so gut wie das, was bei den Marshalls aufgetischt wird. Dies hier ist kalt und fettig. Im Festsaal aber wird gerade heiße Suppe serviert.«

Severn war immer noch verwirrt. Es sah Zared nicht ähnlich, daß sie sich Gedanken ums Essen machte. Solange keine Maden im Fleisch waren und das Brot so gut durchgebacken war, daß die Würmer darin nicht mehr herumkrochen, pflegten die Peregrines zu essen, was auf den Tisch kam.

»Ich will, daß du das Beste bekommst«, sagte Zared. »Du mußt dich für die Kämpfe stärken.«

Severn zerzauste ihr das Haar. »Na schön, dann werde ich zum Festsaal gehen. Du bleibst mit Smith hier und gehst die Sachen durch, die Liana geschickt hat. Kannst ja mal sehen, ob auch etwas für dich dabei ist.«

»Meine eigenen sind für einen Peregrine passender.« Kritisch betrachtete sie Severns Waffenrock aus reicher schwarzer Seide. An den Rändern waren goldene und silberne Drachen eingestickt. »Wir müssen ja nicht alle wie Pfaue herumstolzieren.«

Severn sah sie scharf an. »Mach mir keine Schande! Smith, paß auf meinen Knappen auf!« Damit machte er kehrt und ging aus dem Zelt.

# 5

Zared sah den Howard hinausgehen und in dem Wagen wühlen, der mit den Kleidern und Waffen beladen war. Ihr knurrte der Magen. In der Ferne hörte sie Waffengeklirr und die Anfeuerungsrufe der Menge. Das Turnier war in vollem Gang. Hatte Severn schon gekämpft? Und wer sonst noch? Hatte Colbrand schon gekämpft?

Sie wußte es nicht. Denn Howard hatte ihr einen Schlaftrunk verabreicht, und sie hatte den ganzen Tag verschlafen.

Sie beobachtete den Mann mit den schwarzen Haaren und der schwarzen Kleidung. Sie hatte sich so auf diese Tage gefreut, und nun wurden sie ihr zum Alptraum. Wollen denn die Howards mir das ganze Leben vergällen? dachte sie. Würde nie die Zeit kommen, in der sie von ihnen befreit sein würde? Nicht einmal in der Umgebung ihrer eigenen Burg konnte sie allein ausreiten, ohne von einem Howard geschnappt zu werden. Und jetzt sah es ganz danach aus, als dürfte sie auch beim Turnier keinen Spaß haben.

Sie sah, wie er ein Kleidungsstück aus rubinrotem Samt mit Graufuchsbesatz herauszog.

Er hatte ihr die Ehe angetragen. Die Ehe zwischen einem Howard und einer Peregrine. Was für eine absurde Idee! Ihre Brüder würden ihr nie gestatten, sich unter die Fuchtel Oliver Howards zu begeben. Ganz davon zu schweigen, daß die Howards sie wahrscheinlich in Ketten an die Wand schmieden und verhungern lassen würden.

Dieser Howard hier würde nie die Kraft aufbringen, sich gegen seinen älteren Bruder zu stellen. Eine Ehe mit ihm würde sie zur Gefangenen seines Bruders machen. Dieser Weichling, der fast an einer leichten Stichwunde gestorben wäre, würde niemals Manns genug sein, um sich gegen jemand wie Oliver Howard aufzulehnen.

»Das hier«, sagte er und bot ihr einen dunkelroten Waffenrock an. Darüber hatte er ein Paar feingestrickter Hosen gebreitet.

»Ich werde ...« Sie hatte sagen wollen, daß sie nie etwas anziehen würde, das ihr ein Howard geschenkt hatte. Aber da schritt gerade Colbrand vorbei. Er war genauso schön, wie sie ihn in Erinnerung hatte, vielleicht noch schöner. Wieder trug er Weiß. Ein Weiß, so sauber und rein wie ein Bergsee. Seine Haare glänzten im Sonnenschein. Die Rüstung funkelte. Seine Augen ... Tearle drückte ihr den Waffenrock so fest an die Brust, daß sie einen Schritt zurücktreten mußte. »Zieh das an!« sagte er grimmig.

Sie befühlte den Samt und besah sich den Pelzbesatz. Vielleicht würde sie Colbrand in einem hübschen Gewand besser gefallen. »Ich werde es tragen, aber nicht für dich«, gab sie schnippisch zurück und wandte sich zum Zelt um. Dann befahl sie ihm: »Bleib hier stehen, damit ich dich sehen kann!«

Ein Auge auf den Rücken des Feindes gerichtet, schlüpfte sie rasch in die neuen Gewänder. Sie streckte das Bein aus und sah zu ihrer Freude, daß die Hose keine Löcher und Fettflecke hatte. Sie spürte den weichen Pelz am Hals und schmiegte die Wange daran.

Draußen fragte Tearle ungeduldig: »Bist du schon umgezogen? Dein Bruder reitet auf seinen ersten Gegner zu.«

Zared schob sich an ihm vorbei und übersah die Blicke, mit denen er sie musterte. »Komm, ich will meinen Bruder sehen! Du bleibst bei mir!«

»Das kostet mich einige Überwindung«, sagte Tearle und lachte in sich hinein.

Aber Zared kam nie bis vor die Schranke. Denn nicht weit von dem schäbigen Zelt der Peregrines entdeckte sie ein anderes Zelt. Es war aus weißem Zindeltaft, und auf seiner Spitze flatterte eine weiße Fahne mit eingestickten Leoparden. Wie von selbst wollten die Füße sie zu diesem Zelt tragen.

Hinter ihr mahnte Tearle: »Dein Bruder ...« Aber Zared ging immer weiter.

Vor dem Zelt saß Colbrands Knappe Jamie und schärfte ein Schwert an einem runden, mit einem Pedal angetriebenen Schleifstein, wobei er sich sehr ungeschickt anstellte.

»Du schon wieder«, sagte Jamie, als er Zared mit dem großen schwarzen Schatten hinter ihr erblickte. Jamie haßte den jungen Peregrine, seit er seinetwegen von Colbrand scharf zurechtgewiesen worden war. »Was willst du?« fragte Jamie höhnisch.

Zared wollte ihm gerade antworten, da trat Colbrand aus dem Zelt. Jetzt trug er keine Rüstung. Dafür bedeckte ein kurzer weißer Waffenrock den großen, muskelbepackten Leib. Die Beine steckten in einer blaßgrauen Hose. Sein Anblick verschlug ihr die Sprache.

Colbrand hatte den Peregrine-Knappen noch nicht gesehen, weil er mit Jamie sprach. »So hält man die Klinge nicht«, sagte er in einem Ton, als hätte er es ihm schon hundertmal gesagt. »Du bist mit deinen Gedanken woanders. Ich zeige es dir noch mal.«

»*Ich* kann's ja machen«, sagte Zared und ging, die Augen weit geöffnet, auf Colbrand zu.

Colbrand lächelte sie an. Er war es gewöhnt, daß junge Männer ihn als Helden verehrten. Dieser Jüngling bildet keine Ausnahme, dachte er. Er begegnete solchen Jünglingen stets freundlich. Denn wer konnte wissen, ob nicht der eine oder andere von ihnen in ein, zwei Jahren ihm als Gegner im Turnier gegenüberstehen würde. Doch auch sonst war Colbrand von Natur aus zu den meisten Menschen freundlich.

»Es würde mich freuen, wenn du es meinem Knappen zeigtest«, sagte Colbrand.

Zared trat einen Schritt vor. Doch da legte sich eine schwere Hand auf ihre Schulter. »Er hat bei seinem Bruder Dienst zu leisten.«

»Oh, dann mußt du gehen.«

Zared fuhr herum und blickte aus schmalen Augen Tearle an. »Mein Bruder kann für sich selber sorgen. Alle Peregrines können für sich selber sorgen. Auch der, der hier steht.« Mit einem Ruck schüttelte sie seine Hand ab, drehte sich um und erwiderte Colbrands Lächeln. Ohne den Blick von ihm zu wenden, nahm sie Jamie das Schwert aus der Hand.

Jamie überließ es ihr, flüsterte ihr jedoch zu: »Dafür wirst du mir noch büßen.«

Zared beachtete ihn gar nicht, sondern nahm auf dem Hocker vor dem Schleifstein Platz. Als sie noch jünger war, hatten ihre Brüder bald alle Hoffnung aufgegeben, daß sie je so kräftig wie ein richtiger Junge werden würde und sie deshalb mit vielen Nebenaufgaben beschäftigt wie dem Schwerterschleifen und dem Ausklopfen von verbeulten Rüstungen. Sie verstand sich gut auf das Schärfen von Klingen. Und jetzt setzte sie ihre ganze Erfahrung ein, um Colbrands Schwert eine scharfe Schneide zu geben.

Als sie fertig war, hielt sie es ihm hin. Dabei sah sie ihn an wie ein junges Hündchen, das von seinem Herrn gelobt werden möchte.

Colbrand nahm das große Schwert entgegen und fuhr mit dem Daumen über die Klinge. »Ausgezeichnet«, sagte er und lächelte Zared dabei so herzlich an, daß sie überzeugt war, gleich wieder in Ohnmacht zu fallen.

In diesem Augenblick kam ein fliegender Händler vorbei, der an einem breiten Band um den Hals einen großen Auslagekasten vor dem Bauch trug.

»Solche Arbeit muß belohnt werden«, sagte Colbrand. »Jungs, habt ihr Hunger? Ach«, setzte er lachend hinzu, »in eurem Alter hat man immer Hunger.« Er gab dem Händler eine Münze und sagte zu Zared und Jamie, sie sollten sich aus dem Kasten Kuchen auswählen, die sie am liebsten essen würden.

Zared wählte ein Stück Kirschtorte. Zuerst verschlang sie das Stück nur mit den Augen. Es kam von Colbrand, und alles in ihr drängte sie, es nicht zu verzehren, sondern für ewig aufzubewahren. Aber der Hunger war stärker, und so aß sie es schließlich doch, wenn auch ganz langsam.

»Habt Ihr schon gekämpft?« fragte sie Colbrand.

»Einmal«, antwortete er und schenkte dem Jüngling, der ihn mit unverhohlener Verehrung anstarrte, ein zärtliches Lächeln. Der Kleine hatte zweifellos schon von seinem Ruf vernommen, von den vielen Preisen, die er in manchen Jahren errungen hatte.

»Und er hat gewonnen«, sagte Jamie kampflustig zu Zared. »Er war in vier Gängen jedesmal siegreich. Colbrand wurde noch *nie* aus dem Sattel gehoben.«

»Nun, Jamie«, sagte Colbrand, »wir sollten das Schicksal nicht herausfordern. Vielleicht werde ich bei diesem Turnier in den Sand geworfen. Es nehmen einige neue Männer teil. Wie dein Bruder. Ist er gut mit der Lanze?«

Zared hatte gerade auf einen Kern gebissen. Sie spuckte ihn aber nicht aus, sondern lutschte ihn ab und steckte ihn dann in den Hosenbund. »Er ist sehr gut«, sagte sie. »Aber mit Eurer Geschicklichkeit und Eurer Erfahrung werdet Ihr Euch gut gegen ihn behaupten.«

»Gut gegen ihn behaupten!« rief Jamie und stand auf. »Colbrand wird deinen Bruder in den Sand schikken.» Es gefiel ihm gar nicht, daß sein geliebter Herr diesem viel zu hübschen Jüngling so viel Aufmerksamkeit schenkte. Und er ärgerte sich, daß der andere ein Schwert besser zu schleifen verstand als er. Er mochte es auch nicht, daß die Leute sagten, die Peregrines seien zwar schmutzige Kerle, aber auch glänzende Kämpfer. Colbrand erwartete von ihm zwar zu jeder Zeit gutes Betragen, aber die Prahlerei des Peregrine-Lümmels ging ihm über die Hutschnur. Er stürzte sich auf Zared.

Instinktiv wollte Tearle die beiden Kampfhähne sich selbst überlassen. Zared hatte sich wegen Colbrand lächerlich gemacht, was ihm höchst mißfiel. Wie konnte sie einen Mann so verzückt anhimmeln, der in seiner Dummheit nicht einmal merkte, daß sie ein Mädchen war? Wie konnte sie so blöde sein, auf ein hübsches Gesicht über einer schimmernden Rüstung hereinzufallen?

Aber Colbrand und Tearle hatten auch keine Gelegenheit, sich in die Rauferei einzumischen. Denn jetzt stürmte Severn in voller Rüstung, die Haare schweißverklebt am helmlosen Kopf, auf sie zu, packte beide am Kragen und riß sie auseinander. Jamie beachtete er nicht weiter, sondern warf ihn nur wie einen gebrauchten Lappen zur Seite. Zared aber hielt er fest und schleppte sie vor den neugierigen Augen vieler Umstehender durch die Zelte fort zum Zelt der Peregrines. Hier schubste er sie so heftig hinein, daß sie beinahe zur anderen Seite wieder hinausgeflogen wäre.

Severn war zornig, und wenn einer ihrer Brüder zornig war, dann hütete sich Zared wohlweislich, den Mund aufzumachen.

»Du bist mein Knappe«, sagte er mit leiser Stimme, die Zared verriet, daß er wirklich wutentbrannt war. »Du hast die Pflicht, mir frische Lanzen zu reichen, meine Pferde zu pflegen und mir etwas zu trinken zu bringen, wenn ich Durst habe. Doch du verschläfst den ganzen Tag – und was tust du, wenn du wach wirst? Kommst du dann zu meiner Unterstützung? Nein, du machst dich zum Narren vor diesem aufgeblasenen, eitlen …«

»Colbrand ist kein …« Zared verstummte. Jetzt war es nicht ratsam, ihrem Bruder zu widersprechen.

Er ging auf sie zu, und sie wich ängstlich zurück. Ihre Brüder schlugen sich häufig untereinander, verschonten sie aber mit derben Schlägen. Doch jetzt fürchtete sie, sein Temperament könnte mit ihm durchgehen. »Entschuldige bitte, Severn, es tut mit sehr leid«, sagte sie flüsternd.

»Ich hätte nicht übel Lust, dich zu Liana zurückzuschicken.«

»O nein, bitte nicht«, flüsterte sie. »Von jetzt an helfe ich dir, ich schwöre es.«

»Wie denn? Indem du dich vor diesem Colbrand zur Närrin machst? Weißt du denn nicht, daß er sich ebenfalls um Lady Annes Hand bemüht? Beim Essen wurde sogar davon gesprochen, daß sie diesem Mann begünstigt, ebenso wie ihr Vater.«

»Ich habe es nicht böse gemeint. Sein Knappe ist aber auch zu dumm. Er weiß nicht einmal, wie man ein Schwert schleift. Ich mußte ihm erst zeigen, was ich bei dir gelernt habe, und ...«

Severn fielen fast die Augen aus dem Kopf, so wütend war er. »Du hast *sein* Schwert geschliffen? Das Schwert, daß er gegen *mich* schwingen wird? Willst du denn, daß er mein Blut vergießt?«

»Nein, Severn, bitte, ich habe wirklich nichts Böses im Sinn gehabt. Nur sein Knappe kann eben kein Schwert schleifen.«

»Und *mein* Knappe findet nicht mal aus dem Bett. Was erwartest du denn von diesem Colbrand? Willst du erleben, daß er mich schlägt?«

»Nein, Severn, natürlich nicht. Ich wollte nur ...«

»Was?«

»Ich ...« Was wollte sie ihm sagen? Daß sie Colbrand über alle Maßen schön fand? Daß sie ein Schauer überlief, wenn sie in seiner Nähe war?

»Ich glaube, sie wünscht ihn in ihr Bett zu ziehen«, sagte Tearle mit ruhiger Stimme hinter Severn.

»Das will ich nicht!« schrie Zared. »Was weißt du denn von meinen Wünschen? Was weißt du überhaupt? Du bist ...«

»Sie?« fragte Severn bestürzt. »Hast du ihm dein Geschlecht verraten?« Er setzte sich auf den Schemel und stützte den Kopf in die Hände. »Liana hat Recht behalten.«

»Ich habe ihm gar nichts gesagt«, platzte Zared heraus. »Er wußte es schon.«

Severn hob den Kopf und sah Tearle fragend an.

Tearle war die Ruhe selbst. »Seht sie Euch doch an? Würdet Ihr glauben, daß sie ein Mann ist? Sie ist so scharf auf diesen Colbrand, daß sie es kaum aushält, wenn sie in seiner Nähe ist. Und der Idiot hält sie für einen Jüngling! Dabei denkt sie wie ein Mädchen, sie spricht wie ein Mädchen, sie geht wie ein Mädchen, sie hat die Stimme eines Mädchens. Und das sollte ich nicht merken?«

In Severns Kopf drehte sich alles. Wenn es allgemein bekannt wurde, daß Zared ein Mädchen war, würde die Nachricht auch Oliver Howard erreichen. Und der schien ein Gelübde abgelegt zu haben, alle Frauen der Peregrines gefangenzunehmen. Zared würde kein Ausnahme bilden. Wie konne er, Severn, sie dann schützen, da er sich doch ständig auf dem Turnierplatz aufhielt? Statt heute immer in seiner Sichtweite zu bleiben, hatte sie lieber mit einem Mann herumgeschäkert, der sein Rivale um die Gunst einer Lady war. Woher sollte er wissen, daß Colbrand nicht sogar in Oliver Howards Sold stand?

»Du mußt zu Rogan zurück«, sagte Severn. »Denn hier bist du in Gefahr.«

»Nein!« sagten Zared und Tearle gleichzeitig.

Tearle wußte, daß er sie nie wiedersehen würde, wenn sie jetzt abreiste. »Ich werde auf sie aufpassen«, sagte er schnell.

»Du?« fragte Zared spöttisch. »Du, ein ...«

»Ein was?« fragte Tearle auf die Gefahr hin, daß sie Severn seinen wahren Namen verriet.

Zared sah ihren Bruder an. »Er ist schwach und feige. Er kann auf niemanden aufpassen.«

Bei jeder anderen Gelegenheit hätte sich Severn

wohl über die feindselige Haltung seiner Schwester dem Fremden gegenüber gewundert. Aber jetzt hatte er zu viel anderes im Kopf. »Liana hat ihn geschickt. Ihre Wahl fiel auf ihn.« Seine Schwägerin stieg von Stunde zu Stunde höher in seiner Achtung. Ich hätte auf sie hören, ihre Gewänder in Empfang nehmen und meine Schwester zu Hause lassen sollen, dachte er.

»Liana hat nicht ...«

»Hat was nicht?« fragte Severn.

»Hat nicht gewußt, was er für einer ist. Er ist zu schwach, um irgendeinen anderen zu schützen. Wenn die Howards mich überfielen, würde er mich ihnen wahrscheinlich sofort übergeben.« Das war nahe an der Wahrheit. Mehr konnte sie ihrem Bruder nicht verraten.

Severn sah forschend den Mann an, den Liana ihm geschickt hatte. Was er sah, stand ihm Gegensatz zu Zareds Worten. Dieser Smith war ein Bär von einem Mann: groß, stark, muskelbepackt. Wie kräftig dieser Mann war, hatte Severn gesehen, als er, während Zared noch schlief, beim Abladen der Waffen und der Rüstung geholfen hatte. Und zweimal hatte Severn ihn mit einem Schwert hantieren sehen. Wie er damit umging, hatte Severn verraten, daß er kein Anfänger war.

»Bist du bereit, zu ihrem Schutz dein Leben einzusetzen?« fragte Severn.

»Ja«, antwortete Tearle, und an seinen Augen war abzulesen, daß er die Wahrheit sprach.

»Nein! Oh, Severn, nein, das kannst du mir nicht antun.«

»Das hast du dir selbst zuzuschreiben«, sagte Severn und stand auf. Ihm war jetzt viel wohler. »Du mußt darauf achten, daß sie ihr wahres Geschlecht nicht in alle Welt hinausposaunt. Halte sie aus allen Raufhändeln heraus! Und vor allen Dingen aus den Betten der Männer! Ich habe Liana versprochen, daß ich sie als unberührte Jungfrau zurückbringe.«

»Ich werde sie jederzeit beschützen«, sagte Tearle. »Ihr habt mein Wort.«

»Gut«, sagte Severn. »Du bist also ihr Leibwächter. Niemand darf die Wahrheit über sie erfahren. Ich muß jetzt fort und mir die Kämpfe ansehen, um die Fähigkeiten meiner Gegner einschätzen zu können.« Damit drehte er sich um und ging aus dem Zelt.

Zared blieb stehen, wo sie war, und sah ihrem Bruder nach. In ihren schlimmsten Träumen hätte sie nicht geahnt, daß sie in eine solche Lage geraten könne. Soeben hatte ihr Bruder sie unter den Schutz des geschworenen Feinds der Familie gestellt. Ein Howard sollte sie vor den Howards schützen!

»Sieh mich nicht so an!« sagte Tearle, als Severn fort war. »Ich habe dir jetzt oft genug versichert, daß ich dir kein Leid antun werde. Ich werde dich wirklich beschützen.«

»Seit drei Generationen hat deine Familie meine Vorfahren und Brüder getötet, und da soll ich glauben, daß jetzt ein Howard mein Freund sein soll?« fragte sie höhnisch. »Nein, du sollst ja sogar mein Mann werden.«

Ihre Worte trafen Tearle, und wieder einmal fragte er sich, warum er sie nicht einfach verließ. Vielleicht weil das, was sie sagte, Gewicht hatte, weil er die Sünden der Ahnen und seiner Brüder schwer auf sich lasten fühlte. Vielleicht hatten seine Vorfahren den Peregrines wirklich ihr Land gestohlen.

»Es ist Zeit fürs Nachtmahl«, sagte er, »und du mußt es deinem Bruder und seinen Männern auftischen.«

»Was muß ich?«

Tearle lächelte. Sie diente hier zwar als Knappe, doch sie trug auch den Namen Peregrine. Normalerweise wurde ein Knabe im Alter von sieben Jahren zu einer anderen Familie in Pflege gegeben. Seit Jahrhunderten war bekannt, daß Knaben sich gern von Fremden unterrichten ließen, von den eigenen Eltern aber nichts lernen wollten. Doch Zared, die gewöhnt war, an der Seite ihres Bruder das Mahl einzunehmen, schreckte vor dem Gedanken zurück, ihm jetzt Fleisch und Wein bringen zu müssen.

»Ich habe deinem Bruder versprochen, ihn zu betreuen, und ich werde dafür sorgen, daß du deinen Pflichten nachkommst. Je mehr du zu tun hast, um so weniger Zeit bleibt dir, dich wegen Colbrand lächerlich zu machen.«

Sie schritt zur offenen Zeltklappe. »Ich habe es satt, mich von dir herumkommandieren zu lassen. Ich nehme das Nachtmahl allein ein.«

Zared mußte sich erst zwischen zwei Knappen einen Weg bahnen, um an das Fleischstück zu kommen, das sie für Severn holen sollte. Es fiel ihr schwer, ihr Temperament zu zügeln. Severn gefiel es dagegen, sich von seiner kleine Schwester bedienen zu lassen. Er wollte sie auch ein wenig dafür bestrafen, daß sie ihn vorhin so vernachlässigt hatte. Deshalb zeigte er ihr immer Fleischstücke auf anderen Tischen und verlangte, daß sie ihm das Gewünschte holte.

»Bring deinem Bruder eine Serviette!« sagte ihr der Howard.

»Warum?« gab Zared zurück. »Er benutzt ja doch keine.«

Natürlich war Severn inzwischen zu dem Schluß gekommen, daß er nichts dringender brauchte als eine Serviette, und Zared mußte loslaufen und eine für ihn suchen.

Immer wenn sie einen Auftrag bekam, warf sie einen bösen Blick auf den Howard. Severn hatte ihn zu seiner Rechten Platz nehmen lassen. Für alle Welt sahen sie wie alte Freunde aus. Ja, dachte sie, zwei Freunde, die einen gemeinsamen Feind haben: mich.

Das Mahl zog sich hin, und Zared hatte so viel zu tun, daß sie nicht einmal Zeit hatte, sich umzuschauen. Sie hatte ein großes Erlebnis von diesem Turnierbesuch in Begleitung ihres Bruder erwartet, doch bisher war alles katastrophal verlaufen.

Endlich war das Mahl beendet. Die Ritter, die Familie Marshall, der König und andere Gäste strömten aus dem riesigen Saal, um sich den verschiedenen Unterhaltungen des Abends zu widmen. Einige der jungen Männer luden Zared ein, mit ihnen zu den Huren zu gehen, aber sie lehnte ab. Sie riß sich ein großes Stück vom Rinderbraten ab, nahm einen halben Laib Brot und verließ den Saal.

Kaum war sie draußen, stand Tearle neben ihr. »Ich habe schon auf dich gewartet«, sagte er.

Zared hätte beinahe das Weinglas fallen lassen. Ließ der Mann sie denn nie in Ruhe? »Laß mich allein!« sagte sie.

»Ich habe deinem Bruder geschworen, dich zu beschützen.«

»Wovor? Vor dir selbst? Merkst du denn nicht, daß ich dich nicht um mich haben will? Geh und such dir jemand anders, dem du deine Gesellschaft aufdrängen kannst! Mich laß in Ruhe!«

Tearle sah sie an, und ganz plötzlich kam ihm der Gedanke, ob er sich hier nicht tatsächlich jemandem aufdrängte, der nichts mit ihm zu tun haben wollte.

Nun, solange er, Tearle, bei dem Turnier weilte, war nicht damit zu rechnen, daß sein Bruder ihr nachstellen würde. Er blickte sich um. Zu Hunderten schlenderten die Menschen umher. Die jungen Männer machten sich an Mädchengruppen heran, um sie zu necken. Die Ladys in ihren langen Gewändern spazierten in Begleitung von Männern in pelzverbrämten Waffenröcken umher. Händler boten ihre Waren an, Akrobaten bauten Pyramiden, und man sah Sänger und Musikanten.

»Geh schon!« sagte er. »Aber bleib nicht so lange weg, daß ich dich erst suchen muß!«

Zared rannte fast. Bald war sie in der Menge verschwunden. Sie wollte ihn so schnell los sein wie nur möglich. Im Weitergehen verzehrte sie ihr Essen, betrachtete die Verkaufsstände und die Artisten und sah zu, wie ein kläffender Hund einen Bären reizte. Alles war neu für sie und brachte sie zum Staunen. So unterhielt sie sich eine Zeitlang gut.

Aber dann begann ein hübsches junges Dorfmädchen mit ihr zu flirten, und ihre gute Laune verschwand. Zared sah das Mädchen böse an. Aber anstatt von ihr abzulassen, trat sie auf Zared zu und fragte, ob »er« Lust habe, mit ihr spazierenzugehen. Zared machte kehrt und ließ sie stehen.

Andere Mädchen kamen vorbei, reiche Kaufmannstöchter in schönen Kleidern und mit glitzerndem Kopfschmuck. Zared versuchte sich alles einzuprägen, was sie trugen. So was würde ich auch mal gern tragen, dachte sie, solche Gewänder mit langen Schleppröcken. Sie sah, daß die Mädchen über die Schulter nach einer Gruppe von Jungen Ausschau hielten und die Jungen hinter ihnen herliefen wie Hunde, denen ihr Herr gepfiffen hatte.

»Komm mit!« rief ihr ein Junge zu.

Zared trat zurück und schüttelte den Kopf.

»Es ist einer der Peregrines«, hörte sie einen Jungen sagen, und alle lachten.

Zared wandte sich ab. Sie hatte das Gefühl, hier nicht hinzugehören. Sie gehörte nicht zu den Mädchen, und sie gehörte nicht zu den Jungen. Und ihr Einzug ins Turnier hatte die Peregrines zu ständig belachten Figuren gemacht.

»Morgen wird Severn es ihnen zeigen«, flüsterte sie und schwor sich, ihrem Bruder in jeder nur möglichen Weise beizustehen. Diesmal würde sie nicht zulassen, daß der Howard ihr wieder einen Schlaftrunk gab, der sie den ganzen nächsten Tag verschlafen ließ.

Die Menschenmenge und die Fülle der Ereignisse verloren allmählich ihren Reiz, und auf einmal wünschte sie, wieder daheim zu sein. Da würde sie auf die Zinnen der Burg Moray steigen und über die Felder zu den Bäumen in der Ferne hinunterblicken. Sie wünschte, sie könnte jetzt in Lianas Frauengemach sitzen und dem Gesang einer ihrer Ladys lauschen.

Wo Severn wohl jetzt sein mochte? »Wahrscheinlich bei irgendeinem Weib«, sagte sie angeekelt. Ihr Bruder schien nie Schwierigkeiten zu haben, ein Weib aufzugabeln.

Immer weiter entfernte sie sich von der lärmenden Menge. So gelangte sie an einen unter Bäumen dahinfließenden Bach in der Nähe der Marshall-Besitzungen. Unter jedem Busch schienen zwei lustvoll stöhnende Menschen zu liegen. Zared mußte Umwege machen, um nicht über sie zu stolpern, und fühlte sich immer einsamer. Bis auf den hellen Mondschein war es jetzt fast völlig dunkel. Vor sich hörte sie es plätschern. Sie trat unter den Bäumen hervor, in der Erwartung, einen Hirsch zu erblicken. Doch sie bekam etwas ganz anderes zu sehen, und dieser Anblick ließ sie stehenbleiben und den Atem anhalten.

Mit dem Rücken zu ihr stand Colbrand im knöcheltiefen Wasser. Er war splitterfasernackt. Im Mondlicht glitzerte seine weiße Haut wie Silber. Wie sie ihn so betrachtete, wurde ihr ganz heiß, ihr Mund war trokken, und sie bekam weiche Knie.

Er blickte sich nach ihr um und sagte lächelnd: »Der junge Peregrine! Komm, wasch mir den Rücken!«

Ein Kloß stieg ihr in die Kehle. Sie versuchte ihn herunterzuschlucken. Dann watete sie in das eiskalte Wasser, ohne sich erst die Schuhe auszuziehen. Tatsächlich dachte sie gar nicht daran, daß sie welche anhatte. Ihr Blick war einzig auf Colbrand gerichtet, auf seinen nackten Körper.

Sie nahm die Seife aus seiner Hand entgegen und seifte ihm den Rücken ein. Ihre Hände fuhren über die Rückenmuskeln an den Armen entlang bis ins Kreuz und tiefer.

Colbrand lachte. »Du stellst dich in vielen Dingen geschickter an als mein Knappe. Wie kommt es, daß du nicht wie Jamie darauf aus bist, Mädchen zu küssen?«

»Ich …« Solange sie seinen Körper unter den Händen spürte, brachte sie kein Wort heraus. Ihr Denkvermögen setzte aus, sie war nur noch Gefühl.

Er drehte sich zu ihr um, und Zared schluckte. Würde er merken, daß sie eine Frau war? Würde er sie küssen?

»Hol den Eimer, damit ich mich abspülen kann!« sagte er, und Zared gehorchte.

Er mußte sich vor ihr hinknien, und dann begoß sie ihn eimerweise mit Wasser. Dabei klopfte ihr das Herz im Hals, so nahe war er ihr.

Dann stand er auf. »Ich danke dir«, sagte er und ging ans Ufer, um sich abzutrocknen.

Zared aber blieb mitten im Bach stehen und sah ihm zu. Gab es noch irgendeinen Mann auf der Welt, der so herrlich aussah wie er? An den muskulösen Unterarmen glitzerten goldene Härchen.

»Willst du die ganze Nacht im Wasser rumstehen?« fragte Colbrand lächelnd.

»Ach nein.« Sie stieg aus dem Bach, ohne zu merken, daß ihre Füße steif vor Kälte geworden waren. Auch als Colbrand sich anzog, schaute sie ihm wie gebannt zu. Schließlich brachte sie eine Frage über die Lippen: »Wollt Ihr ... wollt Ihr jemand besuchen?« Und dachte: Ich werde ihr die Augen auskratzen.

»Ja, Lady Anne«, antwortete Colbrand. »Ihr Vater lud mich ein, mit ihm über die morgigen Spiele zu sprechen, und ich nehme an, Lady Anne wird dabeisein.«

»Sie ist schön«, sagte Zared in resigniertem Ton.

»Und reich«, erwiderte er lachend. »Aber jetzt muß ich gehen. Wenn du meinen Knappen triffst, sag ihm, er soll heute nacht ein bißchen schlafen! Morgen früh muß er frisch sein.«

Sie sah ihm lange nach. Dann setzte sie sich an das kalte Ufer und schaute ins Wasser. Wie sollte sie je Colbrand bekommen, wenn ihre Rivalin Lady Anne war? Sie hatte weder mehr Schönheit noch mehr Geld oder irgend etwas anderes in reicherem Maße als Lady Anne zu bieten. »Außer daß ich vielleicht ein sanfteres Gemüt habe«, sagte sie laut, denn ihr war wieder Severns Begegnung mit der Frau eingefallen.

So saß sie lange Zeit, tief in Gedanken versunken, und hörte nicht, daß ein Mann sich von hinten näherte.

»Ich habe dich gesucht«, sagte Tearle.

Zared war so elend zumute, daß sie ihn nicht mal verfluchen konnte. Sie schaute nur weiter in den Bach.

Tearle hatte sich ebenfalls auf dem Turniergelände zu zerstreuen versucht. Aber im Gegensatz zu Zared hatte er in Frankreich so viele ähnliche Veranstaltungen miterlebt, daß er hier wenig fand, was ihn fesseln konnte. Einige Frauen hatten ein Auge auf ihn geworfen, aber er hatte sie keines Blickes gewürdigt. Offenbar war Zared eine Herausforderung für ihn. Nach etwa einer Stunde hatte er angefangen, sie zu suchen. Als er sie nicht fand, wurde er unruhig.

Schließlich traf er Colbrand. Er überwand seinen Stolz und fragte ihn, ob er den jungen Peregrine gesehen habe. Colbrand sagte, Zared habe ihm beim Baden geholfen. Wut flammte in Tearle auf. Danach hatte er nicht mehr lange gebraucht, um sie zu finden.

Er wollte sie streng zurechtweisen, wollte ihr wiederum sagen, daß sie sich nur lächerlich mache. Aber als er ihre Miene sah, konnte er es nicht mehr. Er setzte sich neben sie.

»Es ist Zeit, ins Bett zu gehen«, sagte er. »Dein Bruder wird morgen früh in die Schranke treten.«

Zared sah weiter ins Wasser. »Ich werde da sein.«

»Was quält dich so?« fragte er leise.

Mit funkelnden Augen sah sie ihn an. »Du!« sagte sie schneidend. »Wieso weißt du, daß ich eine Frau bin, und alle anderen merken es nicht?«

»Das weiß ich nicht. Wenn du Colbrand meinst – er kann es nicht merken, weil er zu dumm ist. Er ist wie ein Tier, ein geschickter Kämpfer, hat aber nichts im Kopf.«

»Warum haßt du ihn so? Weil er Männertaten vollbringt, zu denen du nicht fähig bist? Bist du auf alle Männer eifersüchtig, die *Männer* sind?«

Sie wollte aufstehen, aber er packte sie am Arm und zwang sie, sich wieder zu setzen.

»Was, meinst du denn, zeichnet einen Mann aus? Seine Kampfkraft? Du hast Colbrand überhaupt noch nicht im Kampf gesehen, und doch fielst du vor ihm in Ohnmacht. Ohne ihn je im Kampf gesehen zu haben! Woher weißt du, daß er ein richtiger Mann ist? Du gehst zu ihm in den Bach, wäschst ihm mit deinen Händen den nackten Körper, und er merkt immer noch nicht, daß es eine Frau ist, der diese Hände gehören – eine Frau, die nach ihm verlangt. Ist es Dummheit, die für dich einen Mann ausmacht?«

»Du bist ja eifersüchtig«, sagte sie verwundert. »Du bist eifersüchtig auf Colbrand. Warum? Weil er alle Frauen haben kann, und du keine?«

»Keine?« Er sah sie eindringlich an. Dann richtete er sich zu voller Größe auf. »Kannst du nicht mal zur Abwechslung *mich* ansehen? Kannst du nicht einmal für kurze Zeit vergessen, daß ich ein Howard bin, und mich richtig ansehen?«

Sie schaute hoch. Es nutzte nichts. Er hatte es richtig erraten. Sie konnte in ihm nichts als einen Howard sehen.

Er ballte die Fäuste und wandte sich ab. Seine Worte bedeuteten ihr nichts. Und warum betrübt mich das? fragte er sich zum tausendsten Mal. Was konnte es ihm denn ausmachen, wie diese eine junge Frau über ihn dachte? Warum vergnügte er sich nicht mit anderen? Er könnte jetzt mit einem vollbusigen Weib auf den Knien und einem zweiten neben sich lachen und trinken. Statt dessen stand er hier im Dunkeln und bemühte sich, einem hartschädligen Kobold von Mädchen beizubringen, daß er ein genauso gutaussehender Mann wie dieser Idiot Colbrand war. Er, Tearle, sah doch gut aus, er war reich und gebildet. Doch dieses Mädchen behandelte ihn wie den Sohn eines Hufschmieds.

Langsam drehte er sich wieder um. »Komm jetzt, wir gehen zum Zelt deines Bruder. Er wird sich Sorgen machen, wenn du nicht da bist.«

»Severn verbringt die Nacht nicht allein. Er verbringt sie bei einer Frau.«

Sie sagte es mit einer so belegten Stimme, daß er lächeln mußte. Ihm war nun klar, daß sie hier gesessen hatte, weil sie sich selber leid tat. Weil Colbrand nicht gespürt hatte, daß sie eine Frau war.

Doch er konnte es nicht mit ansehen, wie sie sich selber leid tat. Andererseits kannte er sie schon gut genug, um zu wissen, daß ihr Stolz stärker sein würde als ihr Selbstmitleid.

»Peregrine«, sagte er mit gespielter Ernsthaftigkeit, »und legtest du das schönste Gewand der ganzen Erde an, Colbrand würde dich übersehen. Zieh an, was du magst, du wirst nie eine Frau sein. Nie wirst du einen Mann verführen.«

Sie reagierte genauso, wie er gehofft hatte. Sie schoß in die Höhe. »Ich kann jeden Mann haben, den ich will. Liana hat gesagt, daß ich hübsch bin.«

Er lachte sie an. »Das hat dir eine Frau gesagt, aber kein Mann!«

Zared merkte nicht, daß er sie nur neckte, und war am Rande der Tränen. Denn er sprach alles aus, was sie selber empfand. »Auch ein Mann würde mir sagen, daß ich hübsch bin, wenn er wüßte, daß er eine Frau vor sich hat. Viele Männer würden mich mögen, wenn …«

Plötzlich war Tearle nicht mehr in der Stimmung, sie aufzuziehen. Natürlich könnte sie jeden Mann verführen, den sie haben wollte. Aber wen würde sie denn verführen wollen? »So einen wie Colbrand?« sagte er verärgert. »Er spürt ja noch nicht einmal etwas, wenn deine Hände über seinen Körper gleiten.

Wie kommst du darauf, daß er es merken würde, wenn du Frauenkleider trügest?«

»Ich hasse dich«, flüsterte sie, »ich hasse dich.« Sie drehte sich um und kletterte die Uferböschung hinauf.

Er vertrat ihr den Weg. Er hatte sie nicht zum Weinen bringen wollen, aber ihr Verlangen nach Colbrand war ihm unerträglich. »Würde es dir etwas bedeuten, wenn *ich* dir sagte, daß du genauso hübsch und weiblich bist wie nur irgendeine Frau, die ich kenne?« fragte er leise.

Sie wandte den Kopf. Er sollte nicht sehen, daß sie weinte. »Was du sagst, bedeutet mir weniger als nichts.« Sie ging um ihn herum und schritt aufrecht und gerade davon.

Tearle folgte ihr auf dem Weg zum Zelt. Er fühlte sich elend. Durch seinen Spott hatte er sich nur selber weh getan.

## 6

Im Hauptzelt der Peregrines standen drei Feldbetten. Severns Männer schliefen im zweiten Zelt. Als Tearle hineinging, lag Zared bereits auf einem Bett. Wortlos entkleidete er sich bis auf das Lendentuch und ging zu Bett.

Er konnte nicht gleich einschlafen. Lange lag er wach und schaute zum Zeltdach hinauf. Das Mädchen machte etwas aus ihm, was ihm nicht gefiel. Er kannte sich selber nicht mehr wieder. Wo war der Mann geblieben, der mit Frauen scherzte und lachte, der eine Frau küßte und streichelte? Irgendwie erregte das Mädchen in ihm nur ohnmächtige Wut.

Bevor er einschlief, schwor er sich, daß er sich durch nichts mehr, was sie tat, aus der Ruhe bringen lassen würde. Als Severn zurückkam und mit dem Gesicht nach unten auf das dritte Bett fiel, wachte Tearle nur kurz auf.

Kurz vor dem Morgengrauen wurde er dann richtig wach. Er lauschte, die Augen weit aufgerissen, alle Sinne gespannt. Irgend etwas stimmte nicht. Ganz still lag er da, horchte in die Stille draußen und versuchte zu ergründen, ob ihnen Gefahr drohte. Sein erster Gedanke war, daß sein Bruder draußen umherschlich. Geräuschlos griff er nach dem Schwert neben seinem Bett.

Nach einer Weile merkte er, daß das, was ihn geweckt hatte, nicht draußen, sondern im Zelt sein mußte. Er warf die Decke zurück und ging zu Zared hinüber. Obwohl kein Laut zu hören war, merkte er, daß sie weinte. Er setzte sich auf den Bettrand und nahm sie in die Arme. Sie schlief noch. Ob sie oft im Schlaf weinte? Weinte sie immer so lautlos?

Er drückte ihren nur in dünnes Leinen gehüllten Körper an seine nackte Brust und wiegte sie. Wie ein Kind, das sie ja vor kurzem noch gewesen war, schmiegte sie sich an ihn. Heiße Tränen benetzten sein dichtes Brusthaar. Er hätte sie wirklich noch für ein Kind halten können, wenn er nicht durch den Stoff gefühlt hätte, daß sie ihre Brüste wieder fest eingeschnürt hatte.

So hielt er die Weinende umschlungen und fragte sich, warum sie wohl im Schlaf Tränen vergoß.

Severn war noch vor Tearle aufgewacht. Er wußte sofort, daß seine Schwester weinte, denn sie weinte oft im Schlaf, genau wie ihre Mutter. Doch er ging nicht zu ihr. Er lag ruhig da, bereit, erst dann zu ihr zu gehen, wenn sie ihn brauchte. Aber er unternahm keinen Versuch, ihrem Weinen Einhalt zu gebieten.

Dann hörte er, wie Smith sich bewegte. Als der Mann aufstand, legte Severn die Hand an das Schwert neben seinem Bett. Warum schlich der Mann nachts umher? Als Smith zu Zared ging, wollte Severn schon ein Messer gegen ihn zücken. Aber dann wartete er doch lieber ab und sah, wie Smith Zared in die Arme nahm.

Severn hielt verwundert die Luft an. Woher wußte der Mann, daß Zared weinte? Außer Zared konnte nur er, Severn, es hören, wenn sie im Schlaf weinte. Keiner ihrer anderen Brüder hatte je etwas von ihren nächtlichen Tränen bemerkt. Dieser Mann aber hatte es gemerkt.

Severn beobachtete die beiden schattenhaften Gestalten und entspannte sich. Er dachte an Liana. Seine Schwägerin verstand mehr, als er ihr zugetraut hatte. Und sie hatte Smith ausgewählt. Vielleicht wußte sie, daß er der richtige Mann für Zared war.

Severn sah, wie Smith seine Schwester in den Armen hielt. Er erinnerte sich nur allzu gut jener Jahre, in denen Zareds Mutter nachts geweint hatte. Nur ungern hatten seine Brüder ihre lauten, unglücklichen Klagen mit angehört. Sie hatten sie sogar auf ihre Weise zu trösten versucht. Etwa ein Jahr lang hatten sie ihr Weinen ohne Widerrede ertragen. Aber im zweiten Jahr ihrer Ehe mit seinem Vater hatten sie von ihr verlangt, sie solle damit aufhören. Die einzige Wirkung ihrer Worte war, daß sie noch häufiger weinte.

Es war allein Severn, der versucht hatte, die Tränenflut der Frau zu stillen. Er war damals ein großer, kräftiger Junge von zehn Jahren. Seine eigene Mutter war schon lange tot, aber die Tränen der Stiefmutter bewegten ihn. Darum pflegte er nachts die Treppe hinunterzuschleichen, in ihr Gemach zu gehen und zu ihr ins Bett zu kriechen. Ihr eigenes Kind Zared, die einzige Tochter, die sein Vater je gehabt hatte, war ihr gleich nach der Geburt weggenommen worden. Wenn er in ihr Bett kam, klammerte sie sich an ihn und drückte ihn so fest an sich, daß er dachte, sie würde ihm ein paar Rippen brechen. Doch dazu kam es nie. Ja, er merkte, daß sie in den Nächten, da er bei ihr war, besser schlafen konnte.

Er hatte große Angst vor dem, was seine älteren Brüder und sein Vater zu ihm sagen würden, wenn sie entdeckten, daß er eine weinende Frau tröstete. Aber seine Stiefmutter hatte es keinem erzählt, und wenn er ihr, selten genug, tagsüber begegnete, machte sie nie eine Anspielung darauf, daß er manchmal nachts zu ihr kam.

Dafür fand er manchmal Obst in seiner Kammer oder eine Süßigkeit neben dem Bett. Und als er im Jahr 1434 schwerkrank wurde, hatte sie Tag und Nacht bei ihm gesessen, ihn gepflegt, ihm löffelweise heiße Brühe und bitter schmeckende Heilkräuteressenzen eingegeben. Er war noch nicht wieder ganz bei Kräften, als sie mit seinem Vater und dessen ältestem Bruder William die Burg Bevan aufsuchte.

Dann hatten die Howards Bevan belagert und sie ausgehungert. So fielen seine Stiefmutter, sein Vater und William tot in die Hand der Howards.

Später hatten Severn und seine übrigen vier Brüder beschlossen, Zared als Knaben aufzuziehen, um sie vor den Howards zu schützen. Vielleicht hatte sie die Erinnerung an den Hungertod dieser armen, weinenden Frau dabei beeinflußt. Der Gedanke, daß sie nicht fähig gewesen waren, eine schwache Frau zu schützen, war ihnen unerträglich. Vielleicht erinnerten Zareds hübsches Gesicht mit den langen Wimpern, ihr helles Haar, ihre lächelnde Art sie zu sehr an ihr Versagen.

Es gab Zeiten, da Severn meinte, daß sie zu hart mit Zared umgingen. Doch dann wurde, ein Jahr nach dem von den Howards herbeigeführten Hungertod ihrer Mutter, Rogans erste Frau gefangengenommen. Severn schloß die Augen, als er jetzt daran dachte. Denn in dem Kampf um ihre Befreiung waren Basil und James gefallen.

Nun waren nur noch drei Brüder am Leben. Rowland, der älteste, hatte die Wachsamkeit gegen die Howards und die Ausbildung der Brüder verschärft. Noch aufmerksamer als zuvor wachte Rowland über Zared. Er zwang sie, genauso hart zu üben wie ihre Brüder. Sobald er nur ein Anzeichen von Weichheit an ihr entdeckte, schritt er erbarmungslos ein.

Als Howards Männer dann vor vier Jahren Rowland umbrachten, waren Rogan und Severn völlig niedergeschlagen. Rowland war ihr strahlender Führer gewesen, der Halt für den Rest der Familie.

Nach Rowlands Tod begann Zared nachts zu weinen, wie früher ihre Mutter. Als Severn es zum ersten Mal hörte, glaubte er, es wäre das Gespenst, das in der Burg Moray umging. In der zweiten Nacht stand er auf, um sich zu überzeugen: Zared lag im Halbschlaf auf einem nassen Kissen im Bett. Sie war dreizehn Jahre alt; aber als er sie in die Arme nahm, fiel ihm auf, wie zart sie war. Sie flehte ihn an, keinem zu erzählen, daß sie geweint hatte, und er versprach es ihr hoch und heilig.

Danach weinte sie nie mehr so, daß es zu hören war. Doch manchmal ging er zu ihr und sah, daß sie lautlos im Schlaf weinte. Zuerst dachte er, die Ursache ihrer Tränen wäre Kummer – denn sie hatte in ihrem kurzen Leben schon viele Tote gesehen –, aber bald war ihm klar, daß mehr dahintersteckte. Er glaubte, daß Zared selbst nicht wußte, warum sie weinte, und kam zu dem Schluß, daß es daran liegen mußte, daß sie sich einsam fühlte. So einsam, wie ein Mensch nur sein kann.

Einmal erwähnte Severn gegenüber Rogan, daß es besser wäre, wenn sie Zared erlaubten, sich als Mädchen zu zeigen. Aber während Rogan noch darüber nachdachte, entführte Oliver Howard Rogans Frau, und die Peregrines verschärften erneut ihre Wachsamkeit.

Zu ihrer eigenen Sicherheit mußte Zared die Verkleidung beibehalten.

Nun sah Severn, wie Smith Zared in den Armen hielt, und er lächelte. Zared war so offensichtlich weiblich, daß es für ihn unglaublich war, wie andere sie für einen Jüngling halten konnten. Rogan und er hatten sie immer gehänselt, weil sie dann wütend wie eine Wildkatze wurde – nur Krallen und Zischen. Doch die Männer in ihrem Dienst schienen ihre Männlichkeit nie in Frage zu stellen. Soweit ihm bekannt war, hatte noch keiner herausgefunden, daß sie ein Mädchen war. Sogar Liana, seiner klugen Schwägerin, mußten sie es erst sagen.

Bis Smith kam. Dieser Mann erklärte, er habe von Anfang an gewußt, daß sie ein Mädchen war. Und Severn glaubte ihm. Er wußte, daß Liana es nur ihren Ladys erzählt hatte, keinem anderen. Sie kannte nur zu gut die Gefahr, welche die Howards für Zareds Sicherheit darstellten. Doch Smith hatte es gewußt.

Severn sah, wie Smith Zared wieder ins Bett legte und dann zu seinem eigenen Lager zurückging. Wenn Zared heiratete und zu ihrem Ehemann zog, würde sie aus dem Krieg der Peregrines und Howards heraus sein. Dann konnte sie irgendwo in Ruhe und Frieden leben. Sie würde hübsche Gewänder anlegen und sich die Haare wieder bis tief in den Rücken wachsen lassen können wie früher als Kind. Ich würde sie gern als frauliche Schwester sehen, dachte Severn, mit einem dicken Säugling an der Hüfte und einem Lächeln auf den Lippen. Es wäre schön, sie bei einer anderen Tätigkeit zu erleben als bisher, nämlich bei Kampfübungen mit dem Schwert auf die Jungen einzuschlagen.

Wieder lächelte er. Es sah so aus, als habe Liana richtig gewählt.

Tearle erwachte früh, aber nicht ganz so früh wie die Peregrines. Sie waren beide schon aus dem Zelt. Er hörte draußen leise Stimmen und das Plätschern von Wasser. Das erinnerte ihn wieder daran, daß Zared am gestrigen Abend Colbrand gewaschen hatte. Noch bevor er vollends wach wurde, spürte er, wie die Wut in ihm hochkam. Er zog die Strümpfe an und wollte gerade den Kopf in das Leinenhemd stecken, als er innehielt. Vielleicht würde es Zared ganz guttun, wenn sie mal einen anderen Mann außer Colbrand zu sehen bekäme.

Mit nacktem Oberkörper trat er vor das Zelt, gähnte und reckte sich. Severn saß draußen auf einem niedrigen Schemel, und Zared wusch ihm den Rücken.

»Guten Morgen«, sagte Severn zu Tearle und lächelte ihn an.

Tearle beachtete Zared nicht, sondern erwiderte Severns Lächeln. »Seid Ihr bereit, heute zu kämpfen?«

»Ich habe das Gefühl, ich habe gar nicht so viele Lanzen mitgebracht, wie ich heute brechen werde«, antwortete Severn prahlerisch.

Zared schöpfte kaltes Wasser aus einem Kessel und goß es über Severn aus, um die Seife abzuspülen. Dann rieb er sich mit einem nicht gerade sauberen Handtuch trocken.

»Nehmt Platz, Smith!« sagte Severn. Er stand auf und bot dem anderen den Schemel an. »Mein Knappe wird dich waschen.«

»Das mache ich nicht!« widersprach Zared sofort. Doch dann sah sie, wie ihr Bruder bedrohlich die Augen zusammenkniff.

Wieder einmal dachte sie: Ich hätte zu Hause bleiben sollen. Nun saß der feindliche Howard vor ihr auf dem Schemel. Sie verrieb die Seife an den Händen und verteilte sie dann auf seinem Rücken. Dabei fluchte sie in Gedanken, verfluchte alle Männer, wo immer sie sein mochten. Denn es war schließlich ihr Bruder, der ihr diese unangenehme Aufgabe übertragen hatte.

Plötzlich sagte Tearle leise über die Schulter zu ihr: »Ist es so wie gestern bei Colbrand? Den hast du doch auch gewaschen?«

»Ja, und es hat mir Freude gemacht«, erklärte sie mit gedämpfter Stimme.

»Und bei mir macht es dir keine Freude?«

»Wie sollte es? Du bist mein Feind.«

»Aber in erster Linie bin ich ein Mann.«

»Wenn man dich einen Mann nennen kann. So ein schwaches, schmächtiges Kerlchen wie dich.«

»Schmächtiges Kerlchen? Ich?«

Zared haßte es, von ihm verspottet zu werden. Sie haßte überhaupt alles an ihm. Er *war* ein Schwächling ... Sie besah sich den Körper, über den ihre Hände glitten. Unter der Haut spannten sich Muskeln, die alles andere als dünn oder schwach waren. Er war zwar nicht ganz so groß wie Colbrand ... oder vielleicht doch. Vielleicht war er sogar noch muskulöser.

Sie richtete sich auf und entfernte sich. Er mochte ja wie ein Mann aussehen, aber sie wußte, daß er in

Wirklich ein weiches, schwaches Männchen ohne Rückgrat war. Muskeln? Wahrscheinlich alles nur Fett. Er war …

»Willst du wieder meine Zeit vertrödeln?« fuhr Severn sie an. »Hast du nicht noch die Rüstung zu putzen? Die Pferde zu versorgen? Oder schleifst du nur die Schwerter meines Feindes?«

Rasch goß Zared Wasser über Tearle aus und warf ein schmutziges Tuch zum Abtrocknen in seine ungefähre Richtung. Dann lief sie auch schon los, um sich weiter nützlich zu machen. Sie wollte sich nicht als Faulpelz hinstellen lassen.

Eine Stunde später hatte sie Severn die Rüstung angelegt, ihm aufs Streitroß geholfen, und nun war er bereit zum Aufbruch. Den ganzen Vormittag über hatte er gegen seine Konkurrenten in die Schranken zu treten.

Vor den Tribünen hatte man aus Planken eine niedrige Wand gezogen. Die Holzlanzen in die Beuge des rechten Arms gestemmt, hatten immer zwei Turnierteilnehmer aufeinander loszustürmen und zu versuchen, am Gegner ihre Lanzen zu brechen. Alles wurde nach Punkten bewertet. An welcher Stelle die Lanze den Gegner traf (Treffer unter der Gürtellinie waren nicht erlaubt), die Zahl der zerbrochenen Lanzen, die Zahl der Gänge und der Treffer, ob die Lanze dabei zersplitterte oder nicht.

Severn ritt auf seinen ersten Gegner zu. Im letzten Augenblick machte er eine kleine Seitwärtsbewegung, um nicht getroffen zu werden. Im gleichen Augenblick brachte er eine klaren, harten Treffer auf dem Oberkörper des Gegners an und brach die eigene Lanze. Wenn möglich, bewegte man sich so, daß die Lanze des Gegners nur den Sattel oder das Pferd traf, denn dafür wurden ihm Punkte abgezogen.

Beifall erhob sich beim ersten Krachen, als Lanze auf Stahl traf. Severn ritt zum anderen Ende des Felds, wo Zared ihn mit einer frischen Lanze für den nächsten Gang erwartete.

Wieder und wieder und wieder ritt Severn, holte Männer vom Sattel oder brach seine Lanze an der Rüstung des Gegners.

»Er ist gut«, sagte Tearle zu Zared. »Und die Zuschauer sehen ihn gern.«

»Ja«, sagte sie, und Stolz schwang in ihrer Stimme mit. »Ihnen macht es nichts aus, daß er keinen Federbusch am Helm trägt, und sie denken auch nicht mehr an den Aufmarsch. Jetzt ist er ihr Held.«

Tearle mußte ihr recht geben, denn nach jedem Gang wurde der Beifall des Publikums für Severn stärker. Nur Colbrand wurde ebenso bejubelt.

»Wem wünschst du eigentlich den Sieg, wenn dein Bruder gegen Colbrand kämpft?« wollte Tearle wissen.

»Meinem Bruder natürlich«, antwortete sie, doch erst nach kurzem Besinnen. Dann sah sie weg.

Wenn andere Kämpfer an der Reihe waren oder er auf den nächsten Gang wartete, stand Severn bei Zared, leerte große Krüge voll Bier und beobachtete die Konkurrenten, um ihre Stärken und Schwächen herauszufinden.

»Aber Lady Anne wird er doch nicht erobern«, sagte eine verhaßte Stimme dicht an Zareds Ohr.

Sie fuhr herum. Vor ihr stand Colbrands Knappe Jamie. Er schwitzte genau wie sie, weil sie ihren Rittern dauernd neue Lanzen bringen und andere Hilfen leisten mußten.

»Vielleicht will mein Bruder die Frau gar nicht haben«, erklärte Zared von oben herab, denn sie erinnerte sich an die Bemerkungen Lady Annes über Severn nur allzu gut.

»Ha!« sagte Jamie. »Der Vater der Lady schätzt meinen Herrn. Mit einem dreckigen Peregrine will er nichts zu tun haben.«

In den vergangenen Tagen hatte sich in Zared eine Menge Zündstoff angesammelt. Jetzt kam es zum Ausbruch. Da Severns Schwert griffbereit an einem Pfosten lehnte, packte sie es und stürzte auf den Jüngling zu, als wollte sie ihn töten.

Tearle erwischte sie an der Taille und hob sie hoch. »Laß es los!« sagte er.

»Ich habe genug von seinen Spottreden!« schrie sie. »Jetzt bringe ich ihn zum Schweigen!«

Da legte sich Tearles großer Arm so fest um ihren Leib, daß sie keine Luft mehr bekam. Mit dem freien Arm nahm er ihr das Schwert aus der Hand. Dann ließ er sie fallen. Mit Mühe konnte sie einen Sturz vermeiden. »Geh zu deinem Herrn zurück!« fauchte Tearle Jamie an, und der Jüngling schlurfte davon.

Dann wandte sich Tearle Zared zu. »Greifst du immer gleich zur Waffe, wenn du zornig bist? Hast du denn kein Gehirn?«

»So viel wie du!« gab sie scharf zurück. »Aber dieses Kind …«

Tearle fiel ihr ins Wort: »Das ist es ja gerade«, seufzte er, »ich wäre dir dankbar, wenn du nicht seiner Meinung wärst und Colbrands Sieg erhofftest.«

»Über meinen Bruder? Colbrand wird bestimmt die anderen Männer besiegen, aber gegen einen Peregrine wird er nicht gewinnen.«

Tearle war froh, daß sie nicht bereit war, des dummen Colbrands wegen ihrem Bruder in den Rücken zu fallen. Er sagte nichts mehr, sondern wandte den Blick wieder dem Turnierplatz zu.

Zur Mittagszeit wurden die Kämpfe unterbrochen. Alle Teilnehmer sollten den Platz verlassen und zum

Essen gehen. Zared sah schon wieder ein langes Mahl voraus, bei dem sie den Bruder zu bedienen hatte. »Bist du bereit?« fragte sie Severn.

Er sah erst sie an, dann Smith, der hinter ihr stand, und plötzlich fiel ihm wieder die Szene ein, wie der Mann sie in der Nacht in den Armen gehalten hatte. Ob Zared sich wohl auch daran erinnerte? Er zauste ihr zärtlich das Haar, bis ihre Mütze ganz schief saß. »Geh du mit Smith und sieh dir an, was die Kaufleute für Waren anbieten!« sagte er.

»Ich soll gehen? Aber wer wird dir aufwarten? Wer wird …«

»Ich werde schon nicht verhungern. Jetzt geh, bevor ich es mir anders überlege!«

Zareds Entschluß war augenblicklich gefaßt. Sie drehte sich um und war schon verschwunden, ehe Severn den Satz zu Ende gesprochen hatte. Beinahe wäre sie gegen einen Mann gerannt, der zwei Schweinehälften auf dem Rücken trug.

Da packte Tearles Hand ihre Schulter.

»Laß mich los!« fuhr sie ihn an. »Ich brauche keinen Aufpasser.«

»Wird dir das Treiben der Menge wieder so viel Spaß machen wie gestern? Da hast du dich doch bald zurückgezogen und allein in den Wald gesetzt.«

»Weil ich es so wollte«, sagte sie mit trotzig vorgeschobenem Kinn. »Ich hatte genug von dem Trubel und … und …«

»Hm«, machte er. Es war ihm deutlich anzusehen, daß er ihr nicht glaubte. Er hatte nicht lange zu überlegen brauchen, um dahinterzukommen, warum sie in der Nacht geweint hatte. Wenn man ihn zwänge, sich als Frau zu kleiden, würde er noch etwas ganz anderes tun als weinen.

»Wenn du gestattest, begleite ich dich.«

Zared wünschte seine Begleitung eigentlich nicht. Doch auch sie dachte an den gestrigen Abend, an dem sie sich so allein gefühlt hatte. Vielleicht war ein Howard besser als gar nichts – nicht sehr viel besser, aber immerhin besser, als wieder allein zu sein. »Na schön«, sagte sie. »Du kannst mitkommen.«

»Ihr seid sehr freundlich zu mir, Lady Zared«, sagte er leise.

*Lady* Zared, dachte sie. Das hörte sich gut an. Die Anrede gefiel ihr.

Sie wollte es sich ungern eingestehen – o ja, sie tat es nur unter großem Widerstreben –, aber bald genoß sie die Begleitung des Howard. Er führte sie durch die Zelte der Händler am Turnierplatz und zeigte ihr alles. An einem Stand wurden religiöse Gegenstände feilgeboten. Ehrfurchtsvoll schaute sie auf die blutgetränkten Splitter von Christi Kreuz. Der Howard aber machte sie darauf aufmerksam, daß das Blut teilweise noch nicht mal getrocknet war, und er deutete auf einen hölzernen Zeltpfosten, wo es an einer Stelle verdächtig danach aussah, daß jemand dort etliche Splitter abgerissen hatte.

Er führte sie zum Stand eines Goldschmieds. Zared wollte die schönen Schmuckstücke schüchtern von weitem betrachten. Aber der Howard forderte den Goldschmied auf, ihnen seine sämtlichen Waren vorzulegen. Am Stand eines Kleiderverkäufers ließ er den Händler all seine prachtvollen Stoffe herunternehmen, so daß Zared sie aus der Nähe betrachten und betasten konnte. An einem anderen Stand zeigte er ihr Kinderspielzeug, und der Kaufmann mußte ihr jedes einzeln vorführen.

Es waren Stunden bis zum erneuten Turnierbeginn, aber die Zeit verging ihr viel zu schnell, und Zared kehrte nur widerwillig zurück.

»Du hast das Wesen einer echten Frau«, meinte Tearle lachend. »Wie konntest du es nur über dich bringen, nichts zu kaufen? Wenn du schon nichts für dich haben wolltest, hättest du doch wenigstens ein Geschenk aussuchen können, vielleicht für deine schöne Schwägerin?«

Sie haßte es, an ihre Armut erinnert zu werden. Deshalb sagte sie: »Die Howards haben uns unser Vermögen gestohlen.«

Tearles Lächeln verflog. Er hatte sie nur necken wollen. Nun hatte er unbeabsichtigt ihren schwachen Punkt getroffen: die Armut ihrer Familie. »Hier«, sagte er ablenkend, »mal sehen, was dieser Mann zu verkaufen hat.«

Der betreffende Händler hatte ein großes Tablett um den Hals hängen, auf dem wunderschön bestickte Handschuhe lagen. Bei diesem Anblick vergaß Zared allen Ärger. Es gab Handschuhe aus weißem oder bräunlichem Leder und aus gefärbter Seide, und die Stickerei war so farbig, daß sie in der Sonne glitzerte.

»Du kannst sie ruhig anfassen«, sagte Tearle. »Und daran schnuppern.«

»Schnuppern?« fragte sie und nahm ein schönes, ganz weiches Paar in die Hand. Die Handschuhe dufteten nach Rosen. Mit verzücktem Gesicht wandte sie sich zu ihm um und fragte flüsternd: »Wie?« Sie hatte immer geglaubt, daß Handschuhe nach Pferden und Schweiß riechen müßten.

»Bevor man sie zuschneidet, wird das Leder monatelang in Blütenblätter gelegt.« Er fragte den Händler: »Hast du Jasmin?«

Der Mann, der das seltsame Pärchen neugierig beobachtet hatte, suchte in seiner Auslage und fischte ein Paar gelbe Lederhandschuhe heraus, die mit dikken Goldfäden durchwirkt waren. Die beiden benehmen sich wie ein Ritter mit seiner Dame, dachte der Händler verwundert. Denn was er sah, widersprach ihrem Verhalten: Es waren ein großer, gutaussehender, offenbar adliger Lord und ein hübscher rothaariger Jüngling, dessen Wange ein großer Schmutzfleck zierte.

»Such ein Paar für dich und eins für Lady Liana aus! Und vielleicht noch je eins für ihre Damen.«

»Diese hier würden Liana gefallen«, sagte Zared. Sie staunte über die Farben und befühlte das weiche Material. Plötzlich legte sie die Handschuhe wieder weg und trat zurück.

»Wähle!« drängte Tearle.

Sie sah ihn böse an. Sie wollte vor dem Händler nicht zugeben, daß sie kein Geld hatte und sich etwas so Leichtfertiges wie ein Paar Handschuhe nicht leisten konnte, ganz zu schweigen von mehreren Paaren als Geschenke für andere.

Tearle verstand, was ihr durch den Kopf ging. »Ich kaufe dir alle, die du haben willst.«

Sie ballte die Fäuste, sie biß die Zähne aufeinander. Sie war so zornig, daß sie kein Wort herausbrachte. Sie drehte sich auf der Stelle um und eilte davon.

Tearle machte ein langes Gesicht. Allmählich kam er dahinter, was es mit dem Stolz der Peregrines auf sich hatte. Er griff unter den Saum seines Waffenrocks. Da baumelte ein verschnürter Beutel an der Taille, dem er eine Goldmünze entnahm. Die warf er dem Händler zu, der mit offenem Mund dastand. Dann nahm er die Handschuhe – alle Paare –, schob sie vorn in den Waffenrock und lief hinter Zared her.

Sie bewegte sich so steifbeinig, daß er sie leicht einholen konnte. Er versuchte erst gar nicht, sie zur Vernunft zu bringen, sondern packte sie am Arm und zog sie in eine schmale Lücke zwischen einer strohgedeckten Hütte und einer Steinmauer. Mit seinem großen Körper versperrte er ihr den Weg.

Die Arme über der Brust gekreuzt, musterte Zared ihn mit finsterem Blick. »Wir Peregrines nehmen keine Almosen von einem Howard, von keinem Menschen! Auch wenn man uns unsere Ländereien gestohlen hat ...«

Sie mußte innehalten, denn er verschloß ihr den Mund mit einem Kuß. Diesmal nahm er sie nicht in die Arme, sondern beugte sich nur vor und küßte sie fest. Als er sich aufrichtete, schaute Zared ihn verwirrt an. Es dauerte eine Weile, ehe sie wieder zur Besinnung kam. Sie wischte sich mit dem Handrücken über den Mund, und ihr Blick verdüsterte sich.

»Wie schön, daß dir einmal die Worte fehlen«, sagte er.

»Sie fehlen mir durchaus nicht«, entgegnete sie und versuchte an ihm vorbei aus der Lücke zu entkommen. »Laß mich durch!«

»Erst wenn du mich angehört hast.«

»Ich will nichts von dir hören!«

»Dann küsse ich dich noch einmal.«

Zared erstarrte. Sein Kuß war ihr nicht unangenehm gewesen. Er hatte sie sogar ein wenig erregt. »Gut. Ich höre dir zu, wenn du dich fortan aller beleidigenden Äußerungen enthältst.«

Er lächelte sie so überlegen an, daß sie rasch wegschaute.

»Sag, was du zu sagen hast!«

»Zuerst sieh dir das an!« sagte er leise und zog ein Paar Handschuhe aus roter Seide aus dem Waffenrock. Sie waren mit Butterblumen und Hummeln bestickt.

Gegen ihren Willen griff Zared zu. Vor dem Händler hatte sie die Handschuhe nicht anprobieren wollen.

Doch jetzt tat sie es. Leicht glitt die kleine Hand in die Seide. Dann hob sie die Hand, um sie zu betrachten. Die Handschuhe glitzerten lebhaft, sie waren schön und weich. »So etwas Schönes habe ich noch nie gesehen«, flüsterte sie hingerissen.

»Und diese?« fragte er und zog ein zweites Paar hervor. »Oder diese?«

Sie nahm eins nach dem anderen entgegen. Doch als er mehr und mehr Paare herauszog, mußte sie plötzlich lachen. »Was hast du getan? Hast du sie ihm gestohlen?«

Ohne sie aus den Augen zu lassen, antwortete er: »Ich habe ihm eine goldene Howard-Münze gegeben.«

Da verging ihr das Lachen. »Nimm sie zurück! Es sind deine.«

Er traf keine Anstalten, sie zurückzunehmen. Schon sah es aus, als wollte Zared sie auf die Erde fallen lassen.

»Ich nehme keine Almosen an.«

»Wenn die Ländereien der Howards rechtmäßig den Peregrines gehören, dann ist die Münze, die ich ihm gab, in Wirklichkeit Peregrine-Gold. Du hast dir also die Handschuhe selber gekauft.«

Zared mußte einen Augenblick überlegen. Wollte er sich einen Spaß mit ihr erlauben? Aber in seinen Worten lag doch Wahrheit. Die Ländereien der Howards *gehörten* der Peregrine-Familie. Unwillkürlich bewegte sie die Arme, und ein himmlischer Duft stieg ihr in die Nase. Er ging von den Handschuhen aus. Ein starkes Verlangen erfaßte sie. Sie wünschte sich, so etwas Schönes, so etwas typisch Weibliches zu besitzen wie ein Paar dieser Handschuhe. Und sie würde liebend gern Liana und ihren Damen Geschenke mitbringen. Lianas Damen hatten Zared oft mitleidig angesehen, denn sie wußten im Gegensatz zu den männlichen Begleitern, daß sie ein Mädchen war. Wenn sie den Damen jetzt so schöne Geschenke mitbrachte, würden sie andere Gesichter machen!

Tearle ersah aus ihrem Minenspiel, welche Überlegungen sie anstellte, und mußte an sich halten, um nicht laut herauszulachen. Trotz ihrer Männerkleidung und ihres kurzen Haarschnitts war sie durch und durch weiblich. »Welches Paar gefällt dir am besten?«

»Ich ... ich weiß nicht.« Sie konnte den Blick nicht von den Handschuhen abwenden. Das Paar, das obenauf lag, war aus weißem, mit schwarzen und gelben Schmetterlingen besticktem Leder.

»Vielleicht solltest du sie alle für dich behalten. Für deine Schwägerin werden wir uns ein anderes Geschenk aussuchen.«

»O nein, ein Paar genügt. Denn tragen kann ich sie ja doch nicht.«

»Du kannst sie nicht ... ja, ich verstehe. Was wirst du denn mit dem einen Paar anfangen?«

»Es verstecken. Ich habe ein ... ein Geheimversteck. Hinter einem losen Stein in der Burgwand. Ich trage sie, wenn ich allein bin.«

Seine Stirn umwölkte sich. Er fühlte sich peinlich berührt. Denn daß diese junge Frau ein hübsches Kleidungsstück daheim verstecken mußte, war die Folge des besessenen Hasses seines Bruders. In diesem Augenblick kam ihm eine Idee: Vielleicht würde sich im späteren Verlauf des Turniers eine Gelegenheit ergeben, ihr ein Geschenk machen zu können, nach dem sie so deutlich Verlangen trug.

Er streckte die Hand aus, berührte ihre Wange und streichelte sie. »Ich würde gern sehen, daß du die Handschuhe einmal trägst.«

Eigentlich, dachte sie, müßte ich ihm ins Gesicht spucken. Aber sie tat nichts dergleichen. Sah er nicht viel besser aus als bei ihrer ersten Begegnung? Oder bildete sie sich das nur ein? Sie konnte sich entsinnen, daß er damals kleine Knopfaugen gehabt hatte. Aber, dachte sie, in Wirklichkeit hat er doch ganz hübsche Augen.

Leise sagte sie: »Ich möchte ... sie lieber nicht haben. Und ... Severn braucht mich jetzt sicherlich.«

»Ja«, sagte er, und seine Hand glitt von ihrer Wange zur Schulter. Dann zog er sie zurück. »Hier, ich werde die Handschuhe an mich nehmen. Es wäre zu viel Mühe für dich, sie an deinem Körper zu verstecken, und man würde noch deutlicher sehen, was du so angestrengt zu verbergen trachtest.«

Es dauerte eine Weile, bis sie begriff, daß er auf ihren Busen anspielte. Sie spürte, wie ihr die Röte ins Gesicht stieg, und sie senkte den Kopf, damit er es nicht merkte. Aber als er ihr die Handschuhe wieder weggenommen hatte, gewahrte sie ein Lächeln an ihm, das aufs neue ihren Zorn erregte.

»Laß mich vorbei, Howard!« zischte sie.

»Sehr wohl, Mylady«, sagte er mit gedämpfter Stimme und verbeugte sich artig, als sie sich an ihm vorbeischob.

Auf dem Rückweg zum Turnierplatz ging Zared vor Tearle einher. In den wenigen Stunden ihrer Abwesenheit war in ihr etwas vorgegangen, aus dem sie nicht klug wurde. Als sie zusammen aufgebrochen waren, hätte sie dem Mann noch ein Messer in den Leib jagen können, und jetzt hatte er für sie schon fast menschliche Züge angenommen. Er hatte sich überaus nett verhalten, als er sie die Waren der Händler betrachten ließ. Alles hatte er ihr erklärt und sich nicht ein einziges Mal über ihre Unwissenheit verärgert oder ungeduldig gezeigt.

Er ist wirklich ganz anders als meine Brüder, dachte sie. Severn und Rogan waren ständig unduldsam ihr gegenüber. So wie früher die älteren Brüder. Sie ärgerten sich schon, wenn sie einmal von einer bestimmten Stelle aus den Sonnenuntergang betrachten wollte. Einmal hatte sie sich einen Kranz aus Blumen geflochten und auf den Kopf gesetzt. Da hatten sie sie verspottet. Wenn sie bei irgend etwas zu langsam war, brachten sie nicht die geringste Geduld auf. Sie hatten für nichts anderes Zeit als für Krieg und Kriegsausbildung.

Seit Liana zur Familie gehörte, war das Leben etwas angenehmer geworden. Dennoch waren Severn und Rogan viel zu selten für sie da. Rogan verbrachte die meiste Zeit mit seiner Frau und Severn mit seiner Geliebten. Zared blieb fast immer allein.

Unterwegs stellte sie Tearle eine Frage, wobei sie sich umdrehte und rückwärts vor ihm herging. »Haben die Frauen in Frankreich auch solche Handschuhe getragen? Hast du dort erfahren, wie man den Duft erzeugt?«

»Englische Frauen tragen sie auch. Ich möchte annehmen, daß Lady Anne ein, zwei Paare duftender Handschuhe besitzt.«

»Das weiß ich nicht. Ich habe sie jedenfalls noch nicht entdeckt.« Sie betrachtete ihn jetzt nicht als Feind, sondern als Mann. Nein, weibisch wirkte er nicht. Aber woher wußte er so gut über Frauenkleider Bescheid? Meine Brüder, dachte sie, haben nicht die geringste Ahnung von Frauenkleidern. Aber eigentlich sollten Männer sich doch darauf verstehen – oder? »Hast du die ganze Zeit in Frankreich mit den Frauen verbracht? Kennst du dich deshalb so gut mit den Vorzügen der Frauen aus, und weißt du nichts über männliche Tugenden?«

»Ich weiß auch über männliche Tugenden Bescheid«, sagte er etwas verärgert. Er fühlte sich in die Verteidigung gedrängt. Es war, als müsse er ihr gegenüber ständig seine Männlichkeit beweisen.

Es war alles sehr verwirrend für sie. Sie erinnerte sich an Lianas Ausspruch, daß zu einem Mann mehr gehöre als seine kämpferischen Fähigkeiten. Aber hatte Liana damit so einen Mann gemeint? Dieser Mann verstand etwas von Frauenhandschuhen und fiel bei der kleinsten Verwundung in Ohnmacht. Gab es zwei Arten von Männern? Auf der einen Seite Männer wie diesen Howard?

»Warum siehst du mich so komisch an?« fragte er. Dabei war er jedoch froh, daß sie ihn überhaupt ansah.

Nachdenklich sagte sie: »Du siehst wie ein Mann aus, bist aber keiner.«

Er war verblüfft. »Kein Mann?«

»Nein. Denn du kämpfst nicht, wie die anderen es tun. Du fällst bei der kleinsten Verwundung in Ohnmacht. Du bist großgewachsen. Ich bin viel kleiner, und doch habe ich mit dir gekämpft und dich besiegt.«

»Du hast mit mir gekämpft und mich besiegt?« wiederholte er mit leiser Stimme. Er hat keine Ahnung, wovon sie sprach. Dann fiel ihm ihre erste Begegnung ein, als sie mit dem Messer auf ihn losgegangen war. Doch hatte er sie damals sofort freilassen wollen, nachdem er in ihr die Frau erkannt hatte. Plötzlich fiel es ihm wie Schuppen von den Augen. Sie bildete sich ein, sie hätte ihn zu ihrer Freilassung »gezwungen«!

»Ja, ich habe gegen dich gekämpft. Hätte jemand gegen meinen Bruder das Messer gezückt, würde er ihn getötet haben.«

»Auch ein kleines Mädchen?«

»Ein Mädchen vielleicht nicht. Aber er hätte sich nicht so leicht besiegen lassen. Nein, meine Brüder oder« – sie überlegte einen Augenblick – »oder auch Colbrand hätten sich nicht so leicht besiegen lassen.«

»Aber dieser Colbrand«, sagte er verkniffen, »hätte ja nicht einmal gemerkt, daß du ein Mädchen bist.«

»Vielleicht nicht. Es scheint, du hast dafür ein Gespür. Du scheinst alles zu wissen ... über unmännliche Sachen wie Frauenhandschuhe oder die Qualität von Smaragden. Aber von Sachen, die Männer angehen, verstehst du nichts.«

Er mußte an sich halten, um nicht laut zu werden. »So! Und was macht dich so sicher, daß ich von Dingen, die Männer angehen, nichts verstehe?«

Sie war erstaunt. »Wenn du dazu fähig wärst, hättest du am Turnier teilgenommen. Du würdest nicht das Kindermädchen und den Diener spielen, wenn du eine Lanze führen könntest. Liana sagte einmal, Oliver Howard sei so reich, daß er es sich leisten könne, Männer in Dienst zu stellen, die für ihn kämpfen. Vielleicht hast du dir in Frankreich auch Männer gemietet, die für dich bei Turnieren kämpften, während du bei den Damen saßest.« Ihr Gesicht hellte sich auf. »Ja, so muß es sein. Daher weißt du so wenig von Männern und so viel von Frauen.«

Eine Weile fiel Tearle nichts ein, was er ihr darauf erwidern konnte. Auch sie schwieg. Wie ein Kind ging sie rückwärts vor ihm her und lächelte zufrieden, als sei es ihr gelungen, ein großes Problem zu lösen. Für sie war jetzt klar, daß er, weil er so viel über Stoffe, Schmuck und Damenkleider wußte, kein richtiger Mann sein konnte. Es wäre ihr nie in den Sinn gekommen, daß es mehr Männer seiner Art als Männer vom Schlage ihrer Brüder gab, die sich ausschließlich mit dem Kriegshandwerk beschäftigten.

Gerade wollte er zu einer Antwort anheben – als ob Worte etwas an ihrer lebenslangen Vorstellung, wie Männer beschaffen sein müßen, ändern könnten –, da erblickte er hinter ihr einen Reiter, der sich vergeblich bemühte, sein wildgewordenes Pferd zu bändigen. Durch mehrere Peitschenhiebe gereizt, ging das Pferd mit ihm durch. Es kam genau auf Zared zu, die ihm den Rücken zukehrte.

Tearle überlegte nicht lange. Er sprang zu Zared, riß sie zu Boden und warf sich über sie, um sie mit seinem mächtigen Körper zu schützen. Das Pferd rannte über ihn hinweg. Die eisenbeschlagenen Hufe trafen ihn wieder und wieder. Ihm blieb nichts anderes übrig, als den Kopf einzuziehen und die Schultern hochzuwölben, um Kopf und Hals abzudecken.

Ringsum gellten Schreie. Einige Männer scheuchten das Pferd weg. Doch inzwischen hatte es Tearle bereits einige Verletzungen zugefügt. Er blieb zunächst liegen und holte tief Luft. Vielleicht hatte er sich ein paar Rippen gebrochen. Genaues wußte er nicht.

Unter ihm bekam Zared kaum noch Luft. Sie strampelte, um sich von der Last zu befreien.

»Seid Ihr verletzt?« schrie ein Mann.

»Holt eine Trage!« rief ein anderer. »Wir müssen ihn wegbringen.«

Unter Schmerzen wälzte sich Tearle ein wenig zur Seite, damit Zared aufstehen konnte. Flüchtig sah er ihr Gesicht, und da wußte er, daß er sich nicht wegtragen lassen durfte. Das hätte ihre Meinung über ihn als Mann noch weiter verschlechtert.

Er holte tief Atem und rollte sich zur Seite.

»Ich hole Severn«, rief Zared. Etwas anderes fiel ihr nicht ein, denn sie war sich bewußt, daß soeben ein Howard eine Peregrine gerettet hatte. Sie würde Severn holen, der mußte wissen, wie ein Verletzter zu behandeln war.

»Mir ist nichts passiert«, versicherte Tearle. Das Sprechen fiel ihm schwer. Die rechte Körperhälfte fühlte sich an wie zerschlagen. »Ich habe nur eine Zeitlang keine Luft gekriegt.«

»Severn kann aber …«

»Nein«, sagte er. Vor Schmerzen mußte er die Augen schließen. Unter Aufbietung aller Kräfte setzte er sich auf.

»Du bist verletzt«, rief Zared. »Ich hole Hilfe.«

»Nein!« wiederholte er.

Inzwischen hatte sich eine Menschenmenge um sie versammelt. Alle starrten mit offenem Mund den Mann an, der eben brutal von einem Pferd zusammengetreten worden war und jetzt trotzdem aufstand, als wäre nichts geschehen.

»Du mußt …«

»Was muß ich?« fragte er bitterböse.

»Nichts«, versetzte er ärgerlich. »Du hast keine Hilfe nötig. Wärst du verletzt, würdest du Himmel und Hölle um Hilfe anrufen. Ich muß mich jetzt um meinen Bruder kümmern.«

Sie wandte sich ab und überließ es ihm, ob er ihr folgen wollte oder nicht. Sie ärgerte sich, daß ihr nach dem Vorfall die Knie noch zitterten. Der Howard hatte sie mit seinem Körper so vollständig abgeschirmt, daß sie das Pferd überhaupt nicht gesehen hatte. Dafür hatte sie deutlich gespürt, wie das Tier ihn wieder und wieder mit den Hufen getreten hatte.

Und doch hatte er sie geschützt. Warum? Was wollte dieser Howard von ihr?

Sie warf einen Blick über die Schulter zurück, um zu sehen, ob er ihr folgte. Ja, er kam, wenn auch auf steifen Beinen. Er behauptete, unverletzt zu sein.

Aber wie war das möglich? Sollte sie nicht doch zu ihm gehen und verlangen, daß sie nach seinen Wunden schauen durfte?

Was? Sie, eine Peregrine, sollte einem Howard ihre Hilfe anbieten? Nun, immerhin hatte er sie gerettet. Doch warum hatte er das getan? Warum hatte er verhindert, daß das Pferd sie überrannte? Dann hätte es doch eine Peregrine weniger auf der Welt gegeben.

Dahinter mußte eine Absicht stehen. Es mußte einen Grund geben, warum er ihr das Leben gerettet hatte. Er hatte doch davon gesprochen, daß er sie heiraten wolle, um die beiden Familien zu versöhnen. Wenn nun Dokumente gefunden worden waren, die bewiesen, daß die von den Howards besetzten Gebiete tatsächlich rechtmäßiger Besitz der Peregrines waren! Vielleicht hatte Oliver Howard diese Papiere entdeckt und daraufhin seinen jüngeren Bruder ausgesandt, damit er um das einzige weibliche Familienmitglied der Peregrines freite? Das würde erklären, warum diesem Mann so viel daran lag, ihr Leben zu retten. Wenn die einzige weibliche Peregrine tot war, konnte es keine Versöhnung zwischen den Familien geben, und sobald man die Papiere bei Oliver Howard fand, würde er alles verlieren, was er durch Blutvergießen an sich gebracht hatte.

Auf einmal hörten ihre Knie auf zu zittern. Nun ergab das alles einen Sinn für sie. Der Howard wollte, daß sie am Leben und unversehrt blieb, um sie zur Frau nehmen zu können. Das war der Grund, warum er ihr die Handschuhe gekauft hatte! Damit hatte er sich bei ihr einschmeicheln wollen.

Das wird aber nichts, dachte sie. Er kann tun, was er will, mich wird er dadurch nicht erringen. Und wenn er verletzt wurde, dann nur, weil er aus Eigennutz gehandelt hat.

Sie reckte die Schultern und strebte eilig dem Turnierplatz zu. Jetzt machte es ihr nichts mehr aus, daß ein Howard sie beschützt hatte.

# 7

Tearle schaffte es, aufrecht und erhobenen Hauptes zurm Turnierplatz zurückzugehen. Was ist das nur für eine Frau? dachte er. Da hatte er eben sein Leben aufs Spiel gesetzt, um sie vor Schaden zu bewahren, und sie erkannte seine Tat nicht einmal an.

Unterwegs machte er einen kurzen Abstecher zum Zelt, um die Handschuhe hinzubringen. Dann begab er sich zum Platz.

Man legte Severn gerade die Rüstung für die Kämpfe an. Er war schlechter Laune. Offenbar war während des Essens etwas vorgefallen, was ihn so verstimmt hatte. Er beschimpfte Zared, weil sie zu spät gekommen war. Danach traf er den ersten Mann, der gegen ihn antreten mußte, so heftig mit seiner Lanze, daß dieser kopfüber in den Sand flog. Die Zuschauer spendeten lauten Beifall. Doch Severns Laune besserte sich nicht.

Tearle trat beiseite und beobachtete, wie Zared hin und her rannte, um frische Lanzen zu holen und alles zu Severns Zufriedenheit zu erledigen. Nur einmal richtete sie das Wort an ihn, und dafür wies er sie scharf zurecht.

Danach zischte sie Tearle an: »Du denkst wohl, du könntest mir imponieren, Howard? Meinst du, ich würde dich heiraten, so daß unsere Familien eins würden? Das hättest du wohl gern: die Ländereien behalten, die unserer Familie gehören, wie?«

Tearle ließ die Vorwürfe über sich ergehen. In seiner ganzen rechten Körperhälfte litt er bohrende Schmerzen, die er ihr verdankte, weil er ihren unentwickelten kleinen Körper gerettet hatte, und sie redete von Ländereien und Grundbesitz! Fassungslos sah er ihr nach, als sie losrannte, um Severn in den Sattel zu helfen. Denn jetzt ritt er gegen Colbrand.

Doch selbst an der Seite ihres Bruder lächelte sie noch Colbrand zärtlich an.

»Ich gebe beinahe mein Leben für sie«, murmelte Tearle, »und bekomme nicht einmal ein Dankeswort. Aber für Colbrand, der nichts für sie getan hat, ist sie Feuer und Flamme.«

Er trat beiseite, um zu beobachten, wie Severn und Colbrand aufeinander zustürmten. Sie waren beide ausgezeichnete Turnierkämpfer. Falls nicht einer besonderes Glück hatte, würde der Kampf nach Tearles Ansicht unentschieden ausgehen. Als es zum vierten Gang kam, hatte Tearle es satt, mit anzusehen, wie Zared bei jedem Vorbeiritt Colbrands den Atem anhielt, wie sie vor Angst um ihn zitterte. »Wenn mir Pferdehufe fast den Rücken zertreten, läßt sie das ungerührt«, murmelte er, »aber sie bebt vor Furcht, daß eine leichte Holzlanze ihm in seiner stählernen Rüstung etwas anhaben könnte.«

Dann brach Severn seine vierte Lanze gegen Colbrand, und den gleichen Erfolg erzielte Colbrand gegen Severn. Daraufhin gab Tearle Zared zu verstehen, daß jetzt er Severn eine neue Lanze und Wasser zur Erfrischung bringen wolle.

Während Severn hastig trank, sagte Tearle zu ihm: »Er hält die Lanze etwas zu tief und zu weit nach links. Wenn Ihr links vor ihm ausweicht und Eure Lanze höher haltet, müßtet Ihr ihn treffen, ohne selbst getroffen zu werden.«

Severn sah ihn scharf an. »Meine Schwester hat nur Augen für diesen Colbrand. Möchtet Ihr gern, daß ich ihn aus dem Sattel hole?«

»Ich würde ihn zu gern mit dem Bauch im Dreck liegen sehen«, sagte Tearle mit tiefem Gefühl.

Severn grinste. »Ich werde mein Bestes tun«, sagte er, ließ das Visier herab und stemmte die Lanze ein, die Tearle ihm gereicht hatte.

Es wurde der einzige Gang, in dem nur Severn seine Lanze brach, und Colbrand nicht. Damit hatte Severn die höhere Punktzahl erzielt.

Tearle konnte es sich nicht verkneifen, mit hämischer Freude Zared zu sagen: »Es sieht so aus, als ob deinem unbesiegbaren Ritter nun doch die Flügel gestutzt werden.«

»Ja, durch meinen Bruder«, erwiderte sie. »Nur ein Peregrine bringt das Kunststück fertig. Sonst kann ihn kein anderer Mann hier schlagen. Kein anderer Mann in ganz England.«

»Ich ...«, begann Tearle und verstummte wieder.

»Du – was?« fragte sie blitzenden Auges. »Du wolltest doch nicht etwa behaupten, du könntest ihn schlagen?« Lächelnd fuhr sie fort: »Die Howards können nur im Hinterhalt lauern und Frauen entführen. Die Howards scheuen den offenen Kampf.«

Damit wandte sie sich ab und gesellte sich zu Severn, der zu den Zelten der Peregrines ritt. Plötzlich reichte es Tearle. Er hatte sich sonst vor Frauen nicht retten können. Immer war es ihm leichtgefallen, die Gunst einer Frau zu gewinnen, auf die er es abgesehen hatte. Aber dieses dumme kleine Ding brachte es fertig, daß er an sich selber zu zweifeln begann.

Er hielt einen vorbeikommenden Pagen an, gab ihm eine Kupfermünze und trug ihm eine Botschaft für Lady Anne auf, die auf der Tribüne saß. Kurze Zeit später sah er, wie der Page Anne etwas zuflüstere, wie sie ein paare Worte mit ihrem Vater sprach, die Tribüne verließ und sich auf den Heimweg begab. Tearle folgte ihr in einiger Entfernung, sah sie die Treppe hinaufgehen und folgte ihr kurz darauf. Als er oben ankam, sah er noch, wie ihr Rocksaum hinter einer Tür verschwand. Er betrat ebenfalls das Gemach und schloß die Tür hinter sich.

»Du bist in Gefahr?« erkundigte sich Anne.

»Ja«, sagte Tearle. »Es besteht höchste Gefahr, daß ich eine Frau umbringe.«

»Und ich einen Mann«, erwiderte Anne.

»Colbrand?«

»Nein. Es handelt sich um deinen Feind, diesen Peregrine.«

»Severn?« fragte Tearle, schnallte den Gürtel ab und schickte sich an, den Waffenrock abzulegen.

»Was tust du da?«

»Ich wurde von einem Pferd getreten und möchte, daß du dir die Verletzungen ansiehst. Was hat dir Severn getan?«

Anne half ihrem Freund beim Auskleiden. »Weißt du, daß er die Absicht hat, sich mit mir zu vermählen? Das sieht er als ganz selbstverständlich an. Heute hat mein Vater mir beim Essen den Platz neben ihm angewiesen; er sagte, er sei nur in der Absicht hergekommen, mich zur Frau zu gewinnen. Er schien das als eine große Ehre für mich zu betrachten – wie übrigens mein Vater auch, nachdem er den Mann bei den Turnierkämpfen gesehen hat.«

Tearle hegte aufrichtiges Mitgefühl für Anne. Wenn sie nur annähernd so schlechte Erfahrungen mit einem Mitglied dieser Familie gemacht hatte wie er, so verdiente sie es auch. Er zog sein Leinenhemd aus, und Anne stieß einen leisen Schreckenslaut aus.

»Du blutest ja und hast überall blaue und grüne Flecken. Tearle, das Pferd kann dich nicht nur getreten haben. Es muß mit den Hufen nach dir ausgeschlagen haben – mit aller Kraft. Hast du noch weitere Verletzungen? Komm, zieh dich aus! Ich will alles sehen.« Sie ging an die Tür und befahl einer vorbeikommenden Dienerin, heißes Wasser und Tücher zu bringen.

Hinter ihr lächelte Tearle. So muß sich eine Frau verhalten, dachte er. Frauen sollen sanft und zärtlich sein. Sie sollen einem Mann, der Schmerzen leidet, sanft über die Stirn streichen und Trostworte zuflüstern. Eine echte Frau verhält sich so. Eine echte Frau versteht sich auf Handschuhe und Seide und schleift keine Schwerter.

Tearle zog sich bis auf das Lendentuch aus und legte sich dann mit dem Gesicht nach unten aufs Bett. Und Anne, die schöne, süße Anne, eine echte Frau, wusch die verletzten Stellen aus und behandelte sie mit lindernden Salben.

Leise sagte sie: »Erzähl mir von ihr!«

Tearle wollte schon sagen, das ginge nicht, weil es zu gefährlich wäre. Aber er wußte, daß er ihr vertrauen konnte. Schließlich hatte er ja bereits sein Leben in ihre Hand gegeben. Denn wenn Anne ausplauderte, wer er war, und Severn es hörte, würde der Peregrine ihn bestimmt auf der Stelle erschlagen.

So sprudelte er die ganze Geschichte heraus. Er erzählte ihr alles von Anfang an. Wie Olivers Männer den jüngsten Peregrine entführt hatten. Wie er erkannt hatte, daß es ein Mädchen war. Er erzählte ihr, wie Zared ihm eine Stichwunde beigebracht hatte. Wie besessen er von ihr war, und wie er es bewerkstelligt hatte, in ihrer Nähe zu sein.

»Aber sie hat sich in Colbrand verliebt«, sagte er in

bitterem Ton. »Ich werfe mich über sie, um sie zu schützen, und sie will nicht einmal zugeben, daß ich ein Mann bin.«

Blitzenden Auges rief sie: »Du könntest Colbrand besiegen. Auch mit Severn könntest du es aufnehmen. Oh, wie gern würde ich ihn aus dem Sattel stürzen sehen! Weißt du, er hat mich heute nach dem Essen küssen wollen.« Lächelnd setzte sie hinzu: »Ich mußte ihm mein Knie in den Leib rammen.«

Tearle lachte. »Mir scheint, wir verfolgen jeder ein anderes Ziel. Wenn Severn das Turnier nicht gewinnt, wird dich dein Vater auch nicht zwingen, dich mit ihm zu vermählen. Und ich möchte liebend gern Colbrand besiegen. Es wäre meine größte Freude, ihn vor mir im Staub liegen zu sehen.«

»Wenn du nur nicht diese dumme Verkleidung gewählt hättest, könntest du jetzt mit ihnen kämpfen. Du könntest sie beide aus dem Sattel heben. Ich habe dich kämpfen sehen und weiß, daß du besser bist als die beiden.«

»Ja«, sagte Tearle betrübt und setzte sich auf, damit Anne ihm einen Verband um die Rippen anlegen konnte. »Wenn ich nur nicht weiter diesen Smith spielen müßte …« Er verstummte und schaute sie mit großen Augen an. »Ich weiß eine Möglichkeit.«

»Ja«, sagte Anne eifrig. »Es gibt keinen Grund, warum du dich noch länger verstecken mußt. Gib dich als Howard zu erkennen, und melde dich für die beiden nächsten Turniertage! Solange du unter meines Vaters Dach weilst, wird der Peregrine es nicht wagen, dir ein Haar zu krümmen.«

»Nein«, sagte Tearle nachdenklich, »ich will mich nicht auf das Niveau meines Bruders begeben. Es gibt zu viele Leute, die mich mit den Peregrines zusammen gesehen haben. Sie würden als elende Dummköpfe dastehen, wenn sich herausstellte, daß sie einen Howard unter sich geduldet haben.«

»Sie *sind* elende Dummköpfe«, sagte Anne in heftigem Ton.

Tearle sah ihr in das edel geformte Gesicht. Übertrieb sie nicht etwas? »Ich habe den Eindruck, daß Severn nicht gerade abstoßend auf Frauen wirkt.«

»Er ist ein sturer Bauer, ein Lümmel ohne Manieren, der denkt, er kann sich jede Frau nehmen, wie es ihm beliebt. Verstehst du, sie einfach nehmen, ohne sie zu fragen.«

»Aber er sieht nicht schlecht aus«, beschwichtigte Tearle. »Er nimmt sich zu Pferde gut aus.«

»Ich würde ihn gern in den Sand fallen sehen. Ich möchte hören, wie die Leute ihn auslachen. Ich möchte, daß er sich bis auf die Knochen blamiert, der dumme Tropf! Ich ...«

»Ich verstehe«, sagte Tearle. Er konnte nicht verhehlen, daß er sich über sie amüsierte.

»Wenn du es wagst, über mich zu lachen, dann ...«

»Ich?« fragte Tearle in aller Unschuld. »Ich, der ich wegen der Peregrines schwer verletzt wurde, sollte über dich lachen, weil du ihnen alles Böse an den Hals wünschst?«

Die Unmutsfalte in Annes schönem Gesicht verschwand. Natürlich, dachte sie, Tearle kennt mich seit langem, und nur zu gut. Als dieser schreckliche Kerl, der nach Schweiß und Pferden stank, sie in einer dunklen Ecke an sich gerissen hatte, hatte sie zuerst sogar seinen Kuß erwidert. Der Mann war eben ein unwiderstehlicher Naturbursche, für den es selbstverständlich zu sein schien, daß sie liebend gern seine Frau werden wollte. Während der Mahlzeit hatte er sich so ungezwungen mit ihrem Vater unterhalten, als gehöre er schon zur Verwandtschaft, und ihr Vater war zuvorkommend darauf eingegangen. Anne, die zwischen ihnen saß, wurde überhaupt nicht beachtet. Wiederholt hatte der Peregrine an ihr vorbei nach einer Schüssel gegriffen, so daß sie sich zurücklehnen mußte, um nicht von seinem Ellbogen gestoßen zu werden. Er hatte sich an ihr vorbei und über sie hinweg unterhalten, als wäre sie überhaupt nicht vorhanden.

Und das Gespräch hatte sich nur um Waffen und Kriegshandwerk gedreht. Soweit sie es beurteilen konnte, kannte dieser Mann überhaupt keine feineren Gefühle. Colbrand, der andere Günstling ihres Vaters, besaß wenigstens gute Manieren. Er hatte ihr ein Kompliment gemacht, wie gut ihr Kleid auf ihre Augenfarbe abgestimmt war. Von diesem Peregrine war so etwas nicht zu erwarten. Er hatte sie einmal so angesehen, als schätze er ihren Wert ab, und danach wohl überhaupt nicht mehr.

Nach dem Essen ging er mit ihrem Vater weg. Anne hätte sie sich gern selbst überlassen. Doch ihr Vater forderte sie auf, sie zu den Stallungen zu begleiten, wo er dem Peregrine seine Jagdfalken vorführen wollte. Anne war ihnen mit zwei ihrer Damen gefolgt, ohne daß sie ein Wort an die beiden Männer gerichtet hatte oder von ihnen ins Gespräch gezogen wurde.

Dort bei den Stallungen geschah es, daß er sie hinter einen Schuppen zerrte und küßte. Vielleicht hatte sie seinen Kuß zuerst erwidert, weil man sie so vernachlässigt hatte, aber schnell kam sie wieder zur Besinnung. Sie stieß ihm das Knie zwischen die Beine. Wutentbrannt schob er sie zurück. Anne hatte sich verteidigt, so gut es ging, denn sie wollte nicht, daß er merkte, wie sie sich vor ihm fürchtete.

Zuerst sagte er gar nichts. Dann brummte er: »Geht

zu Eurem Vater zurück!« Drehte sich um und ließ sie stehen. Sie mußte zugeben, daß sie eine andere Reaktion von ihm erwartet hatte, war jedoch zufrieden, daß sie ihn so wütend gemacht hatte. Vielleicht würde er nun nicht mehr um ihre Hand anhalten.

»Ich werde in Verkleidung auftreten«, sagte Tearle.

»In welcher Verkleidung?«

»Nun als … als der schwarze Ritter. Kannst du mir eine Rüstung besorgen und sie schwarz färben lassen? Ich will die Männer herausfordern, die bisher die meisten Punkte errungen haben.«

»Das dürften Colbrand und dieser Peregrine sein. Gegen die beiden haben die anderen wohl kaum eine Chance.«

Tearle sah wieder Zared verklärtes Gesicht vor sich, wenn Colbrand an ihr vorbeiritt, und ein Gefühl unbändiger Kraft durchströmte ihn. »Ich werde sie beide besiegen«, sagte er leise. »Für dich schlage ich Severn – und für mich Colbrand. Er soll sich wünschen, nie geboren worden zu sein.«

Anne lächelte ihn an. »Ich besorge dir eine Rüstung. Komm heute um Mitternacht in den Garten! Da wirst du erhalten, was du brauchst. Ich regle die Sache auch mit meinem Vater. Ihm gefällt es bestimmt, wenn ein geheimnisvoller Ritter für ihn kämpft.«

Tearle erhob sich. Seine Verletzungen spürte er kaum noch. »Und was geschieht, wenn er mir dich als Siegerpreis gibt?«

Anne, die auf der Bettkante saß, schaute zu ihm auf. Bis auf das winzig kleine weiße Leinentuch war er nackt. Sie beobachtete das Spiel seiner Muskeln unter der Haut. Leise sagte sie: »Ich wäre bereit.«

Er sah sie an: Sie war so schön. Ihre Gesichtszüge waren vollkommen. Und ihre Mitgift würde bedeutend sein. Es wäre ein Akt großer Klugheit, die Marshalls und die Howards zu verbünden. Sein Bruder würde einer solchen Heirat von Herzen zustimmen. Von Annes Mitgift würde er neue Waffen kaufen, um die Peregrines endgültig zu vernichten.

Doch dann schob sich vor Annes vollkommene Schönheit Zareds Gesicht. Zared war hübsch, doch nicht mit der schönen Anne zu vergleichen. Aber an Zared bezauberte eine Unschuld, die Anne nie besitzen würde. Tearle erinnerte sich an ihre Miene, als sie die Handschuhe anprobierte. Es gab eine ganze Welt voll Neuheiten, die er Zared gern gezeigt hätte.

Vielleicht ist es gerade ihre Unerfahrenheit, die mich an ihr fasziniert, dachte er. Vielleicht entzückte ihn Zareds Frische deshalb so sehr, weil er in all diesen Jahren so viel erlebt und gesehen hatte. Es rührte ihn sogar, wenn sie Colbrand voller Verehrung anblickte. Anne und alle Frauen ihrer Art waren es gewöhnt, daß viele gutaussehende Männer ihnen den Hof machten. Nie würden sie ihre Gefühle so offen zeigen.

Wenn Anne einen Mann liebte, würde sie es ihm nie sagen, es sei denn, es brächte ihr Vorteile ein. Aber Zared, dachte Tearle lächelnd – Zared würde ihr Leben einsetzen, um den Mann zu schützen, den sie liebte.

»Das würde mir eine große Ehre sein«, sagte Tearle schließlich. Das war zwar eine Lüge, doch er sprach sie lächelnd aus.

Auch Anne lächelte. Sie wußte, daß er log. »Zieh dich jetzt an! Ich gehe zuerst, damit mich niemand mit einem halbnackten Mann sieht – auch wenn er alt genug ist, um mein Vater zu sein.«

Tearle verstand sie nur zu gut. Es gefiel ihm, daß sie seine Männlichkeit bewunderte. Nach seinen Erlebnissen mit Zared gefiel ihm jede Frau, die in ihm den

Mann sah. Sie war schon an der Tür, als er sagte: »Dann also bis Mitternacht!«

Sie nickte und verließ das Gemach.

Als Zared vom Turnierplatz zurückkehrte, war sie in großer Verwirrung. Es war zu viel auf sie eingestürmt. Sie dachte daran, wie sich der Howard über sie geworfen hatte – sie spürte es förmlich – und die Huftritte des Pferdes für sie hingenommen hatte. Sie hatte sie durch seinen Körper hindurch gefühlt. Und dennoch hatte er danach ihre Hilfe abgelehnt.

Hatte er sie denn aus anderen Gründen gerettet? Wollte er die Peregrines und Howards endlich miteinander versöhnen? Wenn Oliver Howard wirklich Dokumente gefunden hatte, die bewiesen, daß das Land der Howards eigentlich den Peregrines gehörte, so brauchte er sie doch nur zu verbrennen. Er hätte es gar nicht nötig, seinen Bruder zu schicken, damit er die Versöhnung der beiden Familien herbeiführte.

Sie hielt sich die Ohren zu, als könnte sie so die widersprüchlichen Gedanken auslöschen. Was wollte der Mann von ihr? Warum ließ er sie nicht in Ruhe? Warum wollte er sie nicht Colbrand überlassen?

Kaum kam ihr dieser herrliche Mann in den Sinn, da beschloß sie, zu seinem Zelt zu gehen. Vielleicht würde der Anblick des schönen Blonden sie vergessen machen, daß die Erinnerung an den dunkelhaarigen Rivalen sie nicht mehr losließ.

Aber vor Colbrands Zelt traf sie nur seinen Knappen Jamie, der sie sofort beschimpfte.

»Du bist wohl gekommen, um dich an seiner Niederlage zu weiden?« fragte er höhnisch.

»Nein. Ich ...« Ja, was will ich denn? dachte sie. Nur Colbrand sehen?

»Dein Bruder hat nur Glück gehabt. Das Pferd meines Herrn ist nämlich ausgerutscht.«

»Das stimmt nicht. Severn ist einfach der bessere Kämpfer, das ist alles.«

»Er ist auf keinem Gebiet besser als mein Herr!« schrie Jamie. »Mein Herr kämpft besser als er. Er ist der bessere Mann. Und am Ende wird Colbrand doch siegen und die Hand von Lady Anne erringen.«

Die Ereignisse dieses Tages hatten Zared so durcheinandergebracht, daß sie ihre Zunge nicht bezähmen konnte. »Mein Bruder wird sich mit Lady Anne vermählen.«

Jamie grinste sie unverschämt an. »Lady Anne haßt deinen Bruder. Hinter seinem Rücken macht sie spöttische Bemerkungen über ihn. Alle anderen merken es. Heute hat sie ihn nach dem Essen sogar geschlagen.«

Zared wußte, daß der Jüngling die Wahrheit sagte. Aber gerade deswegen haßte sie ihn. Es war ein mageres Kerlchen, und sie war gewiß, daß sie ihn windelweich schlagen könnte.

Schon wollte sie auf ihn losgehen, als ihr Colbrand die Hand auf die Schulter legte.

»Müßt ihr euch denn dauernd streiten?« fragte er.

»Ich habe ihm gesagt, daß Ihr die Absicht habt, Euch mit Lady Anne zu vermählen«, berichtete Jamie genießerisch.

»Ach ja, die schöne Lady Anne. Ihr Vater möchte ihr einen starken Mann zum Gemahl geben.«

»Dann wird es ein Peregrine sein«, erklärte Zared frei heraus.

»Mit deinem Bruder würde er eine gute Wahl treffen«, bestätigte Colbrand.

Zared lächelte ihn beglückt an. Er ist nicht nur schön und lieb, dachte sie, sondern auch von edler Denkungsart.

Sie hatte schon eine freundliche Antwort auf der Zunge. Doch in diesem Augenblick kam Severn vorbei, packte sie zornig am Ohr und zog sie zum eigenen Zelt. »Was soll denn das?« rief sie, bekam aber keine Antwort.

Erst als sie im Zelt waren, ließ er sie los. »Wo ist Smith?«

Zared rieb sich das schmerzende Ohr. »Weiß ich nicht. Er soll ja auf mich aufpassen, und nicht ich auf ihn.«

Severn goß sich Wein ein. »Ich habe gehört, was heute vorgefallen ist. Er hat dich davor bewahrt, von einem durchgehenden Pferd niedergetrampelt zu werden.«

Zared wandte sich ab. »Dafür hat er seine Gründe gehabt.«

»Ja. Er meint, er sei in dich verliebt.«

Zared drehte sich um und schaute ihn mit großen Augen an. »Verliebt?« brachte sie heraus. »In mich?«

»Das überrascht mich genauso wie dich. Aber er sieht dich wirklich so liebeskrank an wie Rogan seine Liana.« So werde ich nie eine Frau ansehen, dachte er.

»Du mußt verrückt sein«, sagte Zared. »Dem Mann ist an mir überhaupt nichts gelegen.«

»Er hat immer gewußt, daß du eine Frau bist. Wenn du nachts im Schlaf weinst, geht er an dein Bett. Und jetzt hat er dir auch noch das Leben gerettet.«

Zared war entsetzt darüber, welche Wendung ihre Unterhaltung genommen hatte. Noch nie hatte sie mit ihren Brüdern über Liebe – ja, auch nur über Gefühle – gesprochen. »Was willst du von mir?« fragte sie argwöhnisch.

»Ich glaube, Liana möchte, daß du den Mann heiratest. Sie muß ihn hergeschickt haben, damit er dir den Hof macht.«

»Das kann Liana nicht …«

»Was kann sie nicht?«

»Liana kann nicht wollen, daß ich ihn heirate«, versetzte sie. Mehr durfte sie nicht verraten. »Und was macht es dir aus, wen ich heirate?«

»Der Mann versteht etwas vom Waffenhandwerk. Er hat mich beraten, wie ich Colbrand besiegen kann.«

»Ich verstehe«, sagte Zared kühl. »Ich soll ihn heiraten, damit du einen Berater hast, der dir hilft, deine Gegner beim Turnier zu besiegen.«

»Er wird unserer Familie helfen, die Howards zu besiegen.«

»Dabei wird er dir bestimmt nicht helfen!« rief sie. Und um sich nicht zu verraten, ging sie zum Angriff über: »Warum vermählst *du* dich nicht zum Nutzen der Familie? Drängst du mich zu einer Heirat, weil du meinst, daß du Lady Anne doch nicht bekommst? Ich habe gehört, daß sie dich geschlagen hat.«

Severn wurde rot vor Wut. »Was ich mit einer Frau mache, geht dich gar nichts an.«

»Aber du kannst über mein Leben bestimmen, ja? Weil du keine Frau bekommst, willst du mir einen Mann aufdrängen, über den ich überhaupt nichts weiß?«

»Ich weiß, daß er dich haben will«, entgegnete Severn grob. »Kein anderer will dich haben.«

Es stimmt ja, dachte sie, es ist die schmerzliche Wahrheit. Nur ein einziger Mann begehrte sie, und der war ausgerechnet der geschworene Feind ihrer Familie. Sie ging an Severn vorbei, riß sich los, als er sie festhalten wollte, und verließ das Zelt. Als sie draußen war, fing sie an zu laufen und hielt nicht eher an, bis sie am Bach war.

Sie setzte sich ans Ufer, legte den Kopf in die Arme

und weinte. Warum konnte ihr Leben nicht so einfach sein, wie es bei allen anderen zu sein schien? Allerdings brauchten sich andere auch nicht den Kopf darüber zu zerbrechen, ob sie männlichen oder weiblichen Geschlechts waren.

Sie wußte nicht, wie lange sie weinend dort saß. Aber inzwischen war der Mond aufgegangen, und sie saß immer noch da.

Einmal wischte sie sich die Nase am Ärmel ab. Da stand der Howard vor ihr. Sie sprang auf. »Hast du nichts anderes zu tun?« fuhr sie ihn an.

Er streckte sich neben ihr am Ufer aus. »Nein. Ich gehöre doch zu den unnützen Howards, hast du das vergessen?«

Zared sah ihn an. Sie dachte: Severn hat gesagt, daß dieser Mann mich begehrt.

»Ich denke daran, wie dein Bruder Rogans erste Frau Jeanne und später auch Liana entführt hat.«

»Damals mußt du doch noch in den Windeln gelegen haben«, sagte er. »Wie willst du dich denn noch an Jeanne erinnern können? Sie ist überhaupt das Beste an Oliver.«

Zared schaute auf den Abglanz des Mondlichts im Wasser. »Liana spricht in höchsten Tönen von ihr.« Sie senkte die Stimme. »Liebt dein Bruder Oliver sie sehr?« Noch nie hatte es Zared einem Menschen anvertraut, wie sie die Geschichte von Rogans erster Frau fesselte. Ihre ältesten Brüder hatten Rogan ausersehen, eine Frau heimzuführen, weil sie dringend die Mitgift benötigten, die sie in die Ehe bringen würde. Daraufhin hatte Rogan eine junge Frau namens Jeanne geheiratet. Aber nur wenige Monate nach der Eheschließung hatte Oliver sie gefangengenommen.

Die Männer der Peregrines hatten einen langen, harten Kampf um ihre Befreiung geführt, in dem zwei

Brüder den Tod fanden. Erst danach erfuhren sie, daß Jeanne sich während ihrer Gefangenschaft in Oliver Howard verliebt hatte und von ihm ein Kind unter dem Herzen trug.

Da Zared damals noch ein Kind war, erinnerte sie sich nur an den lautlosen Zorn der drei übriggebliebenen Brüder. Ihre Eltern und ihr Bruder William waren im Jahr zuvor gestorben. Zared wußte noch, wie sehr sie sich davor gefürchtet hatte, daß nun einer ihrer Brüder nach dem anderen von ihr gehen würde.

»Ich glaube, Jeanne hat ihn einmal geliebt«, sagte Tearle, und seine Worte brachten sie wieder in die Gegenwart zurück. »Aber ich weiß nicht, ob es immer noch so ist. Mein Bruder grämt sich, weil er keine männlichen Erben für seine Reichtümer hat.«

»Rogan hat einen Sohn«, sagte sie lächelnd bei dem Gedanken an das Baby mit den rotblonden Locken.

Er schwieg eine Weile. Dann fragte er ganz leise: »Warum hast du geweint? Warum weinst du erst im Schlaf und dann hier?«

Sofort war Zared wieder auf den Beinen und wollte ins Lager zurück. Aber er sprang genauso schnell auf und packte sie an den Schultern.

»Laß mich los, oder du wirst es bereuen!«

»Oh«, sagte er lächelnd. »Willst du wieder das Messer gegen mich zücken? Oder rufst du diesmal nach deinem geliebten Colbrand?«

»Er ist nicht mein …«, begann sie. Dann riß sie sich los und war schon einige Schritte weiter, bevor er sie wieder einholte.

»Ach, darum weinst du? Hat er dich nicht beachtet? Hast du dich wieder vor ihm lächerlich gemacht? Hat er dich immer noch nicht als Frau erkannt?«

Sie versuchte sich loszumachen, kam aber aus seinem Griff nicht frei. Nach einer Weile sträubte sie sich nicht mehr. »Was willst du von mir?« zischte sie ihn an. »Warum läßt du mich nicht in Ruhe und gehst? Gibt es keine anderen Frauen, um die du dich kümmern könntest? Wir sind doch Feinde! Begreifst du das nicht? Da ihr uns nicht in offener Feldschlacht besiegen könnt, meinst du wohl, uns besiegen zu können, indem du Freundschaft heuchelst!«

Ihre Augen blitzten. Er stand ganz nahe vor ihr. »Nein, ich will keine Freundschaft«, flüsterte sie heiser.

Da zog er sie in die Arme. Sie stieß um sich und versuchte den Kopf abzuwenden. Doch er hielt mit der Hand ihren Hinterkopf fest, und so konnte sie nicht von ihm los. Als sie merkte, daß es sinnlos war, sich zu wehren, erschlaffte sie. Sobald er seinen Griff lockert, dachte sie, flüchte ich.

Doch im gleichen Augenblick geschah das älteste Wunder der Welt: Er ließ ihren Kopf los und küßte sie mit weichen Lippen, und Zared fühlte ... was sie noch nie im Leben gefühlt hatte.

Sie stand da, mit weit offenen Augen, und ließ sich küssen, und von einer Sekunde zur anderen stieg eine Wärme in ihr auf. Er drehte mit der Hand ihr Gesicht dem seinen zu. Zared wurde an seinen Körper gezogen. Ihr Kopf lehnte an seiner breiten, harten Schulter, und ihr war, als verschmölzen sie ineinander.

Dann öffnete sich sein Mund auf ihrem und verlockte sie, auch ihren zu öffnen. Er schmiegte seinen Körper an ihren. Sie schloß die Augen und lehnte sich an ihn. Sie hatte das Gefühl, zu ertrinken. Er küßte ihre Wangen, ihre Schläfe, ihren Hals, ihre Kehle.

Ungeahnte Gefühle erwachten in ihr. Bisher war ihr Leben ohne Zärtlichkeiten verlaufen. So zärtlich berührt, umarmt und geküßt zu werden, das war fast kaum zu ertragen.

Tearle lehnte sich zurück und schaute ihr in die Augen. Sie blieb an ihn gepreßt. Hätte er sie losgelassen, wäre sie bestimmt zu Boden gefallen. Noch nie hatte sich ihm eine Frau so bedingungslos ergeben. Er berührte ihr Haar und strich es sanft von den Schläfen zurück. Wenn sie einen Mann liebte, dann würde sie ihn mit ihrem ganzen Wesen lieben – und dieser Mann wollte er sein.

»Ich heiße Tearle«, flüsterte er. Dann küßte er sie auf die Stirn. Der alte Name, der soviel bedeutete wie »ohne Tränen«, klang wie eine Liebkosung.

»Tearle«, flüsterte sie an seinem Hals.

Er lächelte sie an. Nun spürte er, wie weich sie innerlich war. Er hatte es ja immer vermutet. »Ich würde dich gern mit mir nehmen«, sagte er leise und streichelte ihr das Haar. »Ich würde dich die ganze Nacht bis in den Vormittag hinein lieben.«

Sie preßte sich noch enger an ihn und hob das Gesicht, um sich küssen zu lassen.

Langsam, zärtlich küßte Tearle sie, der zarte Kuß für eine Jungfrau. »Doch nun, meine Liebe, muß ich zu deinem Bruder zurück.«

»Hm.« Mehr brachte Zared nicht heraus. Sie legte den Kopf an seinen Hals, die Lippen auf seine Haut. Sie hatte nie geahnt, wie schön es war, einen Mann zu berühren.

Sanft machte Tearle sich von ihr frei. Ein Blick in ihr Gesicht, und sein Körper flammte heiß auf. Wenn er wollte, hätte er sie jetzt nehmen können, das wußte er. Doch er sagte: »Wir müssen zurück.« Dafür, daß er ihr in dieser Nacht ihre Jungfräulichkeit ließ, würde man ihm im Himmel eine goldene Krone verleihen.

Er nahm sie bei der Hand und führte sie zu den Zelten zurück.

Doch schon nach wenigen Schritten kam Zared zur

Besinnung. Sie schüttelte den Kopf, als müsse sie sich von einem Nebel befreien. Dann entzog sie ihm die Hand. Sie hatte sich eben dem Feind ergeben! Sie hatte vergessen, daß sie eine Peregrine und dieser Mann der Feind der Familie war. Sie hatte ihm selbstvergessen gestattet, sie zu berühren. Es ihm gestattet? Sie hätte ihm noch mehr gestattet, wenn er nur gewollt hätte – aber er hatte es nicht gewollt. Sie hätte sich gern weitertreiben lassen, doch er hatte sich von ihr gelöst.

Sie zog den kleinen Dolch aus dem Gürtel, mit dem sie sonst das Fleich zerschnitt, wandte sich ihm zu und hielt ihn hoch, als wollte sie ihn ihm in den Leib bohren. »Wenn du mich noch einmal anfaßt, dann töte ich dich!« sagte sie.

Und er, der schreckliche, verhaßte Mann, lächelte nur.

Zared stürzte auf ihn zu. Doch er fing sie mit Leichtigkeit am Handgelenk ab und zog sie wieder an sich.

»Ich habe deinetwegen noch eine halbverheilte Stichwunde und viele Prellungen an einer Seite. Weitere Wunden will ich nicht haben.«

»Wenn du dich mir noch einmal mit Gewalt aufdrängst, werde ich dir viel größere Schmerzen zufügen.«

»Aufdrängst?« sagte er, noch immer lächelnd. Dann beugte er sich vor, um sie noch einmal zu küssen.

Zared wandte den Kopf ab und flüsterte: »Nein.«

Er ließ sie los, und als sie vor ihm davonlief, hörte sie ihn hinter sich lachen.

# 8

Sie rannte den ganzen Weg bis zum Zelt, und als sie ankam, zitterte sie. Severn räkelte sich auf seinem Bett und aß einen Apfel. Als sie hereinkam, drehte er sich zu ihr um.

»Ist jemand hinter dir her?« fragte er. »Wieder Colbrands Knappe? Ich glaube, der Junge spürt dein Geschlecht. Er scheint das im Kopf zu haben, was seinem Herrn fehlt.«

»Hast du denn gar nichts zu tun?« fuhr sie ihn an. »Keine Schwerter zu schleifen? Keine Frauen zu umgarnen?«

»Ich habe schon alle Frauen erobert«, sagte er selbstsicher.

»Ausgenommen Lady Anne.«

Er aß seinen Apfel auf und stellte die Füße auf den Boden. »Wo ist Smith? Hast du ihn mit einer anderen Frau gesehen – stammt daher deine schlechte Laune? Sieh dich vor, kleine Schwester, daß du ihn nicht ganz verprellst!«

»Du weißt nichts!« schrie sie ihn an. »Nichts!«

Lachend ging er aus dem Zelt.

Wutschnaubend setzte sich Zared auf ihr Bett. Sie war wütend auf ihren Bruder, weil er nichts sah, auf den Howard, weil er sich in ihr Leben gedrängt hatte, und auf sich selbst, weil sie sich so verhalten hatte.

»Es wäre auch geschehen, wenn mich ein anderer Mann geküßt hätte«, murmelte sie vor sich hin. »Hätte Colbrand mich berührt …« Sie brach ab. Ihr war eingefallen, was sie empfunden hatte, als der Howard sie berührte. Das wäre bei jedem Mann genauso gewesen, redete sie sich ein. Es wäre bei jedem anderen Mann auch wunderbar gewesen, umarmt und geküßt zu werden.

»Ja«, sagte sie und stand auf. Sie war eine Peregrine, und wenn ihre Brüder viele Frauen mochten, dann würde sie bestimmt auch viele Männer mögen. Vielleicht war es schändlich, daß sie auf den geschworenen Feind ihrer Familie so reagiert hatte. Doch das war nun mal der Lauf der Welt.

Sie mußte nur ihre fünf Sinne beisammenhalten und nicht zulassen, daß sie duch diesen Mann den Blick für das Wesentliche verlor, sagte sie sich. Er war ein Howard, und daß er sich in dem Lager der Peregrines eingenistet hatte, mußte einen Grund haben. Sie war die einzige, die wußte, wer er in Wirklichkeit war. Wollte er sie nur verführen, damit sie ihm nicht mehr mißtraute?

Noch wußte sie nicht recht, welchen Nutzen er aus der Verkleidung zu ziehen hoffte. Doch es war ihre Pflicht, die Familie vor ihm zu schützen.

»Und das bedeutet, daß ich mich nie mehr von ihm küssen lasse.« Nein, dachte sie, dazu darf es nicht mehr kommen. Sie würde ihm nicht wie irgendein Bauernmädchen verfallen. Das Kinn vorgereckt, sagte sie laut: »Wenn er mich noch einmal anrührt, gebe ich ihm mein Messer zu schmecken.«

Als Stunden später ihr Bruder und ihr Feind heimkehrten, lag sie mit fest geschlossenen Augen im Bett. So wie die beiden lachten und schwankten, mußten sie zusammen ein halbes Faß Bier geleert haben.

»Psst!« sagte Severn laut, »wir dürfen meine kleine Schwester nicht aufwecken.«

»Dann bringe ich sie einfach wieder ins Bett«, erwiderte Tearle noch lauter, und beide wollten sich vor Lachen ausschütten.

Zared schlug mit der Faust aufs Kopfkissen und drehte sich auf die Seite. Unmut und Ärger ließen sie nicht schlafen – und wenn es das nicht gewesen wäre, dann hätte das betrunkene Schnarchen ihres Bruders und dieses Mannes sie wachgehalten.

Und doch war sie gerade beim Einschlafen, als sie hörte, wie der Howard ganz leise aufstand und aus dem Zelt schlich. Sie schaute zu Severn hinüber und sah, daß er noch schlief. Da stand Zared auf, schlüpfte in ihren Waffenrock und folgte dem Mann.

Severn war in dem Augenblick erwacht, als der Mann den Fuß auf den Boden setzte, blieb aber liegen und beobachtete heimlich, wie er sein Schwert nahm und hinausging. Obwohl Severn den Mann mochte, war er stets auf der Hut vor ihm. Außerdem hatte Zareds beständige Feindseligkeit ihn mißtrauischer gegen Smith gemacht, als er es sonst gewesen wäre.

Er hatte sich mit Smith zusammen betrunken – oder vielmehr hatte Severn sich betrunken gestellt. Er hatte gehofft, Smith Geheimnisse entlocken zu können, zu erfahren, wie es kam, daß er etwas von Waffen verstand, aber selber nicht kämpfte, und wo Liana ihn aufgetrieben hatte. Aber Severn hatte nichts aus dem Mann herausgekriegt. Der verstand es sehr gut, Fragen auszuweichen und nichts über sich preiszugeben.

Als Severn seine kleine Schwester hinter dem Mann aus dem Zelt schlüpfen sah, war er beruhigt. Er war froh, daß Smith sie gern hatte, und konnte Smith vertrauen, daß er sie beschützen würde, so wie er es getan hatte, als sie von dem Pferd beinahe niedergetrampelt worden wäre. Er ließ sich wieder ins Bett fallen und schlief weiter.

Zared folgte Tearle. Er mischte sich unter die Menschen, die noch unterwegs waren. Sie beobachtete, wie er an dunklen Stellen verschwand und wieder zum Vorschein kam. Es war deutlich zu erkennen, daß er nicht gesehen werden wollte. Zweimal mußte Zared selbst rasch ins Dunkel schlüpfen, um nicht bemerkt zu werden.

Nach manchem Hin und Her ging er durch eine Tür in der Steinmauer, die das Schloß der Marshalls umgab. Hier konnte ihm Zared nicht weiter ungesehen folgen. Sie mußte eine ganze Weile suchen, ehe sie einen Baum fand, von dem aus sie über die Mauer blikken konnte. Und sie mußte vorsichtig hinaufklettern, damit man es nicht hörte. Als sie schließlich hoch genug geklettert war, sah sie etwas, das ihr den Mund offenstehen ließ.

Der Howard hatte Lady Anne umarmt! Dann wirbelte er sie herum, daß ihr hübscher Rock sich bauschte. Schließlich setzte er sie ab und küßte sie fest auf beide Wangen.

Mehr wollte Zared nicht sehen. Sie kletterte schnell vom Baum herunter und strebte wieder ihrem Zelt zu.

Eine Zeitlang konnte Zared keinen klaren Gedanken fassen. Jetzt war sie dahintergekommen, warum der Howard sich in das Leben der Peregrines eingemischt hatte. Er wollte verhindern, daß ein Peregrine in die reiche Familie Marshall einheiratete! Er wollte sicherstellen, daß die Peregrines nie so reich wurden, um die Festung der Howards einnehmen zu können.

Sie ging wieder zu Bett, konnte aber nicht mehr einschlafen. Als der Howard schließlich zurückkam, wurde ihr Körper starr, und so lag sie die ganze Nacht fast bis zum Morgengrauen wach.

Am nächsten Vormittag passierte zweierlei: Erstens wurden üble Streiche verübt, und zweitens verschwand der Howard.

Severn verschlief, und als er endlich aufwachte, schlief Zared noch, und das andere Bett war leer. Er war ärgerlich auf Zared und beschuldigte sie, etwas getan zu haben, was Smith verstimmt habe. Severn sagte, er brauche Smith, damit der ihn bei den Kämpfen dieses Tages berate, und er sei sicher, daß Zared etwas angestellt habe, was Smith zum Weggehen veranlaßte.

Zared hatte keine Möglichkeit, sich zu verteidigen. Zu lange hatte sie zu viele Geheimnisse für sich behalten. Jetzt konnte sie sie nicht mehr aufdecken. Ihr einziger Trost bestand darin, sich vorzustellen, wie sie Severn die Wahrheit sagen würde, sobald sie heimkamen. Hoffentlich würde ihr Bruder dann wenigstens so höflich sein, sich zu entschuldigen.

Aber im Augenblick blieb ihr nichts anderes übrig, als die Fäuste in die Hüften zu stemmen und wiederum zu beteuern, daß sie keine Ahnung habe, wo »Smith« steckte.

Bei ihrer Ankunft auf dem Turnierplatz ging es dann mit den üblen Streichen los. Als Severn den Helm aufsetzte, entdeckte er, daß er innen mit Schlamm gefüllt war. Beim ersten Turniergang zerbrach ihm die Lanze in der Hand, noch ehe er seinen Gegner damit getroffen hatte. Dann ließ jemand Bienen aus ihrem Stock. Während die Zuschauer sie, mit den Armen fuchtelnd, verjagten, ließen sich die meisten Bienen auf Severn nieder, denn seine Rüstung war teilweise mit Honig beschmiert. Als die Fahne der Peregrines entrollt wurde, erschien nicht der weiße Falke auf rotem Grund, sondern das Bild eines Satyrs, der hinter einem jungen Mädchen herjagt – und der Satyr hatte eine bemerkenswerte Ähnlichkeit mit Severn.

Bei jedem dieser zwar harmlosen, aber gemeinen kleinen Streiche lachte die Menge laut, und das Gelächter wurde immer lauter, bis gegen Mittag schon losgelacht wurde, sowie sich nur ein Peregrine blicken ließ.

Zared schaute zu den Tribünen hinüber und sah, daß auch Lady Anne und ihr Vater lachten und sich gegenseitig auf die Peregrines aufmerksam machten. Deshalb war sie froh, daß der König schon abgereist war. Aber er würde bestimmt noch erfahren, wie der Ritter Peregrine vor aller Welt lächerlich gemacht worden war.

Severn gab inzwischen einem seiner Männer den Auftrag, ständig über seine Rüstung zu wachen, damit kein weiterer Unfug damit getrieben wurde. Zared mußte andere Ritter um Lanzen bitten, denn die von Severn waren während der Nacht sämtlich angesägt worden. Colbrand schickte seinen grinsenden Knappen mit einem Armvoll frischer Lanzen, und Zared mußte sich zwingen, dem Jüngling dafür Dank zu sagen.

Severn wahrte bei alldem die Ruhe. Er sagte auch kein Wort, als Zared ihm das Gesicht und den Helm abwusch. Aber er beugte sich dabei nicht zu ihr herab. Sie mußte vielmehr auf ein kleines Faß klettern, um an ihn heranzureichen. Das zeigte ihr, wie wütend er innerlich war. Er sagte auch nichts, als sie den Honig von der Rüstung bürstete. Und er blieb stumm, als sie hastig die Fahne einrollte, die eigentlich den stolzen Peregrine-Falken zeigen sollte.

Bei jeder neuen Überraschung, welche die Menge zum Lachen brachte,kam Zared immer mehr zu der Überzeugung, daß der Howard hinter diesen Streichen steckte. Das paßt zu ihm, dachte sie. Er hatte ja auch kaum etwas anderes zu tun gehabt, als sie auszulachen. Und jetzt schaffte er es, daß alle ihren Bruder auslachten.

Und dieses Gelächter, dachte sie zornig, wird dazu führen, daß Lady Anne nicht die Gattin eines Peregrines werden würde. Sie bezweifelte, daß ein altes

Schlachtroß wie Hugh Marshall seiner Tochter gestatten würde, einen Mann zu heiraten, der zur Zielscheibe solcher Streiche geworden war.

»Jetzt hat er, was er wollte«, murmelte sie. Severn holte gerade wieder einen Gegner aus dem Sattel. Es sah ganz danach aus, daß es dem Howard gelingen würde, die Peregrines nicht in den Besitz des Geldes der Marshalls kommen zu lassen, mit dessen Hilfe sie ihre Ländereien zurückerobern könnten.

Ob er wohl selber die schöne Lady Anne heiraten wird? fragte sie sich. Und ihr fiel ein, daß sie gesehen hatte, wie er sie küßte. Was hätte er wohl getan, wenn Zared seinen Heiratsantrag angenommen hätte? Hätte er auch diese Gelegenheit benutzt, sich über die Peregrines lustig zu machen? Hätte er sich dann zusammen mit seinem dicken, alten Bruder darüber amüsiert, daß die jüngste Peregrine bereit gewesen war, sich mit ihm zu vermählen?

»Wenigstens dieses Vergnügen werde ich ihm nicht erlauben«, sagte Zared leise vor sich hin.

In der Mittagspause ging Severn nicht zum Essen aufs Schloß, und er gestattete es auch Zared nicht. Allerdings wäre sie sowieso nicht gegangen, denn sie konnte es nicht mehr ertragen, ausgelacht zu werden. Severn schickte einen seiner Männer zum Essenholen. Danach hockten er und Zared sich allein auf die Schemel vor dem Zelt und verzehrten stumm ihre Mahlzeit.

Nur einmal fragte Zared ihn, wen er für den Urheber der bösen Streiche halte.

»Wer es auch sein mag«, sagte Severn leise, »ich werde ihn umbringen.« Dann aß er weiter.

Zared wußte, daß er es ernst meinte. Wenn sie ihm jetzt sagte, daß der Mann, von dem er eine so hohe Meinung hatte, daß Smith in Wirklichkeit ein Howard war und daß er die Peregrines zu Narren gemacht hatte, würde Severn ihn totschlagen, das wußte sie. Und was dann? Würde Severn dann hingerichtet werden? Würde sich Oliver Howard rächen, indem er Rogan und Liana mit ihrem Kind belagerte?

Zared aß weiter und sagte kein Wort.

Nach dem Essen ritt Severn nicht mehr in die Schranken. Er war erst später wieder an der Reihe, und die Männer, die er bereits besiegt hatte, interessierten ihn nicht mehr. Er ging ins Zelt und blieb dort.

Aber Zared wollte die anderen Ritter kämpfen sehen. Als sie sich dem Turnierplatz näherte, straffte sie sich, denn sie war darauf gefaßt, wiederum verspottet zu werden.

Doch niemand beachtete sie. Etwas Neues beanspruchte die Aufmerksamkeit der Zuschauer. Alle Blicke waren auf den Turnierplatz gerichtet. Sie sah, daß die Menschen auf den Tribünen aufgestanden waren und sich mit großen Augen weit vorbeugten.

Sie drängte sich durch die Menge und traf Jamie. Er sah sie kaum an und verriet durch nichts, daß er noch daran dachte, welche Demütigung die Peregrines am Vormittag erlebt hatten.

»Was ist los?« fragte sie. Die Menge stand stumm da, wie in gespannter Erwartung.

Jamie zeigte auf das andere Ende des Kampfplatzes. »Da!« sagte er.

Am anderen Ende saß ein Mann auf einem schwarzen, mit schwarzer Seide geschmückten Pferd. Er trug eine schwarze Rüstung, sein Gesicht war verdeckt, und auf dem Helm saß ein schwarzer Federbusch. Da schwarze Rüstungen keine Seltenheit waren, konnte sie an ihm nichts Ungewöhnliches entdecken.

»Deswegen reißt du Mund und Nase auf?« fragte sie.

Jamie sah sie verächtlich an, als wäre sie zu dumm, auch nur das Geringste zu verstehen.

»Das ist der schwarze Ritter. Niemand weiß, wer er ist. Er ist gekommen, um alle anderen herauszufordern. Bisher hat er jeden Gegner aus dem Sattel geworfen.«

»Mein Bruder auch«, antwortete Zared heftig.

Jamie lachte kurz auf. »Dein Bruder hat sie wahrscheinlich mit Honig beschmiert, und die Bienen haben seine Gegner vom Pferd gestochen.«

Zared hob die Hand, um Jamie zu schlagen. Aber da trat Colbrand dazwischen und schenkte ihr ein Lächeln, woraufhin Zareds Zorn dahinschmolz wie Butter in der Sonne.

»Der Mann ist ein Geheimnis«, sagte Colbrand.

Zared erwiderte sein Lächeln. »Wer ist es?« fragte sie. Colbrands goldblonde Haare wehtem ihm um die Schläfen, und seine Augen waren tiefblau. Für sie sah er aus wie ein junger Gott.

»Der schwarze Ritter«, sagte Jamie schnell. Dann flüsterte er so, daß Colbrand nichts hörte, Zared zu: »Sind in deiner Familie alle so dumm und lächerlich wie du?«

»Diese Worte wirst du noch bereuen«, sagte sie und wollte auf ihn losgehen. Aber da begann die Menge zu schreien, und sie wurde abgelenkt. Der schwarze Ritter schickte sich an, auf seinen Gegner loszureiten.

Sein schweres Pferd donnerte über das Feld. Vorgebeugt saß der Reiter, die Lanze tief gehalten. Als er den gepanzerten Gegner auf der anderen Seite der niedrigen Barriere traf, war der Stoß so heftig, daß der Mann glatt aus dem Sattel gehoben wurde und krachend mit seiner Rüstung auf dem Boden landete.

»Er ist gut«, sagte Zared im Flüsterton.

»Besser als alle anderen«, meinte Jamie, »außer Colbrand.« Aber sein Tonfall deutete leichte Zweifel an.

»Wer ist es?« fragte sie. »Wo kommt er her? Was will er?«

»Er wurde als Herausforderer der Marshalls angekündigt. Er will gegen alle Teilnehmer antreten, aber sein Name soll geheimbleiben.«

»Dafür muß er doch seine Gründe haben«, sagte Zared mit Bitterkeit in der Stimme. »Was will er damit erreichen?«

»Er will den Smaragd gewinnen«, sagte Colbrand über ihren Köpfen. »Was sollte er sonst wollen?«

»Er will alles, was Lady Anne besitzt«, warf sie rasch ein. »Macht. Und die Aufmerksamkeit des Königs.«

Colbrand sah sie aus seinen blauen Augen mit leerem Blick verständnislos an, und plötzlich fand sie seine Augen nicht mehr so schön.

Achselzuckend wandte sie sich ab. Sie hatte Wichtigeres zu bedenken als die Frage, ob Colbrands Augen schön waren oder nicht. Irgend etwas war hier faul. Warum hatte der Mann bis zum zweiten Tag gewartet, ehe er sich zum Turnier meldete? Warum hielt er seine Person geheim?

Sie ließ Colbrand und Jamie stehen und begab sich zum anderen Ende des Platzes, wo der schwarze Ritter war. Um ihn drängten sich ein halbes Dutzend Jünglinge, reichten ihm frische Lanzen, befeuchteten die Nüstern des Pferdes und glühten vor Verehrung für den geheimnisvollen Mann, der ein so guter Kämpfer war.

Bei den nächsten beiden Gängen beobachtete Zared ihn. Erst dann fiel ihr auf, daß er ihr irgendwie bekannt vorkam. Zunächst dachte sie, es könnte ihr älterer Bruder sein. Er hatte dieselbe Größe wie Rogan. Doch er bewegte sich anders. Es konnte auch keiner der illegitimen Söhne ihres Vaters sein, denn die kannte sie zu gut.

Sie trat näher, um ihn genauer in Augenschein zu nehmen. In diesem Moment wandte er ihr den Kopf zu. Sein Gesicht konnte sie nicht sehen, da er eine Maske trug. Aber die Kopfbewegung war ihr so vertraut, daß sie überrascht den Atem anhielt. Auch der Helm konnte ihr Auge nicht täuschen.

Howard, dachte sie. Jetzt hatte sie keinerlei Zweifel mehr, wer in der Rüstung steckte.

Bevor er es in ihrem Gesicht lesen konnte, wandte sie den Kopf ab. Dann ging sie zurück und stellte sich wieder zu Colbrand, um den Fortgang der Kämpfe zu beobachten. Aber nun sah sie alles mit anderen Augen an.

Dies war der Mann, der beinahe gestorben war, als sie mit dem Messer seine Rippen gestreift hatte. War er wirklich dem Tod nahe gewesen? Oder hatte er sich nur verstellt? Er hatte im Gras gelegen und ihr gesagt, er fürchte sich, allein zu bleiben, und sie hatte ihm geglaubt. Wie dumm von ihr! Dann hatte sie ihn zwar allein gelassen, war aber zurückgekehrt, aus Angst, er würde tatsächlich sterben.

Lauter Lügen, dachte sie. Der Mann bestand aus nichts als Lügen. Er gab vor, ein Schwächling zu sein. Er gab sich für einen Menschen aus, der er gar nicht war. Er gab vor, eine Peregrine zur Frau nehmen zu wollen. Er gab vor, ein Freund zu sein.

»Glaubst du, daß dein Bruder es mit ihm aufnehmen kann?«

Es verging eine Weile, bis sie begriff, daß Colbrand ihr die Frage gestellt hatte. Und noch länger dauerte es, bis ihr klar wurde, daß sie in der Nähe des schönen Mannes nicht mehr vor Erregung zitterte. Schön war er ja, aber schön waren auch die Handschuhe, die Tearle ihr gekauft hatte. Und Colbrands Blick war so frei von Intelligenz wie diese Handschuhe. Sehr gern hätte sie mit einem anderen Menschen über den geheimnisvollen Ritter gesprochen. Aber ein Blick in Colbrands gutgeschnittenes Gesicht verriet ihr, daß er nicht der rechte Gesprächspartner war. Er würde die feinen Unterschiede nicht begreifen. Für logische Schlüsse war er nicht empfänglich.

»Mein Bruder wird ihn erledigen«, sagte Zared leise.

»Mit Dreck oder mit Honig?« erkundigte sich Jamie grinsend.

Sie überhörte seine spöttischen Worte. Mit glühendem Gesicht trug sie ihm auf: »Geh und hole meinen Bruder!«

Jamie wußte, daß dies ein Befehl war, und zögerte nicht. Er drehte sich um und lief los.

Vom Rand des Turnierplatzes aus sah Zared, wie der schwarze Ritter einen Gegner nach dem anderen aus dem Sattel hob. Ihr klangen die Ohren. Alles fiel ihr wieder ein, was sie dem Howard gesagt hatte. Wie sie ihn damit aufgezogen hatte, daß er weich wäre, daß er viel von Frauenkleidern verstünde, aber nichts von Männerwaffen.

Wie muß er heimlich über mich gelacht haben, dachte sie. Jedes Wort von ihr war für ihn ein Witz gewesen. Hatte er auch in den Armen der Lady Anne über sie gelacht? Er hatte ja zugegeben, sie in Frankreich kennengelernt zu haben. Vielleicht hatten sie dort schon ihre Heirat vereinbart. Was war inzwischen vorgefallen? Hatte Lady Annes Vater eine Abneigung gegen einen Howard-Schwiegersohn – hatte er deshalb seine Tochter gezwungen, einen anderen Mann zu erwählen? Hatte Hugh Marshall Severn dafür ausersehen?

Aber der Howard hatte es fertiggebracht, Severn als Freier um Lady Annes Hand auszuschalten. Die Zuschauer lachten schon, wenn sie nur einen Peregrine zu Gesicht bekamen. Sie lachten sogar die Fahne der Peregrines aus. Und nun hatte es der Howard auch noch verstanden, als der geheimnisvolle Ritter die Phantasie der Menge zu entzünden. Er kämpfte auch nicht besser als Severn, aber ihn würden die Menschen nie auslachen. Vom frischen Ruhm des schwarzen Ritters umkränzt, würde Howard um die Hand der Lady Anne anhalten, und dann konnte Hugh Marshall nicht mehr umhin, ihn ernsthaft in Erwägung zu ziehen.

Mit wachsender Aufmerksamkeit beobachtete Zared den Mann, der sich schwarzer Ritter nannte. Und dachte: Severn *muß* ihn besiegen!

Unbemerkt war Severn gekommen und stand nun hinter ihr.

»Was hältst du von ihm?« fragte er leise.

»Du kannst es mit ihm aufnehmen«, antwortete sie. »Die meisten haben sich durch ihn nur einschüchtern lassen. Die Hälfte dieser Männer *erwartet*, von ihm zu Boden geworfen zu werden. Er macht ihnen Angst. Für ihn sprechen Gewicht und Kraft, aber er ist auch nicht größer und stärker als du.«

»Du scheinst dir deiner Sache sicher zu sein.«

Sie sah ihn herausfordernd an. »Das bin ich auch.« Am Blick ihres Bruders erkannte sie, daß ihn das Gelächter am Vormittag tief verletzt hatte. »Er hat dir den Dreck in den Helm geschmiert, und er hat die Bienen losgelassen.«

Severn starrte sie an. »Meinst du wirklich?«

»Ja«, sagte sie mit Überzeugung. »Er verläßt sich nicht auf seine Fähigkeiten, sondern verbreitet Angst um sich her. Warum tritt er denn in Verkleidung und Maske auf? Er wußte, daß er dich nicht schlagen kann. Er wußte, daß er dir keine Furcht einflößen kann.

Darum machte er dich lächerlich, um deinen Kampfgeist zu brechen.«

Sie hätte ihrem Bruder auch sagen können, daß der Mann in der schwarzen Rüstung niemand anders als Smith war, den Severn für seinen Freund hielt, unterließ es aber. Sie wußte selber nicht, warum sie Severn nicht die Wahrheit sagte. Vielleicht fürchtete sie einen Wutausbruch, wenn er von dem Betrug erfuhr. Vielleicht fürchtete sie auch, daß weitere Auskünfte zu weiteren Fragen führen würden und Severn Tearles wahre Identität erraten könnte.

Severn richtete sich hoch auf und faßte den Mann auf dem schwarzen Roß ins Auge. Zared sah, daß ein neuer Ausdruck in seine Augen getreten war. Ihr Bruder hatte zu sich selbst zurückgefunden. Nun war er wieder der Mann der unbedingten Zuversicht. Jetzt quälten ihn keine Zweifel mehr.

»Ja«, flüsterte er, »ich kann es mit ihm aufnehmen.«

Du mußt ihn für mich auf den Boden werfen, dachte Zared. Du mußt ihn besiegen, um mich für die Demütigungen zu rächen, die er mir zugefügt hat. Dann ging sie mit ihrem Bruder zum Zelt zurück, um ihm beim Anlegen der Rüstung behilflich zu sein.

Eine Stunde später begleitete sie ihn zu den Schranken. Als die Zuschauer Severn erblickten, lächelten sie und stießen sich gegenseitig vielsagend an. Gleich darauf erfuhr Zared, daß der schwarze Ritter Colbrand aus dem Sattel gehoben und ihn anschließend zum Fußkampf mit Streitäxten herausgefordert hatte. Colbrand hatte die Herausforderung abgelehnt.

»Wenn der schwarze Ritter Colbrand schlagen kann, dann kann er alle schlagen«, sagten die Menschen, als Severn in klirrender Rüstung an ihnen vorbeischritt.

Severn stieg aufs Pferd, und Zared reichte ihm die Lanze. »Denk an die Bienen!« sagte sie.

Severn nickte und schlug das Visier zu. Als der Herold in die Trompete blies, ritt er donnernd zum Angriff vor.

Beim ersten Gang zersplitterten die Lanzen beider Ritter. Unentschieden.

Beim zweiten Gang zersplitterten wieder beide Lanzen. Immer noch unentschieden.

»Denk an den Schlamm im Helm!« sagte Zared.

Beim dritten Gang brach Severn seine Lanze an der Rüstung des schwarzen Ritters, und es gelang ihm, der Lanze des Gegners auszuweichen. Ein Punkt für Severn.

Zared reichte ihm Wasser zur Erfrischung. »Ich glaube, er will Lady Anne erobern«, sagte sie. »Er will erreichen, daß die Leute wieder über dich lachen. Dann gehört ihm ihre Hand und ihr Geld.«

Severns Augen blitzten, als er das Visier herabließ. Er griff den schwarzen Ritter an, wie er den Feind auf dem Schlachtfeld anzugreifen pflegte. Er wollte sein Blut. Fest saß er im Sattel, leicht vorgebeugt, die Lanze in der behandschuhten Hand, und ritt entschlossen auf ihn zu.

Alles geschah so schnell, daß Zared es gar nicht mitbekam. Eben ritt ihr Bruder noch zum Angriff vor, im nächsten Augenblick lag er schon am Boden. Der Beifall für den Sieg des schwarzen Ritters war ohrenbetäubend. In dem allgemeinen Lärm schlüpfte Zared unter der Barriere durch und kam ihrem Bruder zu Hilfe.

Severn war schlimmer gedemütigt, als es sich mit Worten sagen ließ. Er stieß seine Schwester weg und stampfte zum Zelt zurück. Zared folgte ihm mit seinem Helm.

Als sie allein waren, fragte sie: »Was war los?«

»Er hat mich besiegt«, antwortete Severn. »Der bessere Kämpfer hat gewonnen.«

»Das glaube ich nicht. Du bist besser als er.«

Severn nahm einen Apfel von dem kleinen Beistelltisch und zerdrückte ihn mit seinen starken Fingern. Nach einer Weile wandte er Zared das Gesicht zu. Seine gleichmäßigen Züge waren vor Wut verzerrt. »Mein Sattelgurt verrutschte. Er hat mich überhaupt nicht getroffen. *Ich bin von allein vom Pferd gefallen.*«

Zared schluckte. Dafür wird der Howard zahlen müssen, dachte sie. Sie würde ihn dafür zahlen lassen, und wenn es sie das Leben kosten sollte.

## 9

Tearle schwamm im kalten See unter Wasser. Erst wenn ihm die Lungen zu bersten drohten, tauchte er auf. Danach legte er sich lächelnd auf den Rükken und schwamm weiter. So wohl wie jetzt hatte er sich bestimmt in seinem ganzen Leben nicht gefühlt. Er war müde, hatte Hunger und Schmerzen, und er hatte so viel Schweiß vergossen, daß er meinte, gar nicht so viel trinken zu können, um ihn wieder zu ersetzen. Aber er fühlte sich über alle Maßen wohl.

Er hatte genau das erreicht, was er sich vorgenommen hatte: er hatte Zared bewiesen, daß er ein Mann war. Er war sich gewiß, daß sie ihn erkannt hatte. Er hatte ja gesehen, wie sie bei seinem Anblick die Augen aufgerissen hatte. Er hätte gern gewußt, wodurch er sich verraten hatte. Aber vielleicht hatte sie nur gespürt, daß er es war. So wie er auf den ersten Blick erkannt hatte, daß sie eine Frau war.

Er rollte sich in Bauchlage und schwamm lässig quer über den See. Von nun an wird sie mich anders behandeln, dachte er. Jetzt wird sie nicht mehr an meiner Männlichkeit zweifeln.

Er schwamm zum Ufer und stieg an Land. Unter den Bäumen hielten sich zwei Männer seines Bruders versteckt. Sie waren während des Turniers, als Kaufleute verkleidet, zur Stelle gewesen, und Tearle hatte sie gut bezahlt, damit sie sein Geheimnis bewahrten. Sie hatten ihm beim An- und Ablegen der Rüstung geholfen und Roß und Rüstung versteckt gehalten.

Er trocknete sich ab und zog sich an. Dabei lächelte er unentwegt. Es war nicht leicht gewesen, alle Konkurrenten zu besiegen. Als er gegen Severn antrat, hätte er vor Schmerzen schreien können. Die Prellungen, die ihm das durchgegangene Pferd zugefügt hatte, verbunden mit den Stößen beim Anprall der Lanze auf Stahl, hatten fast unerträgliche Schmerzen verursacht.

Aber die Schmerzen werden durch das Ergebnis voll aufgewogen, dachte er. Denn er hatte alle besiegt. Colbrand war schon ein schwerer Gegner gewesen. Er, Tearle, hatte sich nur unter Aufbietung aller Willenskraft im Sattel halten können. Als es schließlich gegen Severn ging, zweifelte er selbst am Erfolg. Denn Severn war gut, sogar sehr gut. Als im dritten Gang nur Severn seine Lanze brach, glaubte Tearle schon an eine Niederlage. Aber im letzten Gang war Severn beinahe wie durch Zauberhand aus dem Sattel geflogen und auf der Erde gelandet.

Es war ein bittersüßer Augenblick für Tearle, denn er konnte seinen Triumph ja nicht auskosten. Er durfte den Helm nicht abnehmen und der jubelnden Menge zeigen, wer er war. Er sah nur noch, wie Zared zu ihrem Bruder lief, dann kamen schon die Menschen auf ihn zu. Alle wollten sehen, wer der geheimnisvolle Ritter war. Tearle hatte sein Pferd gewendet und war davongeprescht, bevor sie ihn daran hindern konnten.

Er ritt, gefolgt von den Männern seines Bruders, ein paar Meilen weit in den Wald. Am Ufer des Sees stieg er müde ab. Er ließ sich von den Männern die Rüstung abnehmen, entledigte sich dann der durchgeschwitzten Kleidung und watete ins Wasser.

Eine Stunde später fühlte er sich besser. Es verlangte ihn, Zareds hübsches kleines Gesicht wiederzusehen. Sie legte so großen Wert auf das Waffenhandwerk, ganz anders als die meisten Frauen, die zärtliche Worte und Blumen höher schätzten, und jetzt hatte er ihr bewiesen, daß er mit der Waffe sogar noch besser als ihr Bruder war.

Lächelnd bestieg er sein Pferd. Endlich würde die Frau in ihm etwas anderes sehen als ihren Feind.

Zared hatte keinerlei Erfahrung darin, wie man einen melancholischen Mann tröstet. Ihre Brüder waren meist von Zorn erfüllt. Gelegentlich hatte sie wohl erlebt, daß sie um einen Toten in der Familie trauerten. Aber auch dann war es fast immer eine zornige Trauer gewesen, denn die meisten Todesfälle in der Familie der Peregrines waren durch Gewalttaten der Howards verursacht worden.

Severns Trauer an diesem Tag war jedoch von anderer Art. Sein Selbstvertrauen war dahin. Sie kannte ihre Brüder nur als Männer, deren Selbstvertrauen ins Unermeßliche ging. Jetzt saß Severn stumm im Zelt und speiste für sich allein. Außer Zared wollte er niemand um sich haben. Dies alles erfüllte sie mit Besorgnis, wie sie sie noch nie gekannt hatte.

Bei Sonnenuntergang kam der Howard herein. Sie drehte sich zu ihm um. Sie konnte nicht anders, als ihn mit feindseligem Blick zu mustern. Für das, was er

Severn heute angetan hatte, hätte sie ihn ohne weiteres umbringen können. Schnell wandte sie den Blick ab. Er sollte nicht merken, daß sie ihn haßte, denn sie gedachte sich an ihm zu rächen. Noch wußte sie nicht, wie sie es anfangen sollte. Aber sie war entschlossen, ihn büßen zu lassen.

Tearle entschuldigte sich: »Es hat einen Krankheitsfall in meiner Familie gegeben.« Er sah vom Bruder zur Schwester. Die Entschuldigung für sein heutiges Fernbleiben hatte er sorgfältig einstudiert. Doch ein Blick in Zareds Augen ließ ihn alles vergessen. Wenn er je gespürt hatte, daß sie ihn haßte, so war das nichts im Vergleich zu dem gewesen, was ihm jetzt an Haß entgegenschlug.

»Du hast die endgültige Demütigung der Peregrines verpaßt«, sagte Severn, der auf seinem Bett saß.

Tearle schaute in Severns zerquältes Gesicht und dann auf Zareds Hinterkopf. Irgend etwas mußte schiefgegangen sein. Nimmt sich Severn diese eine Niederlage so zu Herzen? fragte er sich. Tearle hatte ihn höher eingeschätzt.

Tearle nahm sich einen Teller voll Essen und setzte sich auf einen Schemel. Mit vollem Mund sagte er: »Ich habe gehört, daß es heute einige Aufregung gegeben hat. Irgend etwas um einen geheimnisvollen Ritter.«

Severn warf noch einen zornigen Blick auf Tearle. Dann ging er hinaus. Zared folgte ihm rasch. Sie war froh, ihrem Bruder nicht erzählt zu haben, daß Tearle der schwarze Ritter gewesen war.

Am Waldrand sagte Severn zu ihr: »Geh in unser Lager zurück!«

»Wir sollten es allgemein bekanntmachen«, sagte sie. »Die Leute müssen erfahren, daß der Mann dich nicht aus dem Sattel gestoßen hat. Wenn der Sattelgurt nicht gelockert worden wäre, hättest du ihn besiegt.«

Severn entgegnete scharf: »Soll ich vielleicht jammern, es sei ein falsches Spiel mit mir getrieben worden? Dann würden sie alle nur noch mehr lachen.« Er wandte sich ab. »Du willst nicht begreifen. Ich habe versagt.«

»Du hast nicht versagt! Du hattest bei diesem Turnier einen Feind, und er hat dir den Sieg gestohlen.«

»Ja, wir Peregrines haben einen Feind. Doch Oliver Howard ist gar nicht hier. Siehst du nicht ein, daß dies das Ende all unserer Hoffnungen ist, unser verlorenes Land zurückzuerhalten?«

»Was meinst du?« fragte sie im Flüsterton.

»Ich hatte gehofft, mich bei dem Turnier so auszuzeichnen, daß Hugh Marshall auf mich aufmerksam würde. Doch nach der heutigen Demütigung würde kein Mann seine Tochter mehr einem Peregrine geben. Und der Bericht über dieses Turnier wird sich von einem Ende England bis zum anderen verbreiten. Wenn ich aber keine reiche Frau erobern kann, können wir uns niemals die Männer und Waffen leisten, die wir brauchen, um die Howards zu besiegen. Und deshalb werden wir auch nie zurückbekommen, was sie uns gestohlen haben.«

Zared konnte das nicht länger mit anhören. Es war alles ihre Schuld gewesen. Hätte sie Severn von Anfang an gesagt, daß der Mann, zu dem er solches Vertrauen hatte, ein Howard war, dann wäre es nie zu dieser Katastrophe gekommen. Und ihr fiel ein, wie sie den Howard mit Lady Anne beobachtet hatte.

»Du wirst sie doch heiraten«, sagte sie leise. »Wenn irgend möglich, wirst du Lady Anne heiraten.«

Dann drehte sie sich um und ließ ihren Bruder allein. Sie mußte sich jetzt alles gründlich überlegen.

Zared wanderte durch die Menschenmenge zurück zum Zelt der Peregrines. Viele Leute blieben stehen, sahen sie neugierig an und lächelten. Wieder einmal machten sich alle über die Peregrines lustig.

Als sie ins Zelt kam, sah sie den Howard auf seinem Bett liegen und schlafen. Ohne zu zögern, nahm sie Severns Schwert in beide Hände und hob es in die Höhe, um es auf den Hals des Feindes niedersausen zu lassen.

Als sie den Streich führte, rollte sich Tearle blitzschnell zur Seite. Auf den Boden fallen und wieder hochschnellen war eins. Dann sprang er über das Bett, prallte gegen Zared, warf sie zu Boden und hielt sie dort fest.

»Du hättest mich beinahe erschlagen«, sagte er dicht vor ihrem Gesicht.

»Das wollte ich auch«, schleuderte sie ihm entgegen. »Die Welt muß von dir befreit werden, und wenn ich dabei selbst zu Tode käme, ich würde ehrenhaft sterben.«

Nachdenklich sah er sie an. Ihr Blick war immer zornig gewesen, aber nie ohne eine darin verborgene sanftere Note. Die war jetzt nicht mehr zu entdecken. Hätte er schon richtig geschlafen, als sie zuschlug, hätte sie ihn einen Kopf kürzer gemacht, und er würde nicht mehr unter den Lebenden weilen.

Er richtete sich etwas auf, so daß er nicht mehr mit dem vollen Gewicht auf ihr lastete, und hielt sie nur noch mit den Armen und einem Bein fest. »Was ist eigentlich geschehen?« fragte er leise.

»Was dein Bruder nicht erreichte, hast du vollbracht. Aber er benutzt wenigstens die Waffen eines Mannes, während du zu Betrug und Verrat Zuflucht nimmst. Mein Bruder hält dich immer noch für ... für seinen Freund.« Sie glaubte fast, an dem Wort erstikken zu müssen.

Er wagte es nicht, sie ganz loszulassen. Denn ein Blick in ihre Augen sagte ihm, daß sie ihn sofort wieder angreifen würde. »Was weißt du denn?«

»Ich weiß alles. Du willst Lady Anne für dich erobern. Du …«

»Anne? Ich will Anne erobern?«

»Du hast gemeinsam mit ihr ein Ränkespiel getrieben. Du …«

Tearle sah sie verwundert an. Sie hatte gesagt, daß er Anne erobern wollte. Wenn Anne zornig auf einen Mann wäre, würde sie kein Schwert nehmen und ihn zu enthaupten versuchen. Sie würde sich in schöne Gewänder kleiden und durch ihre Verführungskünste alles von ihm erreichen, was sie wollte. Nein, Tearle trug kein Verlangen nach Anne. Er wollte vielmehr Zared für sich gewinnen, die offen und ehrlich sprach und handelte, ohne Doppelsinn und ohne versteckte Heuchelei.

Er hatte nicht alles verstanden, was Zared zu ihm gesagt hatte. »Warum sollte ich denn Anne erobern wollen?«

»Sie wäre eine reiche Frau für einen zweitgeborenen Sohn.«

»Das stimmt.« Seine Hand fuhr über ihren Arm. Sein Kopf näherte sich ihrem.

»Faß mich nicht an!« schrie sie und sträubte sich heftig. Aber er hielt sie mit Leichtigkeit fest. Nur einmal stöhnte er auf, als sie eine wunde Stelle traf.

»Ich will Anne doch gar nicht«, sagte er und legte seinen Kopf an ihren Hals.

Zared schien nachzugeben. Doch als er seinen Griff lockerte, rollte sie sich unter ihm weg und trat ihn hart zwischen die Beine.

Tearle stöhnte laut. Mit einer Hand griff er sich an die getroffene Stelle, mit der anderen packte er Zared.

»Setz dich hin!« befahl er und schob sie aufs Bett. Er blieb davor stehen, wartete, bis der Schmerz abklang, und als er wieder Luft bekam, beugte er sich über sie. »Ich will alles hören. Ich will erfahren, was in deinem Kopf vorgeht.«

Sie schob das Kinn vor. »Ich sage nichts.«

»Wenn du nicht sprichst, sage ich deinem Bruder, wer ich bin.«

»Dann bringt er dich um!«

»So wie heute?« fragte er spöttisch und bereute es sofort. Er hatte eigentlich nicht zugeben wollen, daß er in Verkleidung mit ihm gekämpft hatte.

»Du hast seinen Sattelgurt vorher gelockert!« kreischte sie ihn an. »Du hat ihn gedemütigt! Du willst Lady Anne haben!«

Tearle mußte sie auf dem Bett festhalten. Er überlegte, was sie da eben gesagt hatte. Vielleicht hatte er Severn doch nicht »wie durch Zauberhand« aus dem Sattel gehoben. Vielleicht war er ohne sein Zutun heruntergefallen. Schließlich hatte er ihn ja kaum mit der Lanze getroffen.

»Jemand hat Severns Sattelgurt gelockert?« fragte er leise. Hatte etwa Oliver die Hand im Spiel gehabt? Da der König abgereist war, konnte sein Bruder einiges wagen.

»Das weißt du doch am besten. Du hast seinen Helm mit Schlamm gefüllt, ihm Honig auf die ...«

»Was?« Tearle richtete sich auf und starrte sie an. »Ich soll seinen Helm mit Schlamm gefüllt haben?« fragte er empört.

»Die Leute haben Severn ausgelacht«, sagte sie. Bei der Erinnerung an das dröhnende Gelächter wich ihr Zorn, und ihr wurde ganz elend. »Jetzt bekommt Severn die reiche Braut nicht, und alles ist meine Schuld. Wenn ich ihm von Anfang an reinen Wein über dich eingeschenkt hätte, hätte er dich umgebracht. Dann wäre er wohl hingerichtet worden. Aber besser das als diese Demütigung.«

Vorübergehend konnte Tearle keinen klaren Gedanken fassen. Um auf das Mädchen Eindruck zu machen, hatte er die schwarze Rüstung angelegt. Doch statt dessen hatte er nur Schmach und Schande über ihre Familie gebracht.

»Was willst du, daß ich tue?« fragte er leise. »Soll ich gehen? Soll ich weggehen und dich nie wiedersehen?«

»Ja«, sagte sie und barg den Kopf in beide Hände. »Du hast alles zunichte gemacht. Nun wird Severn nie die reiche Braut heimführen.«

Er berührte leicht ihr Haar. »Du mußt mir glauben, daß ich nur das Beste für dich und deinen Bruder erreichen wollte. Ich habe nie gewollt, daß …«

Sie riß sich von ihm los. »Geh! Verlaß mich! Ich will dich nie mehr sehen. Du hast meiner Familie alles verdorben.«

Tearle wandte sich ab. Er verstand sie nicht ganz, doch ihn rührte der tiefe Kummer, der aus ihrer Stimme sprach. Er ging aus dem Zelt, in der Absicht, sich nie mehr in ihr Leben einzumischen. Aber vorher wollte er noch aufklären, was sie mit dem Schlamm im Helm gemeint hatte.

Es dauerte nicht lange, bis Tearle die ganze Geschichte erfuhr, denn sie war das Tagesgespräch auf dem Turnierplatz. Mehrmals ließ er sich die Geschichte von den Bienen, dem Schlamm und den angesägten Lanzen erzählen. Allmählich regte sich ein Verdacht in ihm.

Ein Mann sagte lachend: »Hugh Marshall wird seine Tochter bestimmt keinem Peregrine geben. Er will doch keinen Dummkopf zum Schwiegersohn haben!«

»Als Schwiegersohn wünscht Marshall den schwarzen Ritter. Ich habe gehört, daß er eine Belohnung ausgesetzt hat, die derjenige erhält, der ihm sagt, wer der Mann ist.«

»Die Belohnung ist Lady Anne«, meinte ein anderer lachend.

Tearle hatte genug gehört und ging weiter. Er gab einem Knappen Geld und schickte ihn in die Halle des Schlosses, wo er Anne die Botschaft ausrichten sollte, daß er sich nach dem Einbrechen der Dunkelheit im Garten mit ihr treffen wolle.

Als er einige Stunden später den Garten betrat, wartete Anne schon auf ihn. Ihr schönes Gesicht strahlte im Mondlicht.

»Du warst großartig«, sagte sie, legte die Hände auf seine Schultern und küßte ihn auf beide Wangen. »Wirklich großartig, Tearle. Es hat alles gut geklappt. Mein Vater erwähnt den Peregrine überhaupt nicht mehr. Jetzt spricht er nur noch von dem schwarzen Ritter, der natürlich nie gefunden werden wird.«

»Und es gefällt dir, daß dein Vater in Severn keinen Heiratskandidaten mehr sieht?« fragte er leise.

»Es gefällt mir sehr. Er ist ein schrecklicher Kerl, und ich könnte es keine fünf Minuten bei ihm aushalten.«

»Hast du es denn schon einmal versucht? Hast du schon einmal fünf Minuten mit ihm verbracht?«

Anne lächelt nicht mehr. Sie sah ihn scharf an. »Was geht dir durch den Kopf? Bist du mit deinem Sieg nicht zufrieden?«

Er wandte sich ab. Zufrieden? Er hatte Zared beweisen wollen, daß er kein Schwächling war, wie sie glaubte. Statt dessen hatte er nur erreicht, daß sie ihn jetzt haßte. Und er hatte dafür gesorgt, daß ein guter Mann wie Severn eine tiefe Demütigung erlitten hatte.

Er fragte: »Wer hat Severns Helm mit Schlamm gefüllt?«

Er sah, daß Anne lächelte, obwohl sie rasch woanders hinschaute.

Er packte sie an den Schultern und drehte ihren Kopf so, daß sie ihn ansehen mußte. »Wer war es, Anne? Wer hat dafür gesorgt, daß die Zuschauer ihn auslachten?«

Sie machte sich los. »Ich werde ihn nicht heiraten. Er hat mich öffentlich erniedrigt. Hast du gesehen, was er bei dem Aufzug mit mir gemacht hat? Er hat mich vor aller Augen an sich gerissen. Zweimal hat er versucht, mich zu küssen.«

»Er benahm sich anders als die Kavaliere bei Hof, nicht wahr?« fragte er leise. »Severn hat keine Liebesgedichte geschrieben, in denen er deine Schönheit preist. Er hat dich nicht mit schönen Worten umworben.«

Sie warf ihm einen ungehaltenen Blick zu. »Mir gefällt dein Ton nicht«, sagte sie, raffte die Röcke und wollte gehen.

Tearle hielt sie am Arm fest. »Severn ist ein guter Mann. Seine Manieren könnten etwas besser sein, aber er ist ein guter Mann. Er ist um seine Familie und seine Ehre besorgt. Er hat großen Stolz.«

Diese Worte trafen Anne schwer. Sie barg das Gesicht in den Händen, um ihre Tränen zu verbergen.

»Und ich … habe ich keinen Stolz?« Sie drängte die Tränen zurück und sah zu ihm hoch. »Ja, ich habe ihn gedemütigt. Ja, ich habe dafür gesorgt, daß die Leute ihn auslachten. Aber sag mir, was sollte ich denn tun? Welch anderer Weg stand mir offen? Ich habe zu meinem Vater gesagt, daß ich den Mann nicht heiraten will. Ich habe zu Peregrine gesagt, daß ich ihn nicht heiraten will. Aber keiner hörte auf mich. Begreifst du denn nicht, daß ich etwas unternehmen mußte?«

Statt einer Antwort seufzte Tearle nur. Dann fragte er leise: »Wer ist denn jetzt der Favorit deines Vaters, nachdem Severn zum Gespött der Leute gemacht wurde?«

Anne schnüffelte. »Den Mann meiner Schwester wählte mein Vater wegen seiner Verbindung mit dem Thron. Für mich will er einen starken Mann haben.«

»Ein kluger Vater«, murmelte Tearle.

»Er denkt an Colbrand oder ...«

Tearle schnappte nach Luft. »Colbrand! Dieser Mann ist ein Idiot. Er hat nicht den geringsten Verstand.«

»Er hat sehr gute Manieren und ist hübsch anzusehen.«

»Und leicht zu beherrschen«, versetzte Tearle. »Wenn du Colbrand zum Gatten nimmst, machst du mit ihm, was du willst. Er ist dir in keiner Weise gewachsen.«

»Ja, wer denn sonst?« fragte sie schroff. Sie hatte ihre Fassung zurückgewonnen. »Dieser dreckige Peregrine?«

»Er paßt besser zu dir als jeder andere, den ich kenne. Severn würde sich nicht von dir beherrschen lassen.«

»Ich habe nicht den Wunsch, ihn zu beherrschen. Ich will ihn nicht mal sehen.« Sie legte Tearle die Hand auf den Arm. »Für dich mag Peregrine ein Freund sein. Aber mir gegenüber benimmt er sich ungezogen. Er würdigt mich keines Wortes. Beim Essen unterhält er sich nur mit meinem Vater – und nicht mit mir.«

»Klug von ihm – denn wie du selbst sagst, muß er deinen Vater auf seine Seite ziehen, und nicht dich.«

Sie war der Verzweiflung nahe. Verstand er denn gar nichts? »Colbrand hat sich aber mit mir unterhalten. Er …«

»Colbrand!« preßte Tearle zwischen zusammengebissenen Zähnen hervor. »Ich will von diesem Mann nichts mehr hören. Er ist so dumm, daß er nicht mal Mädchen und Jungen unterscheiden kann. Wenn du ein Jahr mit ihm verheiratet bist, wirst du ihn bis aufs Blut hassen.«

»Bei diesem Peregrine würde es nicht einmal ein Jahr dauern«, erwiderte sie ärgerlich. »Wenn du so verliebt in ihn bist, dann heirate du ihn doch, aber laß mich mit ihm zufrieden! Ich danke dir, daß du meinen Vater davon abgebracht hast, mich mit ihm oder dem anderen vermählen zu wollen, aber eine Belohnung hast du dir nicht verdient. Du hast erreicht, was du wolltest.«

»Was ich wollte? Dann sag mir doch bitte, was ich deiner Ansicht nach erreichen wollte!«

Sie wirkte erstaunt. »Nun, dasselbe, was ich erreichen wollte: die Demütigung der Peregrines. Nach dem heutigen Tag wird ganz England über sie lachen, und wenn erst bekannt wird, daß es Howard war, der diesen Severn besiegt hat, dann lachen selbst die Hühner. Du bist aller Kriegssorgen ledig, denn sie werden vor Angst nicht mal mehr die Nase aus der Tür stecken.« Lächelnd schloß sie: »Wir beide haben gute Arbeit geleistet. Deinem Severn wird es schwerfallen, überhaupt eine Braut zu finden, sei sie arm oder reich.«

Damit raffte sie die Röcke und ließ ihn allein im dunklen Garten zurück.

Tearle war so verdattert, daß er sich nicht von der Stelle rührte. Ihm klangen die Ohren von dem, was sie gesagt hatte. Er hatte einem kleinen Mädchen imponieren wollen, und statt dessen hatte er die Peregrines zum Gespött des ganzen Landes gemacht.

In einem hatte Anne recht: Irgendwann würde herauskommen, wer der schwarze Ritter gewesen war. Zu viele waren in das Geheimnis eingeweiht. Mehrere seiner Männer wußten es, Anne wußte es, und Zared wußte es. Nicht lange, und es würde allgemein bekannt sein, und dann würde ganz England darüber lachen, daß ein Howard einen Peregrine aufs Kreuz gelegt hatte.

Tearle dachte an seinen Bruder Oliver. Der würde vor Freunde an die Decke springen, wenn er von Tearles Taten hörte. Oliver würde ebenfalls dafür sorgen, daß sich die Nachricht vom Sieg eines Howard über einen Peregrine im ganzen Land verbreitete.

Schwer ließ sich Tearle auf einer Steinbank nieder. Zared hatte nicht übertrieben: Er hatte die Familie Peregrine zugrunde gerichtet. Entgegen allen guten Absichten hatte er erreicht, was seine Familie trotz all ihrer Waffen in drei Generationen nicht erreicht hatte.

Er legte sich der Länge nach auf die Bank und schaute zu den Sternen hinauf. Gab es denn keinen Weg, das Unrecht, das er angerichtet hatte, wiedergutzumachen?

Zared schlief nicht viel in dieser Nacht. Lange lag sie wach und zerbrach sich den Kopf, wie sie ihr Versprechen an Severn – sie werde dafür sorgen, daß Lady Anne ihn heirate – halten könne. Sie dachte schon daran, Lady Anne aufzusuchen, verwarf den Gedanken aber wieder. Sie erinnerte sich noch zu gut daran, wie die Frau sich verhalten hatte, als Severn ihr durchgehendes Pferd zum Stehen gebracht hatte. Sie dachte an einen Besuch bei Hugh Marshall, bei dem sie für Severn eintreten wollte. Doch Severn hatte ja selber gesagt, es würde nicht gut aussehen, wenn er sich über falsches Spiel beklagte. Außerdem bezweifelte sie, daß man ihr glauben würde.

So lag sie sinnend da und hörte, wie Severn sich auf seinem Bett herumwälzte. Er hatte aufgehört, die halbe Nacht zu zechen und den Frauen nachzustellen. Er blieb im Zelt und widmete sich nicht einmal seinen eigenen Männern. Die vermißten ihn aber nicht, denn sie waren längst nicht mehr stolz darauf, unter dem Banner der Peregrines zu reiten.

Der Morgen nahte, und Zared machte sich auf, für das Frühstück zu sorgen. Severns erster Kampf war erst auf den Nachmittag festgesetzt, und bis dahin würden sie wohl im Zelt bleiben. Im Laufe des Vormittags war sie gerade auf dem Weg zu einem gewissen Örtchen, als ihr jemand den Arm um den Leib und eine Hand auf Mund und Nase legte.

Sie trat mit den Füßen um sich, sie kratzte den fremden Arm, aber Flucht war unmöglich. Als sie glaubte, ersticken zu müssen, gab die fremde Hand ihren Mund frei, und sie schnappte gierig nach Luft. Da stopfte ihr jemand ein Tuch in den Mund und warf ihr einen Mantel über den Kopf.

Sie wurde hochgehoben, quer über den Sattel eines Pferdes gelegt, und fort ging es. Howard, dachte sie. Wieder einmal entführte sie ein Howard.

Nach längerer Zeit hielt der Reiter an, hob sie vom Pferd und zog ihr den Mantel vom Kopf. Sie war nicht überrascht, *ihn* vor sich zu sehen.

»Sieh mich nicht so an!« sagte Tearle. »Ich will dir nichts Böses tun.«

Zared versuchte wegzulaufen. Dabei riß sie sich den Knebel aus dem Mund.

Nach wenigen Schritten holte er sie ein, packte sie

und fiel schwer zu Boden, so daß sie auf ihm zu liegen kam. Immer noch sträubte sie sich, aber er hielt sie fest.

»Bitte, stoß mich nicht mit den Füßen!« sagte er in müdem Ton. »Du hast mir schon einen Messerstich versetzt; ich wurde von einem Pferd getreten, als ich dich schützte; ich habe mich auf dem Turnierplatz fast zu Tode gekämpft; du hast versucht, mir den Kopf abzuschlagen; du hast mir vielleicht alle Hoffnung genommen, einmal Kinder zu zeugen; und heute nacht habe ich kein Auge zugetan. Bite, ich flehe dich an, gönne mir einen Augenblick Ruhe!«

Seine Stimme klang so erschöpft, daß Zared nahe daran war zu lachen. Doch sie verkniff es sich. Sie gab einen Augenblick Ruhe und blieb still auf ihm liegen. Auch sie hatte in den beiden vorangegangenen Nächten kaum geschlafen, und es lag sich bei ihm so warm und behaglich.

»Und was willst du jetzt von mir?« fragte sie.

Er zog ihren Kopf an seine Brust. »Bleib bitte ruhig liegen! Ich bin zu schwach, um mich noch gegen deine Messer und Schwerter zu wehren ... und gegen deine Fußtritte.«

»Schwach!« begehrte sie auf. »Du hast doch Colbrand aus dem Sattel gehoben.«

»Das war leicht«, sagte er. »Sehr, sehr leicht.«

»Laß mich gehen!« verlangte sie und versuchte vergeblich, sich loszumachen. »Sonst rufe ich um Hilfe!«

»Dann küsse ich dich.«

»Nein!« rief sie erschrocken.

Da mußte er lächeln. »Würdest du meine Frau werden, wenn ich Lady Anne dazu bringe, deinen Bruder zu heiraten?«

Bei diesen Worten wurde sie wieder munter und wehrte sich nun ernsthaft gegen seinen Griff.

Mit einem Seufzer ließ er sie los. Doch als sie aufstehen wollte, legte er ihr seine große Hand auf die Schulter und zwang sie, sich neben ihn zu setzen.

»Ich würde dich nicht einmal heiraten, wenn du der einzige Mann …«

»Auch nicht, wenn du dadurch deiner Familie Annes Reichtümer sichern könntest?«

»Ich würde dich nicht einmal heiraten …« Sie sah ihn an. Träge streckte er sich aus. »Ihr Vater wird es nie zulassen, daß sie einen Peregrine heiratet. Dafür hast du selbst gesorgt. Du hast es geschafft, daß ganz England über uns lacht.«

»Das stimmt nicht. Dazu habe ich nichts beigetragen. Ich habe weder Honig auf Severns Rüstung geschmiert noch die Fahne deiner Familie vertauscht. Wenn ich einen Mann besiegen will, dann gebrauche ich dazu Schwert und Lanze. Das hast du doch selbst gesehen.«

»Ich weiß, daß du meinen Bruder nie besiegen könntest. Darum hast du seinen Sattelgurt gelockert, um einen Scheinsieg davonzutragen.«

»Ich könnte deinen Bruder immer besiegen, und wenn ich dabei einen Arm verlöre.«

Zareds Gesicht verfärbte sich violett. Sie warf sich auf ihn und wolle ihn erwürgen.

Er lachte nur, wälzte sich mit ihr am Boden, wiegte sie in seinen Armen und drehte den Kopf zur Seite, wenn sie ihm mit den Nägeln das Gesicht zerkratzen wollte.

Nach kurzer Zeit merkte Zared, daß er nur mit ihr spielte. Sie machte sich steif. Er löste seinen Griff, und sie rückte ein Stück von ihm ab.

Mit abgewandtem Blick sagte sie: »Niemals werde ich die Frau meines Feindes.«

Er stand gemächlich auf. »Und ich dachte, dir läge

die Ehre deiner Familie am Herzen. Ich bildete mir ein, du wolltest verhindern, daß der Name Peregrine überall verspottet wird.« Damit ging er zu seinem Pferd.

Zared sprang auf, vertrat ihm den Weg und fuhr ihn an: »Was weißt du schon über Familienstolz! Du lebst auf gestohlenem Land. Dein Bruder ist wahnsinnig. Und du wagst nur in Verkleidung zu kämpfen.«

»Aber ich habe mich doch nur verkleidet, um den Namen deiner Familie zu schützen«, sagte er, verdutzt über so viel Unverständnis. »Niemand sollte wissen, daß ein Howard einen Peregrine besiegt hat.«

»*Du* hättest meinen Bruder besiegt?« schrie sie. »Du mußtest seinen Sattelgurt lockern, damit ...«

Er beugte sich über sie und verschloß ihr den Mund mit einem Kuß.

Zared drehte den Kopf weg. Sie schämte sich der Gefühle, welche die Liebkosung in ihr erweckten. »Gerade aus Liebe zu meiner Familie könnte ich nie einen Howard heiraten«, flüsterte sie.

»Unsere Hochzeit würde der Fehde ein Ende setzen.«

Sie faßte sich wieder. »Dein Bruder würde ...«

»Ich würde mit dir zusammenleben«, fuhr er fort. »Wo immer du wünschst. Ich würde mit dir sogar bei deinen Brüdern leben.«

Sie sah ihn aus schmalen Augen an. »Rogan würde dich umbringen«, flüsterte sie.

»Ich bezweifle, daß er dazu fähig ist.«

»Du bist verrückt.«

»Wahrscheinlich«, sagte er achselzuckend. »Vielleicht bin ich verrückt. Aber ich bin kein ehrloser Schuft. Ich habe den Sattelgurt deines Bruders nicht gelockert. Ich kann ihn auch ohne solche Tricks besiegen.«

»Ha! Das könntest du nicht ...« Sie brach ab, weil es so aussah, als wolle er sie wieder küssen. Mit abgewandtem Kopf setzte sie hinzu: »Das ist jetzt auch gleichgültig. Die Sache ist erledigt. Lady Anne wird niemals die Frau eines Mannes werden, über den alle Welt lacht.«

»Dann willst du also nichts dazu beitragen, das Morden zu beenden und eine reiche Braut in den Schoß deiner Familie zu führen? Ich verstehe.« Er griff nach den Zügeln seines Pferdes.

»Ich würde alles tun, um meine Brüder vor Schaden zu bewahren. Ich würde *alles* tun.«

»So?« sagte er und hob eine Braue. »Es sieht mir aber nicht danach aus.«

Sie sah ihn skeptisch an. »Wie willst du denn Hugh Marshall dazu bringen, daß er seiner Tochter die Vermählung mit einem Peregrine gestattet?«

»Das überlaß nur mir!«

Mit freudlosem Lächeln erwiderte sie: »Willst du ihr auch einen Mantel über den Kopf werfen, ihr einen Knebel in den Mund schieben und sie entführen? Die Howards sind ja Meister in der Kunst, wehrlose Frauen zu entführen. Willst du sie mit Gewalt zwingen, die Frau meines Bruders zu werden? Willst du erreichen, daß auch zwischen den Peregrines und den Marshalls eine Fehde ausbricht? Wollt ihr euch mit den Marshalls verbünden und dann einen Krieg gegen uns vom Zaun brechen?«

Er stand ganz ruhig da und sah sie traurig an. »Kannst du an nichts anderes denken als an Krieg? Glaubst du, nur der Krieg könnte große Taten hervorbringen? Ich habe nicht die Absicht, Lady Anne zu irgend etwas zu zwingen. Dennoch wird ihr Vater sie deinem Bruder zur Frau geben.«

»Und dessen bist du ganz sicher?«

»Ja. Soweit man überhaupt ein künftiges Ereignis vorhersagen kann. Aber ich mache mir natürlich nicht die Mühe, diese Hochzeit herbeizuführen, wenn ich dafür nicht das bekomme, was ich haben will.«

»Und du willst eine Peregrine«, sagte sie aufgebracht. »Doch du wirst nicht, wie du versprichst, mit ihr im Hause meiner Brüder leben. Du wirst sie zwingen, dir auf die Burg der Howards zu folgen. Und was dann? Droht mir dann die Folter? Oder benutzt du mich als Geisel, um meine Brüder zu zwingen, auf eure Forderungen einzugehen?«

»Ich habe dir gesagt, daß ich dich nicht auf die Burg meines Bruders bringen werde. Ich bin bereit, mit dir bei deiner Familie zu leben, so wie jetzt, als Smith.«

Zared starrte ihn verblüfft an. Konnte ein Mensch so dumm sein? »Die Howards beobachten uns doch ständig. Sie werden dich bei meinen Brüdern erspähen und verraten, wer du bist. Und wenn meine Brüder das erfahren, bringen sie dich um. Und dann wird dein Bruder ...«

»Ja, ich weiß«, sagte er angeekelt. »Es hat keinen Sinn, daß wir uns weiter darüber unterhalten. Geh zu deinem Bruder zurück! Von mir aus kannst du ihn bitten, deine Hochzeit mit Colbrand in die Wege zu leiten! Heirate den Mann! Mal sehen, ob er in der Hochzeitsnacht endlich merkt, daß du eine Frau bist.« Er stieg aufs Pferd und sah auf sie herab. »Sag deinem Bruder in meinem Namen Lebewohl!«

Als sie ihn im Aufbruch sah, war ihr erster Gedanke: Nun sind alle meine Sorgen zu Ende. Zumindest war sie jetzt die schreckliche Bürde los, das Geheimnis seiner Person zu wahren.

Doch als er sein Pferd von ihr abwandte, rief sie ihm nach: »Warte!«

Er hielt an und drehte sich um.

»Was ist mit Lady Anne?« fragte sie. »Wie bringe ich sie dazu, Severn zum Mann zu nehmen?«

»Das ist ein großes Problem. Dein Bruder ist die Zielscheibe allgemeinen Spotts, und Hugh Marshall wird es seiner Tochter daher nicht gestatten.«

»Aber du könntest seine Meinung ändern?« fragte sie grob.

Er drehte sein Pferd.

Da fiel sie ihm in den Zügel. »Sag mir, wie!« verlangte sie. »Du bist es mir schuldig, weil ich dein Geheimnis bewahrt habe.«

»Und du stehst in meiner Schuld, weil ich dich vor den Männern meines Bruder und vor dem durchgehenden Pferd gerettet habe und weil ich ...«

»Sag es mir!« schrie sie und hämmerte mit der Faust gegen seine Wade. »Für dich bedeutet es nichts, für meine Familie alles.«

Ruhig erwiderte er: »Du kennst meine Bedingung.«

Sie legte die Stirn an den Pferdehals. »Ich kann dich nicht heiraten«, sagte sie schleppend. »Du bist mein Feind, und ich hasse dich.«

»Dein Haß auf mich, den du dir einbildest, ist nichts im Vergleich zu dem Haß der Lady Anne, wenn man sie zwingen würde, die Gemahlin deines Bruders zu werden.«

Darüber mußte Zared lächeln. »Kurz vor der Eröffnung der Turnierspiele ging ihr Pferd mit ihr durch. Severn hat es zum Stehen gebracht und sie gerettet. Dennoch verspottete sie ihn. Sie sagte, sie müßte die Zügel auskochen lassen, sonst könnte sie sie nicht mehr in die Hand nehmen.«

»Das ist typisch Anne.«

»Du kennst sie gut?«

Tearle glaubte, einen bestimmten Unterton herauszuhören, war sich aber nicht ganz sicher. War es Eifersucht? Er wagte kaum, es zu hoffen. »Gut genug«, sagte er.

Dann holte er tief Luft. Jetzt mußte sie sich entscheiden. Er konnte die Ungewißheit über seine Zukunft nicht länger ertragen. Und da heute der letzte Tag des Turniers war, hieß es: jetzt oder nie.

»Ich kann deinem Bruder die Braut verschaffen, die er sich wünscht«, sagte Tearle. »Hugh Marshall wird Severn seine Tochter Anne zur Frau geben, wenn ich es will. Doch ich werde nichts dazu tun und dir auch nicht sagen, wie ich es erreichen kann, wenn du dich nicht bereit erklärst, mich zu heiraten.«

»Das kannst du nicht schaffen«, entgegnete sie. »Hugh Marshall wird den Heiratsantrag eines zweitgeborenen Sohnes abweisen.«

»Dann brauchst du dir auch keine Sorgen zu machen, nicht wahr? Wenn ich es nicht schaffe, brauchst du mich ja nicht zu heiraten.« Ernst blickte er sie an. »Dennoch werde ich es versuchen. Aber nur, wenn du mir schwörst, im Falle des Erfolgs auch meinen Wunsch zu erfüllen.«

Sie ließ die Zügel los, ging ein Stück fort und schaute in den Wald. Sie sollte ihn heiraten? Einen Howard? Was würden ihre Brüder sagen, wenn sie entdeckten, daß ihr frischgebackener Schwager ein Howard war? Severn würde vielleicht schwanken, da er ihn gern hatte. Aber Rogan würde ihn mit dem Schwert durchbohren, ohne mit der Wimper zu zukken. Und dann würde Oliver Howard ein Heer zusammenziehen, um sie alle zu töten.

Andererseits lachte jetzt ganz England über die Peregrines. Und dieses Hohngelächter würde erst verstummen, wenn Severn und Lady Anne sich vermählten.

Zared hielt sich die Ohren zu. Er war ein Teufel, der

sie verführen wollte. Er sah ja auch wie der Teufel aus, wie er da mit seinen schwarzen Haaren und Augen auf dem Rappen saß. Ihn heiraten? dachte sie. Ihn heiraten und für immer unter der Herrschaft seiner Familie leben, die mit ihrer Familie in generationenlangem Haß verfeindet war?

»Ich kann nicht«, flüsterte sie.

Tearle riß an den Zügeln.

»Halt!« schrie sie. Die Fäuste in die Hüften gestemmt, sagte sie, ohne ihn anzusehen: »Ich werde es tun.«

»Ich habe nichts gehört.«

Noch immer mit abgewandtem Blick sagte sie flüsternd: »Ich werde dich heiraten.«

»Ich höre noch immer nichts.«

Jetzt sah sie mit zornfunkelnden Augen zu ihm auf. »Ich werde dich heiraten!« schrie sie. »Wenn du Lady Anne dazu bringst, Severn zum Mann zu nehmen, dann heirate ich dich!« Mit verkniffenen Lippen fuhr sie fort: »Aber ich werde *nie* unter einem Dach mit deinem Bruder leben. Ich werde mich *nie* unter Oliver Howards Herrschaft begeben!«

Er sah auf sie herab, und sein Gesicht nahm einen weichen Ausdruck an. »Ich werde dort leben, wo du es wünschst, bis du bereit bist, mir überallhin zu folgen, wohin ich gehe.«

»Ha!« sagte sie. »Ha!«

Doch Tearle lächelte nur, wandte sein Roß und ritt davon.

# 10

Zared bebte am ganzen Körper vor Wut und Angst, als sie zu Fuß zu den Zelten zurückkehrte. Was in aller Welt hatte sie getan?

Severn fuhr sie an: »Du warst lange weg!«

Sie hätte ihm gern eine passende Antwort gegeben. Wie konnte er so mit ihr umspringen, nach allem, was sie eben für ihn getan hatte? Nicht getan, stellte sie in Gedanken richtig. Eingewilligt zu tun! Noch war nichts von dem Schrecklichen, was geschehen konnte, wirklich geschehen.

Dieser Gedanke heiterte sie ein wenig auf. Vielleicht würde überhaupt nichts Böses geschehen. Vielleicht würde sie mit Severn bis zu seinem letzten Gang auf dem Turnierplatz im Zelt bleiben. Dann konnten sie heimreiten und so tun, als wäre nichts vorgefallen. Vielleicht würden die Leute den schwarzen Ritter und den Schlamm in Severns Helm und die Fahne mit dem Satyr darauf wieder vergessen.

Ja, sicher, dachte sie, und morgen wird mir Gott Engelsflügel verleihen.

Severn ließ seinen Dolch fallen. Zared sprang erschrocken in die Höhe.

»Was ist dir?« fragte er.

»Nichts. Mir geht es gut. Mein Leben ist eine einzige Freude.«

Severn lächelte. »Dir fehlt Smith, nicht wahr?«

»Du hirnloser Kerl, du ...«

»Solche Unverschämtheiten lasse ich mir nicht von dir bieten«, sagte er. Und mit einem großen Satz quer durchs Zelt stürzte er auf sie zu.

Zared versuchte nicht auszurücken, wie sie es sonst tat. Im Gegenteil, sie wünschte sich gerade einen guten, hitzigen Kampf. Deshalb senkte sie den Kopf und rammte ihn Severn in den Leib. Schnaufend packte er sie an ihrem Waffenrock und zog sie zu sich heran.

»Was, zum Teufel, ist denn in dich gefahren?« fragte er.

Sie holte mit dem Fuß aus und trat ihn vor das Schienbein.

»Jetzt reicht's, du kleines …«, keuchte er und warf sie aufs Bett.

Severn war fest entschlossen, seiner Schwester eine wohlverdiente Lektion zu erteilen. Aber in diesem Augenblick kam Smith herein. Er brachte mit festem Griff eine gutgekleidete, tränenüberströmte Frau ins Zelt. Severn ließ von Zared ab und spürte gleich darauf ihren Ellbogen in seinen Rippen. Mit einem unterdrückten Wutschrei versetzte er ihr einen Schlag an den Kopf, der sie wieder aufs Bett fallen ließ.

»Was soll das?« fragte Severn und stand auf.

Auch Zared raffte sich auf, schüttelte benommen den Kopf und schaute aus zusammengekniffenen Augen auf den Howard.

»Sag es ihm!« befahl Tearle der Frau.

Sie fing wieder an zu weinen. Dann schüttelte sie ablehnend den Kopf.

Tearle packte sie fester um den Leib. »Sonst übergebe ich dich ihm!« drohte er.

Die Frau warf einen raschen Blick auf Severn, und Angst malte sich in ihren Zügen.

»Mein Bruder ist kein …« Zared wollte sagen, daß ihr Bruder kein Mann sei, der Frauen strafe, doch Tearle fiel ihr ins Wort.

»Sag es ihm!« wiederholte er.

Die Frau schnüffelte. »Dann bringt sie mich um.«

Tearle sagte kein weiteres Wort zu ihr. Es war auch nicht nötig. Sein Blick genügte ihr. Sie weinte noch ein bißchen, dann fing sie an zu sprechen. Die

Worte kamen so leise heraus, daß man sie kaum verstand.

»Lady … Schlamm … Rüstung … Fahne.«

Zared sah verwundert Severn an. Auch der bemühte sich angestrengt, das Ganze zu begreifen.

»Lauter!« befahl Tearle.

Die Frau hob den Kopf und schaute Severn an, als wäre er der leibhaftige Teufel.

»Meine Lady hat nicht den Wunsch, Euch zum Gatten zu nehmen. Daher hat sie veranlaßt, Schlamm in Euren Helm zu schütten und Honig auf Eure Rüstung zu schmieren. Sie bezahlte einen Mann, der Eure Fahne …«

Severn ging auf sie zu. Die Frau verstummte. Doch Tearle stellte sich schützend vor sie.

»Sie hat es nicht getan«, sagte er. »Es war Lady Anne, die dir diese üblen Streiche gespielt hat.«

»Anne?« fragte Severn verwirrt. Zared konnte sich vorstellen, was ihm durch den Kopf ging. Im allgemeinen hatten die Frauen ihn gern und taten mit Freuden, was er von ihnen verlangte. Nach den gültigen Maßstäben war Severn ein gutaussehender Mann. Wenn er nicht ihr Bruder gewesen wäre, hätte Zared ihn wohl noch für hübscher als Colbrand gehalten. Aus diesen Gründen war es für ihn schockierend, zu erfahren, daß Lady Anne ihm dies angetan hatte.

»Lady Anne hat das alles veranlaßt?« fragte Severn ungläubig.

»Ja«, sagte Tearle. »Sie hat ihr Herz an Colbrand verloren, wußte aber, daß ihr Vater dich bevorzugt hätte. Daher sorgte sie dafür, daß du als Bewerber um ihre Hand ausschiedst. Sie machte dich bei allen Leuten lächerlich.«

Severns Blick suchte Tearle. »Es war die Tat einer Frau?« sagte er im Flüsterton, »und kein Trick der Howards?«

»Ich kann dir versichern, daß es kein Trick der Howards war«, sagte Tearle und ließ Zared nicht aus den Augen. »Vielleicht hielt Lady Anne es für einen fabelhaften Spaß.«

Zared sah, daß sich Severns Nacken rot färbte, als ihm die innere Wut zu Kopf stieg.

»Ein Spaß?« wiederholte er. »Ich werde von ihr als Hampelmann hingestellt, und sie hält das für einen Spaß? Sie hat es fertiggebracht, daß selbst der niedrigste Pöbel über mich lachte. Über *mich*, einen Peregrine! Sie ist doch nichts anderes als die Tochter eines aufgeblasenen Händlers, während ich …« Die Stimme versagte ihm.

Erst nach einer Weile brachte er mit rauher Stimme hervor: »Wo ist sie?«

»Beim Mittagsmahl, nehme ich an«, erwiderte Tearle gutgelaunt. Er ließ die Frau los, aber sie machte keine Bewegung.

»Ich werde ihr zeigen, was es bedeutet, wenn man mich zum Narren macht«, sagte Severn.

»Mylord«, sagte die Frau weinend, »Ihr könnt doch nicht …«

Severn stürmte an ihr vorbei aus den Zelt. Sie rannte hinter ihm her und flehte ihn an, Lady Anne kein Leid anzutun.

»Was hast du getan?« wandte sich Zared zornig an Tearle.

Mit unschuldigem Lächeln erwiderte er: »Noch weiß ich nicht genau, was ich getan habe. Aber wenn ich an das Temperament deines Bruders denke, kann ich es mir vorstellen.«

Zared vergeudete die Zeit nicht länger mit ihm, sondern eilte ihrem Bruder nach. Vielleicht konnte sie vereiteln, daß er sich schon wieder zum Gespött aller Leute machte.

Tearle blieb Zared dicht auf den Fersen. Über die Schulter rief sie ihm zu: »Dafür bringe ich dich um!« Wie in aller Welt hatte sie ihm nur glauben können, daß er Anne Marshalls Vermählung mit einem Peregrine zustandebringen könnte? Wenn Severn seine Beschuldigungen vor den Leuten Hugh Marshalls vorgetragen hatte, würden sie noch lauter über ihn lachen als zuvor.

Sie erreichte den Großen Saal gerade, als ihr Bruder an der Ehrentafel auftauchte, an der Hugh Marshall, eingerahmt von seinen Töchtern, saß. An den langen Tafeln im Saal speisten Hunderte von Männern und Frauen.

Aus Angst, Severn würde eine unverzeihliche Narrentat begehen, wollte Zared zu ihrem Bruder eilen und ihm in den Arm fallen. Doch der verfluchte Howard packte sie um den Leib, legte ihr die Hand auf den Mund und zog sie ins Dunkel. Selbst wenn er ihr die Arme ausgerissen hätte, wäre das von keinem Menschen bemerkt worden, denn alle Blicke waren auf Severn gerichtet, der wiederum in seinem Zorn nur Augen für Lady Anne hatte.

In dem Großen Saal sah Severn nur sie und keinen anderen. Er beugte sich über die Tafel, packte sie an den Schultern und zog sie in die Höhe. Sie begann zu schreien. Mehr als ein Dutzend Männer zückten ihre Dolche und wollten sich auf Severn stürzen. Aber Hugh Marshall hob die Hand und gebot ihnen, sitzen zu bleiben. Er war von dem stürmischen Eindringling fasziniert und wollte unbedingt sehen, was der große Mann mit seiner Tochter vorhatte.

Als Anne halbwegs hochgezogen war, packte Severn sie um die Hüften und zerrte sie quer über die Tafel. Anne sah, daß ihr Vater den anderen Männern nicht gestattete, ihr zu Hilfe zu kommen. Daraufhin wehrte sie sich aus Leibeskräften. Sie trommelte mit den Fäusten auf Severn ein, sie trat und schlug nach ihm. Aber das einzige, was sie damit erreichte, war, daß sie Weinkaraffen, Kelche, Fleischschüsseln und Gemüseplatten umstieß.

»Laßt mich los!« kreischte sie. »Vater!«

Da die Gäste sahen, daß Hugh kein Einschreiten gestattete, machten sie es sich wieder auf ihren Plätzen bequem, um das Schauspiel zu genießen.

Jetzt hatte Severn Anne auf seiner Seite der Tafel. Sie kreischte laut, trat nach allen Seiten und kratzte verbissen. Aber er klemmte sie sich einfach unter den Arm und zog mit dem Fuß eine Bank in den freien Raum zwischen den Tischen – wo die Akrobaten und Schauspieler aufzutreten pflegen. Dann setzte er sich.

»Hilfe!« schrie Anne. »Hilfe! Bitte, helft mir doch!«

Severn legte sich Anne über die Knie, hob alle Unterröcke bis auf einen hoch und ließ die Hand auf ihr festes kleines Hinterteil heruntersausen.

*Klatsch!* »Das ist für den Schlamm in meinem Helm!« sagte er. *Klatsch!* »Und das ist für den Dreck an meinem Kopf!«

Erst in diesem Augenblick erfaßten die Mittagsgäste, worum es eigentlich ging. Sie wußten alle über die Schlamperei Bescheid, die bei den Peregrines herrschte, und sie hatten über lange Zeit die vornehmen Gewohnheiten der allzu verwöhnten Lady Anne beobachtet. Jetzt brauchten sie nur zwei und zwei zusammenzuzählen.

Als erster lachte Hugh Marshall los. Es war für ihn ein Fest, mitzuerleben, wie seine allzu kluge Tochter auf diese Art gedemütigt wurde.

»Und das für die angesägten Lanzen! Und das für den Honig! Und das für die Fahne!« Und bei jedem

Satz verabreichte ihr Severn einen wohlgezielten Klaps.

Als Anne das erste Lachen vernahm, hörte sie auf, sich zu wehren. Eben hatte sie noch Angst gehabt, jetzt empfand sie nur Wut und Haß. Sie ballte die Fäuste und knirschte mit dem Zähnen. Aber wenn sie schon so erniedrigt wurde, so sollte sie doch niemand weinen sehen. Und es war eine Erniedrigung. Er schlug nicht mit voller Kraft zu, aber doch so, daß es weh tat – und das erhöhte noch ihren Zorn, falls das überhaupt möglich war.

Der riesige Saal widerhallte vor Gelächter. Denn alle lachten: Gäste, Diener, Schausteller und Kinder. Und es lachten auch die umherschweifenden Hunde.

Schließlich zog Severn Annes Röcke wieder herunter und stellte sie auf die Füße. Er blieb auf der Bank sitzen. Schweigen befiel die Menge. Alle wollten hören, was Severn zu sagen hatte.

»Das wird dich lehren, Männern üble Streiche zu spielen!«

Da er saß und sie vor ihm stand, waren sie etwa auf gleicher Augenhöhe. Sein Gesicht zeigte, wie er den Triumph genoß. Sie spuckte ihm ins Gesicht.

Im Saal wurde es totenstill.

Nur einen Augenblick schien Severn verärgert. Dann packte er sie um den Hals, zog sie an sich, schaute ihr kurz in die Augen und drückte seinen Mund auf ihre Lippen.

Die Versammelten brachen in schallendes Gelächter aus und klatschten Beifall. Und als Severn Anne nicht losließ, sondern den Kuß in die Länge zog, stampften sie zustimmend mit den Füßen auf den Boden.

Anne wehrte sich verzweifelt gegen den Kuß, konnte aber gegen seine überlegene Kraft nichts ausrichten.

Endlich ließ Severn von ihr ab, nahm sie auf die Arme, trug sie zur Tafel und ließ sie mit dem Hintern voran auf die halbgeleerte Schüssel vor ihrem Vater fallen.

»Ihr solltet in Zukunft besser auf Eure Tochter aufpassen!« verkündete Severn laut, drehte sich um und wandte sich zum Gehen.

Wieder lachten die Leute. Aber diesmal, dachte er, lachen sie nicht über *mich*.

Während der ganzen Zeit hatte Tearle Zared fest an sich gedrückt. Er hätte ihr nicht den Mund zuhalten müssen, um sie am Schreien zu hindern. Wahrscheinlich hätte er sie nicht einmal festzuhalten brauchen. Jedenfalls ließ er sie nicht los.

Erst als Severn sich zum Gehen wandte und hinter sich die schöne Lady Anne auf einer großen Schüssel Schweinebraten zurückließ, riß sich Zared mit einem Ruck los. »Jetzt wird Hugh Marshall seiner Tochter nie gestatten, einen Peregrine zu heiraten!« zischte sie.

»Halt!« schrie Hugh Marshall, und wieder wurde es totenstill in dem riesigen Saal.

Severn blieb stehen, bereit, das Schwert zu ziehen, falls er sich zu verteidigen hätte. Aus dem Dunkel kam Zared, um notfalls an seiner Seite zu kämpfen.

Langsam drehte Severn sich zu Hugh Marshall um.

Hugh erhob sich. Anne wollte von der Tischplatte herunter, doch er stieß sie zurück.

»Peregrine, ich habe Euch etwas zu sagen.«

»Ich höre.«

Man hätte eine Stecknadel fallen hören. Die große Zahl von Menschen hielten den Atem an. Würde der grimmige alte Hugh den armen Peregrines jetzt den Krieg erklären, weil Severn seine Tochter so gedemütigt hatte?

Die Arme vor der Brust gekreuzt, den Hintern im

Schweinebraten, die Füße im gekochten Kohl, schaute Anne triumphierend Severn an. Sie hoffte, ihr Vater würde den Mann zu einem besonders grausamen Tod verurteilen.

In das Schweigen hinein sprach Hugh: »Es ist mein Wunsch, daß Ihr …« Er holte Luft und schaute sich im Saal um. »Sir, es wäre mir eine hohe Ehre, wenn Ihr meine Tochter zur Ehefrau nähmt!«

Und dann brach ein Gelächter los, das die Decke zum Einsturz zu bringen drohte.

Zared blieb der Mund offenstehen. Die Brust ihres Bruders war stolzgeschwellt. Großspurig stolzierte er zur Ehrentafel, beugte sich über Anne hinweg, als wäre sie nicht vorhanden, riß eine Keule von den gebratenen Schwein ab, setzte sich an die Tafel dicht vor Annes Gesicht und biß herzhaft in das Fleisch.

»Wieviel Gold gebt Ihr mir, damit ich Euch von der ungezogenen Göre erlöse?«

Jetzt lagen die Gäste vor Lachen beinahe unter den Bänken. Oh, wie Severn das genoß! Er würde sich bei den Hochzeitsverhandlungen Zeit lassen und es so richtig auskosten, daß niemand mehr auf Kosten seiner Familie zu lachen wagte.

Zared stand wie angewurzelt, während Severn mit Hugh über Annes Mitgift feilschte. Sie wußte, daß dieses Feilschen das Ansehen ihrer Familie in keiner Weise beeinträchtigen würde. Sie sah, wie viele Männer zustimmend nickten, als Severn immer mehr Gold dafür forderte, daß er es auf sich nahm, Lady Anne zu heiraten.

Inzwischem empfand Zared sogar einiges Mitgefühl für Anne. Doch wenn sie daran dachte, wie laut man Severn noch vor kurzem ausgelacht hatte, ging dieses Gefühl nicht sehr tief. Zudem belehrte sie ein Blick in Annes zorngerötetes Gesicht, daß Severn vielleicht doch nicht als letzter lachen würde. Das Leben mit Anne würde für ihn bestimmt kein Spaziergang werden.

Nach einer Weile war sie des Lärms müde und verließ den Saal. Es waren eine Menge Vorbereitungen für Severns Hochzeit zu treffen.

Draußen hielten sich nur wenige Menschen auf, denn alle hatten von den aufregenden Vorgängen im Saal gehört und waren hineingeströmt, um mit zu erleben, wie Severn um die Mitgift der hochmütigen Lady Anne feilschte.

Eine Hand legte sich schwer auf Zareds Schulter. »Hast du unsere Abmachung vergessen?«

Zared drehte sich um und sah den Howard vor sich. Siedendheiß fiel ihr alles wieder ein.

Um Zeit zu gewinnen, fragte sie: »Welche Abmachung?« Doch sie fühlte, wie ihr Mund trocken wurde.

Lächelnd sagte Tearle: »Ich habe deinem Bruder die reiche Braut verschafft.«

»*Du* hättest sie ihm verschafft? Du hast mit der Sache überhaupt nichts zu tun gehabt. Mein Bruder hat sie erobert, indem er … indem er …« Indem er sie gedemütigt hatte? Indem er sie vor den Leuten lächerlich gemacht hatte? »Du hattest nichts damit zu tun«, schloß sie.

»Ich habe alles in Gang gebracht, als ich deinem Bruder verriet, daß es Anne war, die ihm diese üblen Streiche gespielt hat.«

»Ja, aber nicht deshalb hat ihm Hugh Marshall seine Tochter angeboten. Das hat mein Bruder allein, ohne deine Hilfe, erreicht. Also gilt unsere Abmachung nicht.« Sie wandte sich zum Gehen. Doch er packte sie an der Schulter und hielt sie zurück.

»Und doch habe ich alles in Gang gesetzt. Ich kenne

schließlich den Charakter deines Bruders. Wenn er in Zorn gerät, verliert er jede Beherrschung und …«

»Sein Schwert beherrscht er jederzeit. Und wenn er jetzt hier wäre, würde er dich damit erschlagen!«

»Ach ja?« erwiderte Tearle ungerührt. »Jedenfalls ging heute sein Temperament mit ihm durch, genau wie ich es vorausgesehen hatte. Bei einem anderen Vater als Hugh, für den körperliche Kraft mehr zählt als Verstand, hätte ich Severn nicht über Annes Streiche aufgeklärt. Aber ich habe Severns Reaktionen ziemlich richtig geahnt und ebenso Hughs Begeisterung darüber. Also, kleines Eheweib, habe ich die Vermählung zustande gebracht.«

»Eheweib?« wiederholte sie mit gedämpfter Stimme. »Ich bin nicht dein Eheweib und werde es auch nie sein. Ich brauche mich nicht an eine Abmachung zu halten, die du nicht erfüllt hast. Du konntest gar nicht voraussehen, was sich abspielen würde. Severn hätte die Frau ja auch totschlagen können – wütend genug war er –, und was wäre dann geschehen? Oder Annes Vater hätte …«

»Ich hatte mich davon überzeugt, daß Severn einer Frau nie etwas zuleide tut. Sonst müßtest du am ganzen Leibe blaue Flecke haben. Ich habe noch nie eine Frau erlebt, die eine Züchtigung so verdient hätte wie du.«

»Du weißt *gar nichts*. Hugh Marshall hätte Severn für seine Tat umbringen lassen können …«

»Hugh kann – traurig, aber wahr – seine jüngere Tochter nicht ausstehen. Sie hat im kleinen Zeh mehr Verstand als er im Kopf, und das ärgert ihn. Außerdem habe ich Gerüchte vernommen, nach denen er gar nicht ihr richtiger Vater sein soll. Er ist genau der Mann, der sich an Anne für ein solches Gerücht rächen würde, obwohl sie dafür nicht verantwortlich ist.«

»Ich soll dir glauben, daß du das alles vorherwußtest und darum ihre Zofe zu Severn geschleppt hast?«

»Nein. Ich habe sie zu Severn gebracht, um ihm die Ehefrau zu verschaffen, die er haben wollte. Nur so konnte ich die Frau erobern, die ich zur Gattin haben will.«

Sie brachte kein Wort heraus und sah ihn stumm an. Nach einer Weile faßte sie sich und sagte mit abgewandtem Gesicht: »Du konntest das Geschehene einfach nicht voraussehen. Daher hast du die Vermählung auch nicht zustande gebracht; unsere Abmachung ist deshalb null und nichtig.« Und wieder wollte sie sich auf den Weg machen.

Nach ungefähr einem Dutzend Schritten blieb sie stehen. Was macht er jetzt? fragte sie sich. Geht er zu seinem Bruder? Werden sie ein Heer aufstellen und die Peregrines mit Krieg überziehen? Wird er Severn zu einem Kampf auf Tod und Leben herausfordern? Oder wird er ihm sagen, wer er wirklich ist, und dadurch den Krieg auslösen?

Sie warf einen Blick zurück und sah, daß er in der entgegengesetzten Richtung davonschritt. Schnell lief sie ihm nach. »Was hast du jetzt vor?«

»Was ich vorhabe? Du hast doch gerade behauptet, daß ich überhaupt nichts in Gang setzen kann.«

Sie biß die Zähne aufeinander. »Was willst du gegen uns unternehmen?«

»Gegen euch? Warum sollte ich etwas gegen euch unternehmen?«

»Weil ich die Abmachung nicht eingehalten habe.« Sie merkte, daß sie sich verplappert hatte, und korrigierte sich schnell: »Was wirst du gegen meine Familie unternehmen, weil ich dich nicht heiraten werde, da unsere Abmachung ungültig ist?«

»Nichts«, sagte er lächelnd.

»Oh, ich verstehe. Du überläßt es deinem Bruder. Gehst du jetzt zu ihm, um gemeinsam mit ihm einen Krieg vorzubereiten? Wirst du dein Wissen gegen uns verwenden?«

Tearles Augen weiteten sich. »Ich würde nie meinem Bruder oder irgend jemand anders sagen, daß die Peregrines ein Abkommen nicht eingehalten haben. Niemand soll wissen, daß jemand aus dem stolzen, alten Geschlecht der Peregrines so ehrlos gehandelt hat.«

»Wir Peregrines handeln nie ehrlos!« schrie sie ihn an.

»Nach meiner Kenntnis trifft das auf einen deiner Brüder zu, aber nicht auf dich. Sag mir, gleicht dein Bruder Rogan dir oder Severn?«

Sie ballte die Fäuste, bis die Haut an den Knöcheln weiß hervorstach. »Wir sind alle ehrenhaft. Mir geht die Ehre über alles.«

»Wenn du es sagst, muß es wohl so sein.«

Sie hätte ihn umbringen können. Am liebsten hätte sie ihm ein Schwert in den Leib gejagt und zugesehen, wie er verblutete. »Na schön, dann heirate ich dich eben!« schrie sie.

»Nein«, gab er zur Antwort und ging weiter.

Sie stellte sich ihm in den Weg. »Nein? Aber wir haben doch abgemacht, daß ich dich heiraten werde, wenn du es fertigbringst, daß Anne sich mit Severn vermählt.«

»Das hat Severn selber zustande gebracht. Ich hatte nicht das Vergnügen, die schöne Lady Anne zu verprügeln. Das hat er ganz allein getan.«

»Aber du hast ihm verraten, daß Anne die Urheberin der bösen Streiche gegen ihn war.«

»Was hat das damit zu tun, daß er ihr den schönen Hintern versohlt hat?«

Er ist wirklich ein ausgemachter Dummkopf, dachte sie. »Wenn du es Severn nicht verraten hättest, hätte er es nicht gewußt. Und wenn er es nicht gewußt hätte, wäre er nicht in Hugh Marshalls Großen Saal gegangen, um Lady Anne den …« Sie verstummte.

»Wie bitte? Willst du damit etwa sagen, daß Severn jetzt nicht mit Anne vermählt würde, wenn ich ihn nicht über ihre Streiche aufgeklärt hätte?«

Sie würdigte ihn keiner Antwort.

»Nun denn, wenn ich wirklich etwas zu seiner Vermählung getan habe, dann wäre ich vielleicht bereit, meinen Teil der Abmachung zu erfüllen.«

Statt einer Antwort nickte sie nur kurz und knapp.

»Demnach sieht es so aus, daß ich meinen Teil der Abmachung erfüllt habe, während du dich weigerst, deinen Teil zu erfüllen. Gehabt Euch wohl, Lady Zared!« Mit einem Lächeln wandte er sich zum Gehen.

Sie packte ihn am Arm. »Wo willst du hin?«

»Heim zu meinem bösen Bruder, vor dem du solche Angst hast. Du fürchtest offenbar, ich würde Rachepläne schmieden, weil du dein Wort nicht gehalten hast. Mir genügt der Gedanke, daß der Bruch eines feierlichen Versprechens sich an dem Schuldigen auch ohne fremdes Zutun rächt. Von jetzt an mußt du damit leben. Dein Gewissen wird dich nie mehr in Ruhe lassen. Ich könnte so etwas nicht ertragen. Aber du bist ja nur eine Peregrine und keine Howard. Mag sein, daß dir euer Name weniger teuer ist als mir meiner. Auf jeden Fall liegt die Entscheidung bei dir. Ich werde dich nicht zwingen, dein Wort zu halten. Ich glaube, entweder hat man Ehre im Leibe oder nicht. In diesem Fall scheinst du keine zu haben. Daher …«

»Hör auf!« schrie Zared und hielt sich die Ohren zu. »Ich will dich ja heiraten.«

»Ich kann das nicht von dir verlangen, solange du Zweifel daran hast, daß ich meinen Teil der Abmachung eingehalten habe.«

Du hast ihn eingehalten!« zischte sie. »Das habe ich dir doch schon gesagt. Willst du, daß ich es von allen Dächern schreie?«

»Dann wäre es angemessen, daß du zu deinem Bruder gehst und ihm sagst, daß du mich gern zum Ehemann haben möchtest.«

»Ich möchte dich gern zum Ehemann haben? Du bist der letzte, den ich *gern* zum Ehemann haben möchte!«

Da ließ er sie stehen.

»Es ist gut, ich werde Severn sagen« – sie schluckte –, »daß ich dich gern zum Ehemann haben möchte. Sonst schöpft er noch Verdacht.«

»Wie freundlich von dir«, erwiderte er lächelnd. »Dann treffen wir uns in zwei Stunden in der Kirche, ja?«

»In ... zwei Stunden?«

»Wenn du deinen Teil der Abmachung lieber nicht erfüllen willst, kann ich selbstverständlich auch abreisen. Wenn du mit dem Bewußtsein leben kannst, ehrlos gehandelt zu haben, soll es mir auch nichts ausmachen.«

»Ich werde da sein«, versprach sie, machte auf dem Hacken kehrt und ließ ihn stehen.

Tearle lächelte ihr nach. Er war sehr glücklich.

# 11

Steif saß Zared im Sattel und vermied jeden Blick auf den Mann, der neben ihr ritt, auf den Mann, der jetzt ihr Gemahl war. Sie waren seit zwei Tagen verheiratet, und sie war immer noch Jungfrau. Natürlich war sie froh darüber – froh, daß der Howard sie nicht angerührt hatte –, aber tief in ihrem Inneren regte sich Bedauern, daß er sie noch nicht zu seinem Weib gemacht hatte.

Allerdings hatte sie ihm auch Sachen an den Kopf geworfen, die ihn tief verärgert zu haben schienen.

Nachdem sie in die Hochzeit eingewilligt hatte, war er unverzüglich zu ihrem Bruder gegangen und hatte um ihre Hand angehalten. Severn hatte nicht lange gezögert, seinen Segen zu geben. Er war viel zu sehr mit den Verhandlungen um seine eigene Vermählung beschäftigt. Er mochte Tearle und war immer noch der Ansicht, Liana hätte ihn geschickt. Deshalb gab er schnell seine Zustimmung. Zared war ein wenig verletzt, wie wenig Aufmerksamkeit er ihrer Hochzeit zollte. Er gab ihr nur einen flüchtigen Kuß auf die Stirn und begab sich wieder zu Hugh Marshall, um Geld zu zählen.

Als Zared mit Tearle in die Kirche ging, sprach sie kein Wort mit ihm. Ihre leise gemurmelten Antworten auf die Fragen des Priesters waren kaum zu hören. Nach der Trauung beugte sich Tearle zu ihr herab und küßte sie auf die Wange. Sie ließ es regungslos geschehen. Die Menschen, die in der Kirche saßen, kicherten heimlich, denn es sah aus, als heiratete der große, starke Mann einen schlanken Jüngling. Mit erhobenem Kopf verließ Zared die Kirche, ohne seinen Arm zu nehmen, und schritt zu den wartenden Pferden.

Sie stieg in den Sattel. Furcht kam in ihr auf. Was

hatte der Howard mit ihr vor? Wollte er sie auf die Burg seines Bruder bringen, dorthin, wo so viele Peregrines den Tod gefunden hatten? Würde er sie seinem Bruder ausliefern, der sie dann als Druckmittel gegen ihre Brüder benutzen konnte? Sie bemühte sich, dieser Befürchtungen Herr zu werden.

»Ich bin nicht der Teufel persönlich«, sagte Tearle zu ihr, als er sich in den Sattel schwang. »Du brauchst mich nicht so anzusehen, als ob ich dich auf die Folter schleppen wollte.«

Sie gab keine Antwort. Sie fragte ihn auch nicht, wohin er sie bringen wollte und was er mit ihr vorhatte. Allerdings hatte er gesagt, er würde sie zu ihren Brüdern zurückbringen und bei den Peregrines leben. Aber sie war im Zweifel, ob sie ihm das glauben sollte.

Sie nahmen nur mit, was die Pferde tragen konnten. Aber kaum hatten sie das Gebiet der Marshalls verlassen, da wurden sie von drei Männern erwartet – Howards Männern.

Nun wußte Zared, daß er sie belogen hatte. Sie verfluchte sich selbst, weil sie damit die Ursache für den Tod ihrer beiden letzten Brüder werden würde. Stumm ritt sie neben dem Mann her, der nun ihr Gatte war. Mehrmals versuchte er mit ihr ein Gespräch anzuknüpfen, aber sie ging nicht darauf ein. Sie mußte alle Kraft und allen Mut zusammennehmen, um nicht in Tränen auszubrechen. Unterwegs schmiedete sie Pläne, wie sie die drei mitreitenden Begleiter umbringen könnte, kam aber zu dem Ergebnis, daß es unmöglich war. Sie mußte ihrem unausweichlichen Schicksal ins Auge sehen.

In der Hochzeitsnacht kamen Furcht und Elend bei ihr vollends zum Ausbruch. Der Howard hatte ein Zimmer im Wirtshaus gemietet. Beim Abendessen saß Zared stumm neben ihm. Sie sagte kein Wort und nahm nur wenig zu sich. Einige Male warf sie einen Blick auf ihn und sah, daß er sie freundlich anschaute. Es schien fast so, als könne er ihre Empfindungen nachfühlen. Doch das stimmte sie nicht nachgiebiger.

Dann wurde es Zeit, zu Bett zu gehen. Sie machte sich auf alles gefaßt. Doch er begleitete sie nicht, sondern schickte ihr mit höflicher Besorgnis die Wirtin hinauf. Ohne sich zu entkleiden, setzte sich Zared aufs Bett und wartete stumm und steif auf ihn.

Einige Zeit später kam Tearle ins Zimmer. Beim Schein einer einzigen Kerze starrte Zared die Bettvorhänge an. Sie hörte, wie er sich auszog. Sie hörte das Rascheln der Strohmatratze, als er neben ihr ins Bett stieg. Und dann streckte er die Hand nach ihr aus.

Bei seiner Berührung kamen alle Ängste Zareds an die Oberfläche. Dann packte sie der Zorn. Später konnte sie sich nicht mehr genau entsinnen, was sie alles zu ihm gesagt hatte. Aber sie hatte Worte benutzt, die ihr bei ihren Brüdern eine Tracht Prügel eingebracht hätten. Sie sagte dem Howard, was sie von seinen Lügen und Betrügereien hielt. Sie sagte ihm, die Geister der toten Peregrines würden auferstehen und ihn heimsuchen. Sie belegte ihn mit allen Schimpfwörtern, die ihr einfielen, und drohte, sie würde sich umbringen, wenn er sie anrührte.

Noch Tage später erinnerte sie sich seines Gesichts in dieser Nacht. Ihre haßerfüllten Anklagen machten ihn überaus betroffen. Er stieg aus dem Bett, zog sich etwas an und wandte sich ihr dann zu.

»Ich habe mich geirrt. Ich dachte, daß vielleicht ...«

»Was hast du gedacht?« fuhr sie ihn an.

»Ich dachte, wir könnten Mann und Frau werden. Da habe ich mich wohl getäuscht.«

»Wir sind eine Peregrine und ein Howard«, sagte sie. »Wie könnten wir jemals etwas anderes werden?

Hast du erwartet, ich würde dich wegen der paar Worte eines Priesters plötzlich lieben? Bildest du dir ein, einige Augenblicke in der Kirche könnten drei Generationen währenden Haß zum Verschwinden bringen? Ich habe dir immer gesagt, daß ich dich hasse. Hast du mir das nicht geglaubt?«

Er schwieg eine Zeitlang und sah sie nur an. »Wahrscheinlich nicht. Ich habe … schon bei unserem ersten Zusammentreffen etwas für dich empfunden. Es war vermessen von mir, zu erwarten, daß du meine Gefühle je erwidern würdest.« Er zog sein Leinenhemd an, nahm die übrigen Kleidungsstücke über den Arm und ging zur Tür. »Wir sehen uns morgen früh«, sagte er noch, bevor er ging.

Zared war so verdutzt, daß sie keine Antwort fand. Sie saß auf dem Bett und starrte die Tür an. Was war das für ein Mann? Hätte eine andere Frau zu einem Peregrine so gesprochen wie sie eben zu Tearle … nun, ihre Brüder hätten das gleiche mit ihr gemacht, was Severn mit Lady Anne gemacht hatte. Doch Tearle hatte ihr kein zorniges Wort zurückgegeben, als sie ihn beschimpfte. Statt dessen hatte er seine Braut in der Hochzeitsnacht einfach verlassen.

In dieser Nacht fand sie wenig Schlaf. Am Morgen ging sie nach unten, wo sie die Howards bereits erwarteten. Ihr Mann half ihr nicht aufs Pferd, wie er es gewöhnlich tat, und er sprach den ganzen Tag über kein Wort mit ihr.

Die zweite Nacht verbrachten sie in einer anderen Gastwirtschaft. Diesmal kam er nicht einmal in ihr Zimmer. Zared war so müde, daß sie bald einschlief. Aber als sie morgens aufwachte, mußte sie gegen aufkommenden Unwillen ankämpfen. Während sie neben ihm ritt, fand sie sein Schweigen genauso ärgerlich wie vorher sein ständiges Reden.

»Wohin reiten wir?« fragte sie. Die Worte klangen trotziger, als sie es gewollt hatte.

Er warf ihr einen scharfen Blick zu. Er hatte dunkle Ringe unter den Augen und Bartstoppeln auf den Wangen. Wäre Zared nicht so ausschließlich mit ihrem eigenen Elend beschäftigt gewesen, hätte sie sich wegen seines Aussehens Gedanken gemacht. Sie konnte ja nicht wissen, daß Tearle die beiden Nächte ganz allein zugebracht hatte, mit Trinken und Selbstvorwürfen.

Vorher hatte er sich beglückwünscht, daß er es so klug verstanden hatte, diese Frau zur Hochzeit zu bewegen. Doch über die Trauung hinaus hatte er nicht nachgedacht. Vielleicht war es wirklich eine Dummheit gewesen, daß er angenommen hatte, sie würde sich ihm nach den feierlichen Priesterworten liebend zuwenden. Die Hochzeitszeremonie hatte nichts in ihr verändert. Obwohl er sie doch schon so gut kannte, hatte er nicht damit gerechnet, daß sie ihn in der Hochzeitsnacht so heftig beschimpfen würde. Nun gut, er hatte sie erobert. Doch was hatte er damit gewonnen? Eine Frau, die ihn von ganzem Herzen haßte.

»Ich bringe dich zu meinem Bruder, der dich ins Verließ werfen und foltern wird. Ich werde ihm erlauben, daß er dich im Krieg gegen deine Brüder als Druckmittel verwendet. Wie er habe ich den heißen Wunsch, Eure verfallene Burg in unseren Besitz zu bringen. Und am meisten wünsche ich mir, deinen Bruder tot vor mir liegen zu sehen und eine Frau zur Gemahlin zu haben, die mich haßt.«

Sie sah ihn nicht an. »Wohin reiten wir?« fragte sie in viel sanfterem Ton.

»Zu meinem Haus. Ich halte mich selten bei meinem Bruder auf. Meist lebe ich in dem Haus, das einmal meiner Mutter gehört hat.«

Sie sah ihn überrascht an.

»Wundert es dich, daß ich eine Mutter hatte? Oder hat man dich gelehrt, daß alle Howards direkt der Hölle entsprungen sind?«

»An deine Mutter habe ich nie gedacht. Meine Mutter starb an Hunger während der Belagerung durch deinen Bruder. Damals war ich noch ein Kind.«

Tearle wandte den Kopf ab. »Ja, so etwas bringt Oliver fertig.«

Nach kurzem Schweigen fragte sie ihn über seine Mutter aus. Sie sagte, sie wisse nur, daß er in Frankreich aufgewachsen sei. Darauf erzählte er ihr von dem Leben in Frankreich mit seiner Mutter, vergaß aber nicht hinzuzufügen, daß sie jedes zweite Jahr das Haus seines Vaters besucht habe, um nach den Menschen auf ihrem Besitztum zu sehen. Tearle pflegte immer mitzureisen.

Wieder trat ein längeres Schweigen ein. Dann fragte er sie: »Weißt du, warum ich dich heiraten wollte?«

»Nein«, antwortete sie wahrheitsgemäß, »das weiß ich nicht.«

»Zum Teil deshalb, weil ich diese Fehde beenden wollte. Im Gegensatz zu dir bin ich nicht mit dem Haß zwischen den Howards und den Peregrines großgeworden. Ich weiß nur, daß es Streitigkeiten um den Titel und die Ländereien gibt. Mein Bruder ist kinderlos, und nach seinem Zustand muß ich annehmen, daß er nicht mehr lange zu leben hat.«

»Dann wirst du Herzog werden«, sagte sie leise.

»Ja, ich werde Herzog werden. Und ich dachte daran, wenn ich eine Peregrine heirate und aus dieser Ehe ein Sohn zur Welt kommt, wird er eines Tages den Titel und die Ländereien erben. Auf diese Weise würden sowohl die Howards wie die Peregrines das bekommen, wonach sie verlangen.«

»Nein«, widersprach sie scharf. »Das Land gehört den Peregrines. Es war immer Peregrine-Land. Mein Bruder Rogan müßte Herzog sein, und sein Sohn würde nach ihm die Herrschaft übernehmen. Land und Titel stehen keinem Howard zu.«

Er hob eine Augenbraue. »Es wäre dein Sohn, der Herzog werden würde. Wäre das nicht nach deinem Wunsch?«

Dazu konnte sie nur wenig sagen. »Meinem Sohn gebührt der Titel nicht. Ebensowenig wie dir. Er steht meinem Bruder Rogan zu. Hast du mich geheiratet, um den Titel für dich und deinen Sohn zu sichern?«

Seufzend schüttelte Tearle den Kopf. »Willst du mir denn immer nur das Schlechteste zutrauen? Ich bin doch nicht dein Bruder. Ich sah einen Weg, der Fehde ein Ende zu machen, und doch denkst du, ich wollte nur Macht gewinnen. Wie kann ich dir beweisen, daß du mich falsch einschätzt?«

»Ganz einfach. Wenn du Titel und Land erbst, brauchst du nur beides meinem Bruder zu übergeben.«

Tearles Augen weiteten sich. »Deine Großmutter war nie rechtmäßig verheiratet. Die angebliche Vermählung ist nichts als eine Legende. Deine Familie entstammt unehelichen Kindern. Das hat sogar der König erklärt.«

»Das ist nicht wahr!« schrie sie ihn an. »Alles, was dein Bruder an sich gerissen hat, ist rechtmäßiges Eigentum meiner Familie. Warum glaubst du denn, daß er uns so unerbittlich bekämpft, wenn es nicht so wäre?«

»Es könnte damit zu tun haben, daß deine Brüder mehrere meiner Brüder getötet haben«, sagte Tearle leise. Nach kurzem Schweigen fuhr er fort: »Wenn unsere Hochzeit und ein daraus entspringendes Kind die Fehde nicht beenden können, dann sehe ich keinen vernünftigen Grund für unsere Ehe.«

»Ich auch nicht«, antwortete sie und sah ihm in die Augen.

Tearle betrachtete sie eine Zeitlang. Dann lächelte er. »Ich habe in meinem Leben manche Dummheit angestellt, aber dies war die größte, Lady Zared«, sagte er und nahm die Mütze ab. »Ich bitte um Verzeihung, daß ich dich zu dieser Ehe gezwungen habe. Ich bitte um Verzeihung, daß ich annahm, du würdest etwas für mich übrighaben. Jetzt sehe ich ein, daß ich ein Narr war. Der Haß der Peregrine ist stärker als die Liebe des Howard. Da in dieser Fehde kein Kompromiß möglich zu sein scheint – weil jede Partei von der anderen die bedingungslose Kapitulation fordert –, schlage ich vor, daß wir unsere Ehe beenden.«

»W-wie können wir das erreichen?«

»Ich werde den König darum bitten. Wenn ich ihm dafür ein kleines Stück Land übertrage, wird er sicherlich bereit sein, die Ehe zu annullieren. Dann können wir alle dorthin zurückkehren, woher wir kamen. Deine Leute können weiterhin meine Leute ausspähen, und meine können deine ausspähen. Ist dir das recht?«

»Ich bin mir nicht sicher«, antwortete sie ernst.

»Nicht sicher? Aber gibt es denn eine andere Möglichkeit? Du haßt mich und möchtest lieber sterben, als von mir berührt zu werden. Also sind keine Kinder zu erwarten. Was mich betrifft, ich hätte gern ein paar Sprößlinge. Deshalb schlage ich vor, daß wir so lange im Haus meiner Mutter bleiben, bis wir die Antwort vom König erhalten. Ich möchte nämlich nicht auf eurer Burg bei deinem schwierigen Bruder darauf warten, und du wohl ebenso ungern bei meinem Bruder.«

»Nein«, sagte sie rasch. »Bei den Howards möchte ich nicht leben.«

»Dann ist es abgemacht. Das heißt, falls es dir recht ist. Ich möchte mir keine weiteren Klagen anhören, daß ich dich zu irgend etwas gezwungen hätte – zur Heirat oder ins Ehebett. Du hast ja gesagt, du möchtest lieber mit einem ... wie war es noch? Mit einem dreibeinigen Buckligen, der das Zeichen des Teufels auf der Backe trägt. Habe ich dich richtig zitiert?«

Zared errötete und sah zur Seite. Sie hatte in der Hochzeitsnacht vieles gesagt, woran sie sich nicht mehr erinnerte. Und sie hätte vor keiner Beleidigung zurückgescheut, um ihn von sich fernzuhalten. Sie nickte bestätigend.

»Gut, dann sind wir wenigstens darin einer Meinung. Je eher die Ehe annulliert wird, desto eher können wir uns trennen, desto eher kann ich mir Frauen suchen, die mir gern zu Willen sind.« Er lächelte hintergründig. So hatte sie ihn noch nie gesehen. Sein Gesicht wirkte wie verklärt. »Bei dem Turnier sah ich eine kleine Blonde mit grünen Augen. Sie hatte Haare ...« Er brach ab und räusperte sich. »Das wäre also abgemacht. Gibst du mir die Hand darauf?«

Rasch nahm Zared die dargebotene Hand und drückte sie fest. Dann runzelte sie die Stirn und sah weg. Sie hatte erreicht, was sie wollte. Doch aus irgendeinem Grund war sie nicht froh darüber.

Der Anblick des Hauses, das ihrem Mann gehörte, bereitete Zared noch größeres Unbehagen. Es war ein Schloß, und keine durch hohe Mauern geschützte Festung, aber es war ein schönes, weitläufiges Schloß aus rosarotem Stein. Es lag inmitten eines großen Parks, unter dessen Bäumen Rehe und Hirsche ästen. Alles war sauber, gepflegt und wunderschön.

Sie sagte sich, daß dieses Schloß ungeeignet zur Verteidigung war. Jeder, der wollte, konnte es einnehmen. Andererseits verliebte sie sich sofort in seine Schönheit.

Dann ritten sie unter lautem Hufgeklapper in den Hof ein. Zur Begrüßung erschienen drei in erlesenes Brokat gekleidete ältere Frauen. Ihr Kopfschmuck war mit glitzernden Juwelen besetzt.

Tearle stellte Zared die drei Damen vor. Sie waren freundlich und höflich und unterließen die naheliegende Frage, warum sie Männerkleidung trage. Zared hatte sich eigentlich vorgenommen, nach dem Absteigen einen Knicks vor ihnen zu machen. Aber dann verbeugte sie sich doch nur leicht. Schon nahm Tearle ihren Arm und richtete sie auf. Er sagte ihr, die drei netten Frauen seien ihre Zofen. Sie würden sich um sie kümmern, wie sie sich schon um seine Mutter gekümmert hätten. Sie sollte jetzt mit ihnen gehen, und beim Abendessen würden sie sich wiedersehen.

Beim Anblick der Frauen und ihrer schönen Gewänder befiel sie so etwas wie Angst. Bis zu diesem Augenblick hatte sie nie bedacht, wie sich ihr Leben ändern würde, wenn sie Frauenkleider trug. Der Zorn auf ihren Gemahl hatte all ihre Gedanken in Anspruch genommen. Jetzt dachte sie daran, wie es sein würde, in ein seidenes Gewand gehüllt zu sein und den weichen Stoff auf der Haut zu fühlen. Doch gleichzeitig erschreckte sie die Vorstellung. Sehnsüchtig schaute sie Howards Männern nach. Zweifellos würden sie jetzt zu den Stallungen oder in die Männerunterkünfte gehen, Bier trinken und voreinander mit ihren Erlebnissen beim Turnier angeben. Wie gern würde sie sich ihnen anschließen! Bei diesen Männern, die prahlten, rülpsten und sich kratzten, würde sie sich wohler fühlen als unter den Frauen.

Da merkte sie, daß Tearle sie beobachtete. Zum ersten Mal sah sie in ihm nicht den Feind, sondern den Menschen, den sie von allen hier am besten kannte. Sie schenkte ihm ein leichtes Lächeln.

»Hier entlang, Lady Zared!« sagte eine der Frauen.

Flehend sah sie Tearle an, mit der stummen Bitte, ihr zu helfen und sie mit den Männern gehen zu lassen.

Allmählich schien er die Bedeutung ihrer Blicke zu verstehen, denn er sagte: »Ich komme bald zu dir.«

Diese Worte ließen Zared erröten. Das hörte sich ja so an, als könne sie es nicht ertragen, eine Zeitlang von ihm getrennt zu sein! Erhobenen Hauptes folgte sie den drei Damen. Sie würde ihm zeigen, daß sie ihn nicht brauchte.

Oben wurde es noch schlimmer, als sie befürchtet hatte. Die Frauen schienen zu glauben, daß sie nur zu ihrem Schutz in Männerkleidung steckte und sich danach sehnte, ein Seidenkleid anzulegen. Sie entschuldigten sich, daß ihr Gemach noch nicht hergerichtet sei.

Zared schaute sich in dem großen, mit Eiche getäfelten Raum um und fragte sich, was hier noch nicht zum Empfang bereit sein könnte. Auf der Burg ihrer Familie gab es kein einziges Gemach, das auch nur halb so hübsch war. Sie trat an das breite Himmelbett und berührte vorsichtig die Vorhänge.

»Sollen wir Euch beim Baden und Ankleiden zur Hand gehen, Mylady?« fragte eine der Frauen.

Zared wollte unter allen Umständen vermeiden, daß sie merkten, wie wenig sie mit alldem vertraut war. »Nein. Ich ... ich werde allein zurechtkommen.« Die Frauen sahen einander bedeutungsvoll an, und sie wußte, daß sie das Falsche gesagt hatte.

»Sehr wohl. Dann werden wir Euch das Bad bringen lassen.«

Zared konnte nur stumm nicken. Die drei Frauen verließen das Gemach. Nach wenigen Minuten trugen vier Männer die große hölzerne Badewanne herein. Ihnen folgten Frauen mit heißem Wasser, Seife und Handtüchern.

Das Badewasser war angenehm. Zared war froh, daß ihr Liana einiges über das Baden beigebracht hatte, so daß sie sich vor den Zofen der Howards nicht noch mehr blamieren würde. Sie seifte ihren Körper und die Haare ein und tauchte dann in der Wanne unter, um die Seife abzuspülen. Als das Wasser abkühlte, stieg sie aus der Badewanne auf den kalten Steinfußboden und griff nach einem Handtuch. Es war aus viel feinerem Stoff als dem, an den sie gewöhnt war, und vom Kaminfeuer angewärmt. Eine Zeitlang steckte sie das Gesicht in den weichen Stoff und roch daran. Und wenn in unserer Burg noch so gründlich saubergemacht wird, dachte sie, die wird es so gut darin riechen wie in diesem Haus und allem, was es darin gab.

Sie trocknete sich ab und sah sich dann nach ihren Kleidungsstücken um. Sie waren nirgends zu finden. Statt dessen lagen ein sauberes weißes Leinenhemd und eine lange Robe aus weichem Samt auf dem Bett. Sie war dunkelblau und mit winzigen goldenen Lilien bestickt. Diese zog sie über, schlang die Arme um sich und legte die Wange an den üppigen weichen Samt.

In diesem Augenblick klopfte es leise an die Tür, und eine der Zofen trat ein. Zared glaubte mitbekommen zu haben, daß sie Margaret hieß.

»Mylady«, sagte die Frau. Es dauerte eine Weile, bis Zared begriff, daß sie gemeint war. »Lord Tearle bittet Euch, ihm unten beim Abendessen Gesellschaft zu leisten.«

Zared wollte ihr gerade antworten, daß sie bald erscheinen würde, denn sie war ziemlich hungrig. Aber dann fiel ihr ein, daß sie nichts anzuziehen hatte. »Es wäre mir lieb, wenn man mir meine Kleider brächte«, sagte sie so hochmütig, wie sie nur konnte.

»Wenn Ihr so gut sein würdet, mir zu sagen, wo sich Euer Gepäck befindet, werde ich dafür sorgen, daß Euch die Sachen sofort hergebracht werden.«

Was sollte Zared darauf antworten? Sie besaß ja gar kein Gepäck. »Sag ihm« – sie wußte nicht recht, wie sie ihren Mann nennen sollte –, »daß ich keinen Hunger habe und deshalb nicht mit ihm speisen werde!«

»Dann helfe ich Euch in Euer Nachtgewand.«

Aber ein Nachtgewand besaß Zared ebensowenig. In ihrer Familie galten Nachtgewänder als unnützer Luxus. Ihr Bruder hatte ihr eine Ausstattung gekauft, die sie Tag und Nacht anbehielt, bis sie völlig abgetragen oder zu klein geworden war. »Nein«, sagte sie zu der Zofe, »das mache ich selbst.« Als die Frau sie danach allein ließ, atmete sie erleichtert auf.

Seufzend blickte sie auf das Bett. Es blieb ihr nichts anderes übrig, als mit knurrendem Magen schlafenzugehen. Wenige Minuten später schreckte sie abermals auf, als vier Männer hereinkamen, um die Wanne mit dem schmutzigen Wasser wegzubringen.

Gleich darauf klopfte es schon wieder. Sie stand gerade am Kamin, wärmte sich die Hände und streichelte den Samt der Robe. Diesmal ging die Tür auf, ehe sie noch antworten konnte, und ihr Mann trat ein.

»Du treibst es zu weit«, sagte er. »Ist dir meine Gesellschaft so verhaßt, daß du lieber verhungern willst?«

»Nein«, erwiderte sie erstaunt. »Aber ich …«

»Aha! Du hast also vor, die Mahlzeiten allein in deinem Gemach einzunehmen.«

»Ich habe nicht angeordnet, daß man mir etwas zu essen bringt.« In Wirklichkeit hatte sie gar nicht gewußt, daß man sich das Essen auch ins Zimmer bringen lassen konnte. So etwas war in der Burg ihrer Brüder nicht üblich.

Tearle trat zu ihr und legte ihr die Hände auf die Schultern. »Das kannst du nicht machen. Du kannst nicht freiwillig verhungern. Wenn dir meine Gesellschaft so zuwider ist, werde ich anordnen, daß du die Mahlzeiten hier allein einnehmen kannst. Hier wird dich niemand belästigen. Aber unten biete ich dir Musik und Unterhaltung. Kann ich dich nicht doch überreden, mit mir gemeinsam zu Abend zu essen?«

Sie sah ihn verärgert an. »Ich habe nichts anzuziehen, du Dummkopf. Was soll ich tragen, wenn ich mit dir zu Tisch gehe? Diese Zofen haben mir meine Kleider weggenommen.«

Er verstand nicht gleich, was sie meinte. Aber dann lächelte er, drehte sich um und ging zu der großen geschnitzten Truhe an der Wand. »Du hättest fragen sollen. Ich habe dir dieses Gemach angewiesen, weil es meiner Mutter gehörte. Hier drin sind ihre Kleider.«

Zared trat zurück. Er kramte in der Truhe und holte ein Gewand aus rotbraunem Samt heraus. Es hatte einen dunkelbraunen Pelzbesatz, den sie gern angefaßt hätte. Doch sie hielt sich zurück. »Wie konnte ich die Zofen nach Kleidern fragen? Sollte ich es ihnen auf die Nase binden, daß ich eine arme Frau bin? Als meine Schwägerin meinen Bruder heiratete, brachte sie ganze Wagenladungen von Kleidern mit.« Damit wollte sie ihm sagen, daß sie zwar keine angemessene Kleidung besaß, aber zumindest wußte, was ihr eigentlich zustand.

Tearle nahm auf ihren Stolz Rücksicht. »Ich werde

ihnen sagen, daß du alles bei einer Überschwemmung verloren hast. Ja, und daß du acht – nein, zwölf Wagenladungen der schönsten Kleider aus Frankreich besessen hast. Aber da du alles eingebüßt hast, mußt du dich nun mit den alten Sachen meiner Mutter begnügen.« Er hielt ihr das Kleid hin. »Es ist wirklich alt, aber es müßte dir ungefähr passen, und die Farbe steht dir auch.«

Zared streckte die Hand aus und streichelte den Pelz am Halsausschnitt des Kleides. »Nerz«, sagte sie und sah ihn lächelnd an.

»Du wirst das Kleid anziehen?«

Sie konnte nur nicken.

»Dann rufe ich eine Zofe, die dir beim Anziehen behilflich ist und deine Frisur herrichtet.«

»Nein«, sagte sie mit gesenktem Blick. »Ich ziehe mich allein an.« Sie wollte in den Augen der Zofen nicht als unwissendes Mädchen erscheinen. Wenn sie sahen, daß sie keine Ahnung hatte, wie man ein Kleid anzieht und was man mit seinen Haaren tut, würden sie sie heimlich auslachen. Zared hatte mit angehört, wie Lianas Zofen ihrer Herrin hundert Fragen über Zöpfe, Kopfschmuck, Bänder und Strümpfe stellten. Nicht eine davon würde sie beantworten können.

Tearle legte das Kleid aufs Bett, nahm Zared an der Hand und ließ sie auf einer Bank am Feuer Platz nehmen. Dann nahm er von dem kleinen Tisch einen hübschen Schildpattkamm und begann ihr zärtlich die Haare zu kämmen.

»Ich kann das selber machen«, sagte sie.

Er schob ihre Hand weg. »Da wir beide nicht mehr lange zusammensein werden, darfst du mich dieses Vergnügens nicht berauben.«

Stumm schloß sie die Augen, und er machte sich mit leichter Hand daran, ihre zerzausten Haare zu frisieren. Als Kind hatte sie sich nie gekämmt. Erst als sie älter wurde und die gutaussehenden jungen Männer bei ihren Brüdern mit den Waffen üben sah, hatte sie zum Kamm gegriffen, ihn aber nur einfach durch die Haare gezogen, wenn nötig mit Gewalt.

»Was für eine wunderschöne Haarfarbe!« sagte Tearle. »Und so weich wie eine Pusteblume.« Er massierte ihr den Nacken und die Kopfhaut. »Nicht einmal Seide ist so weich.«

Als er damit fertig war, schlug sie die Augen auf. Er stand zwischen ihr und dem Feuer, und in seinem Blick war eine Herzlichkeit, die sie noch nie gesehen hatte. »Es sind doch nur Haare«, sagte sie grob, um sich nicht anmerken zu lassen, wie sehr ihr das Lob geschmeichelt hatte.

»Willst du dich jetzt ankleiden?«

Zared schaute zu dem Kleid hin, das auf dem Bett lag, und überlegte, ob sie das wohl allein schaffen werde. Doch noch ehe sie sich schlüssig geworden war, trat Tearle von hinten auf sie zu, legte ihr die Hände auf die Schulter und wollte ihr die Robe abnehmen. Instinktiv klammerte sie sich an ihr fest.

»Heute abend werde ich die Zofe der Lady spielen«, sagte er. »Ich muß dir doch bei den Verschlüssen helfen.« Lächelnd fügte er hinzu: »Falls ich nicht doch lieber Margaret rufen soll.«

»Nein, ich ...« Sie schuckte. »Vielleicht könnte ich das Abendessen hier im Zimmer zu mir nehmen.«

»Zared«, sagte er ernst, »du kannst sowieso nicht ewig mit dieser einen Robe hier im Zimmer bleiben. Wenn du mich beim Ankleiden nicht dabeihaben willst, kann ich ja eine Zofe rufen.«

Er war zwar ihr Feind, aber wenigstens war sie an ihn gewöhnt. Immerhin hatte sie schon manchen Tag in seiner Gesellschaft verbracht. Sie ließ die Robe los, und er nahm sie ihr ab. Zared schnappte sich das Kleid vom Bett und hielt es vor ihren Körper.

»Nun«, sagte er im Ton des Fachmanns, »über den Kopf damit! Nein, nicht so rum, andersrum! Hier, dreh es herum! Dies ist die Vorderseite.«

Zared raffte das Kleid vor sich zusammen, damit nichts von ihrem Busen zu sehen war. Noch nie war sie bei Tag umhergegangen, ohne daß ihre Brüste eingeschnürt waren. In dem tief ausgeschnittenen Kleid und ohne die schmerzhafte Einschnürung kam sie sich seltsam fremd vor.

»Stillhalten!« sagte Tearle hinter ihr und befestigte die Schließbänder an der Rückenlinie.

Das Kleid saß sehr knapp in der Taille, ließ aber, wie sie mit einem Blick auf den tiefen V-Ausschnitt feststellte, den Busen ziemlich frei. Schamhaft bedeckte sie ihn mit den Händen.

Tearle hatte seine Arbeit beendet und drehte Zared herum, um sie zu betrachten. »Es sitzt ja wie angegossen. Nun ja, meine Mutter war auch immer sehr schlank.« Er trat einen Schritt zurück. »Nimm doch die Hände herunter! Sie gehören an die Seite.«

Zared gehorchte, sah jedoch zu Boden. Ein Schweigen trat ein, das ihr schließlich unerträglich wurde. Langsam hob sie die Lider. Als sie seine Miene sah, spürte sie, wie es ihr heiß durch den Körper rieselte.

Tearle räusperte sich. Es fiel ihm schwer, sich von ihrem Anblick zu trennen. »Wollen wir zum Essen hinuntergehen?« fragte er und bot ihr den Arm.

Zared tat zwei Schritte und fiel nach vorn, doch konnte er sie noch rechtzeitig auffangen.

»Es ist die Schleppe«, sagte er.

Zared sah sich um und bemerkte, daß das Kleid unten eine Menge Stoff nachschleppte. Wie sollte man damit gehen?

»Ich glaube, daß man sie über den Arm nimmt«, sagte Tearle. Zared schaute ihn ungläubig an. »Und zwar so, wenn ich mich nicht irre.« Und er machte es ihr vor.

Er vollführte ein paar Trippelschritte und machte eine schwungvolle Handbewegung, als griffe er nach etwas. Dieses imaginäre Ding legte er sich dann über den angewinkelten Arm. Zared mußte an sich halten, um nicht laut loszulachen. *Das* war der schwarze Ritter? Das war der geheimnisvolle Kämpfer, der alle Turnierteilnehmer der Reihe nach in den Sand streckte?

Sie runzelte leicht die Stirn. »Ich habe es noch nicht richtig mitgekriegt. Kannst du mir es noch einmal vormachen?«

»Wie gesagt, ich weiß nicht genau, wie es gemacht wird, aber den Ladys fällt es ganz leicht. Du mußt kleine Schritte machen.«

Er ahmte wieder eine trippelnde Lady nach, und sie sah ihm vergnügt zu.

»Dann leicht nach hinten beugen – möglichst anmutig –, die Schleppe aufnehmen und sie sich über den Arm legen. So, das ist doch nicht schwer, oder?«

»Ich versuche es mal.« Zared machte wie er zuvor zwei Schritte, beugte sich leicht nach hinten, als wollte sie die Schleppe aufnehmen, faßte aber absichtlich daneben. Sie blickte ihn mit Unschuldsmiene an. »Du mußt es noch einmal vormachen.«

»Na ja, jetzt paß aber gut auf! Zwei Schritte, nach hinten beugen, aufheben, über den Arm legen.« Er machte ihr alles genau vor. »Versuch es jetzt!«

Er stellte sich hinter sie und legte ihr einen Arm um die Taille. »Zwei Schritte!« Dann beugte er sich leicht nach hinten und zwang sie, es ebenso zu machen. Er nahm ihre rechte Hand in seine. »Jetzt heb das verdammte Ding hoch und leg es dir über den Arm!«

Wiederum schaffte es Zared, die Schleppe fallen zu lassen. Sie trat von ihm weg und sah ihn unschuldig an. »Ich bin wohl zu dumm dazu. Vielleicht solltest du das Kleid anziehen und es mir genau vormachen.«

Als sie sein Gesicht sah, brach sie in Gelächter aus.

»So ein verdammter Racker!« sagte er und griff nach ihr.

Mit einer Bewegung, die beinahe perfekt wirkte, hob Zared die Schleppe auf und legte sie sich über den Arm. Dann rannte sie ihm weg. Zuerst wollte sie gleich durch die Tür entwischen. Aber er war vor ihr da, breitete die Arme aus, und sie konnte nicht vorbei. Einen Augenblick lang bekam sie Angst. Hätte sie ihre Brüder so verspottet, ihre männlichen Fähigkeiten lächerlich gemacht, dann hätten sie es ihr heimgezahlt. Aber ihm las sie an den Augen ab, daß er sich über sie amüsierte.

Die Schleppe im Arm, rannte sie wieder weg und legte den freien Arm um einen Bettpfosten. Zuerst kam es ihr seltsam vor, daß er sie nicht einfing, denn das wäre ihm ohne weiteres möglich gewesen. Sie lief zu einem Tisch und schob ihn zwischen sich und ihn. Danach lief sie links um den Tisch, und er kam ihr dort entgegen. Dann versuchte sie es rechts, und wieder versperrte er ihr den Weg. Lachend lief sie, so schnell sie konnte, mal zur einen, mal zur anderen Seite. Aber er war jedesmal schneller als sie.

Zared schob einen Stuhl vor und sprang hinüber. Er streckte die Arme nach ihr aus. Aber sie entwischte ihm, bevor er sie fassen konnte. Sie kletterte auf die Fensterbank, und als er sich auf sie stürzte, lachte sie schrill und sprang wieder herunter. Er war immer dicht hinter ihr. Zweimal bekam er sie zu fassen. Doch er packte nicht richtig zu, und sie konnte ihm wieder entwischen.

Schließlich sprang sie aufs Bett. Vor Lachen und vom vielen Laufen und aus einem ihr unerklärlichen Gefühl war sie ganz außer Atem.

Auf dem Bett fing er sie ein. Er wälzte sie herum und kitzelte sie, bis sie vor Lachen nicht mehr konnte. Seine Hände tasteten ihren Körper ab.

»Bittest du mich jetzt um Verzeihung?« fragte er, die Hände an ihren Rippen. Sie lag rücklings auf dem Bett, und er saß auf ihr, mit den Oberschenkeln an ihren Hüften. Seine Hände waren jetzt still. So schaute er auf sie hinunter.

»Niemals!« rief sie, lächelte aber dabei. »Niemals werde ich einen Howard um Verzeihung bitten.«

Sie hatte es nicht böse gemeint – die Worte waren ihr ohne Absicht herausgerutscht –, doch seine gute Laune war dahin, und er ließ von ihr ab. Als er vom Bett stieg, faßte sie ihn am Arm. »Ich habe es nicht ...« Sie wußte nicht weiter.

Er setzte sich einen Augenblick auf den Bettrand. Dann drehte er sich zu ihr um. Zared hielt den Atem an. Eigentlich sieht er gar nicht übel aus, dachte sie und lächelte ihn an.

Er grinste zurück, und Zared dachte: Vielleicht könnte man sogar sagen, daß er gut aussieht.

Sein Grinsen wurde stärker, und dann warf er sich wieder auf sie, nahm sie in die Arme und sagte: »Du wirst noch einmal mein Tod sein.«

Zared kreischte. Ihre Arme wurden zusammengepreßt. Er blickte sie mit zärtlicher Miene an, aber sie wurde nicht klug daraus.

Er strich ihr eine Haarsträhne hinter das Ohr. »Weißt du, daß du sehr hübsch bist?«

»Bin ich nicht«, sagte sie leise. »Ich sehe wie ein Junge aus.«

Darüber mußte er laut lachen. Er legte sich neben

sie und schloß sie von hinten in die Arme. »Keine sieht einem Jungen unähnlicher als du.«

»Aber nie hat jemand bezweifelt, daß ich ein Junge ...«

»Das beweist nur, wie dumm die Leute sind.«

Wohlig gab sie sich seiner Umarmung hin. So hatte sie noch keiner in den Armen gehalten. Zwischen ihr und ihren Brüdern war es nie zu zärtlichen Gesten gekommen, und es gab nur wenige Frauen bei ihnen. Ihr Verstand sagte ihr, daß sie sich aus seinem Griff lösen müßte. Aber es war so schön, in seinen Armen zu liegen, daß sie sich nicht rührte.

Mit seiner großen Hand strich er ihr die vom Bad noch feuchten Haare aus der Stirn. Dann vergrub er das Gesicht in ihren Haaren. Sie schloß die Augen.

»So schön wie Anne Marshall bist du freilich nicht«, sagte er leise. »Du bist eher wie ... ein zwei Tage altes Füllen oder wie ein kleines Hündchen.«

Sie wollte seine Arme wegschieben, aber er hielt sie weiter umschlungen. »Wie ein Pferd? Ich sehe wie ein Pferd aus? Oder sagtest du, wie ein Hund?«

»Du weißt sehr gut, wie ich es meine«, antwortete er und preßte sein Gesicht noch tiefer in ihr duftendes Haar. Dann drückte er ein paar Küsse auf ihren Hals.

»Hmm, ich verstehe«, sagte sie mit geschlossenen Augen. »Alle Männer mögen Anne Marshall. So wie mein Bruder. Selbst all die schrecklichen Dinge, die sie ihm angetan hat, änderten nichts an seinen Gefühlen für sie. »Zared drehte den Kopf so, daß er ihren Hals leichter küssen konnte. Er küßte ihn und knabberte zärtlich daran. »Ich möchte wetten, daß du selber gern Lady Anne erobert hättest.«

Tearle hörte auf, sie zu küssen, und zog sie näher an sich. »Ich hätte sie haben können. Aber ich wollte sie nicht.«

Das verwunderte Zared. Sie drehte sich ihm zu, um an seinen Augen zu sehen, ob er gelogen hatte. »Du hättest Lady Anne nie abgewiesen. Sie ist schön, und sie ist reich. Jeder Mann, der sie haben könnte, würde sie nehmen.«

»Ich nicht.« Wieder berührte er ihr Haar an den Schläfen. »Es hat so eine hübsche rötliche Tönung. Es ist zart wie Spinngewebe.«

»Spinnweben sind klebrig. Warum solltest du Anne Marshall abgewiesen haben?«

»Weil ich sie nicht haben wollte. Sie hat eine scharfe Zunge, und es ist nicht leicht, mit ihr zu leben.«

»Was macht das schon aus? Severn kümmert sich nicht um ihre scharfe Zunge. Er wird sie zum Gehorsam zwingen.«

»So wie dein älterer Bruder Rogan seine Frau zum Gehorsam gezwungen hat?«

Sie wolle ihn fragen, woher er ihre Familie kannte. Aber dann fiel ihr ein, daß er ein Howard war und daß seine Familie die ihre fortwährend bespitzelte. Aber er war auch mit ihrem Bruder Severn zu einem Trinkgelage gewesen, und Zared wußte, daß Männer am Bierfaß mehr klatschen als irgend jemand anders. Zuerst wollte sie ihn beschimpfen. Doch statt dessen mußte sie lächeln. »Hat Severn dir von unserem Bruder erzählt?«

»In allen Einzelheiten. Er ist sich nicht im klaren darüber, ob er seine Schwägerin hassen soll oder nicht.« Tearle hielt die Augen gesenkt und streichelte ihr über die Schultern. »Wie konntest du das alles unter Männerkleidern verstecken?«

Zared sah auf ihre Brüste herab, die aus dem Samtkleid hervorquollen. Sie legte die Hand darauf und wollte von ihm abrücken. Aber er hielt sie fest.

Dann schob er ihre Hand weg. »Wenn ich sie schon

nicht berühren darf, dann gestatte mir wenigstens, mich daran sattzusehen!«

Sie spürte, wie sie rot wurde und wie etwas ihren Körper bis zu den Zehen hinab durchrieselte. »Du darfst sie nicht berühren?« fragte sie arglistig.

»Wenn ich den König bitten soll, unsere Ehe zu annullieren, muß ich dir deine Jungfernschaft lassen. Ich denke, dein nächster Ehemann möchte selbst das Vergnügen genießen, dir die Jungfernschaft zu nehmen.«

»Oh«, sagte sie, »natürlich.« Sie konnte kaum atmen, denn seine Hand streichelte über die Haut ihrer entblößten Brüste.

»Ich hoffe für dich, daß er ein guter Liebhaber sein wird.«

»Wer?«

»Der Mann, den du heiraten wirst. Der Mann, der das Recht hat, Kinder mit dir zu zeugen. Der Mann, der das Recht hat, deinen schönen Körper mit all seinen Wonnen zu genießen.«

»Ich bin nicht schön. Das hast du eben selbst gesagt. Und du hast außerdem gesagt, daß ich nicht sehr klug bin.«

»Aber du hast mich nie sagen hören, daß du nicht die begehrenswerteste Frau wärst, die mir je begegnet ist, nicht wahr?«

»Nein, das hast du nie gesagt.« Sie sprach ganz leise. Seine Finger fuhren in den Ausschnitt ihres Kleides.

»Sogar am französischen Hof sah ich keine Frau, die so begehrenswert war wie du.«

»Und w-warum bin ich b-begehrenswert?« Sie hielt die Augen geschlossen und spürte seinen herben männlichen Duft und die Wärme seines Körpers, der sich so eng an ihren schmiegte.

»Weil du so unschuldig bist. Zu viele Frauen wissen

alles über Mann und Frau, bevor sie miteinander schlafen. Aber du bist wie ein unbeschriebenes Blatt. Ein Mann kann dich noch alles lehren, was er wünscht, daß du es weißt.«

Sie riß die Augen auf, und ihr Körper wurde in seinen Armen abweisend. »Ich weiß, wie man Kinder macht«, sagte sie verärgert. »Ich bin kein unwissendes Mädchen vom Land. Vielleicht bin ich nicht so eine kluge Schönheit wie deine Lady Anne, aber ich weiß trotzdem eine Menge über Männer und Frauen.«

Sein Lächeln machte sie zornig. »Du hast nur von dem Akt selbst gehört«, sagte er. »Du weißt nicht, was ihm vorangeht.«

»Was soll ihm vorangehen?«

Er streichelte ihr die nackte Schulter. »Es gibt den Akt von Mann und Frau, der ein Kind erzeugt. Und es gibt das Liebesspiel. Beides ist weltenfern verschieden.«

Sie war immer noch böse, weil er behauptet hatte, daß sie nichts wisse. »Sag mir doch den Unterschied, und dann sage ich dir, ob du recht hast!«

»Ach, mein kleiner Falke«, sagte er lachend, »ich wünschte, ich könnte dir den Unterschied zeigen, aber ich habe Angst, du würdest mich töten. Und nun genug davon! Jetzt sollten wir lieber zum Essen gehen.«

Er ließ sie los und rutschte zur anderen Seite, aber sie hielt ihn an der Schulter fest.

»Lady Anne würdest du ihn aber sagen, nicht wahr? Sie würde alles verstehen, weil sie so klug ist, stimmt's?«

Er sah sie über die Schulter an. »Ich könnte mir vorstellen, daß Lady Anne schon alles weiß, was zwischen Mann und Frau vorgeht. Wenn dein Bruder sie in der Hochzeitsnacht nicht zufriedenstellt, wird sich

Anne bestimmt bei ihm und jedem, der ihr zuhört, laut beklagen.«

Zared legte sich in die Kissen zurück und kreuzte die Arme vor der Brust. »Ich würde mich auch beklagen. Wenn mein Gatte mit mir schläft und mich nicht zufriedenstellt, dann werde ich es ihm sagen.«

Er sah sie lächelnd an. »Und mit wem vergleichst du seine Liebeskünste? Mit denen anderer Liebhaber?«

»Aber nein, ich ...« Ihre Augen wurden groß. »Glaubst du, daß Lady Anne schon andere Liebhaber gehabt hat? Das wird Severn nicht gefallen.«

»Dein heißköpfiger Bruder wird sie möglicherweise erschlagen, wenn sie keine Jungfrau mehr ist, und Hugh Marshall wird ihn dafür in den höchsten Tönen loben.«

Zared begriff überhaupt nichts. Wenn Lady Anne noch Jungfrau wäre, wie könnte sie dann so viel vom Liebesspiel wissen? Zared wurde nicht klug aus dem, was der Mann sagte, spürte aber, daß es irgendwie beleidigend war. Ihre Brüder hatten sie immer wie ein Kind behandelt, und dieser Mann behandelte sie ebenfalls wie ein Kind.

Sie wandte sich ab und wollte aufstehen, um sich nicht durch weitere Fragen vor ihm zu blamieren.

»Zared«, flüsterte er und zog sie an sich.

Sie sträubte und wehrte sich. Es gefiel ihr nicht, wie er sie spöttisch anlächelte und von anderen Frauen sprach.

Mit seinem großen Körper hielt er sie auf dem Bett umklammert. Aber die Hände hatte sie noch frei, und damit schlug sie auf seinen Rücken und die Schultern ein. »Laß mich los!« forderte sie. »Ich hasse dich! Ich hasse dich, wenn du mir so nahe kommst.«

Er nahm ihr Gesicht in die Hände und hielt sie fest.

Dann küßte er sie auf die Lippen. Sie preßte sie aufeinander, aber nur kurz. Dann konnte sie nicht widerstehen, die Küsse waren so süß. Er knabberte an ihrer Unterlippe, und seine Zunge glitt zwischen ihre jetzt offenen Lippen. Er küßte sie auf Augen und Wangen.

Es war, als hätte sie noch nie jemand berührt – und das traf beinahe zu – und als hungerte sie nach körperlicher Berührung. Sie vergaß, daß er eigentlich ihr Feind war, und öffnete weit den Mund für ihn. Sie drehte den Kopf zur Seite, damit sie ihn besser küssen konnte. Ihre Hände schlugen nicht mehr auf seinen breiten Rücken ein, sondern umschlangen ihn, so fest es ging.

Sie hatte ihr Leben ausschließlich mit kriegerischen Übungen verbracht. Sie war kein ordentliches, anständiges Fräulein, das Tag für Tag am Stickrahmen saß. Statt dessen war sie auf Pferderücken mit dem Schwert in der Hand großgeworden. Sie war an viel Bewegung im Freien gewöhnt.

Jetzt durchströmte sie heißes Verlangen, und sie gab sich ihm mit all der Begeisterung hin, die sie früher bei Kampfspielen gezeigt hatte. Sie ließ ihre Zunge in seinen Mund schnellen, legte ihm die Beine um die Hüften und verschränkte die Fußknöchel.

Als sie merkte, daß er sich von ihr losmachen wollte, hängte sie sich fest an ihn. Sie rollten herum, so daß sie jetzt oben saß. Tearle mußte sie an beiden Schultern packen, um sich von ihr loszureißen. Er lag auf dem Rücken und schaute sie mit grenzenlosem Erstaunen an. »Wo hast du das gelernt?« fragte er in kaum verhohlener Wut.

Es dauerte eine Weile, bis sie wieder wußte, wer sie war, wo sie war und wer er war. Sie saß auf ihm, die Beine an seinen Hüften, genauso wie er vorher auf ihr gesessen hatte. Es war ein schönes Gefühl, auf ihm zu sitzen. Es war, als hätte sie ihn im Ringkampf zu Boden geworfen und hielte ihn jetzt fest. »Was gelernt?« fragte sie lächelnd.

Er erwiderte ihr Lächeln jedoch nicht, sondern schüttelte sie ab und stieg aus dem Bett. »Irgendein Mann muß es dir beigebracht haben. War es Colbrand? Als du mit ihm im Bach warst, hast du ihn da nicht nur gewaschen, sondern noch andere Dinge mit ihm getrieben?«

Die Frage kam ihr unerwartet. Zorn regte sich in ihr. Doch dann ließ sie sich entspannt in die Kissen fallen. »Er hat mir nichts beigebracht. Ich weiß, was ich weiß.«

Danach packte er sie um den Leib, zog sie aus dem Bett und stellte sie vor sich hin. »Du willst zwar nicht meine Frau werden, aber wenn ich dich dabei erwische, daß du einen anderen Mann auch nur anschaust, werde ich ...« Er brach ab.

»Dann wirst du was?« flüsterte sie.

Er ließ sie los und blickte sie noch eine Weile scharf an. »Zieh dir die Schuhe an, und komm nach unten! Das Essen wird kalt.«

Als er aus dem Zimmer war, schlang Zared die Arme um sich und wirbelte durch das Gemach, und die schwere Seidenschleppe drehte sich um sie.

»Wollt Ihr jetzt das Abendessen einnehmen, Mylord?«

Tearle fuhr auf und nahm den Blick vom Weinkelch. »Oh, Margaret, ich habe dich gar nicht gesehen. Ist sie schon heruntergekommen?«

»Nein«, sagte Margaret langsam. »Ich könnte mir vorstellen, daß sie Schwierigkeiten beim Anziehen hat.«

»Dir entgeht so leicht nichts, wie?« Er lächelte der Frau zu, die in den Dienst seiner Mutter getreten war, als er noch ein Kind war. Tearles Mutter war in Margarets Armen gestorben.

Es war nicht zu übersehen, daß Ihr toll in sie verliebt seid.«

»Sie haßt mich«, sagte er düster.

Darüber hätte Margaret beinahe gelacht. »Ein Mädchen, das Euch im Hof so verlangend anschaut, kann Euch nicht hassen.«

»Du hast nicht gehört, wie sie mit mir redet. Ja, manchmal, wenn ich sie ausgiebig küsse und ihr sage, wie hübsch sie ist, begehrt sie mich, aber nicht anders, wie sie jeden gutaussehenden Mann begehren würde.« Er lachte bitter auf. »Ja, dann begehrt sie sogar mich, den sie für häßlich hält.«

Margarets Gesicht wurde ernst. Sie trat zu Tearle und legte ihm die Hand auf die Schulter. »Ihr wart immer ein guter Junge. Daß Ihr dieses knabenhafte Mädchen geheiratet habt, um der Fehde ein Ende zu machen, ist sehr edel von Euch.«

»Ich habe sie durch List zur Vermählung gebracht«, sagte er scharf. »Und ich habe sie nicht geheiratet, um einer Fehde ein Ende zu machen, sondern weil ich sie haben wollte.«

»Ach, hättet Ihr da nicht einfach mit ihr ins Bett gehen können?«

Tearle blieb eine Weile stumm. Dann sagte er: »Vielleicht.« Saß wieder stumm da und glotzte den Weinkelch an.

Margaret nahm neben ihm Platz. Er war ihr fast wie ein Sohn. Einen eigenen hatte sie nicht. »Ich habe einiges über diese Peregrines gehört. Sind sie wirklich so schlimm?«

»Noch schlimmer.«

»Dann würde dem Mädchen eine Abwechslung guttun. Ihr müßt ihr freundlich entgegenkommen.

Vielleicht könnt Ihr sie durch süße Musik und süße Worte erobern. Wen Ihr ihr zeigt, wie Ihr wirklich seid, wird sie Euch vielleicht liebgewinnen.«

»Ich habe ihr gesagt, daß ich dem König ein Bittgesuch um Annullierung der Ehe unterbreiten werde. Und ich gedenke mein Wort zu halten.«

»Habt Ihr ihr auch gesagt, wann Ihr den Boten losschickt?«

»Nein«, sagte Tearle lächelnd. »Aber da ich ihr die Annullierung in Aussicht gestellt habe, darf ich sie nicht anrühren.«

Margaret lachte. »Wißt Ihr denn nicht, daß es auch viel sinnlichere Vergnügen gibt als das im Bett?«

Tearle sah sie an, als glaubte er, sie wäre verrückt geworden.

»Das Mädchen zuckte schon vor mir zurück, als ich sie nur am Arm berühre wollte«, sagte Margaret. »Und als sie mein Kleid sah, las ich ihr an den Augen ab, wie sehr sie nach so etwas verlangte. Auch wenn sie Männerkleidung trägt, hungert sie förmlich nach Frauengewändern und allem, was eine Frau hat. Ich glaube, Ihr solltet sie durch Rosen für Euch gewinnen.«

»Rosen?«

»Und Musik und Geschichten von Liebe und Seide und sanfte Küsse hinter das Ohr.«

Tearle sah die Frau lange an, und in seinem Kopf jagten sich die Gedanken. Er dachte daran, wie Zared auf seine Küsse reagiert hatte. Vielleicht haßte sie ihn doch nicht so sehr, wie sie immer behauptete. Wenn er sich nicht von seiner Eifersucht hätte überwältigen lassen, wer weiß, was noch geschehen wäre? Vielleicht war es wirklich möglich, sie für sich zu gewinnen, wenn er ihr den Hof machte. Getröstet lächelte er Margaret an.

# 12

Nichts in Zareds Vergangenheit hatte sie auf das Leben im Howard-Haus vorbereitet. Beim Abendessen saß sie an einem sauberen Tisch und verzehrte köstliche Speisen, und ihr Mann behandelte sie, als wäre sie ein kostbares, zerbrechliches Gut.

Das ruhige Verhalten der Diener und der allgemeine Frieden im ganzen Haus waren eine neue, fesselnde Erfahrung für sie. Daheim kam es öfter mal vor, daß die Ritter ihres Bruders in die Gemächer stürmten und verlangten, jemand solle herauskommen und eine Auseinandersetzung schlichten. Wenn ihr Bruder Rogan einer Sache Nachdruck verleihen wollte, schlug er seine Streitaxt in den Tisch. Aber in Tearles Haus fragte man sie nur, ob sie noch Wein wünsche oder ob die Suppe heiß genug sei.

Nach dem Abendessen kam ein gutaussehender junger Mann und spielte auf der Laute, wobei er Zared aus feuchten Augen ansah.

»Was singt er da?« fragte sie, denn der Mann sang französisch.

Tearle blickte sie über seinen silbernen Weinkelch hinweg an. Der ganze Raum schien vom Feuer des Kamins zu erglühen. »Er besingt deine Liebenswürdigkeit und Schönheit und das schöne Spiel deiner Hände.«

Zared war erstaunt. »Meine Hände?« Ihre Brüder hatten sich immer darüber beschwert, daß ihre Hände nicht kräftig genug seien und daß sie kaum ein Schwert schwingen könnten. Sie streckte die Hände aus und betrachtete sie.

Tearle ergriff eine und küßte ihr die Fingerspitzen. »Es sind schöne Hände.«

»Was singt er sonst noch?« fragte sie und sah wieder den hübschen jungen Mann an.

Mit leichter Schärfe antwortete Tearle: »Er singt nur, was ich ihm gesagt habe, denn ich habe das Lied geschrieben.«

Sie sah ihn verwundert an. »Du? Du kannst Lieder in einer fremden Sprache schreiben?«

»Lieder und Gedichte. Ich kann die Lieder auch selber spielen und singen. Soll ich es dir vormachen?«

»Wenn du schreiben kannst, kannst du wohl auch lesen? Liana kann lesen. Kannst du mir eine Geschichte vorlesen?«

Tearle ließ ihre Hand los und lächelte sie an. Dann bedeutete er dem Mann, sie allein zu lassen. Auf einen weiteren leise ausgesprochenen Befehl von ihm brachte ein Diener fünf Bücher in das Gemach. »Na, was willst du hören?« Zareds Gesicht blieb ausdruckslos. Tearle sagte lächelnd: »Ich weiß schon. Ich lese dir *Héloise und Abälard* vor. Das müßte dir gefallen.«

Eine Stunde später saß Zared am Kamin und kämpfte mit den Tränen, denn die Geschichte, die er ihr vorgelesen hatte, war sehr traurig gewesen.

»Komm, du mußt nicht weinen, das ist schon sehr lange her.« Als sie immer noch schluchzte, nahm er sie auf den Schoß und fuhr ihr übers Haar. »Ich wußte gar nicht, daß du so ein weiches Herz hast.«

»Ich glaube, du hast gar kein Herz«, sagte sie vorwurfsvoll. Er küßte sie auf die Stirn, dann stand er auf und trug sie die Treppe hinauf. »Es ist Zeit, daß wir zu Bett gehen.«

Zared schmiegte sich an ihn. Natürlich war er immer noch ihr Feind, aber bei dem Gedanken, die Nacht mit ihm zu verbringen, kribbelte es sie auf der Haut. Doch als sie ins Schlafgemach kamen, küßte er sie nur noch einmal auf die Stirn und ließ sie allein.

Sie wußte nicht, ob sie froh oder wütend sein sollte. Schließlich war sie einfach verwirrt. Sie zog sich aus und ging zu Bett. Noch lange lag sie wach und dachte über den Mann nach, mit dem sie verheiratet war. Sie wußte von seiner Idee, ihr die Jungfernschaft zu lassen, bis er dem König eine Bittschrift für die Annullierung der Ehe einreichen konnte. Aber wie konnte er sein Wort halten? Ihre Brüder hätten ihrer Gattin nie die Jungfernschaft belassen, was immer sie zu ihnen gesagt hätte. Je mehr sie nachdachte, um so verwirrter wurde sie. Der Howard glich keinem Mann, den sie je kennengelernt hatte.

Als sie aufwachte, saß er in ihrem Gemach, und neben ihr lag eine Rose auf dem Kopfkissen. Er half ihr in das Reitkleid, einen etwas kürzeren Rock ohne Schleppe. Aber als sie ihr Haar anhob, damit er ihr das Kleid hinten zubinden konnte, gab er ihr dabei einen Kuß auf den Hals.

Die Treppe gingen sie zusammen hinunter. Draußen warteten schon die Pferde, und Diener brachten Tabletts mit frischem Brot und Käse und Weinkelchen. Dann ritten sie zusammen aus, und unterwegs sprach er mit ihr nicht über Krieg oder Waffen, sondern darüber, wie schön der Tag sei. Er zeigte ihr schöne Vögel, und einmal ahmte er sogar den Ruf eines Vogels nach.

An einem See hielten sie an, und er bat sie, mit ihm zu schwimmen. Zared erwiderte, sie schwimme nicht gern und möge Wasser überhaupt nicht sehr. Sie setzte sich unter einen Baum und sah zu, wie Tearle sich bis auf das Lendentuch auszog und langsam zum Wasser schritt. Ohne daß er es merkte, konnte sie ihn beobachten, solange sie Lust dazu hatte. Es kam ihr vor, als wäre er im Laufe der vergangenen Wochen gewachsen. Sie entsann sich, daß sie ihn früher für einen schmächtigen, schwachen Mann gehalten hatte. Das war zu der Zeit gewesen, als sie ihm zum erstenmal begegnet war und geglaubt hatte, er wäre beinahe an einer kleinen Stichwunde gestorben. Ja, damals hatte sie ihn für einen ausgesprochenen Schwächling gehalten.

Aber jetzt sah sie, daß er breite Schultern und starkte Beinmuskeln hatte. Sein Körper wies auch Narben auf. Narben, wie sie ihre Brüder hatten. Wundnarben von Waffen. Sie hätte gern gewußt, ob er in einer Schlacht verwundet worden war oder ob all diese Narben von Waffenübungen oder Turnierkämpfen stammten.

Sie lehnte sich an den Baum und sah ihm beim Schwimmen zu. Natürlich vergeudete sie hier nur ihre Zeit. Eigentlich müßte ich jetzt an Waffenübungen teilnehmen, dachte sie und mußte gleich darauf lächeln. Diese Übungen waren für sie immer die Vorbereitung zum Kampf gegen die Howards gewesen. Aber jetzt hatte sie einen Howard geheiratet und sah ihm zu, wie er im See schwamm.

Er lag im Wasser auf dem Rücken, und Zared konnte nicht umhin, seine starken Brustmuskeln zu bewundern. Selbstverständlich war er nicht so groß und stark wie ihre Brüder, aber sicherlich größer und stärker als Colbrand.

Träge sah sie, wie er den Arm hob und ihr zuwinkte. Sie lächelte zurück, und dann tauchte er weg. Sie blieb still sitzen und wartete, daß er wieder an die Oberfläche käme. Eine Minute verging. Sie setzte sich auf. Er war nicht wieder hochgekommen.

Sie wartete noch ein paar Sekunden, aber er blieb unsichtbar. Sie stand auf und ging ans Seeufer. »Howard!« rief sie, bekam aber keine Antwort. Sie rief lauter: »Howard!« Wieder keine Antwort – und immer noch nichts von ihm zu sehen.

Ohne zu überlegen, rannte sie ins Wasser. Sie konnte ja schwimmen. Ihre Brüder hatten dafür gesorgt. Aber es hatte ihr nie den geringsten Spaß gemacht. Doch jetzt dachte sie nicht an Spaß oder Nicht-Spaß. Sie handelte einfach instinktiv.

Dann holte sie tief Luft und tauchte, behielt aber die Augen auf. Sie brauchte nicht lange zu suchen. Er war leicht zu erkennen. Zusammengekauert lag er unter Wasser, die Knie an den Kopf gezogen.

Schon schmerzten sie die Lungen. Doch sie blieb untergetaucht. Sie legte ihm den Arm unters Kinn und zog ihn zur Wasseroberfläche hinauf. Nun war er oben, doch er atmete nicht mehr. Ein schneller Blick – sie sah, daß er bleich wie der Tod war.

Sie schwamm mit ihm in Ufernähe. Dann mußte sie ihn durchs seichte Wasser an Land ziehen. Er war so schwer wie ein Zugpferd, und sie mußte alle ihre Kräfte einsetzen, um ihn an Land zu schaffen.

Nun war er an Land, wenn sein Unterkörper auch noch im Wasser lag. Sie sah auf ihn herab. Er war so bleich und kalt wie der Tod. Was soll ich tun? fragte sie sich. »Howard?« schrie sie ihn an. »Howard!«

Er reagierte nicht. Sie setzte sich ihm auf den Bauch und schlug ihn auf die Wangen. Doch das hatte keine Wirkung. »Du verdammter Tearle!« sagte sie und hatte Tränen der Enttäuschung in den Augen. »Wage es ja nicht, hier zu sterben! Gerade habe ich gedacht, daß du vielleicht doch ganz nett bist.«

Sie kniete neben ihm, beugte sich vor, legte ihm die Hände an die Wangen und schüttelte seinen Kopf hin und her.

Plötzlich spie Tearle einen Schwall Wasser aus. Mit tropfnassem Gesicht lehnte sich Zared zurück und starrte ihn verdutzt an.

Tearle schlug die Augen auf und grinste. »Ich konnte schon immer die Luft länger anhalten als jeder andere.«

Da wußt sie, daß er ihr einen Streich gespielt hatte. Sie setzte sich ihm hart auf den Bauch. Doch er zuckte nicht mit der Wimper. »Du bist ein schrecklicher Kerl!« schrie sie und trommelte ihm mit den Fäusten auf die Brust.

Er packte ihre Fäuste und zog sie an sich. »Du hattest Angst um mich.«

»Das stimmt nicht. Ich habe nur befürchtet, daß zwischen meiner und deiner Familie ein Krieg ausbrechen würde, wenn du zu Tode kämst. Wobei dein Bruder nicht einmal den Familiennamen verdient. Mir geht es nur um meine Brüder, um Liana und vielleicht noch um Rogans Sohn, aber nicht um dich.«

Er hielt ihre Hände fest und drückte sie über dem Kopf auf den Boden. Sie wünschte sich, daß er sie küßte. Denn sie hatte tatsächlich Angst um ihn gehabt, wollte es aber nicht vor ihm zugeben.

Er schmuste an ihrem Hals, und sein kaltes, nasses Gesicht lag an ihrem, das genauso kalt und naß war. Als er ihre Hände losließ, umarmte sie ihn, und dabei rollte er von ihr herunter.

Zared fühlte sich irgendwie zurückgestoßen und runzelte die Stirn.

»Du wirst dich erkälten, wenn du in den nassen Sachen bleibst«, sagte er. Der selbstgefällige Ton, in dem er sprach, ärgerte sie. Es hörte sich so an, als habe er etwas herausfinden wollen und Erfolg damit gehabt.

Beim Aufstehen zog er sie mit hoch und faßte sie am Kinn, damit sie ihn ansehen mußte. »Wäre es denn so schrecklich, wenn eine Peregrine Angst um einen Howard hätte?«

»Das kann nie sein«, sagte sie. Es sollte überzeugend klingen. Doch selbst in ihren Ohren hörte es sich wie eine Lüge an.

Er lachte, nahm sie in die Arme und wirbelt sie herum, bis ihr schwindlig wurde. Sie klammerte sich an ihn, und nach einer Weile mußte sie selber lachen.

Er setzte sie wieder ab und zog sie fest an sich. »Nun komm, meine kleine Feindin! Wir müssen dafür sorgen, daß wir wieder trocken werden. Hier in der Nähe steht die Kate eines Kleinpächters. Wollen mal sehen, ob wir bei ihm etwas zu essen bekommen.«

Er zog sich an. Sie stand dabei und ließ es zu, daß er ihr aufs Pferd half. Dann ritten sie vom Seeufer weg.

Nach diesem Vorfall änderte sich allmählich ihr Verhältnis. Zared merkte es deutlich, wenn ihr auch nicht klar war, worin diese Veränderung bestand. Es war, als hätte sie mit ihrem Rettungsversuch eine ungelöste Frage für den Mann gelöst und ihn von quälenden Zweifeln befreit.

Seinem wahren Ich war sie noch nicht nähergekommen. Sie hatte ihn ja nur unter höchst ungewöhnlichen Umständen erlebt. Aber nach diesem Nachmittag am See schien es ihr, als gebe er sich in ihrer Gegenwart ungezwungener. Etwas, das er immer befürchtet hatte, war von ihm abgefallen. So lernte sie langsam den Mann kennen, der er wirklich war.

Er war von ihren Brüdern so verschieden wie Tag und Nacht. Ihre Brüder wollten täglich so viele körperliche Übungen erledigen wie möglich. Tearle dagegen wollte jeden Tag so angenehm gestalten wie nur möglich. Er übte ebenso wie ihre Brüder mit den Waffen, aber nicht viele Stunden hintereinander, und er nahm die Übungen nicht tierisch ernst, sondern leicht und locker. Er lachte gern. Mit seinen Männern schloß er alle möglichen Wetten ab, und wenn er eine verlor, zahlte er sofort. Bei den Waffenübungen ließ er nie das Gefühl aufkommen, es ginge um Leben und Tod.

Zuerst mißbilligte Zared seine Haltung. Sie sagte, er unterschätze die Bedeutung des Waffenspiels und verkenne, daß die Männer es als Vorbereitung auf den Kriegsfall dringend nötig hätten. Sie sagte, er nähme das alles so sehr auf die leichte Schulter, daß sie ihn, nur mit dem Messer bewaffnet, besiegen könnte. Daß sie im Kampf mit schweren Schwertern keine Chance gegen ihn hatte, war ihr durchaus klar. Doch meinte sie, schneller und beweglicher als er zu sein.

Es dauerte nur wenige Minuten, bis sie erkannte, daß sie sich geirrt hatte. Trotz seiner lockeren Art war er ein nicht zu unterschätzender Gegner. Er spielte mit ihr, verlockte sie zum Angriff und ließ sie in dem Glauben, sie könnte ihn besiegen. Dann machte er einen Seitwärtsschritt, und sie lief taumelnd ins Leere. In solchen Augenblicken flammte in ihr wie bei allen Peregrines lichterloh Zorn auf. Der verführte sie zu unbedachten Handlungen. Und dann war es eine Leichtigkeit für Tearle, ihr das Messer abzunehmen.

»Hoffentlich lernst du daraus, daß ein kühler Kopf schneller denken kann als ein Hitzkopf«, sagte er. Und wenn sie ihm dann einen Schlag versetzen wollte, fing er sie in seinen Armen auf und küßte sie lange. Die Männer ringsum lachten, was Zared peinlich war.

Später kam er dann zu ihr, um sie wieder gnädig zu stimmen. Er scherzte mit ihr, überreichte ihr einen Blumenstrauß, sagte ihr, wie hübsch sie sei und daß ihre Augen heller funkelten als Edelsteine. Sie erwiderte, daß das Unsinn sei, konnte sich aber eines Lächelns nicht erwehren. Er war ein Mann, mit dem man leicht umgehen konnte.

Am nächsten Tag ritt er mit ihr zum Jahrmarkt in einer zehn Meilen entfernten Stadt. Zared war noch nie auf einem Jahrmarkt gewesen, denn daheim hatte man sie nicht einmal aus der Burg hinausgelassen.

Außerdem machten sich ihre Brüder nichts aus solchen Vergnügungen.

Für sie war der Jahrmarkt ein Wunderland. Beim Turnier hatte sie keine Gelegenheit gehabt, sich zu amüsieren. Da hatte sie zwischen Bruder und Feind ständig unter Streß gestanden. Hier auf dem Jahrmarkt ging es ganz anders zu. Jedenfalls kam es ihr so vor, wenn es in Wirklichkeit auch das gleiche war. Noch immer war der Feind ihrer Familie in ihrer Nähe. Doch wenn sie ihn auf seinem großen Pferd reiten sah, konnte sie ihn sich kaum noch als Feind vorstellen. Im übrigen tendierte sie bereits zu der Meinung, daß er genauso groß und stark wie ihre Brüder sei und genauso gut aussehe.

Der Tag auf dem Jahrmarkt verlief wunderbar. Die Händler waren samt und sonders hocherfreut, den Lord und seine hübsche Lady bei sich zu haben. Auch dies ein gewaltiger Unterschied zum Turnier, wo man spöttisch hinter ihr hergelacht hatte, weil sie zu diesen schmutzigen Peregrines zählte.

Tearle kaufte für sie, was es zu sehen gab. Sie war in einem Haushalt aufgewachsen, in dem jeder Penny dreimal umgedreht wurde, bevor man ihn ausgab. Da war es himmlisch, sich nun viele hübsche Dinge leisten zu können. Sie aß von allem, was angeboten wurde, bis Tearle sie vor Magenschmerzen warnte. Als ihr der Saft von einem halben Dutzend Kirschen über das Kinn rannte, beugte er sich über sie und leckte ihr das süße Naß vom Gesicht. Sie wurde rot bis zu den Zehenspitzen, aber er lachte nur.

Ihr Blick fiel auf einen prächtig gewachsenen Ringkämpfer, der prahlerisch verkündete, er würde jeden Herausforderer besiegen. Tearle bemerkte ihren Blick. Sofort entblößte er seinen Oberkörper und stellte sich zum Kampf. Zared platzte fast vor Stolz, als ihr Mann gewann. Und den Siegespreis, eine häßliche Schleife aus billigen Bändern, drückte sie an sich, als wäre er ein diamantenbesetztes Schmuckstück, das er auf einem Turnier gewonnen hätte.

Viel lachen mußte sie über ein Puppenspiel. Die Hände auf ihre Schultern gelegt, stand Tearle hinter ihr. Plötzlich brach zwischen einem halben Dutzend Männern, die zuviel Wein getrunken hatten, ein Handgemenge aus. Tearle nahm Zared in die Arme und trug sie sicher aus der Gefahrenzone.

An einem Stand verkaufte ein Mann Stoffe aus Italien. Zared schaute voller Verlangen auf einen Stoffballen aus dunkelgrünem Brokat. Tearle forderte den Mann auf, ihnen den Stoff vorzuführen. Doch er erwies sich als unglaublich teuer, und Zared sagte dem Händler, er solle ihn wieder wegpacken. Aber Tearle kaufte ihr den ganzen Ballen und sagte: »Daraus kannst du Bettvorhänge machen.«

Eine innere Stimme sagte ihr, sie dürfe nie vergessen, daß das Geld, das er hier so freigiebig ausgab, eigentlich ihrer Familie gehörte und nicht ihm. Aber all das schien weit entfernt zu sein.

Er stand neben ihr bei einem Artisten, der über ein straff zwischen zwei Pfählen gespanntes Seil tänzelte. Sie wagte kaum hinzusehen und hielt sich die Augen zu. Tearle prahlte: »So schwer ist das gar nicht. Das könnte ich auch.«

»Das könntest du nicht«, erwiderte sie. Da ging er schnurrstracks auf den Mann zu, aber sie ergriff rasch seine Hand und bat ihn, es nicht zu versuchen. Es war eine Sache, sich mit einem Ringkämpfer zu messen, aber etwas ganz anderes war es, auf einem dünnen Seil mehr als drei Meter über der Erde zu tanzen. Er konnte dabei zu Tode stürzen.

Doch er war fest entschlossen, es zu versuchen,

und sie mußte ihn wieder und wieder anflehen, es zu unterlassen. Um ihn von dem Wagnis abzuhalten, sah sie sich schließlich gezwungen, ihm zu sagen, daß sie ihm glaube, er könne über das Seil gehen, und deshalb brauche er es ihr nicht zu beweisen, und er sei überhaupt der beste und tapferste Ritter im ganzen Königreich. Da wollte er von ihr wissen, ob sie ihn für stärker halte als Severn, und sie sagte ja. Dann fragte er, ob sie glaube, daß er auch Rogan besiegen könne, und sie versicherte ihm, das sei gewiß. Zuletzt fragte er, ob sie glaube, daß er auch Colbrand besiegen könne.

»Nie im Leben«, antwortete sie. Und dann rannte sie klugerweise weg.

Er fing sie ein und kitzelte sie so lange, bis sie zugab, daß er vielleicht, möglicherweise, unter Umständen auch besser als Colbrand sei.

Als es dunkel wurde, sagte er ihr, daß sie jetzt nach Haus reiten müßten, denn zur Nachtzeit würden bestimmt unliebsame Gesellen auf dem Plan erscheinen und er wolle nicht riskieren, daß sie zu Schaden käme. Sie widersprach zuerst. Doch sie war wirklich schon sehr müde. Er stieg aufs Pferd, und dann reichten ihm die fünf Howard-Männer, die sie den ganzen Tag begleitet hatten, Zared hinauf, und sie ritt die zehn Meilen zurück in Tearles Armen.

Zu Haus entkleidete sie sich und wartete auf ihn. Sie war sicher, daß er heute mit ihr schlafen würde. Doch das tat er nicht. Wie immer gab er ihr nur einen Gutenachtkuß und ging. Trotz aller Müdigkeit konnte sie nicht einschlafen. Deshalb stieg sie aus dem Bett und setzte sich ans Kaminfeuer.

In den Sessel gelehnt, spürte sie die Wärme auf ihrem Gesicht. Manchmal wünschte sie sich, sie könnte wieder heimkehren. Dorthin, wo alles so war, wie es sein sollte. Dort wußte sie, wer ihre Freunde und wer ihre Feinde waren. Sie war in der Gewißheit aufgewachsen, daß sie die Howards zu hassen habe. Doch jetzt gingen ihr tausend Bilder durch den Kopf. Sie sah Tearle in schwarzer Rüstung, wie er alle Gegner aus dem Sattel fegte. Sie dachte an sein Lachen und an seine Scherze mit ihr. Sie hörte ihn vorlesen, und sie sah, wie er sie beim Schein der einen Kerze anlächelte.

Zared legte die Hand an den Kopf. War er nun ihr Feind oder ihr Freund? Da er ein Howard war, konnte er nicht ihr Freund sein – und doch …

In den letzten beiden Wochen waren sie fast ständig zusammengewesen, und sie hatte Gespräche mit ihm geführt wie noch mit keinem anderen Menschen. In ihrer Familie wurde jedes Gespräch, das sich nicht um den Krieg gegen die Howards drehte, als Zeitverschwendung angesehen. Aber für Tearle schien kein Gespräch Zeitverschwendung zu sein.

Sie sprachen über Erlebnisse aus ihrer beider Kindheit, über das, was sie gern gehabt und was ihnen mißfallen hatte und was sie sich von der Zukunft erhofften. Dabei war es ihnen immer gelungen, jede Erwähnung des Hasses zwischen ihren beiderseitigen Brüdern zu vermeiden. Es war ihnen so gut gelungen, daß es fast so schien, als wären sie keine geschworenen Feinde.

Tearle hatte ihr von ihm gezeichnete Pläne zur Renovierung der Unterkünfte rings um das Haus seiner Mutter gezeigt. Er nahm sie mit, wenn er einige der Pächter dort besuchte. Daheim bei ihren Brüdern kannten sie ihre Pächter nicht einmal mit Namen. Für ihre Brüder waren nur Männer von Bedeutung, die kämpfen konnten. Aber bei den vielen Besuchen in der Heimat, die Tearle und seine Mutter während des

Aufenthalts in Frankreich unternommen hatten, war Tearle mit den Menschen bekannt geworden, die seine Äcker pflügten. Er erkundigte sich nach ihren Kindern, und wenn jemand krank war, sorgte er für Pflege.

Wie konnte sie einen Menschen hassen, der so freundlich war und so oft lachte? Zuerst dachte sie, er wollte nur den Anschein erwecken, daß er sich um andere Menschen kümmere. Aber die Männer und Frauen, die für ihn arbeiteten, waren ohne Furcht vor ihm, und die Kinder rannten ihm entgegen und erwarteten, daß er für sie Süßigkeiten aus der Tasche holte.

Zared fragte ihn jetzt öfter über sein Leben aus. Was er getan habe, als er mit der Mutter wieder nach England zurückgekehrt war. »Hast du da oft deine Brüder besucht?«

»Nein«, antwortete Tearle leise. »Meine Mutter hatte das Gefühl gehabt, ihre Pflicht getan zu haben. Sie hatte ihrem Mann Söhne geschenkt, die er in Schlachten gegen die Peregrines und in den Tod schicken konnte. Sie glaubte, ihm keine weiteren Söhne schuldig zu sein, und ihr weiteres Leben wollte sie ohne ihn verbringen. Da ich der jüngste Sohn war, nahm sie mich nach Frankreich mit. Dort lebte ich mit ihr. Meinen Vater und meine Brüder sah ich nur selten.«

Erst nach einiger Zeit begriff Zared, daß er nicht zur Teilnahme an der Fehde erzogen worden war, daß ihm der Haß zwischen den Peregrines und den Howards nichts bedeutete.

Je mehr sie darüber nachdachte, um so verwirrter wurde sie. Wenn ihm dieser Haß belanglos erschien, warum hatte er sie dann geheiratet? Als sie gesagt hatte, daß sie sich von ihm nicht anrühren lassen würde, hatte er bald darauf die Annullierung der Ehe vorgeschlagen. Dennoch schien er sie recht gern zu haben.

Sie stand auf und trat an den Kamin. Hatte er sie wirklich gern – oder? Eine Zeitlang schloß sie die Augen und versuchte sich vorzustellen, wie es wäre, wenn sie zu ihren Brüdern zurückkehrte, um wieder bei ihnen zu leben. Das würde die Rückkehr an einen Ort bedeuten, wo niemand lachte oder Späße machte, wo alles mit äußerstem Ernst betrieben wurde.

Sie dachte an ihren ältesten Bruder Rogan. Seine Frau mußte sich jedes kleinste Zipfelchen Freiheit von ihm erkämpfen. Rogan liebte sie zwar, dennoch durfte sie nicht sagen und tun, was sie wollte. Und dann Severn, der jetzt mit der schönen Lady Anne vermählt war. Zared fragte sich, ob Lady Annes Charakter ihre Brüder nicht vielleicht schon so gereizt hatte, daß sie sie totgeschlagen hatten.

Sie ging zurück, ließ sich schwer in den Sessel fallen und stützte den Kopf in die Hände. Gott helfe mir, dachte sie, aber ich möchte nicht zu meinen Brüdern zurück. Nein, sie wollte bei diesem Mann bleiben, diesem Mann, der ihr Feind war, diesem Mann, den ihre Familie haßte. Männer von seinem Blut hatten ihre älteren Brüder getötet, hatten alle ihre Besitzungen gestohlen. Eigentlich müßte sie ihn hassen. Doch das tat sie nicht.

Neben ihr auf dem Tisch lag die Bänderschleife, die er für sie gewonnen hatte. Wie stolz war sie auf ihn gewesen, als sie ihn mit dem starken Mann ringen sah! Und noch stolzer, als er gesiegt hatte. Sie nahm die Schleife und legte sie an ihre Wange.

Was sollte sie nur tun? Gab es eine Möglichkeit, sowohl ihre Familie wie diesen Mann zu behalten?

Sie ging zu Bett, verbrachte eine schlaflose Nacht

und ertappte sich am nächsten Morgen dabei, wie sie die Diener scharf anfuhr. Sie saß schon am Tisch, als Tearle herunterkam. Er schien gut geschlafen zu haben, denn er hatte keine Ringe unter den Augen wie sie.

Freundlich und mit einem zufriedenen Lächeln begrüßte er sie.

Über den Krug mit Ale, das mit Wasser vermischt war, sah sie ihn an und fragte: »Wann wirst du vom König hören?«

Tearle setzte sich ans Kopfende des Tisches und schnitt sich eine große Scheibe Käse für ein Brot ab. »Du sehnst wohl die Auflösung der Ehe herbei?«

Rasch sah sie weg, weil sie fürchtete, er könne ihr durch die Augen ins Herz blicken. »Es wäre das beste, wenn wir sie hinter uns hätten.«

Tearle blieb eine Weile stumm. Wieder richtete sie den Blick auf ihn. Sein Gesicht verriet nichts. Wann war er nur so hübsch geworden? fragte sie sich. Wann war aus diesem verächtlichen Frosch der bestaussehende Mann geworden, der ihr im ganzen Leben begegnet war? Wenn die Ehe schon annulliert werden mußte, dann lieber so bald wie möglich. Sie durfte ihn nicht noch lieber gewinnen, als sie ihn jetzt schon hatte.

Schließlich sagte Tearle achselzuckend: »Wer kann sagen, was der König tun wird? Ich bin sicher, daß er sich für die Entscheidung Zeit nimmt.« Über seinen Bierkrug hinweg sah er sie an. »Vielleicht lehnt er meine Bittschrift sogar ab.«

Sie hielt den Atem an. »Du rechnest mit einer Ablehnung? W-warum sollte er ablehnen?«

»Alles in allem genommen, würde ich sagen, daß es eine vorteilhafte Eheschließung war. Wir versöhnen zwei Familien, die bisher Krieg gegeneinander führten. Kann sein, daß er uns die Trennung nicht gestattet.«

Zareds erste Reaktion war ein Lächeln. Dann konnte sie vielleicht für immer in diesem Haus bleiben. Vielleicht konnte sie einen Kräutergarten anlegen. Vielleicht konnte sie sich neue Kleider anfertigen lassen. Vielleicht konnte sie sogar Kinder bekommen.

Dann riß sie sich zusammen, und es gelang ihr, scheinbar unwillig die Stirn zu runzeln. »Meinen Brüdern wird es nicht gefallen, daß ich mit einem Howard vermählt bin. Vielleicht sollte ich zur Burg meiner Brüder zurückgehen. Vielleicht bewilligt der König die Bittschrift eher, wenn ich wieder daheim bin.«

In Wirklichkeit hätte sie ihm liebend gern gesagt, daß sie für immer bei ihm bleiben wollte. Daß sie wünschte, er werde sie nie verlassen. Sie hoffte, er würde sie anflehen, bei ihm zu bleiben.

»Wie du wünschst«, sagte er. »Soll ich dich durch meine Männer heimgeleiten lassen?«

Am liebsten hätte sie ihm ihren Teller ins Gesicht geworfen. »Wenn meine Brüder mich unter der Fahne der Howards reiten sehen, werden sie, ohne zu fackeln, angreifen.«

»In dem Fall«, sagte er bedächtig, »solltest du vielleicht so lange hierbleiben, bis der König uns Antwort gibt.«

Sie verstand ihn nicht gleich. Doch dann sagte sie lächelnd: »Das wäre vielleicht das beste.«

An diesem Tag ritten sie weit über Land und ließen ihre Männer hinter sich zurück. Tearle führte sie zu einem Ring von aufrecht stehenden Riesensteinen, den ihre Vorfahren vor langer, langer Zeit errichtet hatten. Er erzählte ihr schaurige Geschichten von Menschenopfern, die auf diesen Steinen dargebracht worden waren. Dann sprang er auf sie zu und tat, als wollte er sie ebenfalls schlachten. Kreischend und lachend rannte sie weg. An einem der Steine holte er sie ein, und sie blieb stehen. Hoch aufgerichtet stand er vor ihr.

Jetzt wird er mich küssen, dachte sie. Er wird unser Gespräch über die Annullierung vergessen und mich an sich ziehen.

Doch statt dessen wandte er sich ab und ging zu einem anderen Stein. Und als sie ihm von dem Stein, auf den er sie gesetzt hatte, nachging, schaute er sie nicht an. Sie trat zu ihm, aber er hielt das Gesicht abgewandt. Erst nach einiger Zeit gönnte er ihr einen Blick.

»Es wird dunkel«, sagte er leise. »Wir müssen zurückreiten.«

Von diesem Tag an hielt er sich von ihr fern. Sie hatte sich in der kurzen Zeit so daran gewöhnt, mit ihm zusammenzusein, daß er ihr jetzt fehlte. Sie sah, wie er auf dem Hof mit seinen Männern übte. Da borgte sie sich Sachen vom Küchenjungen, zog sie an und gesellte sich lächelnd zu ihnen.

Doch er erwiderte ihr Lächeln nich.t »Du bist meine Frau«, sagte er und schaute auf ihre Beine, die nur von einer dünnen Strickhose bedeckt waren. »Du darfst dich nicht so vor den Männern zeigen.«

»Was soll ich denn den ganzen Tag tun?« schrie sie ihn an. »Und ich bin *nicht* deine Frau!«

Damit wolle sie sagen, daß sie nur dem Namen nach seine Frau sei. Aber er verstand ihre Worte falsch. Seine Stimme klang hart, als er erwiderte: »Du wirst früh genug wieder frei sein.«

Zared wandte ihm und den Männern um ihn herum den Rücken zu und ging nach oben in ihr Gemach. Die Männer hatten alles mit großer Anteilnahme verfolgt. Nun war sie wieder allein. Sie hatte den größten Teil ihres Lebens allein verbracht. Warum nur fühlte sie sich jetzt so elend? Ihr war, als hätte sie einen Freund gefunden und gleich wieder verloren.

Sie warf sich aufs Bett und wollte sich ausweinen. Aber sie konnte nicht weinen. Eigentlich müßte ich doch froh sein, daß er sich mir nicht mehr nähert, dachte sie. Wer war denn auf die Gesellschaft eines Howard begierig? Sie war eine Peregrine, und sie haßte alle Howards.

Haßte sie sie wirklich?

Sie dachte daran, was ihr Bruder Rogan sagen würde, wenn er erfuhr, daß sie mit einem Howard vermählt war. Rogan würde selbst zum König gehen und eine Annullierung verlangen. Rogan traute niemandem – wahrscheinlich würde er verlangen, daß eine Hebamme Zared untersuchte, um sich zu vergewissern, daß Zared noch Jungfrau war und der Howard sie nie angerührt hatte.

»Ich bin noch Jungfrau«, flüsterte sie vor sich hin. »So rein und unberührt wie an dem Tag, als ich zur Welt gekommen bin.« Und wenn Rogan die Annullierungspapiere in der Hand hatte, würde sein Haß auf die Howards bestimmt noch stärker sein. Denn er würde wahrscheinlich denken, daß ein Howard seine Schwester zurückgewiesen hatte.

Es muß doch irgend etwas geben, was ich tun kann, dachte sie. Irgend etwas muß es geben, was man tun kann, um diesem Haß ein Ende zu bereiten.

»Mylord«, sagte Margaret leise zu Tearle. Er wusch sich gerade an der Quelle den Schweiß der Übungsstunde vom Leib.

Tearle drehte sich um »Ja?« In den letzten Tagen war er nicht gerade in guter Stimmung gewesen. Tag und Nacht hatten ihn seine Gedanken nicht zur Ruhe kommen lassen. Er hatte sich in dieses Gör verliebt, das seine Frau war. Vielleicht hatte er sich schon in sie verliebt, als er sie im Kampf mit den Männern seines Bruders sah. Mit Männern, die nicht einmal so viel Verstand hatten, um zu merken, daß sie ein Mädchen war. Aber das Mädchen erwiderte seine Gefühle nicht, denn sie sprach davon, zur Burg ihrer Brüder zurückzukehren, und von der Annullierung ihrer Ehe. Er dachte daran, daß er die Bittschrift nun bald an den König absenden müsse.

»Was ist los?« fragte er.

»Lady Zared hat sich ins Dorf begeben.«

Er zog die Brauen zusammen. »Sie ist schließlich keine Gefangene. Hast du ihr Begleitung mitgegeben?«

»Ja, aber sie ist ihr entkommen.«

Tearle erschrak. War sie zu ihren Brüdern geritten?

Margaret legte ihm die Hand auf den Arm. »Man hat sie gefunden. Einer der Männer hat sie gesehen, wie sie in Hebes Hütte ging.«

»Was kann sie denn bei dem alten Weib wollen?«

»Man sagt, daß sie eine Hexe sei«, sagte Margaret mit gedämpfter Stimme. Wie alle aus der Dienerschaft wußte sie mehr über die Beziehung zwischen ihrem Herrn und seiner Gattin, als denen lieb gewesen wäre.

»Was könnte sie bei einer Hexe suchen?«

Zögernd antwortete Margaret: »Hebe befreit Frauen von unerwünschten Kindern.«

Tearles Gesicht verlor alle Farbe. »Sag John, er soll mein Pferd satteln!«

Eine Stunde später drang ein wütender Mann in die dunkle, schmutzige Hütte der Alten ein. Im ersten Zorn wollte Tearle sie umbringen und danach auch gleich die Frau, die er geheiratet hatte. Er zweifelte nicht daran, daß das Kind, mit dem sie schwanger war, Colbrand zum Vater hatte. Kein Wunder, daß Zared zu ihren Brüdern zurückkehren wollte. Dort konnte sie das Kind als das eines Howards ausgeben und es vielleicht als Druckmittel benutzen, um die Besitzungen der Howards zurückzuerhalten. Er verfluchte sie und sich und alle Frauen auf der Welt und die Ehe – und alles andere, was mit Mann und Frau zusammenhing.

»Meine Frau war hier«, sagte er zu der zu Tode erschrockenen Frau. »Hast du ihr das Kind weggemacht?«

»Nein, Mylord«, antwortete sie mit bebender Stimme. »Sie bekommt kein Kind.«

»Lüg mich nicht an! Wenn du mich belügst, lasse ich dich verbrennen.«

Die ausgemergelte Alte wich geduckt vor ihm an die Wand zurück, an der Kräuterbündel zum Trocknen aufgehängt waren. »Ich lüge nicht. Bitte, Mylord, ich möchte noch nicht sterben.«

Plötzlich spürte Tearle keinen Zorn mehr. Er fühlte sich hohl und setzte sich auf den einzigen Schemel, den es in der Hütte gab. Daß seine Frau ihr Kind loswerden wollte, war ja nicht Schuld der Alten. Vielleicht sollte er froh sein, daß sie das Kind lieber abtreiben wollte, als es zu behalten. Wenn man daran dachte, was sie Colbrand einmal für Gefühle entgegengebracht hatte, hätte man eher annehmen können, sie wollte es eines Tages auf Englands Thron sehen.

»Was wollte meine Frau?« fragte Tearle traurig.

»Einen Liebestrank.«

Tearle hob den Kopf. »Einen was?«

»Die Lady, Eure Gattin, wollte einen Liebestrank. Einen Trank, der einen Mann vor Begierde wahnsinnig macht.«

Er brachte nur ein einziges Wort heraus. »Wen?« Er hatte geglaubt, ihr in den vergangenen Wochen wenig Zeit gelassen zu haben, um Beziehung zu einem anderen Mann anzuknüpfen. Aber vielleicht hatte sie vor, Colbrand später auszusuchen, und …

»Euch, Mylord. Sie wollte den Liebestrank für ihren Mann haben.«

Verständnislos kniff Tearle die Augen zusammen.

Als die Alte sah, wie Tearle reagierte, faßte sie Mut. Sie duckte sich nicht mehr an die Wand, sondern richtete sich auf. »Lady Zared hat mich aufgefordert, ihr einen Trank zu brauen, den sie ihrem Mann geben kann. Er soll dadurch von solcher Wollust überwältigt werden, daß er ihr nicht mehr widerstehen kann.«

Minutenlang starrte Tearle die Alte an. »Bist du ganz sicher?« fragte er leise. »Sie hat wirklich gesagt, er sei für ihren Mann bestimmt?«

Die Frau brachte ein schwaches Lächeln zustande. »Man ist doch kein dummes Weib mehr, wenn man so alt wird wie ich. Nie würde ich der Gattin eines mächtigen Mannes einen Liebestrank brauen, wenn sie ihn einem anderen als ihrem Ehemann geben wollte. Wäre sie eine Bauersfrau, dann hätte ich es vielleicht getan, aber nicht bei ihr. Ich habe ihr gesagt, wenn sie mich anlügt und den Trank einem anderen Mann als ihrem Gatten zu trinken gibt, werde sie ihr ganzes Leben lang von Unglück verfolgt werden. Da sagte sie …«

»Heraus damit! Was hat sie gesagt?«

»Sie sagte, daß ihr Mann – also Ihr, Mylord – sie wie ein Kind behandle, noch dazu wie einen halben Jungen. Sie wollte Euch etwas zu trinken geben, das die Wirkung hat, daß Ihr sie danach als Frau anseht.«

Tearle stand auf und machte zwei Schritte zur anderen Seite der Hütte. Mit dem Kopf streifte er an die Unterseite des Strohdachs. Da er der Frau jetzt den Rücken zuwandte, gestattete er sich ein leichtes Lächeln. Sie dachte also, er begehrte sie nicht, wie? Und die ganze Zeit über hatte er sich eingebildet, sie schmachtete nach diesem dümmlichen Colbrand. Sie hatte ihre Gefühle offenbar schnell gewechselt, wie? Aber deswegen wollte er nicht mit ihr hadern. Wenn sie gern und bereitwillig mit ihm ins Bett ging, dann würde sie den ersten Schritt dazu tun, seine Liebe zu erwidern.

Er sah sich nach der Frau um. »Was hast du ihr gegeben?«

Die Frau merkte, daß Tearle sich amüsierte. Sie hatte ihn schon als Knaben gekannt und immer den Eindruck gehabt, daß er kein gewalttätiger Mensch war. Sie reckte sich. »Meine Tränke sind ein Geheimnis, das allein ich kenne.« Als Tearle die Brauen zusammenzog, fuhr sie fort: »Ich habe ihr gesagt, sie solle Euch zum Abendessen in ihr Gemach einladen. Im Kamin muß ein Feuer, und auf dem Tisch müssen Kerzen brennen. Sie soll Wasser kochen, süßduftende Kräuter hineingeben, und sie soll ihr Kleid mit dem tiefsten Ausschnitt tragen. Dann soll sie den Kräutersud in das Ale ihres Mannes gießen, und sobald er das getrunken hat, wird er sich nicht mehr beherrschen können.«

Tearle lächelte jetzt ungezwungen. »Soll mich das treffen wie ein Blitzschlag?«

Sein Ton verletzte die Frau. »Ich betrüge meine Kunden nicht. Der Liebestrank wirkt ganz bestimmt.«

»Dafür kann ich garantieren«, sagte Tearle, nun wieder bester Laune. »Ich werde der wildeste Liebhaber sein.« Er griff unter den Waffenrock und zog einen kleinen Münzbeutel hervor. Er wollte ihr daraus ein, zwei Münzen geben. Doch dann besann er sich anders und reichte ihr den ganzen Beutel. Darin war zweifellos mehr Geld, als sie in ihrem ganzen Leben zusammengenommen verdient hatte.

Sprachlos streckte die Alte die zitternde Hand aus und nahm den Beutel entgegen.

Als Tearle aus der Hütte kam, pfiff er vergnügt vor sich hin.

Inzwischen hatte Zared einige Schwierigkeiten mit Margaret gehabt, die nur ungern tun wollte, was die Lady verlangte. Zum erstenmal seit ihrer Ankunft schien die Frau ihr eine Abfuhr erteilen zu wollen. Zareds Fragen beantwortete sie widerwillig. Sie gab recht wenig Auskünfte preis, und auch die nur notgedrungen.

Zared wünschte ein besonderes Gewand. Sie mußte wiederholt danach fragen, wo die Kleider von Tearles Mutter aufbewahrt wurden. Margaret gab so ausweichende Antworten, daß Zared ihr am liebsten mit dem Messer an die Kehle gegangen wäre. Schließlich führte Margaret sie aber doch in einen Lagerraum. Dort stand zwischen Stoffballen, die darauf warteten, zugeschnitten und zurechtgeschneidert zu werden, eine große Holzkiste. Widerstrebend und mit mißfälligem, langem Gesicht öffnete sie die Kiste und holte ein Kleid heraus, das selbst in diesem dunklen Raum leuchtete. Es war ein Gewand aus Goldgewebe.

Noch nie hatte Zared solchen Stoff gesehen. Sie nahm die Kiste mit dem Kleid, ging damit an den Eingang und hielt es ins Licht. »Was ist das?« fragte sie im Flüsterton.

Widerwillig erklärte ihr Margaret, daß der Stoff aus Italien gekommen sei. Man hatte aus echtem Gold außerordentlich dünne Drähte gezogen und diese dann um einen starken Silberfaden gewickelt. Dann wurde der Goldfaden am Webstuhl in einen Seidenstoff eingewebt. Außerdem sagte ihr Margaret, daß der Stoff mehr als vierzig Pfund das Meter gekostet hatte.

Freudig erregt nahm Zared das Kleid aus der Kiste. Es war sehr viel Stoff daran. Sie konnte den Preis zwar nicht berechnen, doch war ihr klar, daß es fast soviel gekostet haben mußte, wie die ganze Burg ihrer Brüder wert war.

Zared holte tief Atem, um ihre Beklemmung beim Anblick des Kleides zu verbergen. Sie redete sich ein, sie täte dies alles, um ihre Familie vor einem Krieg zu bewahren. Vielleicht hatte ihr Ehemann recht, und sie konnten ein Kind zeugen, das einmal die jetzigen Ländereien der Howards erben würde. Natürlich wäre das nicht gerecht, denn die standen ihrem ältestem Bruder zu. Aber wenigstens floß dann in dem neuen Besitzer auch das Blut der Peregrines.

»Ich werde es tragen«, sagte Zared. Das Kleid war sehr steif und schwer. Lächelnd legte sie es sich über den Arm. Die Männer hielten alle Frauen für schwach. Ihre Brüder behaupteten, keine Frau könnte je eine Rüstung tragen. Aber dieses steife, schwere Kleid war auch eine Art Rüstung. In gewisser Weise, dachte Zared, ziehe ich jetzt ebenfalls in den Krieg. Und diesen Krieg wollte sie gewinnen. Und die Rüstung, die sie dazu benötigte, war das golddurchwirkte Kleid.

»Ob es mir wohl stehen wird?« fragte sie Margaret und sah ein erfreutes Aufblitzen in den Augen der Frau, als hätte sie verstanden, was Zared meinte.

Eine Stunde später hatte Zared alles in ihrem Gemach so hergerichtet, wie das alte Hexenweib es ihr empfohlen hatte. Kerzenlicht verbreitete milden Glanz, und es duftete nach den im Topf brodelnden Kräutern. Auf dem Tisch standen schmackhafte Speisen. Es war nicht einfach gewesen, alles nach ihren Anweisungen vorbereitet zu sehen, denn Margaret hatte ständig Einwände erhoben. Auch hatte sie ihre junge Herrin wiederholt gefragt, ob es ihr gutgehe oder ob sie morgens an Unwohlsein leide.

Zared fand die Fragen lästig, doch sie beantwortete sie nach bestem Wissen, denn ihre Auskünfte schienen Margarets Laune zu verbessern.

Endlich war alles fertig. Zared strich glättend über den Goldstoff des Kleides und erkundigte sich: »Sehe ich … sehe ich gut aus?« Die Seide, in welche die Goldfäden eingewebt waren, war rot, und durch das Rotgold des Kleides in Verbindung mit ihrer hellen Haut, dem rotblonden Haar und dem Glanz des Kaminfeuers war Zareds Anblick atemberaubend.

Lächelnd betrachtete Margaret ihre junge Herrin. Sie wußte immer noch nicht, warum sie zu dem alten Hexenweib gegangen war, war aber jetzt überzeugt, daß es nicht geschehen war, um das Kind eines anderen Mannes abtreiben zu lassen. (Alle Leute im Schloß und die Hälfte der Dorfbewohner wußten mittlerweile, daß Seine Lordschaft seit der Vermählung noch nicht mit seiner jungen Frau geschlafen hatte.)

»Ihr seid sehr schön«, sagte Margaret.

»Und ich sehe nicht wie ein Junge aus?«

Darüber konnte Margaret nur lachen. Zared trug das Haar zurückgekämmt in einer reinweißen Haube, und auf ihrer Stirn glänzten Rubine. »Ihr könntet gar nicht weiblicher aussehen.« Impulsiv und weil sie so viel älter war und annehmen durfte, daß Zared keine Ahnung hatte, was eine Zofe sich erlauben durfte, küßte sie die Wange ihrer jungen Schutzbefohlenen und verließ mit einem Lächeln das Gemach.

Wenige Minuten später klopfte Tearle an und kam herein. Zared sah sofort, daß er schlechter Laune war.

»Was ist geschehen?« fragte sie voller Angst, es hätte etwas mit ihren Brüdern zu tun.

Er ließ sich schwer in den Sessel vor dem Kamin fallen. »Mein Pferd ist gestolpert, und ich bin im Morast gelandet. Einer meiner Männer hat mich beim Schwertkampf niedergeschlagen. Außerdem bekomme ich an der rechten Körperhälfte einen Ausschlag. Und als ich herkam, wurde mir gesagt, ich könne das Abendessen nicht unten am Tisch einnehmen, sondern müsse in dein Gemach kommen. Was willst du von mir, Zared? Mir sagen, daß deine Brüder gekommen sind, um dich abzuholen? Es wäre das passende Ende für einen Unglückstag.«

Sie hatte es schon auf der Zunge, ihm zu sagen, wo er sich sein Abendessen hinstecken könne. Doch statt dessen sagte sie lächelnd: »Ich habe das Kleid deiner Mutter an.«

Er hatte sich schon abgewandt, warf aber noch einen Blick über die Schulter, sah sie aber nicht richtig an, sondern gähnte ausgiebig. »Ja, das stimmt.« Dann fiel sein Blick auf den mit Speisen beladenen Tisch. »Du könntest jemand rufen, der mich beim Essen bedient. Ich habe Hunger und bin müde.«

»Ich werde dich bedienen«, sagte Zared schnell. »Wir brauchen keinen Diener.«

Sie ging zum Tisch mit den Speisen, hob die silbernen Deckel ab, füllte einen Silberteller für ihn, reichte ihm den vollen Teller und nahm auf einem Schemel zu seinen Füßen Platz.

Mit dem Löffel schob er sich einen Haufen Mohrrüben ein und sprach dann mit vollem Mund, wobei er mit dem Löffel auf sie zeigte: »Und was willst du von mir?«

»Ich will nichts. Ich bin nur nicht an Diener gewöhnt und möchte deshalb heute keine um mich haben.«

Unter gesenkten Lidern schaute er sie an. »Du konntest noch nie gut lügen. Hast du eine Nachricht von deinen Brüdern erhalten? Bist du deshalb zu der Hexe gegangen?«

Ihre Augen weiteten sich.

»Du mußt wissen, daß meine Leute treu zu mir stehen. Sie erzählen mir alles, was du unternimmst.«

»Ich habe aber keine Nachricht von meinen Brüdern erhalten. Und dich habe ich nicht hierher eingeladen, damit du das Gespräch auf den Krieg bringst.«

»Ach, und worüber kannst du dich sonst unterhalten? Welchen anderen Grund hattest du für deinen Besuch bei der Hexe?« Er nahm den Teller auf den Schoß und fuhr mit gesenkter Stimme fort: »Sie treibt den Frauen unerwünschte Kinder ab.«

Zared sah ihn angeekelt ab. »Es ist ein Ding der Unmöglichkeit, daß ich ein Kind bekomme, falls du das annehmen solltest.«

»Nicht mal von Colbrand?«

Sie sprang auf. »Du bist ein abscheulicher Mensch!«

»Ich bin eben ein Howard. Woher soll ich wissen, was du mit einem anderen Mann getrieben hast? Colbrand erschien dir doch äußerst begehrenswert. Du hieltest ihn für den stärksten, tapfersten und bestaussehenden Ritter in ganz England.«

»Du hast ihn zu Boden gestreckt«, sagte sie halb verzweifelt. »Du hast beim Marshall-Turnier alle Männer zu Boden geworfen.«

Da lehnte sich Tearle zurück und lächelte. »Willst du damit sagen, daß Colbrand nicht der beste Ritter in ganz England ist?«

Erst jetzt merkte sie, daß er sie necken wollte. »Du bist wirklich ein schrecklicher Kerl. Kannst du denn nie ernst sein?«

Er hielt ihr den leeren Teller hin. »Doch. Ich meine

es ernst, wenn ich sage, daß ich mein Bett nötig habe. Ich war in meinem ganzen Leben noch nie so müde wie heute.« Er stand auf, reckte sich und gähnte wieder lange. »Es gibt nichts, was mich heute abend abhalten könnte, in mein Bett zu gehen. Da könnte der König höchstpersönlich erscheinen, ich würde mich nicht um ihn kümmern.«

Zared konnte sich nicht entschließen, ihm den Liebestrank der alten Hexe vorzusetzen. Sie wollte ihn lieber selbst verführen, mit ihr zu schlafen. »Du hast noch gar nicht gesagt, wie dir das Kleid deiner Mutter gefällt.«

Er gähnte schon wieder. »Es hat mir schon immer gefallen. Sie trug es manchmal in Frankreich. Selbst der König hat sich anerkennend darüber geäußert.«

»Es ist schwer. Fühl mal den Stoff!«

Er reckte sich wieder. »Ich habe oft den Stoff von Gold- und Silbergewebe befühlt. Ich habe sogar einigen Frauen bei Hofe solche Kleider ausgezogen.« Er kratzte sich an der Hüfte. »Jetzt muß ich ins Bett. Meine Kleider jucken mich schon. Ich habe nur den Wunsch, sie abzulegen.«

Sie wußte nicht, was sie noch anstellen sollte, damit er sie endlich richtig anschaute. Das harte Korsett unter dem Kleid zwängte ihre Brüste so ein, daß sie weh taten, und schoben sie so weit nach oben, daß sie wie reife Melonen über den Ausschnitt quollen. Doch hatte er sie offenbar noch keines Blickes gewürdigt.

»Das Korsett deiner Mutter tut mir weh«, sagte sie. »Ich glaube, deine Mutter hatte nicht so viel Busen wie ich.« Dann hielt sie gespannt den Atem an, um seine Antwort zu hören.

»Ich kann mich nicht erinnern, daß ich meine Mutter daraufhin betrachtet hätte«, erwiderte er so steif, als hätte sie ihn beleidigt.

»Ich habe es doch nicht so gemeint ...«

»Ja, ja, ich nehme die Entschuldigung an. Und abgesehen davon, daß meine Mutter eine häßliche Frau gewesen ist, hast du mir nichts zu sagen?«

»Das habe ich nie behauptet ...« Sie brach ab und drehte ihm den Rücken zu. »Oh, geh nur, geh in dein Bett! Es ist jetzt völlig gleichgültig, was ich wollte. Du bist müde. Du mußt deine Ruhe haben.«

Er nahm noch einmal Platz. »Irgend etwas hat dich aus der Fassung gebracht. Ist etwa schon die Botschaft des Königs eingetroffen? Hast du deshalb das Kleid meiner Mutter angelegt und dieses Abendessen vorbereitet? Du möchtest die gute Nachricht wohl feiern, wie?«

»Ich habe von keinem eine Botschaft erhalten. Ich habe weder etwas von meinen Brüdern noch vom König oder vom Gespenst der Peregrines gehört. Den ganzen Tag über hat niemand mit mir gesprochen.«

Er lächelte verlegen. »Ach, so ist das. Du wünschst Gesellschaft. Na los, dann fang schon an zu reden! Ich werde mir Mühe geben, noch so lange wachzubleiben.«

Sie wandte sich ab. »Ich hatte etwas vor, als du kamst«, sagte sie flüsternd. »Aber jetzt habe ich vergessen, was es war.«

Hinter ihr blieb es so still, daß sie sich umdrehte. Sein Kopf lag an der Sessellehne. Er war eingeschlafen. Es war sehr ärgerlich. Plötzlich war ihr nach Weinen zumute. Warum konnten andere Frauen einen Mann verführen und sie nicht?

Sie trat zu ihm und legte ihm die Hand an die Wange. Er sah besser aus als ihre Brüder, er sah besser aus als Colbrand – er sah wirklich besser aus als jeder andere Mann auf der Welt.

Erschrocken wachte er auf. »Ich habe geträumt«, sagte er.

Sie lächelte ihn an. »Was hast du geträumt?«

»Ich war bei Hofe, und Lady Catherine kam in mein Zimmer. Ich glaube, das kommt von dem Kleid. Sie trug ein Kleid aus blauer Seide, mit Gold durchwirkt.«

Zared erstarrte und zog sich dann einige Schritte zurück. »Ich würde es gern sehen, wenn du jetzt gingst.«

Er erhob sich und rieb sich die Augen. »Ja, ich muß in mein Zimmer gehen und den Traum zu Ende träumen.« Doch bevor er hinausging, trat er an den Kaminsims und nahm einen schönen Silberkelch herab. Er war voll Ale, und darin schwammen Kräuter.

»Ich komme um vor Durst«, sagte er und trank den ganzen Kelch leer.

Zu spät rief Zared: »Trink das nicht!«

Tearle schluckte die letzten Tropfen und blickte sie erstaunt an. »Du wirst mir doch einen Trunk nicht verweigern, wenn ich Durst habe? Also, das hätte ich von einer Peregrine nicht erwartet, ganz zu schweigen von einer Frau, die meine Gattin ist.« Nach kurzer Besinnung fuhr er fort: »Oder vielmehr von einer Frau, die nicht meine Gattin ist, wie du es meinen Männern zugerufen hast. Warum siehst du mich so sonderbar an?«

»Ich sehe dich überhaupt nicht an«, sagte sie leise. Dabei betrachtete sie ihn so gebannt, daß sie nicht einmal blinzelte.

Er reckte sich wieder. »Ich muß jetzt gehen. Für mich ist Schlafenszeit.« Er unterdrückte ein Gähnen, beugte sich dann vor und gab ihr einen keuschen Kuß auf die Stirn. »Das Kleid meiner Mutter steht dir gut. Ich möchte sagen, sie sah darin nicht besser aus als du. Jetzt mußt du mich aber wirklich entschuldigen.«

Er wandte sich zur Tür. Zared folgte ihm mit den Blicken. Er hatte den Liebestrunk getrunken, und doch war nichts passiert! Morgen gehe ich zu der Hexe, dachte sie, und verlange mein Geld zurück. Ich zahle doch nicht für einen nutzlosen Trank!

Es geschah, als Tearle den Riegel ergriff. Plötzlich hielt er inne und blieb eine ganze Weile regungslos stehen. Dann drehte er sich langsam, ganz langsam um. Er hatte die Augen weit aufgerissen, als stünde er unter Schock. Er sah ihr ins Gesicht. Sein Blick fiel auf ihre Lippen, senkte sich zum Fußboden und glitt dann über ihren Körper hinauf, verweilte lange auf dem entblößten Busen und ruhte dann wieder auf ihrem Gesicht.

Instinktiv bedeckte Zared mit der Hand den Busen und trat einen Schritt zurück. Mit heißen, begierig funkelnden Augen folgte ihr Tearle.

Zareds Herz begann heftig zu pochen. Seine Blicke! So hatte sie es sich gewünscht. Deshalb hatte sie den Liebestrank gekauft. Aber nun packte sie die Angst. Er war immer freundlich und zart mit ihr umgegangen. Was aber, wenn der Liebestrank ihn in ein Monster verwandelte? Würde er jetzt zu einem ganz anderen Mann werden?

Sie wich vor ihm zurück, bis sie das Bett hinter sich fühlte. Langsam schritt er auf sie zu, wie ein gewaltiges Raubtier auf seine Beute. Wie ein Raubtier, das weiß, daß es seine Beute in die Enge getrieben hat.

»Ich ... ich glaube, daß ...«

Sie konnte den Satz nicht beenden, denn er hatte sie eingeholt und legte ihr die Hand an die Wange. »Ich habe dich noch nie so schön gesehen«, flüsterte er. »Ich habe noch nie eine Frau gesehen, die so begehrenswert war wie du. An den Höfen von Frankreich, Italien und England habe ich keine Frau gesehen, die dir gleichkommt. Ich begehre dich mehr als jede andere.«

Sie sah mit schwimmenden Augen zu ihm auf. Das waren die Worte, die sie hatte hören wollen, die Worte, die sie sich mit dem Liebestrank erkauft hatte.

Sehr zärtlich küßte er sie auf die Lippen. Zared spürte, wie ihr die Knie weich wurden. Er nahm sie um die Taille und hob sie aufs Bett, wo er sie sanft auf die Decke niederlegte. Dann streckte er sich neben ihr aus und küßte ihr Gesicht, den Hals und dann die frei über dem Kleid liegenden Brüste. Mit geschlossenen Augen genoß Zared ihre Gefühlte. Dann fiel ihr Blick auf sein Haar. Er hatte so dichtes, dunkles Haar. Sie fuhr mit den Fingern hinein.

Er stützte sich auf einen Ellbogen und sah auf sie herab. Dabei streichelte er ihren Oberkörper, und seine Finger spielten an den schwellenden Brüsten. »Ich kann mich nicht mehr beherrschen. Ich weiß nicht, was mit mir los ist. Mir ist, als hätte eine fremde Macht von meinem Körper Besitz ergriffen. Ich muß dich haben, oder ich sterbe.«

Er drehte sie in die Bauchlage und knüpfte die Verschnürung ihres Kleides auf. Dabei fuhr er mit den Fingern unter das leinene Untergewand und berührte ihre Haut. Erregt schloß Zared wieder die Augen. Dies hatte sie sich schon so lange gewünscht. Wie schade, daß er sie nur begehrte, weil sie ihm einen Liebestrank eingegeben hatte!

Mit der Leichtigkeit des erfahrenen Mannes – Zared wollte lieber nicht wissen, wo er sie gesammelt hatte – schnürte er das Kleid auf und zog es ihr dann geschickt über den Kopf. Nun trug sie nur noch das Untergewand, und schnell befreite er sie auch davon.

Rasch war sie entkleidet. Nun hatte sie nur noch die Strümpfe an, die über den Knien mit hübschen Seidenbändern befestigt waren. Eine Weile lag Tearle neben ihr und genoß ihren Anblick. Dann setzte er sich auf, um sie weiter zu betrachten.

Da wurde sie unruhig. »Ich gefalle dir wohl nicht?«

»Ich habe noch nie eine Frau wie dich gesehen«, sagte er leise, und er meinte es ernst. Wohl hatte er vor ihr schon viele unbekleidete Frauen gesehen. Doch mit Ausnahme einiger Mädchen vom Lande waren sie alle durch ihre Lebensweise verweichlicht gewesen. Zared aber hatte kein leichtes Leben gehabt. Kaum hatte sie laufen gelernt, da gab man ihr schon ein Schwert in die Hand und lehrte sie damit umgehen. Sie hatte oft eine Halbrüstung getragen. Reiten hatte sie früher gelernt, als sie laufen konnte. Das hatte ihr einen durchtrainierten, muskulösen Körper verliehen. Außer den weichen, üppigen Brüsten hatte sie kein Gramm Fett am Körper.

Zared besaß zu wenig Erfahrung mit Männern, um zu merken, daß er sie mit wollüstigen Blicken verschlang. Sie rollte sich weg von ihm, aber er packte sie und zog sie zurück.

Er sah sie an wie eine unbekannte Tierart, und seine Blicke wurden immer feuriger.

»Zared«, flüsterte er. Dann legte er sich auf sie und begann sie mit einer Glut zu küssen, wie sie es noch nie erlebt hatte.

Sie war von Natur aus leicht erregbar. Daher erwiderte sie seine Küsse leidenschaftlich. Er nahm seine Lippen auch nicht von ihrem Mund, als er sich jetzt auszog. Sie wußte, daß er sorgsam mit seiner Kleidung umzugehen pflegte, und mußte beinahe lachen, als sie hörte, wie bei seinen hastigen Bewegungen eine Naht platzte. Aber das hinderte ihn nicht daran, sich weiter in größter Eile auszuziehen.

Jetzt glitt sein Mund tiefer und saugte sich an einer

ihrer Brüste fest. Zared kam es vor, als schmölze sie vor Verlangen. Es war noch schöner, als sie es sich vorgestellt hatte. Sie wühlte in seinen Haaren und bog den Rücken nach oben, um ihm ihren Körper darzubieten.

»Du bist die schönste Frau, die ich je gesehen habe«, sagte er erregt. »Hätte ich gewußt, was sich unter deinen Kleidern verbirgt, hätte ich sie dir schon früher vom Leib gerissen.« Und sein Kopf glitt tiefer, über den Bauch hinab.

Diese Worte hatten eine unerwartete Wirkung auf Zared. Sie schlug die Augen auf und dachte: Ohne den Liebestrank hätte er mir nie die Kleider vom Leib gerissen. Allein der Liebestrank hat sein Verlangen hervorgerufen. Nicht ich bin es, die er begehrt. Es ist der Hexenwahn, der seine Leidenschaft entfesselt hat.

Sie schob ihn weg. »Laß mich los! Du sollst mich loslassen!«

Sie schob und schob, aber er ließ nicht von ihr ab. Er küßte ihre Hüften, er knabberte an ihnen und glitt tiefer an ihren Beinen entlang. Zared hob ein Bein an, stemmte den Fuß gegen seine Schulter und gab ihm mit aller Kraft einen Schubs. Dann zog sie sich in die entfernteste Ecke des Bettes zurück.

Entgeistert starrte Tearle sie an. »Habe ich dir weh getan?«

»Du willst mich ja gar nicht.«

Tearle war viel zu verblüfft, um zu begreifen, was sie meinte. Er konnte den Blick nicht von ihrem Körper wenden: diese Beine, dieser Unterleib mit den beiden Muskeln, die an den Hüften verliefen. Es war der Körper einer Frau, aber auch der Körper des anmutigsten Rennpferdes der Welt. Wieder streckte er die Arme nach ihr aus.

Zared wand sich, um ihnen zu entgehen. »Nicht

mich begehrst du. Du stehst unter dem Zauberbann der Hexe.«

»Ja, so ist es«, sagte er mit lüsternem Blick. Es kribbelte ihm in den Handflächen, sie wieder und wieder zu berühren und zu streicheln. Wenn er sie noch länger anschaute, würde er jede Beherrschung verlieren. Er würde zum wilden Tier werden.

Als er sich erneut auf sie werfen wollte, sprang Zared aus dem Bett und flüchtete hinter einen der vier Pfosten. »Du willst mich nicht. Du hast mich nie haben wollen. Es ist nur ein Zaubertrick. Geh zu deiner Lady Catherine!«

Nun war sie hinter den Bettvorhängen verborgen, und er wurde etwas klarer im Kopf, jedenfalls so weit, daß er verstand, was sie sagen wollte. »Ich und dich nicht begehren?« Er streckte den Arm nach ihr aus. »Ich werde dir zeigen, wie sehr ich dich begehre.«

»Nein!« Sie zog sich weiter vor ihm zurück, nahm ein Kissen vom Fenstersitz und hielt es vor ihren nackten Körper. Doch das Kissen reizte ihn noch mehr, denn es ließ ihre Beine und die schwellenden Brüste unbedeckt.

Immerhin kannte Tearle die Frauen zu gut, um zu wissen, daß es jetzt seiner Überredungskünste bedurfte, um zu erreichen, was er haben wollte. »Soll ich dir sagen, wie sehr ich dich liebe?« fragte er. »Soll ich ein Gedicht auf deine Schönheit machen?« In diesem Augenblick hätte er *alles* getan, um sie wieder ins Bett zu locken. Mit leiser Stimme sagte er: »Soll ich dir schwören, daß ich deinem Bruder seine Ländereien zurückgebe?«

Zared ließ sich auf dem Fenstersitz nieder. Ihre Miene spiegelte völlige Niedergeschlagenheit wider. Wenn er so etwas versprach, mußte es wirklich ein sehr starker Liebestrank gewesen sein. »Ich habe etwas Unehrenhaftes getan«, sagte sie.

Tearle fuhr kerzengerade im Bett hoch. »Wenn du dich mit einem anderen Mann eingelassen hast, dann töte ich ihn. Kein Mann darf sich nehmen, was mir gehört.«

»Wirst du endlich damit aufhören?« schrie sie fast. »Begreifst du denn nicht, daß du Dinge aussprichst, die du gar nicht sagen willst? Aus dir spricht das Gebräu, das die Hexe angerührt hat.«

Tearle hatte nur Augen für ihren Körper. Darum fiel es ihm schwer, ihren Worten zu folgen. »Du bist also eine Hexe«, murmelte er, stieg aus dem Bett und ging auf sie zu.

Zared sprang auf und lief zur anderen Seite des Gemachs. Auf dem Fußboden lagen seine Kleider in einem unordentlichen Haufen, obenauf sein Messer mit der schmalen Klinge und dem juwelengeschmückten Griff. Sie hob es auf und hielt es hoch, als müsse sie sich damit vor ihm schützen. »Komm nicht näher!« sagte sie.

Es gibt Augenblicke, da könnte man selbst als Mann laut weinen, dachte er. Rötlich schimmerndes Haar fiel ihr über die Schulter bis auf den Rücken. Irgendwie machte sie das Messer in ihrer Hand noch schöner. »Zared, ich will dir alles geben. Sag mir, wonach dein Herz begehrt! Juwelen? Landbesitz? Was willst du haben?«

Zared musterte ihn. Er war splitterfasernackt, und so sah er noch besser aus als in Kleidern. Alles in ihr verlangte danach, von ihm umarmt und gestreichelt zu werden. Aber sie wollte nicht, daß er es tat, nur weil er unter einem Zauberbann stand. Sie warf das Messer auf den Kleiderhaufen. Auch wenn ihn die unbeherrschbare Wollust eines Hexenzaubers antrieb, würde er nie gewalttätig werden. Er würde sie dennoch nicht zwingen, mit ihr zu schlafen.

Es war von ihrer Seite unehrenhaft gewesen, daß sie sich an eine Hexe gewandt hatte. Nun, sie würde sich dem Zauberbann fügen und damit ihre Ehre wiederherstellen. Sie ging an ihm vorbei, ohne ihn zu streifen, und legte sich wieder ins Bett. Dort lag sie steif, die Beine geschlossen, die Arme angelehnt. So schaute sie zu dem Baldachin des Himmelbetts hinauf. »Ich gehöre dir«, sagte sie würdevoll. »Tu mit mir, was du willst!«

Tearle hätte nie erwartet, daß irgend etwas die Flamme seiner Leidenschaft löschen könnte. Doch nun war es geschehen. Manche Männer mochte eine widerspenstige Frau reizen, ihn nicht. Er stand neben dem Bett und sah finster auf sie herab. »Es gibt keine Frau, die einen so in Wut versetzen kann wie du. Dein Verlangen nach mir ist so stark, daß du bereit warst, mich mit dem Trank einer dreckigen Hexe möglicherweise zu vergiften. Aber wenn ich dich dann anrühre, zückst du das Messer gegen mich. Wie soll ich das alles begreifen?« Hilflos hob er die Hände. »Ich wünschte, jemand würde mir erklären, warum Frauen so handeln. Oder ist es nur meine Frau, die ich nicht verstehen kann?«

Zared wandte sich ihm zu: »Du weißt von dem Liebestrank?«

Er zog ein Gesicht. Dann wühlte er unter seinen Kleidern, holte einen kleinen Beutel hervor und warf ihn aufs Bett. »Da ist dein Liebestrank.«

Zared nahm den Beutel in die Hand. »Ich habe die Mischung in den Krug mit Ale geschüttet. Dies kann es also nicht sein.«

»Diesen Mist hätte ich nie getrunken. Wahrscheinlich waren geröstete Froschaugen darin. Oder noch Ekelhafteres.«

Zared öffnete den Beutel, schaute hinein und

schnüffelte daran. Der Inhalt roch genauso widerwärtig, wie sie es in Erinnerung hatte. »Wenn dies der Liebestrank ist, den ich gekauft habe«, sagte sie zu Tearle, »was hast du dann getrunken?«

»Minze. Kann ich übrigens auch nicht empfehlen. Paßt überhaupt nicht zu Ale. Ich möchte aber behaupten, daß es immer noch besser schmeckt als der Teufelsdreck, den du mir eingeben wolltest.«

Zared hob den Beutel an. »Wenn du den Liebestrank nicht getrunken hast, was hat dann … deine nie gekannte Wollust verursacht?«

Tearle wußte nicht, ob er lachen oder sie anschreien sollte. Schließlich tat er keins von beidem, sondern setzte sich auf den Bettrand und sagte ganz langsam: »Ich weiß nicht, warum du nicht gemerkt hast, daß ich dich vom ersten Augenblick an, da ich dich sah, gern vor Liebe mit Haut und Haaren verschlungen hätte. Warum sonst habe ich für deinen Bruder den Lakaien gespielt? Meinst du, es hätte mir Spaß gemacht, bis zu den Knien im Morast umherzuwaten, um ihm seine Lanzen zu bringen? Bin ich etwa bei ihm geblieben, weil ich seine Gesellschaft so unwiderstehlich angenehm fand? Oder deine? Hast du während des Turniers auch nur ein einziges freundliches Wort mit mir gewechselt?«

Ohne Rücksicht auf Tearles Blicks setzte sie sich im Bett auf. »Aber ich dachte, du könntest mich nicht ausstehen! Ich dachte, du wolltest nur … nur …«

»Die Reichtümer der Peregrines in die Hände bekommen?« Er beugte sich zu ihr, bis ihre Nasen sich beinahe berührten. »Ich habe immer nur ein Ziel gehabt: den Körper der Peregrine-Tochter in die Hände zu bekommen.«

Zared blinzelte verlegen. »Ist das wahr? Und du glaubst nicht, daß ich wie ein Knabe aussehe?«

Er betrachtete ihren nackten Leib. Dann sah er ihr in die Augen. »Ich bin der einzige Mann, der von Anfang an wußte, daß du *kein* Knabe bist.«

Zareds Blick suchte den Beutel. »Aber wenn du den Liebestrank gar nicht eingenommen hast, wie konnte er dann diese Wirkung haben?« Sie hob den Kopf. »Und warum bist du vorher nie aus eigenem Antrieb zu mir ins Bett gekommen?«

Er mußte an sich halten, um nicht laut zu schreien. »Hast du denn nicht gemerkt, daß ich die ganze Zeit über um dich geworben habe?«

»Um mich geworben?«

»Ja, ich habe um dich geworben. Nach den Erfahrungen mit deinem Bruder ist mir jetzt natürlich klar, daß man bei den Peregrines unter einer Liebeswerbung versteht, die Frau übers Knie zu legen. Aber in anderen Häusern zieht man es zum Beispiel vor, die geliebte Frau zum Jahrmarkt zu führen.«

»Aber was ist mit der Annullierung der Ehe? Was ist mit dem Bittgesuch an den König?«

Er lächelte schwach. »Welches Bittgesuch? Welche Annullierung?«

»Nun, die wir ...« Jetzt lächelte auch sie. »Du hast das Gesuch gar nicht abgeschickt? Ach, und ich habe dich mit den allerschlimmsten Schimpfworten belegt!«

»Ich dachte, daß sie dir nur im Zorn herausgeplatzt seien. Ich habe immer gehofft, dich von deinem Bruder zu trennen, damit du erkennst, daß ich nicht das Ungeheuer bin, als das man mich hingestellt hat.« Er nahm ihre Hand und drückte einen Kuß darauf. »Schon als ich dich gegen die Männer meines Bruders kämpfen sah, habe ich dich erobern wollen. Und als du noch einmal in den Wald zurückkamst, um nachzusehen, ob ich vielleicht tot wäre, habe ich dich liebgewonnen, auch wenn ich ein Howard bin und man dich gelehrt hatte, mich zu hassen.«

Er küßte ihr die Fingerspitzen, und sie ließ ihn nicht mehr aus den Augen. »Damals hatte ich Angst, du könntest vielleicht verbluten, was nur noch weiteres Leid über meine Familie gebracht hätte. Für dich habe ich gar nichts empfunden.«

Seine Augen blitzten. »Vielleicht kann ich dich dazu bringen, daß du jetzt etwas für mich empfindest.« Er ließ ihre kleine Hand behutsam los und kam näher.

Zared legte sich in die Kissen zurück. »Das glaube ich nicht. Kein Howard schafft es, eine Peregrine vor Lust schreien zu lassen.«

Er hörte auf, sie zu küssen, und sah sie argwöhnisch an. »Was weißt du von Lustschreien?«

»Ich habe sie oft gehört, wenn meine Brüder eine Frau in ihrem Bett hatten. Du wirst mir bestimmt keine Lustschreie entlocken.« Ihr Blick forderte ihn heraus. Um ihre Lippen spielte ein Lächeln.

»Ach ja?« sagte er. Dann nahm er die Herausforderung an. »Das wollen wir sehen.«

Und wieder begann er sie zu küssen. Und da Worte nun nicht mehr nötig waren, konnte er sich ganz der Wollust nach ihrem Körper hingeben. Er küßte und liebkoste sie, bis sie glaubte, vor Wonne zu vergehen. Schließlich drang er in sie ein. Er hatte erwartet, daß sie einen Schmerzenslaut ausstoßen würde. Doch nichts dergleichen geschah.

»Das hat mir gefallen«, sagte sie später, als Tearle in ihren Armen halb eingeschlafen war. »Wollen wir es noch einmal machen? Kannst du es etwas in die Länge ziehen?«

Tearle hob ein Augenlid. »Vielleicht. Warte noch einen Augenblick.«

»Aha«, sagte Zared, »ich verstehe.«

Hätte eine andere Frau das gesagt, so hätte Tearle ihr geglaubt, daß sie es verstand. Aber bei Zareds mangelnder Lebenserfahrung bezweifelte er, daß sie überhaupt etwas verstand. Er fragte: »Was verstehst du?«

»Daß du ein weicher, schwächlicher Howard bist, während durch meine Adern das Blut der Falken rinnt. Glaubst du, daß unsere Kinder auch so schwach werden wie du?«

Da packte er sie und zog sie an sich. »Jetzt werde ich es dir zeigen. Du wirst heute nacht noch um Gnade winseln!«

## 13

Schwungvoll nahm Zared am Tisch Platz. Ihr Mann sah sie so selbstsicher und überlegen an, daß sie eine Grimasse schnitt. Aber sie war glücklich, sehr, sehr glücklich.

»Was wollen wir heute unternehmen?« fragte Tearle.

Ohne zu überlegen, antwortete sie: »Bring mir das Lesen bei!« Und sein Lächeln vertiefte sich.

Die folgenden zwei Wochen waren für Tearle der Himmel auf Erden. Sie schien verrückt nach Liebe zu sein. Es war, als wollte sie sich für die vielen Jahre schadlos halten, in denen sie gezwungenermaßen wie ein Jüngling aussehen und sich auch so verhalten mußte. Sie sehnte sich nach allem, was Frauensache war. Tearle, der sich so sehr von allen Männern unterschied, die sie früher gekannt hatte, war nur zu froh, sie in allen weiblichen Künsten zu unterrichten.

Er half ihr bei der Auswahl von Kleidern, die ihr

seiner Ansicht nach gut standen. Jeden Abend bürstete er ihr die Haare. Beide hofften, daß sie durch das Bürsten schneller wachsen würden.

Sie unterhielten sich mit Spielen zu zweit und mit den anderen Angehörigen des Haushalts. Sie ritten, gingen auf die Jagd, und manchmal faulenzten sie auch. Er lehrte sie lesen und schreiben und zeigte ihr Noten für die Laute. Gemeinsam schrieben sie Gedichte, und Tearle sagte, daß sie Talent zum Dichten habe.

Und fortwährend liebten sie sich. Für sie schien alles eine sexuelle Bedeutung zu haben. Wenn sie ein Baby sahen, dachten sie daran, selber ein Kind zu zeugen. Wenn Musik erklang, zogen sie sich in ihr Gemach zurück. Selbst beim Lesen erwachte ihr Verlangen, besonders da einige von Zareds Gedichten recht kühn waren.

Zared zeigte Tearle den Umgang mit dem Messer. Und als sie es ihm vormachte, wurde Tearle vor Begierde ganz wild. Es lag aber nicht daran, daß sie ihm etwas zeigte, was er nicht beherrschte, sondern weil sie dabei nackt war.

Als es einmal regnete, spielten sie den ganzen Tag lang Verstecken, und wenn einer den anderen aufspürte, liebten sie sich gleich am selben Fleck, wo immer es sein mochte.

Tearle, der früher meist nur unter größter Heimlichkeit mit Frauen geschlafen hatte, war fasziniert von ihrer freimütigen Art, sich zu geben. Er durfte seine Frau lieben, wann immer er Lust dazu hatte.

Er war überhaupt von Zared fasziniert. Da ihr niemand gesagt hatte, was eine Frau darf und was nicht, war sie bereit, alles zu versuchen. Außerdem war sie so sportlich, daß Tearle sich manchmal alt und verbraucht vorkam. Auf Bäume kletterte sie so gewandt wie eine Katze. Er stieg ihr nach, und dann liebten sie sich auf einer Astgabel.

Sie litt unter keiner der Ängste, von denen er angenommen hatte, daß sie den Frauen angeboren wären. Sie kannte keine Höhenangst, und sie fürchtete sich weder vor Waffen, angreifenden Keilern oder Tearles Männern.

Als sie eines Nachts schweißbedeckt und tief befriedigt im Bett lagen, fragte er sie, woher ihre Lebenslust rühre.

»Weißt du das nicht?« erwiderte sie. »Es ist das Gefühl der Freiheit. Früher war ich immer unfrei. Du hast ein so ungezwungenes Leben geführt, daß du gar nicht verstehst, was es heißt, eine Gefangene zu sein. Du bist überhaupt sehr weich.«

»Vielleicht im Moment«, sagte er etwas verletzt, »aber das bleibt doch nicht so.«

»Nein, du Esel, das habe ich doch nicht gemeint. Ich meine, daß du innerlich weich bist. Du bist sanft und freundlich und kennst keinen Haß.«

»Das hört sich so an, als wäre ich kein richtiger Mann. Du hast doch die Narben gesehen, die ich am Körper habe. Ich kann kämpfen wie kein anderer.«

»Ja, in Scheinkämpfen auf Turnieren, das stimmt. Aber kannst du auch töten? Könntest du einem Mann ins Auge sehen und ihn dann töten?«

Er hielt ihre Hand und betrachtete sie. »Ich würde jeden töten, der dich anrührt.«

»Ja, wahrscheinlich«, sagte sie seufzend. Sie wußte nicht, wie sie es ihm erklären sollte. Er begriff einfach nicht, was Haß war. Er hatte keine Ahnung, wie es ist, wenn man vom Haß lebt – wenn man erlebt, wie seine Umgebung von Haß zerfressen ist.

»Könntest du denn einem Mann in die Augen sehen und ihn dann töten?« fragte er sie.

»Wenn er ein Howard wäre, ja«, sagte sie ohne Überlegung. Dann wandte sie sich ihm rasch zu und spürte den Schrecken im Herzen.

»Ich bin ein Howard«, sagte er leise. »Könntest du mir in die Augen sehen und mich dann töten?«

Sie wußte nicht, was sie darauf erwidern sollte. Ihr war klar, daß sie ihn nicht töten könnte. Oder doch? Was würde sie denn tun, wenn er einen ihrer Brüder bedrohte?

Sie schauderte. »Ich habe dir schon oft in die Augen geschaut und dich getötet. Du hast keine Ausdauer. Du bist weich und schwächlich, und wenn wir uns nur ein paar Stunden geliebt haben, rufst du schon: ›Ich kann nicht mehr!‹ Wir Peregrines aber ...« Mehr konnte sie nicht sagen, denn er verschloß ihr den Mund mit Küssen.

Mitte der dritten Woche aber stürzte der Himmel des Glücks über Zared ein. Der Morgen dämmerte gerade, und da sie das Leben mit Tearle etwas träge gemacht hatte, lagen sie noch im Bett, als die Tür aufgerissen wurde.

Einer von Tearles Rittern kam ins Zimmer gerannt. Sein Gesicht war vor Anstrengung gerötet, die Stirnadern traten hervor. Er war so außer Atem, daß er nur zwei Worte herausbringen konnte: »Er kommt!«

Zared fuhr auf und rieb sich die Augen. Sie hatte jetzt so lange in Sicherheit gelebt, daß gefährliche Erlebnisse für sie in ferne Vergangenheit gerückt waren.

Tearle nickte und fragte: »Wie viele?«

»Hunderte. Und bewaffnet wie im Krieg.«

Wieder nickte Tearle. »Alarmiert meine Männer! Macht sie aber darauf aufmerksam: Keine Waffengewalt! Diese Leute sind jetzt meine Verwandten. Heute will ich kein Blutvergießen erleben.«

Als Zared das Wort Blut vernahm, wurde sie vollends wach und setzte sich auf, die Bettdecke um den Oberkörper haltend. »Was ist geschehen?«

Tearle entließ den Ritter und wandte sich an seine Frau: »Dein Bruder ist an der Spitze eines Heeres gekommen. Ich glaube, er will mich töten und dich heimbringen.«

Zared sprach kein Wort. Ihr war, als wiche alles Blut aus ihrem Körper. Sie wollte sich zur anderen Seite des Betts rollen, aber Tearle hielt sie fest.

»Bleib hier! Was hast du vor?«

»Ich gehe zu meinem Bruder. Ich lasse es nicht zu, daß er dich tötet. Du bist sehr gut zu mir gewesen.«

Sein Griff um ihren Unterarm verstärkte sich. Nicht ohne Ironie sagte er: »Ich bin also sehr gut zu dir gewesen – obwohl ich ein Howard bin. Und jetzt willst du mich verlassen.«

»Ich will einen Krieg verhindern!« rief sie.

*Du* willst das in die Hand nehmen?« fragte er leise.

»Ja.« Ihr Gehirn arbeitete rasch. »Ich sage meinem Bruder, daß ich es war, die dich heiraten wollte. Ich sage ihm, daß mein Verlangen stärker war als alles andere. Vielleicht hat er dafür Verständnis. Allerdings steht für Rogan die Ehre über allem. *Er* würde auch dem stärksten Verlangen nicht nachgeben. Nie würde er sich so unehrenhaft verhalten wie ich. Lieber würde er sterben als eine Feindin heiraten, denn seine Feinde haßt er bis zum Ende aller Zeiten. Er würde nie so gehandelt haben wie ich, die es so weit getrieben hat, daß sie ihren Feind jetzt sogar ... gern hat.«

Während dieser langen Rede hatte Tearle sie nur schweigend angesehen.

»Willst du vielleicht den ganzen Tag hier im Bett verbringen?« fuhr sie ihn an. Den Gedanken, daß sie ihn jetzt wahrscheinlich zum letztenmal sah, verdrängte sie noch. Allerdings stand es für sie fest, daß ihr Bruder ihr nicht gestatten würde, bei einem Howard zu bleiben. Rogan würde für die Annullierung der Ehe sorgen, mit der Begründung, daß seine Schwester nicht die Heiratserlaubnis ihrer Brüder gehabt habe. »Warum schaust du mich so sonderbar an?«

»Noch immer siehst du in mir nicht den Mann, der ich bin, sondern einen Howard. Noch immer hältst du mich für einen Schwächling und meinst, daß dein gewalttätiger Bruder allmächtig wäre. Kannst du denn nicht einsehen, daß Gewalt nicht in jedem Fall die richtige Lösung ist?«

Sie schüttelte den Kopf. »Ich bin neugierig, ob du das immer noch sagen wirst, wenn das Schwert meines Bruders auf deinen Kopf zielt.« Sie ging zu der Fenstertruhe, holte die Männerkleider heraus, die sie von dem Küchenjungen bekommen hatte, und machte Miene, sie anzulegen.

»Nein!« rief Tearle und sprang aus dem Bett. »Du bist kein Mann mehr. Du bist kein Peregrine-Jüngling, sondern eine Howard-Frau!«

»Das ist nicht wahr!« schrie sie ihn an und schleuderte die Sachen auf den Boden. »Ich werde nie, nie, nie eine Howard sein. Das ist unmöglich. Denn die Howards sind meine Feinde.«

Tearle zog sie in die Arme. »Psst, Geliebte, sei still! Du brauchst keine Angst zu haben. Dein Bruder kann dich mir nicht wegnehmen.«

Sie stieß ihn zurück. »Er wird gegen dich kämpfen. Begreifst du denn überhaupt nichts? Meine Brüder hassen die Howards. Rogan wird dich töten, und wenn er dabei selbst sein Leben einbüßt. Nur wenn ich mit ihm gehe, können wir einen offenen Krieg vermeiden.«

»Wenn es so ist«, erwiderte er lächelnd, »mußt du

mit ihm gehen. Aber du wirst dich nicht als Mann verkleiden. Diese Tage sind vorbei. Du wirst das goldgewirkte Kleid anlegen. Dein Bruder soll sehen, daß du eine Frau geworden bist.«

»Ich werde meinem Bruder zeigen«, flüsterte sie, »daß die Howards von ihrem Geld Kleider kaufen können, die so viel kosten, wie die Peregrines in zehn Jahren an Pachtgeldern einnehmen.« Sie war tief verletzt, weil es ihm gar nichts auszumachen schien, daß sie sich nie wiedersehen würden. Sie mußte zu ihrem Bruder gehen, und der würde ... Heiliger Himmel, sie durfte gar nicht daran denken, wie ihr Bruder sie für ihr Verhalten strafen würde.

»Was soll ich anziehen?« fragte Tearle.

»Was geht das mich an? Ich sehe es ja doch nicht mehr, weil ich dann längst fort sein werde.« Ich werde nie mehr sehen, was du trägst und was du nicht trägst, dachte sie. Jetzt werde ich auch nie lesen lernen. Ich werde niemals Kinder haben – und keinen Mann mehr, der mich liebevoll in die Arme schließt und mich zum Lachen bringt.

»Was meinst du, womit ich auf deinen Bruder Eindruck machen könnte? Soll ich kostbare Gewänder anlegen oder lieber eine Rüstung? Oder vielleicht ein silberdurchwirktes Gewand? Wir würden ein schönes Paar abgeben, du in Gold und ich in Silber, nicht wahr? Aber ich fürchte, dein Bruder wird sich mit mir messen wollen, und da dürfte sich das Silbergewand als zu schwach erweisen. Es eignet sich nicht zum blutigen Kampf.«

Sie faßte sich an den Kopf. »Mein Bruder marschiert an der Spitze eines Heers gegen uns, und du stehst da und redest von Gewändern! Du hast den Verstand verloren! Ist dir denn nicht klar, daß wir uns nie wiedersehen werden? Daß ich heute zu meinem Bruder zurück muß?« Sie kämpfte mit den Tränen. »Ich habe es schon geahnt, daß dieses schöne Leben nicht lange dauern würde. Ich bin nicht dafür bestimmt. Ich wußte, daß es bald ein Ende haben wird.«

Tearle packte sie an den Handgelenken. »Sieh mich an und höre, was ich dir zu sagen habe! Du glaubst anscheinend, daß dein Bruder der stärkste Mann auf der Welt wäre, aber das ist er nicht. Obwohl es dir gefällt, mich zu jeder Stunde daran zu erinnern, daß ich ein Howard bin, scheinst du es in diesem Augenblick vergessen zu haben. Ich habe so viele Männer und so viel Geld zur Verfügung, daß ich es jederzeit mit deinem Bruder und seinem schwachen Heer aufnehmen kann.«

Vor Entsetzen riß Zared die Augen weit auf und wich einen Schritt zurück. Aber er zog sie wieder zu sich heran.

»Ich wollte dir damit nur sagen, was ich tun *könnte*. Doch ich habe anderes vor. Ich werde mich deinem Bruder ausliefern.«

»Das darfst du nicht tun«, flüsterte sie. »Dann tötet er dich.«

»Meinst du? Aber du hast doch gesagt, daß ihm die Ehre über alles geht. Wie kann er dann einen Mann töten, der von Geburt her sein Vetter und nun durch Heirat sein Bruder ist? Wie kann er einen Mann töten, der sich ihm freiwillig ausliefert?«

»Du kannst dich ihm nicht ausliefern. Ich gehe zu ihm. Er will, daß ich heimkehre. Du kennst Rogan nicht. Die Familie geht ihm über alles.«

Er brachte seinen Kopf dicht an ihren. »Und du gehst mir über alles. Glaubst du, ich ließe dich zu ihm gehen? Glaubst du, ich erlaubte dir, mich zu verlassen, nachdem ich so lange und so schwer um dich gekämpft habe?«

»Ich ... ich weiß nicht. Ich weiß nicht, was ich glauben soll. Mein Bruder wird dich töten – das ist alles, was ich weiß.«

»Es wird deinem kleinen Bruder schwerfallen, einen Howard zu töten.« Er lachte, als er ihren zornigen Blick sah. »Ja, *das* ist die Frau, die ich kenne! Nun zieh dich an, oder wir sind noch nackt, wenn dein Bruder eintrifft! Ich werde das Silbergewand anlegen. Beim Charakter deines Bruders ist anzunehmen, daß er einen Howard in voller Rüstung als Aufforderung zum Kampf ansehen würde. Und ich bin noch müde vom nächtlichen Kampf mit einer Peregrine im Bett.«

»Du könntest meinen Bruder Rogan sowieso nicht besiegen. Er ist ...«

»Ja, ja, erspare mir die Ruhmestaten deines Bruders! Ich wünschte mir den Tag herbei, an dem du in mir nicht nur den Schwächling siehst, der kaum die Energie aufbringt, morgens aus dem Bett zu steigen.« Er drehte sie herum und gab ihr einen Klaps auf den nackten Hintern. »Nun zieh dich an und mach dich bereit, deinen Bruder mit der ganzen Anmut einer Howard-Lady zu begrüßen!«

Immer wenn er sie eine Howard nannte, sank ihr das Herz. Sie bemerkte kaum, daß er das Gemach verließ, daß Margaret hereinkam und ihr beim Ankleiden half.

Bald darauf kam Tearle zurück, um sie abzuholen. In der silberdurchwirkten blauen Seide bot er eine glänzende Erscheinung. Sein dunkles Haar wirkte noch dunkler als sonst. Nie im Leben hatte sie einen besser aussehenden Mann erblickt.

Ihr bewundernder Blick veranlaßte ihn zu einem Lächeln. »Endlich scheint dir einmal recht zu sein, was ich tue.« Er bot ihr den Arm. »Wollen wir jetzt deinen Bruder begrüßen?«

Als sie zusammen die Treppe hinabschritten, merkte Zared, daß sie zitterte. Zum erstenmal betrachtete sie das Schloß nicht wegen seiner Schönheit, sondern mit einem prüfenden Blick. War es zu verteidigen? Ausgeschlossen. Es besaß keine schützenden Mauern und Tore, die man vor andrängenden Feinden verschließen konnte. Es war auch nicht aus Stein, sondern aus Holz erbaut. Ein brennender Pfeil würde das Ganze in Flammen setzen. In ihren Augen verlor es in diesem Augenblick alle Schönheit. Es war ein nutzloser Bau.

Mitten auf der Treppe blieb sie stehen. »Laß mich jetzt gehen! Ich sage meinem Bruder, daß ich mit ihm reiten werde, wenn er schwört, dir kein Leid anzutun.«

Er küßte sie liebevoll auf den Mund. »Nein«, sagte er leise. »Obwohl du davon überzeugt bist, daß ich ein Feigling bin – ich bin es nicht.«

Er legte den Arm fest um ihre Taille, und sie gingen weiter. »Und was immer du von deinem Bruder halten magst, er ist kein Gott auf Erden. Er ist nur ein Mensch wie wir alle. Und mach jetzt kein so ängstliches Gesicht! Sonst denkt dein Bruder noch, ich hätte dich geschlagen.«

Ja, dachte sie, es ist besser, erhobenen Hauptes einherzugehen. Rogan war schrecklich genug. Sie durfte seinen Zorn nicht noch schüren.

Als ihr klar wurde, was ihr Gatte vorhatte, meinte sie, vor Schreck in Ohnmacht zu fallen. Sie hatte geglaubt, er würde dem Heer ihres Bruders an der Spitze seines eigenen gegenübertreten. Doch stattdessen trat er allein mit ihr vor das Haus, ging zu dem kleinen Hof mit den duftenden Blumen. Dort warteten sie, sein Arm war schützend um ihren Leib gelegt, und der Stoff ihrer Gewänder glänzte im Sonnenschein.

Der Boden erbebte von den stampfenden Hufen der Pferde, auf denen Rogans Männer geritten kamen. »Das kannst du nicht tun!« rief sie verzweifelt. »Rogan wird deinen Körper mit dem Schwert durchbohren.«

»Für so dumm halte ich deinen Bruder nun auch wieder nicht. Der König würde ihn zum Richtplatz schleifen und vierteilen lassen. Jetzt sei still, und sieh ihn lächelnd an! Freust du dich denn nicht, ihn wiederzusehen?«

Der Mann ist wahnsinnig, dachte Zared, völlig wahnsinnig. Wenn sie stark genug gewesen wäre, hätte sie ihn mit einer Hand in Sicherheit gebracht, und wenn sie ihn hätte tragen müssen. Aber sie konnte nicht mehr tun, als neben ihm stehen und ihren Bruder erwarten. Das Herz klopfte ihr bis in den Hals, sie zitterte am ganzen Leib, Hände und Füße waren kalt vor Angst.

Rogan ritt an der Spitze seiner Männer. Es mußten wohl an die dreihundert sein, und sie fragte sich, woher sie alle kommen mochten. Sie erkannte nur wenige, die meisten waren ihr fremd. Sie versuchte aufrecht dazustehen, aber ihr Rückgrat war wie aus Gelee.

Rogan und seine Männer ritten geradewegs auf die Vorderfront des Hauses zu. Ihre Pferde zertrampelten die hübsch angelegten Fußwege, die Blumen und Sträucher. Trotz der ernsten Lage ärgerte sich Zared über diese Rücksichtslosigkeit. Für Rogan zählten Blumen nicht.

»Ich wünsche Euch einen guten Morgen, Bruder«, sagte Tearle in heiterem Ton. »Wollt Ihr hereinkommen und mit uns speisen?«

Auf dem Rücken seines Pferdes sah Rogan noch größer aus, als Zared ihn in Erinnerung hatte. Mit seinen roten Haaren wirkte er auch zorniger, als er ohnehin schon war. »Ich komme wegen meiner Schwester!« sagte er in jenem Befehlston, dem Zared stets gehorcht hatte.

Sie wollte sich von Tearle lösen, aber er hielt sie fest.

»Wir sind in kurzer Zeit zur Abreise bereit«, antwortete Tearle. »Unsere Gewänder und Haushaltsgüter werden gerade gepackt. Aber kommt und ruht Euch so lange bei uns aus! Ich habe angeordnet, daß ein halbes Dutzend Kühe geschlachtet werden. Man wird sie für euch braten. Eure Pferde müssen auch versorgt werden.«

Zared sah ihren Bruder an. Er mußte Tearle für genauso wahnsinnig halten wie sie.

Rogan aber achtete nicht auf ihn, sondern behielt nur seine Schwester im Auge. »Steig auf dein Pferd! Wir reiten!«

Wieder wollte Zared dem Befehl nachkommen, und wieder hielt Tearle sie fest.

Rogan zog sein Schwert. »Wollt Ihr sie mit Gewalt zurückhalten? Dann töte ich Euch auf der Stelle!«

Tearle ließ Zared los, aber nur um sich vor sie zu stellen. Gleichzeitig griff er nach dem kleinen Messer an der Hüfte. Daraufhin sprang Zared zwischen die beiden Männer.

»Er hält mich nicht fest!« rief sie so laut, wie sie konnte, und sie hatte eine starke Lunge. »Kein Mann kann mich halten. Ich bin frei! Oh, Rogan, du darfst ihn nicht töten! Ich bin aus eigenem freien Willen hier. Tu ihm nichts!«

Ihr Blick ging von einem zum anderen, und sie merkte sofort, daß sie beide beleidigt hatte. Rogan, weil er sie für ehrenhaft gehalten und gedacht hatte, sie könnte nur mit Gewalt gezwungen worden sein, mit einem Howard zu gehen. Nun aber hatte er erfahren, daß sie ehrvergessen gewesen war und

Schande über den alten Namen Peregrine gebracht hatte. Und ihr Ehemann, weil sie es so dargestellt hatte, als müßte eine Frau seine Schlachten für ihn schlagen.

Doch wie sie es erwartet hatte, machte Tearle einen Friedensvorschlag. Er steckte das Messer in die Scheide und sagte: »Ich will nicht mit Euch kämpfen. Denn wir sind jetzt beide verwandt, und ich wünsche die ganze Fehde zu beenden. Ihr müßt hereinkommen und mit mir speisen. Dabei können wir besprechen, was in Zukunft geschehen soll.«

Rogan sah höhnisch auf ihn herab. »Wie viele Männer habt Ihr im Haus versteckt, Howard? Wollt Ihr uns dort drin überwältigen, wenn wir vom Trunk berauscht sind?«

»Wenn Ihr wünscht«, versetzte Tearle, »können wir draußen speisen und nur Wasser trinken.«

Man hörte, wie viele Männer Rogans enttäuscht aufstöhnten.

»Er überfällt euch nicht«, sagte Zared. »Er ist ein Mann des Friedens.« Sie wunderte sich über ihre eigenen Worte. Wie konnte man angesichts von dreihundert bewaffneten Männern von Frieden sprechen?

Tearle legte ihr die Hände auf die Schultern. »Laß uns jetzt allein! Dein Bruder und ich haben Wichtiges zu besprechen.«

Zared erbleichte. »Ich kann euch beide nicht allein lassen.«

Tearle blickte zu dem hoch zu Roß sitzenden Rogan hinauf. »Mag sein, daß dein Bruder mich haßt, aber ein Dummkopf ist er nicht. Er weiß, wenn er mich tötet und dich, meine rechtmäßig angetraute Gemahlin, entführt, wird mein Bruder alle seine noch lebenden Familienangehörigen vom Angesicht der Erde tilgen. Habe ich recht, Bruder?«

»Ich bin nicht Euer Bruder«, sagte Rogan leise und sah dabei nur seine Schwester an. »Geh! Ich werde ihn nicht töten – jetzt nicht. Mach dich bereit, mit mir heimzukehren!«

Sie nickte ihrem Bruder zu, warf noch einen Blick auf ihren Mann und ging ins Haus.

»Was machen sie jetzt?« wollte Zared von Margaret wissen.

»Dasselbe wie vorher. Die Männer schmausen, und dein Bruder sitzt schweigend an der Tafel. Doch er hört Lord Tearle zu, der allein das Wort führt.«

»Ja, ja, ich weiß, er kann gut reden. Er könnte selbst auf einen Toten so lange einreden, daß er sich schließlich aufrafft und fortgeht, nur um ihn nicht länger zuhören zu müssen.« Ihr fiel ein, wie oft er ihr das Wort im Munde herumgedreht hatte, um einen Vorteil herauszuschlagen. »Aber mein Bruder läßt sich nicht so leicht beeinflussen, wie ich es tat«, murmelte sie vor sich hin. »Rogan wird nie mit etwas einverstanden sein, das ein Howard vorschlägt.«

»Ja, Mylady Howard«, sagte Margaret leise. Zared schnitt eine Grimasse.

Dann nahm sie auf dem Fenstersitz Platz und blickte hinaus auf die schöne, leicht gewellte englische Landschaft. »Er wird mich nicht hierbleiben lassen«, flüsterte sie. Und dachte dann: Also muß ich mit meinem Bruder zurückreiten. Ich muß dieses schöne Schloß und meinen schönen Mann verlassen und an einen Ort zurückkehren, wo man nur Haß kennt und von Krieg spricht.

Es war kurz vor Sonnenuntergang, als Tearle in ihr gemeinsames Gemach kam. Sofort sprang sie auf und ging auf ihn zu, aber nicht sehr weit. »Wann reite ich ab?«

»Morgen in aller Frühe«, sagte er und reckte sich. »Weißt du, diese Männer deines Bruders können gewaltige Mengen verschlingen. Da wundert es mich nicht, daß dein Bruder seinen Titel und die Ländereien zurückhaben will. Die Verpflegung dieser Männer muß ihn eine Menge Geld kosten.«

»Machst du über das Späße, was für die Peregrines eine Überlebensfrage ist?«

Er lächelte. »Ich mache über alles Späße. Hast du das noch nicht gemerkt? Ich glaube fest daran: Wer lange lacht, der lebt auch lange. Sag mal, hat dieser Bruder von dir überhaupt schon einmal gelächelt?«

Ungeduldig antwortete sie: »Liana kann ihn zum Lächeln bringen.« Sie wandte sich ab. »Dann werden wir also heute unsere letzte gemeinsame Nacht verbringen.«

Tearle setzte sich auf den Bettrand und schnürte sich die hohen Stiefel auf. »Hast du vor, wenn wir in deines Bruders Haus sind, nicht mehr mit mir zu schlafen?«

Erst nach einiger Zeit begriff Zared, was er gesagt hatte. Dann trat sie auf ihn zu. »Du kannst nicht mit uns kommen.«

Wie üblich war sein Lächeln leicht spöttisch. »Du meinst, du kannst es dort aushalten, ich aber nicht. Soll das heißen, daß du männlicher bist als ich?«

Sie kniete vor ihm nieder. »Damit darfst du keine Scherze treiben. Mein Bruder wird dich töten. Vielleicht nicht eigenhändig. Vielleicht wirst du von einem herabfallenden Stein erschlagen, oder eine Klinge rutscht aus, oder eine Axt ...«

»An all das habe ich gedacht und darüber zu deinem Bruder gesprochen.« Er hielt im Auskleiden inne. »Wenn er nicht um das Leben seiner Lieben fürchtete, hätte er mich heute schon getötet. Zumindest hätte er es mit Vergnügen versucht. Ich habe noch nie bei einem Mann solchen Haß verspürt.«

»Er *wird* dich töten, wenn du ihm die geringste Veranlassung gibst. Du darfst mit ihm nirgendwohin reiten. Schlag dir das aus dem Kopf!«

Er faßte sie unters Kinn. »Ich bin nicht so schwächlich, dumm oder vertrauensselig, wie du zu glauben scheinst. Weißt du, daß ich als Kind meinen Bruder Oliver für den stärksten und tapfersten ...«

»Oliver Hardy ist fett und weich und ...« Sie brach ab, weil sie plötzlich wußte, worauf er hinauswollte. »Du darfst nicht glauben, daß ich meinen Bruder in einem falschen Licht sehe. Jedenfalls ist Rogan weder fett noch schwach.«

»Ich auch nicht.«

Sie kauerte sich vor ihn hin. Warum hielt sich jeder Mann für unbesiegbar? »Was hast du mit meinen Brüdern vereinbart?« Sie senkte die Lider. »Wozu hast du meinen Bruder überredet?«

»Ah, endlich gibst du zu, daß ich deinem Bruder wenigstens auf einem Gebiet überlegen bin!«

»Sag es mir!« beharrte sie.

»Er ist mit allem einverstanden, was ich schon immer vorgehabt habe. Dein Bruder will einfach nicht glauben, daß ich seine Schwester aus einem anderen Grund haben wollte, als sie in einem Krieg als Geisel zu benutzen. Ich sagte ihm, mich hätte nur die Gier nach deinem Körper getrieben. Aber auch darüber konnte er nicht lachen.«

Zared schnitt eine Grimasse. Nein, über so etwas würde Rogan gewiß nicht lachen. »Warum aber willst du so etwas tun? Warum willst du dein schönes Schloß aufgeben und in der ärmlichen Burg meines Bruders leben?«

Er blieb lange stumm. Als sie ihn forschend ansah,

begegnete sie einem so zärtlichen Blick, daß sie den Kopf abwandte. Sie wußte, was er antworten würde. Er wollte bei ihr bleiben. Wenn sie Rogan sagte, daß sie aus eigenem Entschluß einen Howard geheiratet habe, würde er ihr in seiner Sturheit kein Wort glauben. Er würde immer daran festhalten, daß sie dazu gezwungen worden wäre, und es deshalb für erforderlich halten, sie wieder heimzubringen. Deshalb *mußte* sie mit ihrem Bruder gehen.

»Du brauchst mich nicht zu begleiten«, flüsterte sie. »Vielleicht komme ich einmal zu dir zurück … später.«

»Ha!« rief Tearle. »Dein Bruder ist ja noch schlimmer, als du ihn mir beschrieben hast. Der Mann hört auf keine Vernunft. Weißt du, was ich ihm angeboten habe, falls er bereit ist, seinen unseligen Krieg zu beenden? Ich versprach, ihm nach meines Bruders Tod die Hälfte unserer Ländereien abzutreten.«

»Die Hälfte? Da mußte er ablehnen. Denn alles, was die Howards jetzt in Besitz haben, gehört den Peregrines.«

Lächelnd antwortete Tearle: »Du warst ihm wichtiger als der Landbesitz.« Zared war verwundert. »Ja, es stimmt. Er sagte, er habe so viele Familienangehörige verloren, daß er einen weiteren Verlust nicht ertragen könne. Er würde dich nicht für alle Reichtümer der Welt hergeben.«

Zared verbarg ihr zufriedenes Lächeln vor ihm. Es war ein gutes Gefühl, zu erfahren, daß ihr Bruder sie so sehr liebte. »Du siehst also ein, daß ich mit ihm gehen muß.«

»Ich verstehe es durchaus. Doch ich kann auch nicht auf dich verzichten. Wer wird mir mein Bett anwärmen, wenn du fort bist?«

Sie wandte sich ab. »Du wirst andere Frauen finden. Das ist bei Männern immer so.«

»Aber keine Frau, die mich die Bäume hinaufjagt und das Schwert gegen mich zieht. Keine Frau, mit der das Leben so unterhaltsam ist wie mit dir.«

Sie vergrub das Gesicht in den Händen. »Du kannst nicht mit mir gehen.«

»Ich kann es, und ich werde es tun. Dein Bruder, der einen Kopf so hart wie Stein hat, will es so haben. Deshalb gehe ich mit dir und lebe bei deiner Familie, bis er sich davon überzeugt hat, daß ich dich nicht wegen einer persönlichen Fehde geheiratet habe. Obgleich ich für mein Leben fürchten muß, wenn er hört, wie ich dich nachts zum Schreien bringe. Er könnte annehmen, ich würde dich quälen.«

»Du bringst mich nicht zum Schreien.«

Mit selbstsicherem Lächeln sagte er: »Komm und gib mir einen Kuß! Morgen reiten wir mit deinem Bruder weg und sehen uns eure Burg an. Sie kann gar nicht so schlimm sein, wie du sie immer schilderst.«

»Sie ist noch schlimmer«, entgegnete sie und setzte sich ihm auf den Schoß. »Du wirst es dort nicht aushalten.«

Er streichelte ihr über Hüfte und Oberschenkel. »Ich bin aus härterem Stoff, als du glaubst. Wirklich, ich bin jetzt aus Stahl. Kennst du zufällig eine Scheide, in die ich mein Schwert stecken kann?«

»Oh, Tearle, wie dumm du bist!« sagte sie. Lachend legte sie ihm die Arme um die Schultern und küßte ihn.

# 14

Rogans Gattin Liana lag mit geschlossenen Augen in den Kissen ihres Bettes. Sie litt Schmerzen. Zwei Tage zuvor hatte sie einen prächtigen Sohn mit dunklen Haaren zur Welt gebracht, und noch jetzt bereitete ihr jede kleinste Bewegung Schmerzen.

»Wie steht es mit ihnen?« fragte sie flüsternd ihre Zofe Joice, die dabei war, das Gemach aufzuräumen.

»Unverändert«, antwortete Joice ernst. Dann richtete sie den Blick auf ihre Herrin. »Das kann nicht so weitergehen.«

Liana nickte bestätigend. Vor einem Monat war Zared mit ihrem Howard-Gatten eingetroffen, und seitdem hatten sich die dunklen Schatten des Hasses in der Burg der Peregrines noch verdüstert. Für Liana erwies es sich als unmöglich, mit ihrem Mann vernünftig darüber zu sprechen. »Er ist jetzt der Mann deiner Schwester«, hatte sie ihm vorgehalten. Aber Rogan blieb unbeugsam. Er lehnte es ab, den Howard mit anderen Augen zu sehen, als er ihn sah. Und er hatte es sich nun einmal in den Kopf gesetzt, in ihm nichts als den Feind zu sehen.

In den vergangenen vier Wochen hatte Rogan alles unternommen, um den Geist des Howard zu brechen. Er hatte ihn zu den härtesten Waffenübungen gezwungen, bis der Mann vor Erschöpfung die Schultern hängenließ. Rogan erfand für ihn die schrecklichsten Proben. So ließ er ihn einmal von sechs kräftigen Rittern auf den Fluren der Burg anfallen, und dies nach einem langen, harten Übungstag, der die meisten Männer erledigt hätte.

Aber der Howard blieb ungebrochen, und nie kam eine Klage über seine Lippen. Liana hatte gesehen, wie er Rogan mit so entschlossener Miene anblickte, als wollte er sagen, er werde alles überstehen, was Rogan ihm an Prüfungen auferlegen würde.

In den letzten Wochen der Schwangerschaft hatte sich Liana so schlecht gefühlt, daß sie das Frauengemach nicht mehr verlassen konnte. Daher erfuhr sie von all diesen Ereignissen nur aus zweiter Hand. Aber auch wenn sie mit ihrer Näharbeit still dasaß, sah sie mehr, als ihr lieb war.

Bei der ersten Nachricht von der Vermählung Zareds mit einem Howard hatte Liana geglaubt, ihren Ehemann träfe der Schlag. Sein Wüten übertraf alles, was sie bisher erlebt hatte. Doch berichtete man ihr, daß er vor Jahren, als Oliver Howard sie gefangengenommen hatte, von ähnlichen Wutanfällen heimgesucht worden war. Damals hatte seine Umgebung schon gefürchtet, er würde verrückt werden.

Es nützte nichts, daß Liana Tag und Nacht zur Vernunft riet. Rogan stellte ein kleines Heer zusammen, mit dem er zum Schloß des Howard ritt und seine Schwester zurückforderte. »Vielleicht hat sie ihn aus Liebe geheiratet«, hatte Liana zu bedenken gegeben. »Vielleicht hat sie sich den Mann so ausgewählt wie ich seinerzeit dich.«

Rogan hörte nicht auf sie. Nichts, was sie sagte, machte den geringsten Eindruck auf ihn. Er war darauf versessen, ein Heer aufzustellen und seine Schwester zu holen. »Du wirst noch unser aller Ende herbeiführen«, hatte Liana gewarnt.

Viele Stunden verbrachte sie in der Kapelle, wo sie für die sichere Heimkehr ihres Mannes betete. Vielleicht sah sie ihn jetzt zum letztenmal im Leben. Die einstmals so gewaltigen Heere der Peregrines waren zu einem kleinen Haufen geschrumpft, der es nicht mit den zahlreichen Männern der Howards aufnehmen konnte.

Rogan berief Severn zu sich, der daraufhin seine junge Frau auf Burg Bevan allein lassen mußte. Severn zeigte sich genauso empört wie Rogan und erzählte ihm und Liana, wie ihn der Howard belogen und betrogen hatte. Immer wieder beteuerte er, daß der Howard vorgegeben habe, Liana hätte ihn als Helfer beim Turnier zu ihm geschickt.

Ihr Mann und ihr Schwager brauchten mehrere Tage, ehe alles für den Marsch zum Howard-Schloß bereit war. Im letzten Augenblick hatte Rogan verfügt, daß Severn auf Burg Moray zurückzubleiben habe. Er war sicher, daß Oliver Howard die Burg angreifen würde, wenn nur eine kleine Truppe zur Verteidigung bereit wäre.

Als Rogan unterwegs war, lag Liana fast ununterbrochen in der Kapelle auf den Knien und betete für seine sichere Heimkehr.

Nie hätte sie erwartet, daß er unter solchen Umständen heimkehren würde. An seiner Seite ritt ein gutaussehender, dunkelhaariger Mann in so feinen Gewändern, wie Liana sie seit Jahren nicht zu Gesicht bekommen hatte. Und neben diesem Mann ritt Zared. Doch diese Zared unterschied sich beträchtlich von dem jungenhaften Mädchen, das vor vielen Wochen zum Turnier aufgebrochen war.

Liana sah die kleine Gruppe absteigen. Beim Anblick von ihres Mannes Miene erstarb in ihr sofort die Hoffnung, daß die Vermählung einer Peregrine mit einem Howard auf irgendeine Art die Fortdauer der Fehde beenden würde. Ihr Mann zeigte keinerlei Zufriedenheit. Versöhnung lag ihm fern. Unter der gebräunten Haut glimmte nichts als Zorn.

Vom Fenster aus beobachtete sie die Gruppe mit pochendem Herzen. Sie spürte die Spannung, die in der kleinen Schar dort unten herrschte. Zu ihrer Zofe sagte sie: »Schick mir Zared herauf!« Ihr Mann konnte warten. Das unglückliche Gesicht ihrer Schwägerin forderte schnelles Handeln. Sie wollte wissen, was Zared bedrückte.

Taumelnd betrat Zared Lianas Gemach, warf sich ihr zu Füßen und legte den Kopf in Lianas Schoß, über dem sich der geschwollene Unterleib wölbte. Rasch schickte Liana die anderen hinaus und fuhr mit der Hand durch Zareds dichtes rotblondes Haar. Leise sagte sie: »Erzähl mir alles!«

Die Worte flossen nur so aus Zareds Mund. Sie berichtete von dem Turnier und über ihre Vereinbarung mit dem Howard, nach der sie ihn heiraten würde, wenn er die Vermählung von Lady Anne und Severn zustande brächte. »Nie hätte ich geglaubt, daß er das schaffen würde«, sagte Zared weinend. »Ich hielt die Möglichkeit für ausgeschlossen.«

Liana strich ihr übers Haar und hörte aufmerksam zu. Nicht nur ihr Ohr, auch ihr Herz war beteiligt, und so hörte sie manches heraus, was unausgesprochen mitschwang. Zared sagte, sie sei durch einen »Trick« zur Ehe verlockt worden. Sie habe den Howard heiraten *müssen*, aber ihre weiche Stimme verriet Liana viel von dem, was Zared nicht sagte.

»Erzähl mir von der Zeit, die du mit ihm allein verbracht hast!« bat Liana leise.

Zared trocknete ihre Tränen an Lianas Rock und erzählte von diesen wenigen Wochen. »Sein Haus war natürlich ohne jeden Wert«, sagte sie. »Ein Dutzend Männer hätten es einnehmen können.« Und nach einer Pause: »Aber es war wunderschön.« Sie erzählte von dem Schloß und beschrieb in allen Einzelheiten die Kleider, die sie dort getragen hatte. Sie schilderte ihren Besuch auf dem Jahrmarkt und an den anderen Orten, zu denen sie geritten waren. Und sie berichtete von ihm.

»Nun, wie ist denn nun dieser Howard, den du geheiratet hast? Ist er nicht nur Rogans Feind, sondern auch *deiner*?«

Zared biß die Zähne aufeinander, um neue Tränen zurückzuhalten. »Ich kann dir nicht sagen, wie er ist. Ich verstehe ihn nicht. Er ist so weich und freundlich. Er lobt mich, er singt für mich, er überschüttet mich mit Geschenken und liest mir vor. Manchmal habe ich das Gefühl, ohne ihn sterben zu müssen, aber ...«

»Aber was?« drängte Liana.

»Aber ich weiß nicht, was in seinem Kopf vorgeht. Ich weiß nicht, ob ich ihm trauen darf. Ich bin einem solchen Mann noch nie begegnet. Er sagt immer nur, daß er keinen Krieg will. Aber was ist, wenn ich ihm glaube und er mich belügt? Was ist, wenn ich ihm mein Vertrauen schenke und er mich und meine Familie betrügt?« Sie vergrub den Kopf in den Händen. »Wie kann ich den Haß aufgeben, der mein ganzes Leben beherrscht hat, nur weil ein Mann ein paar Wochen lang nett und freundlich zu mir war? Ich muß zeigen, daß ich aus härterem Stoff bin. Ich muß stark sein und widerstehen. Ich darf nicht zulassen, daß mich die Leidenschaft blind macht und mich vergessen läßt, daß er ein Howard ist.«

Wieder begann Zared zu weinen, und Liana spürte ihre Verzweiflung. Zared war in höchster Verwirrung. Schuld daran waren die Zweifel an dem Mann, den sie geheiratet hatte, und an ihren Gefühlen für ihn. »Allmählich faßte ich Vertrauen, weiß aber bis heute nicht, warum er mich wirklich geheiratet hat. Manchmal glaube ich ihm alles, was er sagt. Und manchmal fürchte ich mich wegen meiner Leichtgläubigkeit. Er sagt, er habe nur den Wunsch, diese Fehde zu beenden. Aber ich habe Angst, daß ich den Feind in unser Haus gebracht habe. Sobald er unser Vertrauen gewonnen hat, kann er des Nachts die Tore öffnen und das Heer seines Bruders hereinlassen. Er könnte uns alle im Schlaf töten.«

»Aber was würde er dadurch gewinnen?«

Zared sah Liana an, als wäre ihre ältere Freundin von Sinnen. »Dann hätte er einen eindeutigen Anspruch auf den Herzogtitel und alle Ländereien. Dann gibt es keine Peregrines mehr, die ihm den Besitz der Gebiete streitig machen können.«

Zareds Antwort erweckte auch bei Liana Befürchtungen. Sie wünschte, sie hätte nie etwas über diesen schrecklichen Howard erfahren. Sie hatte Angst um ihre Familie: um ihren Sohn, ihr ungeborenes Kind, ihren Mann, seine Schwester und seinen Bruder. Jeden Abend fragte sie Rogan aus, was er mit dem Howard angestellt habe. Sie wollte sicher sein, daß Rogan nicht in seiner Wachsamkeit nachließ.

Einmal ging Liana mit ihrem Sohn in den Hof, um ihm neugeborene Welpen zu zeigen. Da begegnete ihnen der Howard. Er blieb stehen und sah lächelnd auf den hübschen kleinen Jungen mit dem rötlichen Haar, der einen Welpen im Arm hielt. Dann blickte er lächelnd Liana an. Doch sie nahm ihren Sohn, als müßte sie ihn vor ihm schützen, und sah ihn finster an. Da verging ihm das Lächeln, und seufzend ging er weiter.

Doch Liana hatte keine Zeit, sich um die Gefühle zu kümmern, die der Bruder eines Feindes hegen mochte. Viel mehr nahmen die sorgenvollen Gesichter Rogans, Zareds und Severns ihre Gedanken in Anspruch. Servern machte sich Vorwürfe, daß er die Ursache aller Schwierigkeiten gewesen war. Um darüber hinwegzukommen, stürzte er sich mit erhöhtem Eifer in die täglichen Waffenübungen. Doch das schien ihm wenig zu helfen. Dennoch war er vom Morgen bis zum Abend auf dem Übungsgelände. Liana ahnte, daß er sich nach seiner frischgebackenen Gemahlin sehnte, die er auf Burg Bevan mehr oder weniger in Sicherheit zurückgelassen hatte.

Mit jedem Tag schien Rogan hohläugiger zu werden. Liana wußte nur zu gut, daß er wenig Schlaf fand, denn die Angst ließ ihn nicht los. Es war die Angst, seine Familie könnte jeden Augenblick überfallen werden. Einmal wälzte sich Rogan nachts wieder ruhelos im Bett. Plötzlich sprang er auf und hatte zum Schwert gegriffen, bevor noch Liana die Augen aufschlagen konnte.

Doch am meisten machte sie sich um Zared Sorgen. Sie schien zusehends dünner und grauer zu werden.

Anfangs der zweiten Woche, als Liana wieder einmal das eingefallene Gesicht ihrer kleinen Schwägerin betrachtete, fiel es ihr auf einmal wie Schuppen von den Augen. Leise fragte sie: »Du liebst ihn, nicht wahr?«

Zared tat, als wäre die Frage gegenstandslos. »Was hat Liebe damit zu tun? Er ist der Feind.«

»Aber *dein* Feind ist er doch nicht, oder?«

»Ich zähle nicht. Ich muß an meine Familie denken.«

Darauf wußte Liana nur zu antworten, daß man manchmal seinem eigenen Urteil trauen müsse und nicht auf die Meinungen anderer achten dürfe. Sie sprach aus Erfahrung, denn als sie vor Jahren ihre Einwilligung zur Vermählung mit Rogan gegeben hatte, war sie ebenfalls dem eigenen Gefühl gefolgt. Die Leute hatten sie eine Närrin genannt und gesagt, er wäre ein Mann, der nicht lieben könnte. Aber sie hatte bewiesen, daß sie unrecht hatten. Mochte er über Jahre hinweg sein Herz vor aller Welt verborgen haben, sie hatte es entdeckt.

Die Geburt ihres Kindes zog sich über drei lange, schwere Tage hin. Danach konnte sie wenig anderes tun, als im Bett liegen. Doch sie beobachtete alles, was in der Familie vor sich ging, so aufmerksam wie möglich.

»Zared«, sagte Tearle, »sieh mich an!«

Sie lagen zusammen im Bett. Sie lag so weit von ihm entfernt, wie es ging. Sie wollte ihn nicht berühren. Oder wußte sie nur nicht, ob sie es tun durfte? Ach, sie wünschte es sich so sehr!

»Ich bin müde«, sagte sie abweisend.

»Du scheinst neuerdings immer müde zu sein«, erwiderte er mit schleppender Stimme. Er schwieg eine Weile und fuhr dann fort: »Allein kann ich es nicht schaffen.«

Sie wußte, was er meinte, aber eine Antwort konnte sie ihm auch nicht geben. Sie ging jeden Tag durch die Hölle. Jedesmal, wenn sie einem ihrer Brüder allein begegnete, zeigte der ihr die Pferdeschädel an den Wänden. Vor Jahren hatten die Howards eine Burg der Peregrines belagert und die Verteidiger, unter denen sich Zareds Mutter befand, waren schließlich verhungert. Vorher hatten sie noch ihre Pferde geschlachtet. Zur mahnenden Erinnerung an die ruchlose Tat der Howards hingen seitdem die Schädel dieser Pferde an den Wänden.

»Es war dein Wunsch herzukommen«, sagte sie schließlich.

»Nein, entgegnete er leise. »Mich zog es nie in diese Burg des Hasses. Ich wollte einzig und allein, und das wünsche ich mir auch jetzt, daß die Frau, die ich liebe, meine Liebe erwidert.«

»Ich dachte, es sei dein Wunsch, diesem Haß ein Ende zu machen«, sagte sie voller Bitterkeit. Sie hatte

Tag für Tag beobachtet, wie ihre Brüder mit ihrem Mann umsprangen, wie sie ihm die härtesten Aufgaben stellten, an denen ein anderer schon längst zerbrochen wäre. Aber Tearle war nicht zu brechen. Er erregte sich nicht einmal darüber.

Sie legte sich auf die Seite, um ihn ansehen zu können. »Was bist du nur für ein Mensch!« schrie sie ihn beinahe an. »Weißt du denn nicht, daß alle Männer hier über dich lachen? Du steckst alles ein, was Rogan dir zumutet, und widersprichst ihm nicht einmal. Sie schließen schon Wetten ab, ob er dir demnächst befiehlt, die Schmutzwasserkübel zu leeren, und ob du auch das tun wirst.«

Er schien verärgert. »Wenn ich deutlich machte, was ich von deinem Bruder halte, würde er mich schlagen, und ich müßte mich wehren. Wir kennen Rogans Charakter. Er würde in Wut geraten, und einer von uns beiden würde sterben. Ist es das, was du dir wünschst? Eine Entscheidung durch Zweikampf? Sollen wir wie zwei Hirsche in der Brunft aufeinander losstürmen? Möchtest du, daß einer von uns tot auf der Strecke bleibt? Wie kann ich dich davon überzeugen, daß ich nicht weniger Mann als dein Bruder bin?« Er stützte sich auf den Ellbogen. »Sag mir, Zared, ist es das, was du dir wünschst? Ist es das, was ich dir beweisen soll?«

Er setzte sich auf. »Es scheint dir nicht zu genügen, daß ich mein Erbe aufs Spiel setzte, als ich dich zur Frau nahm. Mein Werben um dich bedeutet dir nichts. Daß ich, ein Howard, mich aus freiem Willen und allein in das Heim deiner Brüder begebe, wenn man diese Höhle des Hasses ein Heim nennen kann, und dort beiden Brüdern die Stirn biete, bedeutet dir nichts. Ich kann tun, was ich will, es genügt dir nicht. Du verlangst immer noch mehr von mir. Du hast gesagt, ich wäre nicht Manns genug, zu bewältigen, was dein Bruder von mir verlangt. Ich habe dies und noch mehr bewältigt. Ich bin müde und kaputt. Und ich habe es bis auf den Tod satt, gehaßt zu werden. Ich habe es satt, daß mich hier alle Leute finster anstarren.«

Er stieg aus dem Bett und stellte sich vor sie. »Doch wäre es all die Mühe wert, wenn ich nur den Sinn eines einzigen Menschen ändern könnte. Wenn ich dich dazu brächte, mir das Vertrauen entgegenzubringen, das ich verdiene, wäre es die Anstrengung wert.«

Er fuhr sich über die Augen. »Ich kämpfe nicht gegen deine Brüder. Ich will kein neues Blutvergießen zwischen den beiden Familien erleben. Und …« – er sah auf – »… und deiner Schwägerin kannst du ausrichten, daß ich kleinen Kindern nichts tue.«

Er zog sich eilig an und ging.

Zared hätte ihm gern etwas gesagt, aber sie wußte nicht was. Hätte sie ihm die Wahrheit sagen sollen? Daß sie sich jeden Tag aufs neue zwingen mußte, in ihm einen Howard zu sehen? Wenn sie ihn mit Rogan oder Severn zusammen sah, hatte sie oft den Wunsch, zu ihm zu laufen, ihn zu beschützen, ihn vor Lanzen zu behüten, die ihn hinterrücks bedrohten, und die Männer daran zu hindern, ihn auszulachen.

Aber sie durfte sich nicht in die Angelegenheiten ihrer Brüder einmischen. Sie war noch immer eine Peregrine, und er war noch immer der Feind.

In dieser Nacht kam er nicht wieder, und sie fand wenig Schlaf.

Drei Tage später verschwanden Tearle und Rogans dreijähriger Sohn zusammen.

# 15

Es war Liana, die entdeckte, daß der Knabe verschwunden war. Obwohl sie versucht hatte, ihn zu einem zivilisierten Menschen zu erziehen, war er schon ein echter Peregrine. Als er ein Jahr alt wurde, hatte ihm sein Vater zum Geburtstag ein Holzschwert geschenkt, und von seinem Onkel bekam er einen Lederhelm. Als er zwei Jahre zählte, hatte Rogan seinen Sohn auf ein Pferd gesetzt. Zu dieser Zeit war er schon häufig bei seinem Vater auf dem Übungsgelände und machte alles nach, was Vater und Onkel mit den Waffen vollführten.

Im Alter von drei Jahren kannte er keine Angst mehr. Liana hatte Rogan beschworen, gut auf den Knaben aufzupassen und ihn nicht frei unter den Männern im Hof umherlaufen zu lassen, die gewöhnlich halb betrunken oder erschöpft von den Übungen unter Rogan waren und das Kind leicht einmal über den Haufen rennen konnten. Aber Rogan hatte sie ein altes Weib genannt und ihr gesagt, daß alle Peregrines so erzogen worden seien und er dafür sorgen werde, daß sein Sohn ein Mann und keine halbe Frau werden würde.

Als daher Joice das Kind holen ging und es nicht in seinem Zimmer fand, dachte sie sich weiter nichts dabei. Außerdem mußte sie ihre stark geschwächte Herrin und den Neugeborenen betreuen. Sie erwähnte es ihrer Herrin gegenüber nicht einmal, daß das Kind sich nicht am gewohnten Ort aufhielt.

Und Liana vermißte ihren ältesten Sohn deshalb nicht, weil sie genügend mit Rogan zu tun hatte. Er tobte vor Wut, denn der Howard war verschwunden.

»Wo ist er?« schrie Rogan seine Schwester an.

Zared verharrte in starrem Schweigen. Sie hatte

diese Frage ihres Bruders schon hundertmal beantwortet. Sie wußte es nicht. Er hatte die Nacht mit ihr verbracht, war jedoch früh aufgestanden und hinausgegangen. Sie war ihm nicht gefolgt.

Zared sagte ihrem wütenden Bruder nicht, daß sie sich vorher gestritten hatten. Genaugenommen war es eine Wiederholung ihres alten Streits. Wieder einmal hatte Tearle sich darüber aufgeregt, daß sie kein Vertrauen zu ihm habe, obwohl er ihr Vertrauen verdiene. Immerhin hatte sie ihm offenbart, daß sie trotz ihres mangelnden Vertrauens innerlich zerrissen war, zwischen ihren Brüdern und ihm hin und her schwankte. Aber das besänftigte ihn nicht, sondern stachelte seinen Zorn nur noch mehr an.

»Genauso wie dein Bruder nicht die Hälfte des Landes annehmen will, das den Howards gehört, so begnüge ich mich auch nicht mit der Hälfte von dem, was mir ganz zusteht.« Mit diesen Worten war er aus dem Gemach gestürmt. Danach hatte sie ihn nicht wiedergesehen.

Severn meinte, der Howard hätte das Leben bei den Peregrines einfach nicht mehr ausgehalten. Doch Rogan widersprach. Er vertrat die Ansicht, daß der Mann wahrscheinlich zu seinem Bruder geritten war, um ihn über die verwundbaren Stellen im Verteidigungssystem der Peregrines zu unterrichten.

»Hört endlich auf!« hatte Zared geschrien. »Er hat alles ertragen, was ihr ihm abverlangt habt«, warf sie ihrem ältesten Bruder laut vor. »Alles, was ihr von ihm gefordert habt. Und er hat unter dieser Belastung nicht einmal gewankt. Und er kann noch viel mehr aushalten.«

»Wo ist er dann?«

Darauf wußte Zared keine Antwort. War er einfach fortgeritten, weil er von dem Haß der Peregrines genug hatte? Aber hätte er sie ohne ein Wort verlassen? Oder war er doch zu seinem Bruder zurückgekehrt? Drohte jetzt Krieg? Mußte ihre Familie durch ihre Schuld sterben? Es war unerträglich.

So wurde es fast Mittag, bis Liana entdeckte, daß auch ihr Sohn verschwunden war. Sie litt noch unter den Nachwirkungen der Geburt, und die Angst um ihren verschwundenen älteren Sohn machte sie ganz elend.

»Der Howard hat meinen Sohn entführt«, sagte Rogan im erregten Flüsterton.

Zared glaubte, nicht recht gehört zu haben. »Nein«, sagte sie leise. Und dann lauter: »Nein! So etwas würde er nie tun!«

Rogan warf ihr einen Blick zu, der besagte, daß er sie nicht mehr brauche, weil sie für ihn jetzt ein Feind sei wie die Howards.

Ihre Brüder machten sich mit den Männern auf die Suche nach dem vermißten Knaben. Zared saß still da und wartete. Liana meinte, vielleicht sei er mit einem der Arbeiter ins Dorf gegangen. Aber man hatte im Dorf schon nach ihm gesucht und keine Spur von dem Knaben und dem Howard gefunden. Beide schienen vom Angesicht der Erde verschwunden zu sein.

Bei Sonnenuntergang war Rogan entschlossen, einen Krieg gegen die Howards anzuzetteln. Doch Liana und Zared flehten ihn um Aufschub an. Es war ja auch möglich, daß zwischen dem Verschwinden des Knaben und dem von Zareds Mann überhaupt kein Zusammenhang bestand.

Sie suchten den Burggraben mit beschwerten Netzen ab, fanden aber keine kleine Leiche. Liana weinte vor Erleichterung.

Im Frauengemach saß Zared am Fenster und

schaute unverwandt in nördliche Richtung, in der Hoffnung, ihren Mann zurückkommen zu sehen. Es konnte ja auch sein, daß er nur mal einen Tag Urlaub von den Peregrines genommen hatte, um sich in die Sonne zu legen und die Blumen zu betrachten. Ihren Brüdern konnte sie von dieser Möglichkeit nichts sagen, denn sie hätten nie verstanden, wie ein Mann den Wunsch haben konnte, sich Blumen anzusehen.

Bei Sonnenuntergang holten sich die Männer Fakkeln und setzten in den umliegenden Wäldern die Suche nach dem Kind fort.

Und hier im Wald trafen sie auf einen Wilderer. Zuerst glaubte der erschrockene Mann, Rogan und seine Begleiter hätten es auf ihn abgesehen. Vor Angst konnte er nur unzusammenhängende Worte stammeln. Erst nach einiger Zeit kam er dahinter, daß die Peregrine-Männer sich überhaupt nicht dafür interessierten, wer ihnen das Wild von ihrem Besitz holte. Da erzählte er ihnen, daß er einen großen, dunkelhaarigen Mann zu Pferde gesehen habe, der ein rotblondes Kind vor sich im Sattel gehabt hatte.

Rogan und Severn fragten den Mann lange aus. Dann waren sie überzeugt, daß es sich bei dem Kind um Rogans Sohn handelte und der Mann kein anderer als Tearle Howard gewesen war.

Grimmig kehrten Rogan und Severn in die Burg zurück und berieten, wie sie den Krieg führen sollten.

»Hier stimmt etwas nicht«, sagte Zared. »Er hat das Kind bestimmt nicht entführt. So etwas tut er nicht.«

Worauf Rogan seine ganze Wut an ihr ausließ. Er brüllte sie an, daß ihr wollüstiges Verlangen nach einem Mann die Ursache dafür sei, daß jetzt das ganze Geschlecht der Peregrines ausgerottet werden würde. Und er schrie: »Wenn du ein Kind von ihm bekommst, werde ich es gleich nach der Geburt umbringen!«

Zared war machtlos gegen seine Wut. Sie mußte allerdings zugeben, daß die Logik auf seiner Seite war. Sie hatten den Wilderer mit auf die Burg Moray geschleppt. Der Mann mußte seine Geschichte vor den Frauen wiederholen. Er beschrieb Tearle genau bis auf die Farbe der Kleidung, die er angehabt hatte, und das Wappen der Howards am Schwertgriff. Und er beschrieb Rogans Sohn. Er sagte, er sei rotblond gewesen und habe Rogan ähnlich gesehen. Es war nicht mehr daran zu zweifeln: Tearle hatte das Kind vor sich im Sattel gehabt. Und mit ihm waren drei Männer in den Farben der Howards geritten.

Zared hätte gern zu ihrem Mann gehalten und eine andere Erklärung für die Beobachtungen des Wilderers gefunden, aber es gab keine. Tearle war nun einmal gesehen worden, wie er mit Rogans Sohn in Begleitung von drei Howard-Rittern in Richtung des Howard-Gebiets geritten war.

Am folgenden Morgen nach dem Verschwinden seines Sohns ritt Rogan mit Severn und fast dreihundert Männern los. Mehr hatte er nicht auftreiben können. Sie reichten nicht aus, um einen Krieg gegen die Howards vom Zaum zu brechen. Aber mehr Männer konnten die Peregrines auch nicht bezahlen.

Zu einem Zeitpunkt der Debatte hatte Zared vorgeschlagen, daß sie mitreiten wolle. Aber Rogan hatte sie mit einem Blick aus zornfunkelnden Augen zum Schweigen gebracht. Sie zählte für ihn jetzt fast ebenso zu seinen Feinden wie der Howard.

Als die Männer ausritten, sagte Liana: »Wir Frauen müssen still zu Haus warten, während unsere Männer in den Tod reiten.«

Doch Zared konnte nicht stillsitzen und warten. Statt dessen wanderte sie tagelang unruhig auf den Burgzinnen umher, bis sie die Schuhsohlen durchgelaufen hatte. Dann warf sie die Schuhe von oben in den Burggraben und ging barfuß weiter. Unentwegt suchte sie den Horizont ab.

Zwei Tage lang blieb sie in ihrem Glauben an den Ehemann fest. Zwei Tage lang redete sie sich ein, daß er sie und ihre Familie nicht betrogen habe. Er konnte das Kind nicht entführt haben. Sie dachte an die schönen Zeiten, die sie miteinander verlebt hatten und wie oft er ihr versichert hatte, daß er die Fehde zwischen den beiden Familien ein für allemal beenden wolle.

Gegen Mittag des dritten Tages schickte ihnen Rogan Nachricht durch einen Boten. In der Begleitung des Boten kam ein Mann, der aussagte, er habe vier Männer der Howards mit einem rotblonden Knaben bei sich in Richtung der Howard-Ländereien reiten sehen. Der Mann wohnte in der Nähe dieses Gebiets und erklärte, er habe Tearle erkannt.

In diesem Augenblick verlor Zared den Glauben an ihren Ehemann. Nachdem sie den Boten angehört hatten, wurde sie ganz still und sagte kein Wort mehr. Nur Liana merkte es und ahnte, was sie vorhatte.

Liana drehte sich um und sah, daß ihre Schwägerin das Gemach verlassen hatte. Sie lief ihr nach und fand Zared. Sie war gerade dabei, die Rüstung anzulegen, die ihre Brüder für sie hatten anfertigen lassen.

»Du wirst ihnen nicht nachreiten«, sagte Liana.

»Ich habe ihn hergebracht, und ich werde ihn auch wieder wegschaffen. Ich werde ihn aufspüren und töten. Er wird mich nahe an sich herankommen lassen, so daß ich ihm den Todesstoß versetzen kann.«

Liana erkannte, daß es keinen Zweck hatte, mit einer Peregrine zu streiten. Wenn es sich um ihren Haß gegen die Howards handelte, hörten sie auf keine Vernunftgründe. Liana ging hinaus und rief drei Männer zu sich. Es waren Alte und Krüppel, die nicht mit Rogan hatten fortreiten können. Sie befahl ihnen, Zared festzuhalten, und machte sie dafür verantwortlich, daß Zared die Burg nicht verließ.

So wurde Zared zwei Tage lang streng bewacht. Dann kam das Peregrine-Heer zurück, und Liana ging zu ihr, um sie freizulassen.

Die Haft hatte Zareds Zorn keineswegs besänftigt. Sie kochte vor Wut. Liana konnte ihr nicht in die Augen sehen. Als sie ihr die Hand auf den Arm legen wollte, wich Zared ihr aus.

»Sie kommen zurück«, sagte Liana leise.

Zared schob sie beiseite und rannte die Treppe hinauf zu den Zinnen. Obwohl sie noch weit entfernt waren, sah Zared, daß sie ihren Mann bei sich hatten. Mit gesenktem Kopf ritt er neben Rogan her, und sie erkannte, daß seine Hände auf den Rücken gefesselt waren.

Sie wartete und ließ sie nicht aus den Augen. Als sie näher gekommen waren, sah sie, daß Tearle geschlagen worden war. Einen Augenblick, nur einen winzigen Augenblick lang tat ihr das weh, spürte sie noch einmal seine Hände an ihrem Körper und dachte an sein Lächeln. Doch danach dachte sie nur noch an seinen Verrat und daran, wie er ihre Familie betrogen hatte.

Sie ging die Treppe hinunter und wartete im Hof, bis sie eintrafen. Liana stand hinter ihr. Zared hielt den Atem an, als sie Tearles Gesicht sah, dieses gutgeschnittene Gesicht, das jetzt blau und schwarz und angeschwollen war.

Sie fühlte, daß ihr Tränen in die Augen stiegen, aber sie drängte sie zurück. Es war ein Wunder, daß Rogan den Mann nicht auf der Stelle erschlagen hatte. Aber dann wurde ihr klar, daß er Tearle zurückgebracht hatte, um ihn öffentlich hinrichten zu lassen. Und sie würde dabei zuschauen müssen.

Jetzt stießen sie ihn vom Pferd. Es sah aus, als ob er zu Boden fallen würde. Doch er fing sich trotz der gefesselten Hände noch einmal ab. Ein Mann streckte die Hand aus, um ihm hochzuhelfen, aber Tearle zog die Schulter zurück und richtete sich ohne die unerbetene fremde Hilfe auf.

Zared stand keinen Meter von ihm entfernt und sah zu, wie ihr Mann mit Mühe zum Stehen kam. Da erblickte er sie. Sein Gesicht war kaum wiederzuerkennen. Zared zuckte zusammen, sah ihm aber ruhig in die Augen und stand fest auf den Beinen. Sie würde nicht noch einmal weich werden und sich von ihm hereinlegen lassen. Sie reckte die Schultern, und ihr Blick gab ihm zu verstehen, daß er von ihr nichts mehr zu erwarten habe, daß sie ihn einmal geliebt hatte und es damit endgültig vorbei war.

Er sah sie lange an. Dann wandte er sich ab und ging die Treppe hinauf in die Burg. Fast wäre Zared ihm gefolgt, denn noch nie hatte jemand sie so angesehen wie er gerade. Sie kannte seine Blicke, wenn er sich amüsierte, wenn er verzweifelt war und wenn er sie liebte. Aber noch nie hatte er sie haßerfüllt angesehen. Sie hatte geglaubt, er wäre nicht fähig zu hassen. Vielleicht hatte sie sich schon eingeredet, daß Haß ein Vorrecht der Peregrines wäre. Ein Gefühl, das sie zur Vollkommenheit entwickelt hatten und in dem sie nicht zu übertreffen waren.

Doch selbst Rogans Haß war schwach im Vergleich zu dem, den sie eben in Tearles Blick gesehen hatte. Es war nicht der unpersönliche Haß des Angehörigen einer Familie gegen den unbekannten Angehörigen einer anderen Familie. Es war der Haß eines Menschen auf einen anderen Menschen. Tearles Blick: geboren aus Liebe, die sich in ihr Gegenteil verwandelt hatte.

Zared wandte den Kopf ab. Sie konnte nicht mit ansehen, wie er die Stufen der Steintreppe emporstolperte, die zum Gemach des Burgherrn führten.

»Du kommst mit!« sagte Severn hinter ihr. »Du wirst dir den Urteilsspruch anhören.«

Zared faßte sich. Jetzt nahm sie ihre Umgebung wieder wahr. Mehrere Männer Rogans folgten Tearle. Dahinter kam Liana, die ihren Sohn an sich drückte. Dann Rogan und weitere seiner Männer.

»W-wo war er?« stammelte Zared.

»Wir holten ihn ein, bevor er das Gebiet erreicht hatte, das die Howards uns geraubt haben. Er war allein und hatte das Kind bei sich.« Damit drehte Severn sich um und folgte den anderen die Treppe hinauf.

Erschüttert ging Zared hinterher.

Der Anblick, der sich ihr im Innern bot, war noch schlimmer, als sie erwartet hatte. Rogans Männer bildeten einen Kreis um Tearle in seinen zerrissenen Kleidern. Er war blutüberströmt und konnte sich kaum auf den Beinen halten. Liana saß neben ihrem Mann und hielt das Kind im Arm, das an ihrer Schulter eingeschlafen war. Ihre Miene verriet die große Freude darüber, daß es ihr wiedergeschenkt worden war.

»Was hast du zu deiner Verteidigung zu sagen, Howard?« fragte Rogan voller Zorn.

Tearle hob den Kopf und schaute seinen Schwager finster an. »Ich habe dir alles gesagt«, brachte er flüsternd über die angeschwollenen Lippen. »Mehr wirst du nicht von mir hören.«

»Ergreift ihn und tötet ihn!« befahl Rogan.

Nur Liana wagte zu widersprechen. Nicht um

Tearle zu retten, sondern aus Angst vor der Vergeltung der Howards. »Das könnt ihr nicht machen! Er ist der Bruder des Herzogs.« Bei diesen Worten erwachte ihr Sohn. Sofort verlangte er, auf den Boden gestellt zu werden. Liana war noch zu schwach, um den kräftigen Dreijährigen gegen seinen Willen im Arm zu halten, und setzte ihn ab. Dann stand sie auf und trat zu ihrem Mann. »Du mußt ihn nach London zum König bringen.«

Rogan sah Tearle voller Verachtung an. »Der König wird der Gerechtigkeit nur in den Arm fallen. Dieser Mann behauptet, er habe den Knaben nicht entführt. Er sagt, er habe ihn retten wollen. Der König wird dem Howard glauben, denn ein Howard hat so viel Geld, daß er sogar einen König kaufen kann.«

»Er hat das Kind nicht entführt? Was soll das heißen?«

»Ich weiß es nicht«, sagte Rogan. »Dieser Mann redet ja wie ein Wasserfall.«

Als Zared hörte, daß Tearle behauptete, er habe Rogans Sohn nicht entführt, tat ihr Herz einen Sprung. Doch sie gemahnte sich selber zur Ruhe. Einmal hatte sie an ihn geglaubt. Das sollte nie wieder geschehen. Sie stand aufrecht da und sah, daß er sich nur mit größter Willenskraft auf den Beinen hielt. Seit er den Hof verlassen hatte, vermied er es, in ihre Richtung zu schauen.

»Rogan«, sagte Liana, »ich möchte hören, was der Mann zu sagen hat.«

»Nein«, sagte Rogan. »Ich habe genug von seinen Lügen.« Er wandte sich an seine Männer: »Bringt ihn nach unten!«

Zared hatte nicht erwartet, daß Tearle noch über Kräfte verfügte. Aber als Rogans Männer Hand an ihn legten, wehrte er sich verbissen. Während er sich noch sträubte, stieß Rogans Sohn einen Protestruf aus und lief auf die Männer zu. Das furchtlose Kind rannte mitten zwischen die Eisenschuhe der Bewaffneten.

Alle Anwesenden waren von den Vorgängen unter den Männern so gebannt, daß allein Liana auf das Kind achtete. Sie schrie ängstlich auf. Das machte auch die anderen auf das Kind aufmerksam. Und sie sahen, wie die Faust eines Ritters auf den Kopf des Knaben niedersauste.

Mit letzter Kraft machte sich Tearle von den Männern frei und warf sich vor das Kind, um es zu schützen. Die Faust traf ihn seitlich, und man hörte deutlich das Krachen der Rippen.

Einen Augenblick verharrten alle wie gebannt. Es herrschte völlige Stille. Tearle lag am Boden, den Körper schützend über dem Kind.

Liana schoß auf ihren Sohn zu. Aber der Knabe legte den Arm um Tearles Nacken und hielt sich an ihm fest.

Zared trat einen Schritt zur Seite, um die Szene besser beobachten zu können. Danach war sie wie gelähmt. Tearle richtete sich, mit Tränen des Schmerzes in den Augen, zu einer Sitzposition auf und nahm das Kind in die Arme.

Über den Kopf des Knaben sah er Liana an. Sie stand dicht vor ihm und bebte in den Nachwehen des furchtbaren Schrecks. Um ein Haar hätte sie ihr Kind erneut und diesmal für immer verloren. Denn hätte der Faustschlag getroffen, wäre er zweifellos tödlich gewesen.

»Wir haben uns in den letzten Tagen angefreundet«, sagte Tearle. Er konnte nur mit Anstrengung sprechen. Seine Stimme klang hohl.

Rogan ging auf ihn und das Kind zu, aber Liana streckte den Arm aus und hielt ihn an. »Was ist geschehen?« fragte sie flüsternd.

Für alle war deutlich zu sehen, welch unendliche Mühe Tearle das Sprechen bereitete. Das kräftige Kind bewegte sich auf ihm, und jede Bewegung verursachte ihm unvorstellbare Schmerzen. Aber der Knabe wollte Tearle nicht loslassen, auch nicht, als seine Mutter ihm die Arme entgegenstreckte.

Kaum vernehmbar brachte Tearle heraus: »In der Nacht konnte ich nicht schlafen. Ich stand auf, ging nach unten und ...« Er holte Luft und schloß dann vor Schmerzen die Augen. »Da war das Kind. Eine Weile ... spielte ich mit ihm Ball.« Wieder atmete er schwer. »Dann muß ich eingeschlafen sein. Als ich die Augen aufschlug, stand das Tor auf, und das Kind war weg.« Der lebhafte Knabe trat ihm unabsichtlich in den Leib, und Tearle zuckte zusammen. Doch dann griff er nur nach dem Fuß des Kindes und hielt ihn vorsichtig fest.

»Ich ging zum Tor«, fuhr Tearle schwer atmend fort, »und sah, daß der Knabe auf den Wald zulief. Die Männer meines Bruders haben Beobachtungsposten ausgestellt.«

»Das wissen wir«, sagte Rogan grob. »Ich will nichts mehr hören.«

Liana stellte sich zwischen ihren Mann und Tearle. Sie wollte nur ihr Kind beschützen. Und jeden, mit dem das Kind gut Freund war. »Was hast du dann getan?«

»Ich sattelte mein Pferd und ritt dem Knaben nach«, sagte Tearle und sah das Kind mit großer Zuneigung an, die Hand mit behutsamem Griff an dessen Kopf. »Inzwischen hatten die Männer meines Bruders ihn schon geschnappt, genau wie ich befürchtet hatte.«

Der Knabe machte es sich auf Tearles Beinen gemütlich und spielte mit den Fetzen seines Überrocks.

Tearle sah zu Liana auf. »Gegen die Männer meines Bruders war ich machtlos. Bei einem Kampf mit ihnen wäre auch der Knabe gefährdet gewesen. Zu seinem Schutz schloß ich mich ihnen an.«

»Ich höre mir diese Lügen nicht länger an!« rief Rogan. »Er ist ein Howard und so gefährlich wie eine Schlange.«

Entschlossen widersprach Liana ihrem Mann: »Glaubst du, dein Sohn ist so dumm, daß er einen Feind nicht von einem Freund unterscheiden kann? Verhielt sich der Knabe den anderen Männern gegenüber auch so vertrauensvoll?«

»Vor den anderen Männern hatte er große Angst«, sagte Severn. »Erinnerst du dich, Rogan? Er fing zu weinen an, wenn sie ihm nahe kamen.«

»Davon weiß ich nichts«, sagte Rogan. Doch er unternahm nichts mehr gegen Tearle.

Tearle blickte den Jungen auf seinem Schoß an. »Die Männer meines Bruders sind Barbaren. Sie hätten ihn rein zu ihrem Vergnügen totgeschlagen. Das konnte ich nicht zulassen.« Streichelnd fuhr er mit der Hand über das Bein des Kindes. »Er ist ein guter Junge.«

In diesem Augenblick wurde Zared, die noch kein Wort geäußert hatte, klar, daß er die Wahrheit sprach. Er hatte genau das getan, was er berichtete. Er war dem Knaben gefolgt und zu seinem Schutz bei ihm geblieben.

Sie flüsterte ihrem Bruder zu: »Er sagt die Wahrheit.« Dabei merkte sie, wie Tearles Blick sie suchte.

»Ein Howard weiß überhaupt nicht, was wahr ist!«

Zared schob das Kinn vor. »Er weiß es, und er sagt die Wahrheit.« Streng fragte sie ihren Bruder: »Wo habt ihr meinen Mann gefunden?«

Als Rogan mit der Antwort zögerte, schwanden auch ihre letzten Zweifel. Ihr wurde leichter ums Herz als je zuvor im Leben. Und dann schrie sie ihren Bruder an: »Wo habt ihr ihn gefunden?«

»Er war auf dem Rückweg«, sagte Severn.

»Auf dem Rückweg?« wiederholte sie froh. »Du meinst, er kehrte hierher zurück? Er wollte uns das Kind zurückbringen? Hast du nicht gesagt, ihr hättet Howards andere Männer erschlagen?«

Rogans Gesicht blieb verschlossen. Daher wandte sie sich an Severn.

»Sie machten Jagd auf ihn«, sagte Severn mit gedämpfter Stimme.

Da wandten sich beide Frauen gegen die Brüder. Liana warf ihnen vor: »Er floh vor den Howard-Männern? Nachdem ihr sie getötet hattet, habt ihr den Mann, der unseren Sohn gerettet hatte, *geschlagen*?«

Sie trat auf ihren Mann zu und sah ihn blitzenden Auges an. »Ist dein Haß so groß, daß er dir den Verstand vernebelt? Seit Wochen habe ich mit angesehen, wie du den Mann härtesten Übungen unterwirfst. Tag für Tag hat er deine Beleidigungen widerspruchslos hingenommen, und nie hat sich gezeigt, daß er wirklich der Teufel ist, als den du ihn bezeichnest.« Sie zeigte auf ihren Sohn. »Sieh dir die beiden an! Dein dreijähriger Sohn hat mehr Verstand als du. Er weiß, wer sein Freund ist!«

Dann drehte sie sich zu Tearle um und beugte sich über ihn. »Du magst ein Howard sein, aber du hast bewiesen, daß du unser Freund bist. Ich danke dir, daß du mein Kind gerettet hast.« Sie küßte Tearle auf die Wange, nahm ihm das schwere Kind ab und richtete sich auf. »Nehmt unseren Freund und verbindet ihn!« wies sie die Männer an. »Ich verlange, daß ihr ihn mit äußerster Sorgfalt gesundpflegt!«

Doch Tearle stieß die ihm helfend gereichten Hände der Männer, die ihn noch vor kurzer Zeit hatten töten wollen, beiseite und erhob sich langsam unter Schmerzen allein. »Ich bleibe hier keinen Augenblick länger. Ich reite nach Hause.«

Liana nickte nur. Sie fühlte Scham über die Art, wie man in den vergangenen Wochen mit ihm umgesprungen war. Aber sie konnte es ihm nachfühlen, daß er mit den Peregrines nie wieder etwas zu tun haben wollte.

Zared trat zu ihrem Mann und blickte ihre Brüder trotzig an. »Ich reite mit ihm.«

Bevor Rogan Einwände erheben konnte, meldete sich Tearle zu Wort. »Nein«, sagte er.

Zared sah ihn liebevoll an. »Ich will aber mit dir gehen. Ich will mit dir gehen, wohin du willst.«

Sein geschwollenes Gesicht wurde zu einer kalten, harten Maske. »Nein. Ich will dich nicht mehr haben.«

Eisige Angst überkam Zared. »Aber ich habe Vertrauen zu dir. Ich weiß, daß du das Kind nicht entführt hast. Und jetzt weiß ich auch, daß du nicht mein Feind bist.«

Seine Züge verloren nichts von ihrer Härte. »Du hast nicht an mich geglaubt. Ich habe in deinen Augen nur Haß gesehen. Du hieltest mich für genauso schuldig, wie deine Brüder es taten.« Damit war diese Sache für ihn erledigt, und er wandte sich an Liana. »Darf ich darum bitten, daß mir mein Pferd zurückgegeben wird? Ich will sofort aufbrechen.«

Lianas Augen weiteten sich. »Daran darfst du nicht denken. Du kannst jetzt kein Pferd besteigen. Du bist verwundet und hast keine Männer, die dich schützen können.«

»Ich will diesen Ort sofort verlassen«, sagte er, keuchend vor Anstrengung.

Niemand stellte sich ihm mehr in den Weg. Niemand unternahm noch den Versuch, ihn zum Bleiben in der Burg der Peregrines zu bewegen. Auch Zared trat zur Seite, als er aus dem Gemach ging – und damit aus ihrem Leben. Sie sah ihn gehen. Sie wollte ihm nacheilen. Aber das erlaubte ihr Stolz nicht. Wenn er sie nicht haben wollte, dann wollte sie ihn auch nicht haben.

»Geh ihm nach!« drängte Liana.

Aber Zared schüttelte den Kopf und stieg die Treppe zu den Schlafgemächern hinauf. Die Schultern gereckt, den Blick nach vorn gerichtet, verdrängte sie jeden Gedanken. Denn sonst hätte sie sich unweigerlich an all das Gute erinnert, das Tearle ihr erwiesen hatte. Von Anfang an war er freundlich zu ihr gewesen. Beim Turnier hatte er sich über sie geworfen, damit sie nicht von dem durchgehenden Pferd niedergetrampelt wurde. Sie bezweifelte auch nicht länger, daß er Rogans Sohn gerettet hatte.

Doch sie hatte immer an ihm gezweifelt. Sie hatte Lianas Rat, ihrem Gefühl zu vertrauen, nicht befolgt. Sie hatte sich von generationenlangem Haß leiten lassen und sich ihre Meinung über den Mann nicht nach dem gebildet, was sie täglich vor Augen hatte, sondern nach Trugbildern, die sie für bare Münze nahm. Nun konnte sie nicht mehr hassen. Und genauso, wie sie das von ihren Brüdern unterschied, mußte sich Tearle von seinem Bruder unterscheiden.

Als sie den Flur entlangschritt, hatte sie das Gefühl, etwas habe sich verändert. Sie blieb stehen und rieb sich die Arme, als sei ihr kalt. Dann drehte sie sich langsam um und warf einen Blick zurück. Die Tür zu dem Spukgemach stand offen.

Eine Zeitlang blieb sie dort stehen. Obwohl es draußen grau und wolkig war, sah sie Sonnenschein aus der Tür in den Gang fallen. Noch nie war sie in dem Spukgemach gewesen, dessen Tür immer verschlossen blieb. Vor Rogans Vermählung war dieses Stockwerk über dem Frauengemach überhaupt nicht benutzt worden, weil sich alle vor dem Spukgemach fürchteten. Man sagte, wenn die Lady, die darin umging, einmal dringend gebraucht würde, würde die Tür sich öffnen.

Zared sah sich um. Sie war allein auf dem Flur. Wenn die Tür offenstand, dann stand sie für sie offen.

Sie ging einen Schritt auf die offene Tür zu. Ihre Füße waren wie aus Stein. Sie konnte sie kaum heben. So schlurfte sie denn weiter, ganz langsam auf die Tür zu.

Atemlos vor Spannung kam sie näher. Sie hatte keine Ahnung, was sie in dem Gemach erwarten würde. Vielleicht Ungeheuer? Gespenster?

Am ganzen Leibe bebend, trat sie ein, und alles Blut wich ihr aus dem Gesicht. Ihre Angst steigerte sich ins Maßlose. Sie wollte schreien oder weglaufen oder beides. Doch nur einen Augenblick lang. Dann atmete sie erleichtert auf. Nichts war in dem Gemach. Nichts außer Stühlen mit hübschen Kissen darauf, einem Gobelinrahmen und Teppichen an den Wänden. Obwohl das Gemach seit Jahren verschlossen gehalten wurde, war es sauber und frisch. Und niemand befand sich darin.

Zared atmete erleichtert auf. Sie ging zu dem Rahmen und sah sich den halbfertigen Gobelin an. Mit den Fingerspitzen berührte sie die Umrisse einer Dame und eines Einhorns. In diesem Augenblick löste sich ein Blatt Papier von der Decke und schwebte herab.

Zareds Hand erstarrte. Sie stand wie angewurzelt, mit angehaltenem Atem und zitternden Gliedern, den Blick auf das Blatt Papier auf dem Fußboden gerichtet. Sie wagte nicht, sich umzudrehen. Sie hatte Angst vor dem, was sie dann erblicken würde. Stand ein Gespenst hinter ihr?

Es dauerte einige Minuten, bevor sie sich zu bewegen getraute. Kein Laut durchbrach die Stille des Gemachs. Und obwohl die Tür offenstand, drang auch von draußen kein Laut herein. Plötzlich nahm sie all ihren Mut zusammen, machte auf dem Hacken kehrt und schaute hinter sich.

Nichts. Niemand. Niemand befand sich außer ihr in dem blitzsauberen Gemach, das doch eigentlich verstaubt und verschmutzt hätte sein müssen. Nur Sonnenschein, obwohl draußen ein trüber Tag war.

Es dauerte eine Weile, bis Zared ihre zitternden Glieder so weit in der Gewalt hatte, daß sie sich bükken und das Blatt Papier aufheben konnte.

Sie hatte noch nicht lange genug bei Tearle Unterricht genommen, um die ganze Botschaft lesen zu können. Aber das war auch nicht nötig. Sie wußte auch so, was auf dem Blatt stand. Es war dieselbe Anzahl von Worten, und es war genauso abgefaßt wie die Inschrift über dem Kamin in Rogans Privatgemach. Sie kannte, wie alle Peregrines, die Worte auswendig.

Wenn aus Rot und Weiß Schwarz wird
Wenn Schwarz und Gold eins werden
Wenn der Eine und das Rot sich mischen
Dann werdet ihr es wissen.

Es war ein Rätsel, das sich seit Jahrhunderten in ihrer Familie vererbt hatte, lange bevor die Fehde zwischen den Howards und den Peregrines begonnen hatte. Niemand hatte je eine Ahnung gehabt, wie die Lösung hieß. In jüngeren Jahren hatte Zared manche schlaflose Nacht damit verbracht, die Lösung zu suchen. Manchmal war ihr der Gedanke gekommen, wenn sie die Lösung fände, könnte sie ihre Brüder vor dem Tod bewahren. Aber sie war größer geworden und hatte Vater, Mutter und Brüder um sich sterben sehen. Es gab Zeiten in ihrem Leben, da sie fieberhaft versucht hatte, die Lösung zu finden. Dann glaubte sie, daß die ganze Verantwortung, ihre Familie zu retten, auf ihren schmalen Schultern laste. Sie konnte das Schwert nicht mit gleicher Kraft wie ihre Brüder schwingen. Aber vielleicht konnte sie in anderer Weise Hilfe leisten.

Das Blatt fest in der Hand, ging sie aus dem Gemach. Sie hörte, wie hinter ihr die Tür zuging und sich verschloß. Doch sie wollte das Geschehnis nicht wahrhaben. »Es war der Wind«, flüsterte sie und ging schneller den Flur entlang.

Wenn sie das Rätsel löste, würde sie vielleicht begreifen, was in ihrem Leben vorging. Und vielleicht würde sie ihren Ehemann wiederbekommen.

## 16

Mit einem Apfel in der Hand, von dem er ab und zu ein Stück abbiß, sah Tearle den Männern seines Bruders beim Waffentraining zu. Vielleicht sollte ich sie schon als *meine* Männer betrachten, dachte er. Denn sein Bruder lag schwer krank danieder. Eigentlich müßte ich angesichts seines nahen Todes das Gefühl eines schweren Verlustes haben, sagte er sich. Aber irgendwie war ihm das unmöglich. Tearle glaubte, daß der Haß ihn innerlich zerfressen hatte. Selbst auf dem Totenbett konnte Oliver Howard von kaum etwas anderem sprechen als von seinem Haß auf die Peregrines.

Tag und Nacht pflegte Oliver mit Flüsterstimme vor ihnen zu warnen: »Sie werden versuchen, alles wiederzuerobern, was mein Werk war. Du mußt stark sein und sie von unserem Land fernhalten. Sie werden bald erfahren, daß ich nicht mehr da bin, um es zu verteidigen.«

Tearle gab darauf nie eine Antwort. Alle Welt schien ihn für einen Schwächling zu halten. Auch sein Bruder fürchtete, er würde nicht die Kraft aufbringen, um ihr Land vor Eroberern zu schützen. Die Peregrines hatten ihn ohnehin immer als zu weich angesehen. Sogar seine eigene Frau …

Er wollte den Gedanken nicht weiter ausspinnen. Tatsächlich hatte er sich in dem Vierteljahr, seit er von den Peregrines zurück war, ständig bemüht, nicht an die Frau zu denken, die er in seiner Dummheit geheiratet hatte. Wochenlang hatte er mit rasendem Fieber im Bett gelegen und war dem Tod nahe gewesen, ehe sein Körper die Folgen der Mißhandlungen überwand, die er bei den Peregrines erlitten hatte, als sie ihn ohne Gerichtsverfahren verurteilen wollten.

An jenem Tag vor drei Monaten hatte er nach den furchtbaren Schlägen auf dem langen, schmerzensreichen Ritt zu ihrer Burg das Bild seiner Frau vor sich gesehen. Er hatte angenommen, sie würde empört über das sein, was ihre Brüder ihm angetan hatten. Zwar wußte er, daß sie ihm zuweilen nicht voll vertraute und ihn manchmal nicht verstand. Aber so gut mußte sie ihn doch kennen, um zu wissen, daß er nie so tief sinken könnte, ein Kind gefangenzunehmen.

Doch als er vom Pferd abstieg, konnte er ihr von den Augen ablesen, daß sie ihm das schlimmste Verbrechen zutraute. Sie glaubte den Anklagen, die gegen ihn erhoben wurden. Obwohl sie mit ihm zusammengelebt und den größten Teil der Zeit in seiner Gesellschaft verbracht hatte, hielt sie ihn für fähig, ein Kind zu rauben. Sie meinte, er hätte sie nur geheiratet, um sich bei der Fehde zwischen den beiden Familien einen Vorteil zu sichern. Er sah ihr in die Augen und erkannte, daß ihr Haß auf ihn größer als jede Liebe war, die sie für ihn je empfinden würde.

Von körperlichen und seelischen Schmerzen gepeinigt, war es ihm zunächst gleichgültig, was die Peregrines mit ihm anstellten. Es war nur eine instinktive Handlung, mit der er den Knaben vor dem tödlichen Faustschlag des Ritters bewahrte. Er hatte mit neuerlichen Schmerzen dafür bezahlt. Doch wahrscheinlich hatte ihm diese Tat das Leben gerettet. Damals war ihm das Leben ziemlich gleichgültig gewesen, denn in jener Stunde war sein Haß auf die Peregrines nicht geringer als deren Haß auf die Howards.

Lianas Fragen beantwortete er nur, weil sie die erste Peregrine war, deren Gesicht nicht von Haß verzerrt war. Er sah, wie sie sich zwischen ihren Mann und ihn warf.

Erst danach, als seine Unschuld längst erwiesen war, trat auch Zared für ihn ein. Sie erklärte sich bereit, mit ihm fortzugehen. Ja, aber erst nachdem sie den Beweis bekommen hatte, daß er nicht der Schurke war, für den sie ihn gehalten hatte! Da wollte er sie nicht mehr haben. Denn obwohl sie ihn so gut kannte, hatte sie vorher nicht an ihn geglaubt. Genauso wie sie ihm nicht geglaubt hatte, als er ihr seine Liebe gestand. Nur an ihre Brüder und deren Haß glaubte sie. Haß bedeutete ihr mehr als Liebe.

Es gelang ihm, sein Pferd zu besteigen und nicht herunterzufallen, bis er die Stelle erreichte, wo die Männer seines Bruders lagerten. Sie brachten den halb Bewußtlosen auf einem Karren heim, und Olivers Frau Jeanne pflegte ihn, als ihn das Fieber schüttelte.

Jetzt war er nahezu völlig genesen. Was er noch brauchte, waren Sonne, Luft und etwas Bewegung. Dazu gutes Essen, denn er hatte in dem Vierteljahr stark abgenommen. Jeanne sagte, in ein paar Wochen wäre er wieder so gut wie neu. Doch er wußte, daß er über dieses Erlebnis niemals hinwegkommen würde. Als er diese Peregrine-Göre heiratete, hatte er kindlich naiv gehandelt. Er hatte geglaubt, seine Liebe könnte ihren Haß überwinden. Aber er hatte sich geirrt. Die Liebe hatte verloren und der Haß gesiegt.

An die Burgmauer gelehnt und den verhaltenen Sonnenschein genießend, bemerkte er plötzlich etwas Ungewöhnliches bei den Männern seines Bruders. Ein Jüngling fiel ihm auf, der sein Schwert in einer Weise handhabte, die ihm bekannt vorkam. Der Jüngling wirkte nicht gerade stark. Doch er war gewandt und schnell auf den Beinen. So gelang es ihm, den meisten gegen ihn geführten Schlägen rechtzeitig auszuweichen.

Plötzlich fuhr Tearle auf. Das war kein Jüngling – das war seine Frau!

Im ersten Impuls wollte er sie an den Haaren packen und vom Übungsplatz zerren. Aber dann hielt er es doch für besser, nicht einzugreifen. Wenn einer der Männer seines Bruders in dem Gör die jüngste Peregrine erkannte, würde Oliver Howard in kürzester Zeit dafür sorgen, daß sie umgebracht wurde.

Es kostete ihn Überwindung, seinen Platz an der Mauer nicht zu verlassen. Wie lange war sie schon in der Burg der Howards? Wie hielt sie ihr Geschlecht vor den übrigen jungen Männern geheim? Sie mußte doch mit ihnen zusammenleben und in einem Bett mit den Jünglingen schlafen!

Wieder spürte er den Drang, sie fortzureißen, aber

er nahm sich zusammen und blieb, wo er war. Sie und ihre ganze Familie sollten verdammt sein, dachte er.

Jetzt gelang es ihr wieder, einen Schlag ihres jungen Gegners zu vermeiden. Jedesmal wenn ihr ein Treffer mit dem Schwert drohte, sprang Tearle beinahe in die Höhe. Dann schlug der andere Zared das Schwert aus der Hand, daß es weit wegflog. Tearle war nahe daran einzugreifen, aber noch einmal bezwang er sich und blieb sitzen. Mit Ekel besah er sich den Apfel in seiner Hand. Er hatte ihn in der Aufregung völlig zerquetscht.

Er sah, wie sich Zared unter dem Jungen duckte und dann ihrem Schwert nachlief. Als sie sich bückte, um es aufzuheben, fand sie noch Zeit, Tearle zuzulächeln. Sie hatte also die ganze Zeit über gewußt, daß er ihr zusah, und sie wußte sehr gut, wie ihn das mitnahm.

Er wandte den Kopf ab. Sie sollte nicht sehen, daß er um sie besorgt war. Nein, er wollte nicht um sie besorgt sein! Was scherte es ihn, was ihr oder einem aus ihrer Familie zustieß!

Dann klang erneut Stahl auf Stahl, und rasch drehte er sich wieder um. Der Jüngling hatte Zared zu Boden gestreckt, setzte ihr die Schwertspitze an die Kehle und tat so, als wollte er sie lächelnd aufspießen.

Blitzschnell war Tearle auf den Beinen und stieß den Jüngling zu Boden.

Zared lag still da und lächelte ihn an. »Wie ich sehe, hast du dich gut erholt«, sagte sie leise.

»Deine Familie hatte jedenfalls keinen Anteil daran«, entgegnete er. Bei ihrem Anblick versuchte er, sich allen Zorn und alle Verachtung ins Gedächtnis zurückzurufen, die er an dem Tag empfunden hatte, als er von der Burg der Peregrines fortgeritten war. Dabei entging ihm nicht, daß sie sehr hübsch aussah und an der Wange einen Schmutzfleck hatte.

Ihren Augen war anzusehen, was sie für ihn empfand. »Ich kam her, um wieder bei dir zu sein. Ich habe dich so vermißt. Ich … mir gefällt es nicht ohne dich.«

Um ein Haar hätte er ihr gestanden, daß er sie auch vermißt hatte. Ihm hatte ihr Lachen gefehlt. Ihm hatte gefehlt, daß er ihr die Welt erklären konnte. Er hatte ihre ungekünstelte Begeisterungsfähigkeit vermißt. Selbst als er noch krank war, hätte er sie gern bei sich gehabt. Er hätte ihr gern gesagt, daß er sich noch schwach fühle, obwohl er eigentlich schon seit Tagen wieder auf den Beinen hätte sein müssen.

Statt dessen sagte er von oben herab: »Ich habe nicht einmal an dich gedacht.«

Sie lächelte ihn nur schweigend an.

Wie war es möglich, daß niemand in ihr die Frau erkannte? fragte er sich zum tausendsten Mal. Sie ist so weiblich wie eine Blüte und wie die Natur.

Sie machte Miene aufzustehen, aber er setzte ihr den Fuß auf den Leib. »Ich brauche nur einem Menschen zu sagen, wer du bist, und mein Bruder wird dich töten lassen«, sagte er leise.

Sie legte die Hand an sein Fußgelenk. Sein Fuß auf ihr war leicht. »Mußt du immer noch lachen, wenn man dich unter den Sohlen kitzelt?«

»Nein«, sagte er finster. »Du mußt hier verschwinden. Ich will dich nicht haben.«

»Aber ich will dich haben. Ich habe mich die ganze Zeit über elend gefühlt.«

»An dem Tag, als ich fortritt, war ich dir gleichgültig. An diesem Tag glaubtest du, ich hätte ein Kind entführt. Du hast geglaubt, ich könnte einem Kind ein Leid antun.«

»Die Leute gucken schon auf uns«, sagte sie und wollte wieder aufstehen, aber er nahm den Fuß nicht weg. Seufzend schob sie die Hand unter den Kopf. »Ja, ich hielt dich für schuldig. Kannst du mir das vorwerfen? Schließlich warst du zusammen mit dem Jungen verschwunden. Woher sollte ich wissen, daß du ihm nichts tun würdest?«

»Du warst so lange mit mir zusammen, daß du mich besser kennen mußtest.«

»Wie kann man wissen, was im Kopf eines anderen vorgeht?«

»Du hättest es wissen müssen. Du hättest ...«

»Du hättest mich mitnehmen müssen, als du fortrittest.« Mit lauter Stimme sagte sie: »Und du solltest wissen, wie es jetzt in meinem Herzen aussieht!«

Tearle schaute sich um. Alle Menschen, die sich auf dem Gelände befanden, Männer, Frauen und Kinder, hatten sich hinter ihnen versammelt und beobachteten sie mit fassungslosen Mienen. Es konnte nur noch Minuten dauern, bis jemand zu seinem Bruder gehen würde, um ihm die Nachricht zu überbringen, daß hier etwas Ungewöhnliches vorging.

Er nahm den Fuß von Zareds Leib und starrte sie böse an. »Du kommst mit!«

Sie stand auf und wischte sich den Staub ab. Dann warf sie ihm einen heißen Blick zu. »Gern«, sagte sie herausfordernd.

Er ging voran ins Hauptgebäude und die zwei Treppen hinauf in sein Gemach. Dabei tat er so, als nähme er von ihr keine Notiz. Da er vor Zared ging, konnte er nicht sehen, wie ihr fast die Augen aus den Höhlen traten und der Mund offen stehenblieb, als ihr Blick auf die Reichtümer in der Burg der Howards fiel. Ähnliches hatte sie bisher nur auf dem Herrensitz der Marshalls gesehen, aber im Vergleich mit diesem reichen Schloß war das nur ein Stall gewesen. Wohin man sah, blinkten goldene und silberne Trinkgefäße.

Die Wände hingen voller Gobelins, und auf den Tischen lagen dicke Tücher.

Schließlich kamen sie in sein Gemach, und über ihren Kopf hinweg schloß er die Tür. »Jetzt sag mir mal, warum du hergekommen bist! Haben dich deine Brüder geschickt? Sollst du mich dazu überreden, daß ich ihnen unser Land überlasse? Haben Sie gehört, daß mein Bruder im Sterben liegt? Haben sie …«

Mitten im Satz brach er ab, denn Zared hatte begonnen, sich ihrer Kleider zu entledigen. Sie hatte ihn sprechen wollen, ihm sagen, daß sie aus freiem Entschluß hergekommen war, ja, daß es einen wütenden Streit mit Rogan gegeben hatte, bevor er sie frei ziehen ließ. Aber sie wußte, daß sie mit Worten nicht gegen Tearle ankam. Er hatte sie immer dazu gebracht, nach seinen Wünschen zu handeln. Also war es vielleicht am besten, ihn gar nicht erst zum Reden kommen zu lassen.

Tearle stand da und sah, wie sie Schnüre aufband und sich die Sachen über den Kopf zog. Seit er von der Burg der Peregrines fortgeritten war, hatte er keine Frau mehr gehabt. Das hieß nicht, daß es ihn nach keiner verlangt hätte. Zweimal hatte er sich schon ein hübsches Küchenmädchen ausgewählt, mit dem er schlafen wollte. Die jungen Frauen waren sehr zugänglich gewesen – so zugänglich, daß Tearle meinte, sie hörten im Geist schon die Goldmünzen in ihrer Tasche klimpern.

Obwohl er sich jetzt innerlich wehrte, kam ihm zu Bewußtsein, daß Zared nicht aus Liebe zu seinem Geld hergekommen war. Sie war aus Liebe zu ihm gekommen. Sie war gekommen, um ihn zu lieben, nachdem sie endlich eingesehen hatte, daß er nicht ihr Feind war.

»Nicht«, flüsterte er.

Zared zog sich das letzte Kleidungsstück aus und sah ihn an. Eben noch hatte sie vor ihm gestanden, jetzt warf sie sich ihm an den Hals. Sie schlang die Beine um seine Hüften. Er fing sie auf und legte die Hände um ihren nackten Hintern. Dann preßte er den Mund auf ihren, und gleich darauf lag seine Hose an den Fußgelenken, und er war in ihr.

Sie liebten sich wie zwei Menschen, die vor Sehnsucht nacheinander vergingen, mit der ganzen Inbrunst und Leidenschaft ihrer jungen Körper.

Danach lag Zared halb auf dem Fußboden, halb an eine Holztruhe gelehnt, und Tearle hatte den Rücken so weit hintenüber gebogen, wie es ihm unter normalen Umständen gar nicht möglich gewesen wäre.

Er stöhnte. »Du bringst mich um!« Als er sich wieder rühren konnte, trug er sie zum Bett, legte sich hin, zog sie über sich und breitete dann über beide die Decke aus.

Sie verharrte einen Augenblick lang regungslos und schloß vor Glück und Angst die Augen. Seit vier Tagen war sie jetzt im Schloß der Howards. In diesen Tagen hatte sie Tearle oft gesehen, aber erst heute hatte er sie entdeckt. In diesen vier Tagen hatte sie schreckliche Angst gehabt, er hätte vielleicht nichts mehr für sie übrig. Aber sobald er ihrer ansichtig geworden war und sie den Zorn in seinen Augen sah, als er sie erkannte, hatte sie gewußt, daß er ihr noch immer verfallen war.

Sie hob den Kopf und küßte ihn aufs Kinn. »Verzeihst du mir?«

»Nein.« Sein Mund sagte nein, aber seine Hand streichelte ihr Haar, und seine Augen sahen sie voller Liebe an.

»Dann muß ich mich noch mehr bemühen, dich zu erobern. Sobald du dich von heute erholt hast, denke ich mir etwas Neues aus, was ich mit deinem Körper machen kann.«

»Ach ja?« sagte Tearle interessiert. Dann zog er sie an den Haaren, so daß sie ihn anschauen mußte. »Was hast du hier eigentlich zu suchen, du Göre? Wartet dein Bruder draußen darauf, daß du ihm des Nachts das Tor öffnest?«

»Wenn du mir nicht traust, kannst du ja die ganze Nacht wachbleiben und auf mich aufpassen«, sagte sie und preßte ihren Hintern mit kreisenden Bewegungen an seine Lenden.

Er zog sie an sich. »Du bist der Fluch meines Lebens. Ich wünschte, ich wäre dir damals nicht begegnet, als dich meines Bruders Männer entführten. Hätte ich dich nie erblickt, wäre mir heute wohler.«

»Das meinst du doch nicht ernst«, sagte sie leise. »Ich bin nicht mit bösen Absichten oder aus Haß hergekommen, sondern aus Liebe. Ich hätte mich schon viel früher auf den Weg zu dir gemacht, wenn Liana mich nicht angefleht hätte zu bleiben. Irgendwie ist es ihr gelungen, Nachrichten über dich einzuziehen. Ich …« Sie zögerte weiterzusprechen.

Tearle zog die Brauen zusammen. »Versuche ja nicht, mir etwas zu verheimlichen!«

»Na schön.« Nach einem tiefen Atemzug fuhr sie fort: »Ich glaube, es war die Frau deines Bruders, die ihr die Nachricht zukommen ließ, daß es dir wieder gutgehe.« Zared streichelte ihm die Wange. »In der Zeit, als du mit dem Tode rangst, haben Liana und ich viele lange Tage in der Kapelle auf den Knien gelegen und für dich gebetet. Auch Anne Marshall kam nach Moray und betete mit uns.«

Tearle nickte. Vielleicht hatten ihm die Gebete der Frauen geholfen. »Ich möchte wetten, daß deine Brüder keine Gebete für die Genesung eines Howard gesprochen haben.«

»Nun, da irrst du dich«, sagte Zared. »Rogan hat sich sehr verändert. Sieh mal, er hätte fast seinen Sohn verloren, und danach hätte er beinahe den Mann töten lassen, der seinen Sohn gerettet hatte. Das hat es wohl verursacht. Und die vielen Vorhaltungen, die ihm Liana im Laufe der Jahre gemacht hat, trugen schließlich Früchte. Er will keine Söhne mehr großziehen, um sie später im Kampf fallen zu sehen. Ich glaube, er erwartet Enkelkinder von ihnen.«

»Auf welchen Ländereien?«

»Das weiß ich nicht. Liana sagt, mit dem Geld, das sie eingebracht hat, und mit Annes Mitgift könnten sie einen Neubau bei Burg Moray errichten. Und Rogan scheint diesen Vorschlag ernsthaft zu erwägen.«

Das ist allerdings für die Peregrines ein geradezu revolutionärer Gedanke, dachte Tearle. »Aber wenn dein Bruder seinen Haß aufgibt, verliert sein Leben ja jeden Sinn.«

»Du kennst von ihm nur die schlechten Seiten. Im Grunde ist er ein freundlicher, netter Mensch. Er sehnt sich durchaus nicht nach Mord und Totschlag. Zu dir war er … war er nur deshalb so hart und unnachgiebig, weil er Angst um seine Familie hatte. Du an seiner Stelle wärst auch schwierig gewesen.«

»Schwierig? So nennst du das jetzt?« Es war nicht leicht für Tearle, die ungerechte Behandlung zu verzeihen, die man ihm angetan hatte. Doch er war nun einmal so geartet, daß er immer beide Seiten sah. »Und weshalb bist du nun wirklich hergekommen?«

Sie küßte ihn auf den Hals. »Das habe ich dir doch schon gesagt. Weil ich nicht gern ohne dich lebe. Du bringst mich immer zum Lachen.«

Tearle stöhnte auf. »Habe ich dich auch an dem Tag

zum Lachen gebracht, als deine Brüder mich mißhandelten?«

»Nein, an diesem Tag war mir nicht nach Lachen zumute. An diesem Tag sagte ich dir, daß ich mit dir gehen, an deiner Seite bleiben wolle.«

»Aber zuerst glaubtest du, ich hätte deinen kostbaren Brüdern schweres Leid angetan.«

»Von jetzt an werde ich immer an dich glauben. Ich ergreife deine Partei gegen sie.«

Eine Weile blieb er ruhig liegen. Dann hob er den Kopf und sah ihr lange in die Augen. Danach war er überzeugt, daß sie die Wahrheit gesagt hatte. Ihre Augen sprachen nicht nur von Liebe, sondern auch von Hingabe, Treue und Vertrauen.

Er bettete ihren Kopf an seiner Brust. »Aber was machen wir jetzt? Du kannst hier nicht bleiben.«

»Ich bleibe da, wo du bist. Willst du in die Schlacht ziehen? Ich begleite dich.«

Darüber mußte er lächeln. »Das wird nicht nötig sein. Aber es könnte zu einer Schlacht kommen, wenn du hierbleibst. Mein Bruder wird von dem Vorfall heute morgen erfahren und eine Erklärung verlangen.«

»Du kannst ihm ja sagen, daß du Knaben lieber magst als ...«

Er war entsetzt. »Wer hat dir denn von solchen Dingen erzählt?«

»Anne Marshall«, sagte sie einfach. »Oh, Tearle, sie ist eine unerhört interessante Frau. Sie weiß über alles Bescheid. Sie hat Liana und mich fasziniert. Wenn sie sprach, hingen wir an ihren Lippen.«

»Diese Frau sollte lieber ihren Mund halten.«

»Diesen hübschen Mund?« sagte Zared. »Sie ist eine schöne Frau, nicht wahr?«

»Schön und giftig wie eine Schlange. Sag mal, wie kommt denn Severn mit ihr zurecht?«

Zared lachte. »Ich glaube, sie mag ihn sehr gern. Wahrscheinlich versteht er sie oft genausowenig, wie Liana und ich aus ihr klug werden. Aber in solchen Augenblicken überschüttet er sie einfach mit Küssen und nimmt sie in sein Gemach. Manchmal glaube ich, daß sie ihn extra dazu provoziert.«

Das wiederum brachte Tearle zum Lachen. Vielleicht war es sein großer Fehler, daß er zu viel auf Frauen hörte. Vielleicht sollte er es lieber wie Severn machen: eine Frau, die anfängt, Reden zu schwingen, schnell mit ins Bett nehmen!

»Und was hast du sonst noch von Anne gelernt?« fragte er. Heimlich hoffte er, Anne hätte sie ausgefallene Liebesstellungen gelehrt.

»Sie hat das Rätsel gelöst.«

»Im Rätsellösen dürfte Anne Marshall hervorragend sein«, sagte Tearle in dem Tonfall, den die meisten Männer anwenden, wenn sie von klugen Frauen sprechen. »Was war es denn für ein Rätsel, das sie gelöst hat?«

Obwohl sich Anne vorgenommen hatte, eine vollkommene Ehefrau zu werden, konnte sie sich einen mißgünstigen Blick auf Tearle wegen seiner Unwissenheit nicht verkneifen. »Das Peregrine-Rätsel.«

»Verzeih mir meine Dummheit, aber ich kenne mich in deiner Familie eben nicht so gut aus wie du.«

»Ich möchte wetten, daß dein Bruder das Peregrine-Rätsel kennt.«

Dazu bemerkte er nichts, sondern gab ihr nur durch einen Blick zu verstehen, daß sie weitersprechen solle.

Sie sagte ihm den Text des Rätsels auf. »Anne erzählte uns, sie habe auf Burg Bevan so wenig zu tun gehabt – ich glaube, Severn hatte Sorge, sie würde fliehen, und ...«

»Daran hat dein Bruder gutgetan«, sagte Tearle leise.

Sie überhörte es, denn sie mochte sich nicht gern vorstellen, was zwischen ihrem Bruder und seiner widerspenstigen Frau auf Burg Bevan alles vorgefallen war. Als das Thema einmal in Gegenwart seiner Männer zur Sprache gekommen war, waren sie blaß geworden und hatten in der Erinnerung immer noch ungläubig die Köpfe geschüttelt. Das waren für Severn frische Wunden.

»Anne sagte uns, der Text beziehe sich auf Haarfarben.« Als Tearle nicht gleich zu verstehen schien, fuhr sie fort: »Rot und Schwarz: Haarfarben.« Und nach kurzer Unterbrechung: »Rogans und Lianas Erstgeborener hat …«

»Der Knabe, dem ich das Leben gerettet habe?« fragte er mit Unschuldsmiene.

»Ihr erstes Kind hat rote Haare wie sein Vater. Aber der zweite Sohn hat schwarzes Haar wie Rogans Mutter.«

»Und das hat etwas mit dem Rätsel zu tun?«

»›Wenn aus Rot und Weiß Schwarz wird‹«, zitierte sie. »Verstehst du? Rogan hat rote und Liana weißblonde Haare, und sie haben ein schwarzhaariges Kind.«

Tearle lächelte. Er hatte verstanden. »Und die zweite Zeile?«

»›Wenn Schwarz und Gold eins werden.‹«

»Annes schwarzes und Severns goldblondes Haar.«

Zared sah ihn bewundernd an. Er war wirklich klug. »Und die dritte Zeile bezieht sich auf uns beide. ›Wenn der Eine und das Rot sich mischen.‹«

Er lächelte, wurde dann aber ernst. »Mit dem Rot könntest du gemeint sein. Aber ›der Eine‹ kann sich nicht auf mich beziehen, denn ich bin ja nicht der einzige Howard-Sprößling. Wie lautet die letzte Zeile des Rätsels?«

»›Dann werdet ihr es wissen.‹«

»Was wissen?«

Sie ließ sich mit der Antwort ein wenig Zeit. »Anne und Liana meinen, es bedeutet, daß wir dann wissen werden, wem das strittige Land wirklich gehört.« Sie wagte nicht, ihn dabei anzusehen. Denn ein Sieg ihrer Brüder bedeutete die Niederlage für ihren Mann. Es war nicht so, daß sie den Besitz unbedingt für sich selbst wünschte, aber sie wollte auch nicht erleben, daß ihr Mann ihn verlor. Andererseits wünschte sie auch nicht, daß ihre Brüder etwas einbüßten, was ihnen von Rechts wegen zustand.

Tearle erriet aus ihrer Miene, was sie dachte. »Das ist ein Problem, nicht wahr?« Er verschwieg seine Befriedigung darüber, daß diese Frage jetzt für sie zum Problem geworden war. Denn noch vor wenigen Monaten hätte sie Zweifel an der Person des rechtmäßigen Besitzers weit von sich gewiesen. Damals war sie der festen Ansicht, die Gebiete gehörten ihren Brüdern, und von ihr aus konnte sich der Mann, den sie geheiratet hatte, zum Teufel scheren. Nun wußte sie nicht, wem sie die Treue halten sollte, und das stimmte ihn froh.

Er zog sie fest an sich. »Mach dir keine Sorgen, meine Liebe! Wenn es soweit ist, wirst du wissen, was zu tun ist.«

»Ich kann sehr wohl Recht und Unrecht unterscheiden«, sagte sie etwas empört. »Selbstverständlich weiß ich, was zu tun ist und wer ...« Mit Küssen brachte er sie zum Schweigen.

In diesem Augenblick wurde die Tür des Gemachs aufgerissen, und vier seiner Männer stürzten herein. Der Anblick, der sich ihnen bot, ließ sie vor Schreck erstarren. Denn von Zared war über der Bettdecke nur ihr kurzgeschnittenes Haar zu erkennen. Und so sah es für sie so aus, als küßte ihr Herr einen jungen Mann.

Tearle sah ihre langen Gesichter und setzte zu einer Erklärung an, fand aber nicht die rechten Worte. Er konnte sie ihnen ja schließlich nicht als seine Peregrine-Gattin vorstellen. Ebensowenig konnte er die Bettdecke lüpfen, um ihnen zu beweisen, daß sie eine Frau war.

Zum ersten Mal erlebte Zared, daß ihr Gatte sprachlos war. Diese Gelegenheit durfte sie sich nicht entgehen lassen. Mit verstellter tiefer Stimme sagte sie zu Tearle: »Mylord, und Ihr werdet mir auch bestimmt die Rüstung kaufen, die Ihr mir versprochen habt, wenn ich ... Euch hierin zu Gefallen bin?« Und dabei schlug sie mit der Hand auf die Bettdecke.

Tearle warf ihr einen vernichtenden Blick zu. Die Männer räusperten sich verlegen. Böse fuhr er sie an: »Was wollt ihr hier?«

»Lady Jeanne bittet Euch, zu ihr zu kommen. Mit Eurem Bruder geht es zu Ende.«

Tearle sprang aus dem Bett und zog sich in aller Eile an. Indessen überlegte Zared: Das Rätsel sagte, wenn der *Eine* und das Rot sich mischen, dann würden sie es wissen. Nach Olivers Tod würde Tearle der einzige überlebende Howard-Sprößling sein.

Als Tearle angekleidet war, sagte er zu ihr: »Du bleibst hier. Du hast das Gemach nicht zu verlassen. Kann ich dir trauen, oder muß ich eine Wache aufstellen?«

Sie wußte natürlich genau, was ihr widerfahren konnte, wenn die Nachricht, daß sie mit Tearle im Bett gelegen hatte, Oliver Howard zu Ohren käme. Solange dieser Mann noch am Leben war, war auch sein Haß auf die Peregrines lebendig. »Ich bleibe hier«, versprach sie und übersah die Blicke, welche die Männer hinter Tearles Rücken wechselten. Später würde noch genügend Zeit sein, um ihnen zu enthüllen, wer sie wirklich war.

Er bückte sich, um ihr einen Kuß zu geben, erinnerte sich aber rechtzeitig an die Gegenwart der Männer und richtete sich schnell wieder auf. »Ich erwarte von dir, daß du dein Wort hältst«, sagte er. Dann war er weg, und Zared blieb allein im Gemach.

Sie legte sich in die Kissen und ließ den Blick umherschweifen. Dieses Gemach war ein Symbol dessen, wofür ihre und Tearles Familie gekämpft hatten und gestorben waren.

Sie wälzte sich auf den Bauch und schloß die Augen. Ihr Mann haßte sie nicht mehr! Das war das einzige, was auf der Welt für sie jetzt zählte.

Sekunden später war sie eingeschlafen.

## 17

Was Zared geweckt hatte, wußte sie selbst nicht. Ein Geräusch konnte es nicht gewesen sein, denn als sie die Augen aufschlug, war nichts zu hören. Das Gemach war dunkel, draußen war Nacht. Schon wollten ihr die Augen wieder zufallen, als sie plötzlich hochfuhr und die Decke an sich zog.

Am Fuß des Bettes stand eine Frau. Es war eine hübsche ältere Frau. Sie trug ein einfaches Gewand, das Zared an die Kleider ihrer Mutter erinnerte. Die Frau blickte Zared anteilnehmend an. Dann lächelte sie. Es war ein freundliches Lächeln.

Bestimmt hätte Zared ihr Lächeln erwidert. Doch etwas hinderte sie daran: Sie konnte durch die Frau hindurchsehen!

Durch die Frau in ihrem Gewand sah sie die Tür dahinter und den Gobelin, der links daneben hing.

Zared hüllte sich in die Bettdecke und begann zu beten.

Das Lächeln der Frau erlosch. Jetzt schien sie ein bißchen traurig darüber zu sein, daß Zared sich vor ihr fürchtete. Sie wandte sich um und ging zur Tür. Hier blieb sie stehen und winkte Zared, ihr zu folgen. Dann glitt sie durch die Eichenfüllung und verschwand.

Zared war wie gelähmt. Sie dachte gar nicht daran, ihr zu folgen. Eher würde sie im Leben das Bett nicht mehr verlassen.

Sie zitterte immer noch am ganzen Körper, als die Frau wieder vor dem Bett erschien. Noch dringlicher als zuvor winkte sie Zared, ihr zu folgen.

Zared schüttelte verneinend den Kopf. Sie würde nicht mit einem Geist irgendwohin gehen. Bestimmt war es ein Howard-Geist, der wußte, daß sie eine Peregrine war.

Die Frau öffnete den Mund, und Zared hob abwehrend die Hände. Würde die Frau Feuer speien?

Nach einer Weile ließ Zared die Hände sinken. Die Frau war noch da. Ihre Miene war sanft und geduldig.

»W-wer seid Ihr?« stammelte Zared. »Was wollt Ihr von mir?«

Die Frau streckte beide Hände in einer bittenden Geste aus.

Wieder schüttelte Zared den Kopf. »Nein«, flüsterte Zared. »Ich will nicht mit Euch gehen.«

Der Gesichtsausdruck der Frau wurde immer drängender, flehender.

»Nein!« rief Zared laut. »Ich will nicht.«

Die Frau sah sich im Gemach um, als suche sie etwas.

Zared fürchtete schon, verrückt zu sein. Doch allmählich gewöhnte sie sich an den Anblick der Frau. »Was sucht Ihr?«

Die Frau sah Zared an und deutete auf ihre Haare.

»Ja, sie sind kurz. Ich mußte sie abschneiden, wenn ich zu meinem Mann wollte. Sie werden schon wieder wachsen.«

Wieder und wieder zeigte die Frau auf sie, und jedesmal dringlicher. Zared überlegte, was sie wohl meinte. Inzwischen war ihr klargeworden, daß der Geist nicht eher verschwinden werde, bis er etwas von Zared erhalten hatte. Sie zerbrach sich den Kopf darüber, was die Frau wohl an ihren Haaren so fesselnd finden mochte.

»Das ist genauso verzwickt wie das Rätsel«, murmelte Zared. Kaum hatte sie das gesagt, als die Frau heftige Gesten vollführte.

»Das Rätsel?« fragte Zared, und die Frau nickte nachdrücklich. »Ihr habt etwas mit dem Rätsel zu tun?« Wieder nickte die Frau.

Leise wiederholte Zared den Text des Rätsels. Bei der letzten Zeile sah sie die Frau scharf an. Durch sie hindurch sah sie den Eichentisch. »›Dann werdet ihr es wissen‹«, zitierte sie, und ihr Gesicht hellte sich auf. »Der Bruder meines Mannes ist tot. Und nun ist er der Eine.«

Die Frau nickte. Ihre Miene zeigte, daß sie erleichtert war, weil Zared sie verstanden hatte.

»Ihr seid hier, um es mir zu sagen.«

Wieder nickte die Frau.

Zared legte sich in die Kissen und schloß die Augen. Jetzt war sie der Lösung des Rätsels ganz nahe. Der Lösung der Frage, wem die reichen Ländereien gehörten. Doch sie konnte nur denken: Gott, warum hast Du mich auserwählt? Wäre die Lösung Rogan oder Severn offenbart worden, die hätten gewußt, was zu tun war, aber Zared wußte es nicht. Wenn es sich herausstellte, daß das Land ihrem Bruder gehörte, sollte Zared es dann ihrem Mann wegnehmen und ihrem Bruder übergeben? Oder schuldete sie auch in dieser Frage dem geliebten Ehemann die Treue? *Konnte* sie ihrem Mann das Land wegnehmen? Sie hatte Tearle über die Veränderung berichtet, die mit Rogan vor sich gegangen war, und daß er auch seinen Haß überwunden habe. Aber hatte sie die Wahrheit gesagt? Wenn Rogan Beweise dafür in die Hände bekam, daß das Land ihm gehörte, würde er es dann Tearle wegnehmen und ihn zum Bettler machen?

Als sie die Augen aufschlug, war die Frau immer noch da. Geduldig wartete sie auf Zareds Entscheidung.

Zared seufzte. Es war sinnlos, sich gegen das Schicksal zu wehren. Aus irgendeinem Grund war sie dazu auserkoren worden, der Fehde ein Ende zu machen.

Langsam stieg sie aus dem Bett und legte ihre Männerkleidung an. Vielleicht war es besser, wenn sie alles erfuhr, als weiterhin nichts zu wissen.

Schließlich drehte sie sich zu der Frau um, die immer noch auf sie wartete. Zared holte tief Atem. »Ich bin bereit.«

Die Frau musterte Zared von oben bis unten. Zuerst meinte Zared, sie mißbillige ihre Kleidung. Doch dann kam ihr der Gedanke, daß sie wahrscheinlich eine Verwandte von ihr war, von ihr und von Tearle. Denn sie selbst und Tearle waren Cousins. Deshalb sah die Frau ihren Nachkommen wahrscheinlich so prüfend an. Zared war froh über die Erkenntnis, daß die Frau sie noch nie gesehen hatte, denn das bedeutete, daß sie ihr nicht nachgeschlichen war, um sie heimlich zu beobachten.

Die Frau glitt jetzt durch die Tür nach draußen. Zared machte die Tür auf und spähte auf den Flur hinaus. Es war niemand da. Aber in den eisernen Behältern an den Wänden brannten Fackeln und verbreiteten helles Licht auf dem Flur.

Auf Zehenspitzen verließ Zared das Gemach und trat auf den Flur. Sie folgte dem weiblichen Geist, der vor ihr herschwebte.

Mit der Zeit nahm Zareds Angst zu, und ihr Herz klopfte immer stärker. Es kam ihr vor, als wäre sie der Frau schon stundenlang durch endlose Flure gefolgt. Plötzlich geriet sie in Bedrängnis. Denn aus einer dunklen Nische schossen vier Hunde hervor und rannten zähnefletschend auf sie zu.

Sie wollte fliehen, aber da erschien die Frau wieder und stellte sich zwischen Zared und die Hunde. Die Tiere erschraken, machten kehrt und rannten in entgegengesetzter Richtung davon. Zareds Knie waren so schwach, daß sie kaum noch gehen konnte. Nun wurde die Frau ungeduldig. Zared riß sich zusammen und brachte es fertig, ihr weiter zu folgen.

Es ging durch weitere Flure an hell erleuchteten Gemächern vorbei und schließlich in den ältesten Teil des ausgedehnten Schlosses. Manche Gemächer waren ohne Licht. Schmutz und Trümmer deuteten darauf hin, daß sie seit langer Zeit nicht mehr benutzt wurden. Eine Ratte flitzte unter Zareds Beinen davon, aber sie bemerkte sie kaum. Was waren schon Ratten, wenn man hinter einem Geist herging?

Schließlich blieb die Frau stehen und zeigte auf etwas. Es war wohl eine Tür. Im Flur war es so dunkel, daß Zared kaum die Hand vor den Augen sehen konnte. Wäre nicht von dem weiblichen Geist ein matter Schein ausgegangen, hätte sie ihm nicht mehr folgen können.

Zared starrte auf die Stelle, wohin die Frau gezeigt hatte, konnte aber nichts erkennen. Zu ihrem Entsetzen fing die Frau an, im Kreis herumzugehen. Sie bewegte sich schneller und schneller, und Zared sah ihr offenen Mundes zu. Dann blieb die Frau wieder stehen, und jetzt war es so hell wie im Sonnenschein.

Die Frau strich sich eine Haarsträhne zurück und blickte Zared an, der die Beine nachzugeben drohten. Sie streckte die Hand aus, als wollte sie Zared anfassen. Doch ihre Hand glitt körperlos durch Zareds Arm.

Nach allem, was sie bereits erlebt hatte, war das fast zuviel für Zared. Sie merkte, daß sie fiel. Sie wäre zu Boden gestürzt, hätte sie nicht den verärgerten Blick der Frau aufgefangen. Mit heftigen Bewegungen zeigte der Geist auf etwas, das jetzt deutlich und klar als Tür zu erkennen war.

Mit letzter Kraft gewann Zared wieder die Herrschaft über ihren Körper. Mit zitternder Hand griff sie nach dem Riegel. Er ließ sich ziemlich leicht zurückziehen. Die Tür ging auf, und bebend trat Zared über die Schwelle.

Es war ein altes, verdrecktes Gemach. Seit Jahren schien es von keinem Menschen betreten worden zu sein. An den zerfetzten seidenen Bettvorhängen hingen große Spinnweben. In einer Ecke hielten sich Fledermäuse auf. Durch die zerbrochenen Fensterscheiben pfiff der Wind.

Zared schaute zu der Frau hin. Seit sie sich in diesem Gemach befanden, ging nicht mehr dieser matte Glanz von ihr aus. Sie glaubte, Tränen in ihren Augen zu erkennen. Können Geister weinen? fragte sie sich.

Die Frau richtete sich auf und kniff die Lippen zusammen. Dann winkte sie mit dem Arm, und zu Zareds Schrecken verwandelte sich das Gemach von einem Augenblick zum anderen. Jetzt war es nicht mehr schmutzig, trübe und verblichen. Plötzlich erstrahlte es wieder in einstiger Pracht. Die Bettvorhänge leuchteten in hellem Karmesinrot, und auf dem Fußboden lagen funkelnagelneue Läufer. Fresken und Gobelins schmückten die Wände.

Am liebsten wäre Zared ins Bett gestiegen und hätte sich unter der Decke verkrochen. Aber eine Ahnung sagte ihr, daß alles Illusion sei und das Bett in Wirklichkeit immer noch voller Spinnen und Rattendreck sein müsse.

Sie holte tief Luft und fragte die Frau: »Was wollt Ihr mir zeigen?«

Die Frau schwebte auf einen Gobelin zu und zeigte darauf. Nach einigem Nachdenken kam Zared zu dem Schluß, daß die Frau von ihr verlangte, sie solle den Gobelin entfernen. Aber als sie ihn berührte, fiel er sogleich von der Wand herab. Obwohl er neu, sauber und fest ausgesehen hatte, war er in der feuchten Luft hier unten längst vermodert.

Zared ließ los und stieß die Überreste beiseite. Die Frau schwebte zur Wand und streckte die Hand aus. Für Zareds Augen war es die einzige feste Wand im Gemach. »Ist darunter etwas verborgen?«

Die Frau nickte.

»Ich sehe aber nichts.«

Wieder drehte sich die Frau im Kreise, und Zared ahnte, daß sie es so lange tun würde, bis sie erneut Licht ausstrahlen würde. »Bitte nicht«, sagte sie. »Ich werde nachsehen.«

Die Frau schien sie zu verstehen, denn sie hielt inne. Mit den Händen fuhr Zared über die Wand, auf der Suche nach einer Öffnung. Nach geraumer Zeit fand sie einen Spalt. Aber er war so schmal, daß sie keinen Finger hineinzwängen konnte.

»Ich kann den Stein nicht lockern. Ich muß zurückgehen und mir ein Werkzeug holen.«

Nun schien die Frau in Panik zu geraten. Mit ausgebreiteten Armen stellte sie sich vor die Tür und versperrte Zared den Weg. Natürlich hatte sie recht. Sie durfte dieses Gemach nicht verlassen, denn es war ein weiter Weg gewesen, und sie würde kaum noch einmal zurückfinden. Außerdem würde Tearle sie bald suchen. Er würde zornig sein, daß sie aus seinem Gemach gegangen war, obwohl sie versprochen hatte, dort zu bleiben. Wahrscheinlich würde er sie dann bewachen lassen, damit sie nicht wieder entwischte.

»Ihr habt recht«, sagte sie. »Ich darf jetzt nicht raus. Sind hier irgendwo Werkzeuge?«

Die Frau schien einen Augenblick zu überlegen. Dann ging sie zu einer großen Truhe an der Wand und zeigte darauf. Zared öffnete die Truhe, fand aber nur Stricknadeln und Garn darin. Sie nahm ein Paar stählerner Nadeln heraus. »Wollt Ihr, daß ich den Stein mit Stricknadeln lockere?« fragte sie.

Als Antwort erhielt sie nur ein schwaches Lächeln. Es wirkte so menschlich, daß Zared es erwiderte. »Seid Ihr meine Großmutter?« fragte sie. Die Frau nickte. Lächelnd sagte Zared: »Rogans ältester Sohn kommt nach Euch.« Wieder glaubte Zared Tränen in den Augen der Frau zu entdecken. Aber sie wandte sich so schnell ab, daß Zared dessen nicht sicher war.

Nun ging Zared zu der Wand und stocherte in dem Spalt herum. Sie war so sehr damit beschäftigt, den lockeren Stein aus dem Gemäuer zu befreien, daß sie nicht einmal hörte, wie die Tür aufging und Schritte sich ihr näherten. Als Tearle sie ansprach, sprang sie vor Schreck in die Luft.

»Darf ich fragen, was du da tust?«

Die Hand aufs Herz gepreßt, drehte sie sich um und starrte ihn an. »Du hast mich zu Tode erschreckt. Wie kommst du dazu, hier herumzuschleichen?«

»Ich schleiche herum? In meinem eigenen Haus? Du hast mir versprochen, in meinem Gemach auf mich zu warten.«

Rasch überlegte sie, wie es ihm möglich gewesen war, sie zu finden. »Und du hast gesagt, du würdest keine Wache vor die Tür stellen. Du mußt es aber doch getan haben, sonst hättest du mich nicht finden können. Ist dein Bruder …?«

»Ja, er ist gestorben.«

»Dann gehört dir jetzt also das ganze reiche Schloß.«

»Jetzt gehört mir dieses ganze blutgetränkte Schloß«, erwiderte er verdrossen.

Zared wußte nicht, was sie dazu sagen sollte. Ein rascher Rundblick zeigte ihr, daß das Gemach sich wieder in den verschmutzten, seit Jahren unbetretenen Raum verwandelt hatte, den sie zuerst vorgefunden hatte. Der Geist war spurlos verschwunden. Dafür brannten zwei Fackeln an der Wand, die vorhin nicht dagewesen waren.

»Was tust du hier?« fragte er.

»Hat dir das nicht der Mensch gesagt, der mir nachgeschnüffelt hat?«

Er lächelte schwach. »Er sagte, daß du Katzenaugen haben mußt, denn er konnte überhaupt nichts sehen. Er kann sich nicht erklären, wie du den Weg hierhergefunden hast.«

Da wußte Zared, daß der Mann den Geist nicht gesehen hatte.

»Woher kennst du das Schloß so gut, daß du dieses Gemach finden konntest? Weißt du nicht, was man von ihm sagt? Daß es von einem Gespenst heimgesucht wird! Als Knaben sahen wir es als eine Mutprobe an, es zu betreten.«

Und du hast kein Gespenst hier drin gesehen?«

Er sah sie merkwürdig an. »Einmal glaubte ich eine Frau zu sehen, die mich mit großer Anteilnahme betrachtete.«

Wahrscheinlich ist sie neugierig gewesen, wie ihr Nachkömmling aussieht, dachte Zared, sagte aber nichts.

»Ich frage dich nochmals, was du hier zu suchen hast.«

Zared holte tief Luft. »Genau weiß ich es nicht, aber ich glaube, daß hinter diesem Mauerstein die Bücher versteckt sind, in denen die rechtmäßig geschlossene Ehe meiner Großmutter aufgezeichnet ist.«

Er wollte sie fragen, wie sie darauf kam, unterließ es jedoch. Nach einer Weile fragte er: »Bist du deshalb zu mir zurückgekommen, damit du in dieses Gemach gelangen kannst? Um die Register zu finden und das Land für deinen Bruder zu sichern?«

»Nein«, sagte sie leise. »Ich bin zu dir zurückgekommen, um mit dir zusammenzuleben. Von diesem Gemach wußte ich nichts. Heute abend wurde ich ... hergeführt.«

Forschend blickte er ihr in die Augen. Doch fragte er nicht, wer sie »hergeführt« hatte oder was sie überhaupt damit meinte. Rasch war ihm klar, daß sie die Wahrheit gesagt hatte. Er zog das Messer aus der Hüftscheide und half ihr, den Mauerstein weiter zu lockern.

Sie brauchten eine Zeitlang, aber dann war es soweit. Sie konnten den Stein entfernen. Tearle legte ihn auf den Fußboden, nahm dann eine Fackel aus dem Halter und hielt sie gegen die Wand. In der Höhlung lagen zwei dicke alte Bücher. Er griff nach dem, das obenauf lag.

»Nein!« schrie Zared laut und hielt seine Hand am Gelenk fest. »Leg den Stein wieder zurück!« Ich will es nicht wissen.«

»Was willst du nicht wissen?« fragte er leise.

»Ich will nicht wissen, wer der rechtmäßige Besitzer ist. *Dir* sollen das Schloß und das Land ringsum gehören.«

»Nein. Dein Bruder soll sein Recht bekommen. Wenn in den Registern verzeichnet ist, daß seine Großeltern rechtmäßig die Ehe geschlossen haben, stehen Titel und Land ihm zu, und nicht mir.« Er hob die Brauen. »Nun sag mir nur nicht, daß du in Wirklichkeit eine habgierige Frau bist! Willst du das alles für dich behalten?«

»Um mich geht es überhaupt nicht«, sagte sie. »Was verstehen meine Brüder denn von der Verwaltung eines so großen Besitzes? Das einzige, was sie kennen, ist der Krieg. Du hättest einmal sehen sollen, wie verkommen Burg Moray war, bevor Liana kam. Rogan wird dieses schöne Schloß ebenso verkommen lassen.«

»Wegen einem bißchen Schmutz würdest du deinen Bruder um sein rechtmäßiges Erbe prellen?«

Sie wandte den Kopf. »Nein. Ein bißchen Schmutz ist nicht entscheidend. Aber mir graut davor, was Rogan dann mit dir anstellen würde. Er könnte dich ausweisen. Er könnte dich für alle Zeiten von hier verbannen.«

Tearle faßte sie unters Kinn und hob ihren Kopf, so daß sie ihn ansehen mußte. »Ich habe doch das Haus meiner Mutter. Würdest du dort mit mir leben?«

»Ja«, sagte sie flüsternd. »Ich gehe überall mit dir hin. Aber …«

»Aber was?«

»Du würdest auch den Titel verlieren. Dann bist du kein Herzog mehr. Und das ist es doch, wonach ein Mann strebt.«

»Mag sein, daß dein Bruder nach diesem Titel strebt. Auch meinem Bruder war er so wichtig, daß er deswegen Blut vergoß. Und deine Brüder dürften bereit sein, notfalls im Kampf um Land und Titel zu sterben. Aber ich bin anders geartet. Weißt du denn nicht, daß ich ein großer Faulenzer bin?« Plötzlich lächelte er wieder. »Ich brauche nur ein nettes Haus, in dem ich behaglich leben kann, und eine Frau, die mich liebt. Mehr habe ich nie gewollt. Ich hätte auch gern einige Söhne, mit denen ich ausreiten und auf die Jagd gehen kann. Und einige Töchter, die mir Musik vorspielen, wenn ich alt bin und nicht mehr selber spielen kann. Und ich möchte so lange leben, daß ich mich auch noch an meinen Enkelkindern erfreuen kann. Mehr verlange ich nicht vom Leben.«

Keinen Augenblick zweifelte Zared an seinen Worten. Er hatte diese Fehde immer verabscheut. Er hatte nie an Haß und Morden teilnehmen wollen. Und auf einmal wollte sie es auch nicht mehr. Viel lieber wäre es ihr, diesen großen Besitz mit all seinen Reichtümern und, wie Tearle es ausgedrückt hatte, mit seinem blutgetränkten Boden zu verlassen und in seinem Hause zu leben. Die kurze Zeit, die sie dort verbracht hatten, war die schönste in ihrem Leben gewesen. Da ereiferte man sich nicht darüber, wer im Kampf einen Arm oder einen Fuß verloren hatte, sondern freute sich an den Blumen, die im Garten blühten, und lauschte des Nachts, ob man die Jungeulen rufen hören konnte.

Sie dachte an ihn und sein Haus, an die Kinder, die sie gemeinsam erziehen würden. Dort brauchten sich die Mädchen nicht als Knaben zu verkleiden, um zu überleben, und die Knaben würden nicht in der Schlacht fallen, bevor sie noch das Mannesalter erreicht hatten.

»Und so will ich es auch«, sagte sie zu ihm und trat einen Schritt zurück, damit er das erste Buch aus dem Versteck in der Wand nehmen konnte.

Sie hielt den Atem an, als er es aufschlug und die brüchigen Seiten durchblätterte. Sie sah, wie er aufmerksam die Schrift entzifferte, und als er schließlich innehielt, wartete sie, bis er das Wort an sie richtete.

»Dein Bruder Rogan ist Herzog«, sagte er leise.

Zared stieß die angehaltene Luft aus und lächelte. »Können wir jetzt heimreiten?«

Er erwiderte ihr Lächeln. Es gab nicht viele Frauen auf der Welt, die einen Mann so liebten, daß sie darauf verzichteten, eine Herzogin zu werden. Er umarmte sie und drückte sie an sich.

Über seine Schulter hinweg sah Zared den Geist ihrer Großmutter dastehen.

Die Frau nickte lächelnd und sah äußerst zufrieden aus. Gleich darauf war sie verschwunden.

Tearle löste sich aus der Umarmung und nahm Zared bei der Hand. »Ja, laß uns heimreiten und für Kinder sorgen!«

Lächelnd schritten sie Hand in Hand mit verschlungenen Fingern aus dem Gemach.

## *Von Jude Deveraux, der Bestsellerautorin aus Amerika, sind bisher erschienen:*

Die Ascotts
Judith (Band 1)
10 471

Die Ascotts
Alicia (Band 2)
10 513

Die Ascotts
Clarissa (Band 3)
10 567

Die Ascotts
Fiona (Band 4)
10 598

Und am Ende siegt die Liebe
10 746

Geliebter Tyrann
10 722

Dieses heißersehnte Glück
10 849

Herz aus Eis
10 866

Herz aus Feuer
10 932

Die Verführerin
10 993

Herz in Aufruhr
11 216

Liebe kennt keine Gefahren
11 342

Lodernde Glut
11 445

Rendezvous in Kentucky
11 497

Die Prinzessin
11 545

Im Zwiespalt der Gefühle
11 588

Die Zähmung
11 616

Heimliche Wünsche
11 635

BASTEI LÜBBE

Bastei-Lübbe-Taschenbücher – Überall, wo es gute Bücher gibt

BASTEI
LÜBBE